세 인생

Three Lives

Gertrude Stein

대산세계문학총서
190

세 인생

Three Lives

거트루드 스타인 이윤재 옮김 문학과지성사

대산세계문학총서 190
세 인생

지은이　거트루드 스타인
옮긴이　이윤재
펴낸이　이광호
주간　이근혜
편집　박김문숙 김은주
마케팅　이가은 허황 최지애 남미리 맹정현
제작　강병석
펴낸곳　㈜문학과지성사
등록번호　제1993-000098호
주소　04034 서울 마포구 잔다리로7길 18(서교동 377-20)
전화　02) 338-7224
팩스　02) 323-4180(편집) 02) 338-7221(영업)
전자우편　moonji@moonji.com
홈페이지　www.moonji.com

제1판 제1쇄 2024년 9월 20일

ISBN 978-89-320-4316-6 04840
ISBN 978-89-320-1246-9(세트)

이 책의 판권은 옮긴이와 ㈜문학과지성사에 있습니다.
양측의 서면 동의 없는 무단 전재 및 복제를 금합니다.

이 책은 대산문화재단의 외국문학 번역지원사업을 통해 발간되었습니다.
대산문화재단은 大山 愼鏞虎 선생의 뜻에 따라 교보생명의 출연으로 창립되어
우리 문학의 창달과 세계화를 위해 다양한 공익문화사업을 펼치고 있습니다.

차례

착한 애나　9
멜런사　105
온순한 리나　295

옮긴이 해설·불행의 울타리에 갇힌 사람들　348
작가 연보　366
기획의 말　374

일러두기

1. 이 책은 Gertrude Stein의 *Three Lives*(Penguin Books, 1990)를 우리말로 옮긴 것이다.
2. 본문의 주석은 모두 옮긴이의 것이다.

그러므로 나는 불행하다,
그리고 그건 내 잘못도 인생의 잘못도 아니다.

쥘 라포르그*

---

* Jules Laforgue(1860~1887): 프랑스의 상징주의 시인. 인상주의의 직접적 영향을 받았으며 화가 르누아르(Pierre Auguste Renoir)의 모델이기도 했다.

착한 애나

제1부

브리지포인트*시市의 소매상들은 '머틸다 아씨' 소리를 듣기가 두려웠는데, 착한 애나가 그 이름을 들먹이면 늘 꼼짝할 수 없어서였다. 착한 애나가, '머틸다 아씨'는 그렇게 비싸게는 못 사요, '린트하임스' 가게에서는 더 싸게 팔아요,라고 단호하게 말하면 정찰제를 엄격하게 지키는 가게라도 약간은 물건 값을 깎아주었다.

린트하임스는 애나의 단골 가게였다. 특별 할인 기간에는 밀가루와 설탕을 파운드당 0.25센트씩 싸게 팔았고, 또 각 코너의 담당자가 모두 애나의 친구라서 보통 때라도 그녀에겐 늘 얼마쯤 가격을 깎아주었다.

애나의 일상은 고달프고 다사다난했다.

애나는 머틸다 양의 조그만 집을 두루 관리했다. 특이한 이

---

* 작가 거트루드 스타인이 어렸을 적 살았고 훗날 청년기에 메디컬 스쿨에 다녔던, 메릴랜드주 소재 볼티모어시를 모델로 한 가상의 도시.

소형 주택은 일렬로 다닥다닥 붙은 동일한 유형의 주택들 중 하나였는데, 이 지점부터 가파르게 언덕을 내려가는 도로를 따라 지어진 집들이라, 마치 아이가 톡 치면 쓰러지는 도미노 같았다. 이층집이며 앞면을 빨간 벽돌로 장식하고 흰색 계단을 길게 배치한, 기묘한 소형 주택이었다.

이 조그만 주택 한 채에 머틸다 양과 잔심부름을 하는 하녀 하나, 들락날락 드나드는 개와 고양이 여럿, 그리고 하루 종일 잔소리하고 지시하고 투덜대는 애나의 목소리가 뒤섞여 늘 정신없이 복닥거렸다.

"샐리! 머틸다 아씨가 구두 찾아오라는데, 넌 내가 잠시 한눈파는 사이에 정육점 총각이 길로 오는지 보려고 문으로 달려갈 생각이지? 넌 언제나 쓸데없는 생각만 하며 빈둥대고 모든 일은 나더러 알아서 챙기라는 거니? 매 순간 널 따라다니지 않으면 넌 금방 까먹고 온갖 수고는 내가 하게 되니 말이다. 그런데도 내게 오는 네 꼬락서니는 말똥가리처럼 녹초가 된 모습에 개처럼 더럽구나. 얼른 오늘 아침 네가 가져다 놓은 장소로 달려가 머틸다 아씨 구두를 찾아오지 못하겠니?"

"피터!" 애나의 목청이 한층 올라갔다. "피터!" 피터는 강아지 중 제일 어리고 총애를 받았다. "피터, 베이비를 건드리기만 해봐!" 베이비는 애나가 오랜 세월 애지중지한 테리어*로 나이가 많고 눈이 안 보였다. "피터, 베이비를 가만 놔두지 않으면 가죽 채찍으로 맞을 각오해! 이 나쁜 녀석."

---

* terrier: 애완용 또는 사냥용 강아지.

착한 애나는 개의 육체적 순결과 규율에 관해서 높은 이상을 추구했다. 피터와 베이비, 그리고 행복함을 보여주려고 걸핏하면 공중에 펄쩍펄쩍 뛰어오르는 복슬복슬하고 조그만 랙스 등 평상시 항상 애나와 함께 지내는 세 마리 말고도, 애나는 아직 마땅한 보호자를 찾지 못한 수많은 유기견을 계속 데리고 보살폈는데, 집 안의 모든 개는 서로 나쁜 짓을 저지르면 안 된다는 엄격한 명령을 지켜야 했다.

한번은 집안에서 망신스러운 사건이 벌어졌다. 애나가 잠시 데리고 있다가 보호자를 찾아준 작은 테리어가 갑자기 새끼 몇 마리를 출산했다. 새로운 보호자는 자기네가 이 폭스테리어 암컷을 입양한 이후 어떤 수컷과도 관계가 없었다고 확신했다. 그러나 착한 애나가 피터와 랙스는 결백하다고 완강하게 고집하고 또 하도 핏대를 올리며 우겨대는 바람에, 폭스테리어 보호자는 결국 자기네가 부주의하여 이렇게 되었다고 믿게 되었다.

"못된 놈." 그날 밤 애나가 피터를 나무랐다. "에이 나쁜 녀석."

"피터가 새끼들 아빠였어요." 착한 애나가 머틸다 양에게 실토했다. "새끼들이 피터를 꼭 닮았어요. 그 쪼그만 폭스테리어 어미만 불쌍하죠. 새끼들 덩치가 커서 키우기 힘들 겁니다. 하지만 머틸다 아씨, 피터가 그렇게 나쁜 놈인 걸 그 사람들은 절대 모르게 할 겁니다."

피터와 랙스, 그리고 그 집 안을 들락거리는 개들이 나쁜 유혹에 빠져드는 주기週期는 매우 규칙적으로 찾아왔다. 그럴 때면 애나는 무척 바빠지고 질책도 심해졌다. 외출할 때는 언제나 나쁜 놈들을 서로 떼어놓기 위해 엄청나게 조심하고 또 조심했다. 가끔 애나는 오로지 개들이 자기 지시대로 떨어져 있는지 확인할 그 목적 하나로, 개들끼리만 방 안에 놔두고 잠시 자리를 비웠다가 갑자기 되돌아오곤 했다. 엉큼한 생각을 품었던 놈들은 그녀가 문고리에 손을 얹는 소리에 모두 슬금슬금 물러나 구석진 자기들 자리에 쓸쓸히 앉았다. 마치 훔친 설탕을 빼앗긴 아이들처럼 실망한 모습으로.

결백하고 눈이 먼 늙은 베이비만이 유일하게 개에게 어울리는 위엄을 지켰다.

이렇듯 애나의 일상은 고달프고 다사다난했다.

착한 애나는 호리호리하고 여윈 독일 여자로 당시 나이가 마흔 살 정도였다. 얼굴은 몹시 지쳐 보였고, 뺨은 홀쭉했으며, 입은 헬쑥했지만 단단했다. 담청색 눈동자는 무척이나 선명했다. 때로는 번개가 번쩍이고 때로는 유머가 넘치기도 했으나 항상 예리하고 맑은 눈이었다.

그녀는 못된 피터와 베이비와 조그만 랙스에 대해 발언할 때면 목소리가 쾌활했다. 그러나 말을 때리거나 개에게 발길질하는 트럭 기사와 짓궂은 사내를 볼 때면 그들에게 천벌 받으라는 악담을 퍼붓는 드높은 목소리가 귀청을 찢을 정도였다. 그녀는 그들의 행동을 단속할 수 있는 어떤 단체의 소속도 아니고 또 그 사실을 매우 솔직하게 말했지만, 그들은 그녀의 긴장한 목소리와 번득이는 눈초리와 괴상하게 찢어지는 독일식 영어에, 처음에는 무서워했고 곧이어 부끄러워했다. 그들은 또

순찰 중인 경찰관들이 모두 그녀의 친구라는 것도 잘 알았다. 경찰관들은 자신들이 미스 애니*라고 부르는 그녀를 늘 존경하고 따랐으며 그녀가 제기하는 불평에 대해서는 무엇이든 즉각 대응하여 조치했다.

5년 동안 애나는 머틸다 양의 조그만 집을 관리했다. 이 다섯 해 동안 잔심부름 담당 하녀가 벌써 네 사람째 바뀌었다.

첫번째는 예쁘고 발랄한 아일랜드 소녀 리지였다. 그녀를 받을 때 애나의 마음은 께름칙했다. 그럼에도 리지가 순종적으로 즐겁게 일을 했으므로 애나는 약간의 신뢰를 느끼기 시작했다. 그러나 아니나 다를까 오래가지 못했다. 예쁘고 발랄한 리지는 어느 날 아무 통보도 없이 자기 짐을 모두 싸가지고 사라졌으며 다시는 돌아오지 않았다.

예쁘고 발랄한 리지의 후임자로 우울한 성격의 몰리가 왔다.

몰리는 부모가 독일인이며 미국에서 태어났다. 부모와 일가 친척은 모두 오래전 죽었거나 멀리 떠나버렸다. 몰리는 항상 외톨이로 지냈다. 큰 키에, 피부는 거무스름했으며, 안색이 창백하고, 머리숱이 적었다. 줄곧 기침에 시달렸으며 성질이 고약해서 추잡하고 끔찍스러운 욕설을 늘 입에 달고 살았다.

애나는 이런 행색과 성격 모두가 몹시 거슬렸지만, 친절한 마음으로 제법 오래 몰리를 데리고 일했다. 주방은 끊임없는 싸움터였다. 애나가 야단을 치면 몰리는 이상한 욕설로 맞받아쳤고, 그러면 머틸다 양은 싸우는 소리가 다 듣기 싫다는 표시

---

* Miss Annie: 집 안에서 하녀들이 또는 바깥에서 애나를 부를 때 쓰는 명칭.

로 방문을 거세게 닫곤 했다.

 마침내 애나의 인내가 한계에 이르렀다. "머틸다 아씨, 제발 아씨가 몰리에게 한번 따끔하게 말해요." 애나가 호소했다. "전 몰리와는 도저히 일을 못 하겠어요. 야단을 쳐도 듣는 것 같지 않고 되레 욕을 해대서 제게 겁을 줘요. 몰리가 아씨는 좋아하니 아씨가 한번 따끔하게 야단을 쳐줘요."

 "하지만 애나." 가련한 머틸다 양이 소리쳤다. "난 그러고 싶지가 않아." 저 덩치 크고 발랄하지만 소심한 여인은 야단칠 생각만 해도 겁이 나는 눈치였다. "그래도 해야 돼요, 제발 머틸다 아씨!" 애나가 당부했다.

 머틸다 양은 결코 꾸중하고 싶지 않았다. "그래도 해야 돼요, 제발 머틸다 아씨!" 애나가 애원했다.

 머틸다 양은 질책하지 않은 채 차일피일 미루면서 내심으로는 애나가 몰리를 더 잘 다독거릴 수 있기를 줄곧 기다렸다. 그러나 상황은 전혀 호전되지 않았고 마침내 머틸다 양은 어쨌거나 자기가 나서서 꾸짖을 수밖에 없다고 생각했다.

 착한 애나와 머틸다 양은 몰리가 야단을 맞을 때 애나가 자리를 피하기로 미리 약속을 해두었다. 마침 이튿날 저녁은 애나가 외출하여 자리를 비우는 시간이었으므로 머틸다 양은 맡은 바 소임을 실행하고자 주방으로 내려갔다.

 몰리는 작은 주방에서 양쪽 팔꿈치를 식탁에 받치고 앉아 있었다. 스물세 살의 소녀는 큰 키에 머리숱이 적고 안색이 창백했다. 본래 단정하지도 않고 조심성도 없었지만, 애나의 훈련 덕분에 겉보기에는 깔끔했다. 칙칙한 줄무늬 면 원피스와 흑회색 체크무늬 앞치마를 입어서인지 풀죽은 모습이 한층 길쭉하고 슬프게 보였다. "하느님 맙소사!" 그녀에게 다가가던 머틸다 양이 신음 소리를 냈다.

"몰리, 애나를 대하는 네 태도가 달라졌으면 해!" 말이 떨어지기 무섭게 몰리가 머리를 자기 팔 위에 더욱 깊이 묻으며 울기 시작했다.

"에구! 에구!" 머틸다 양이 당황했다.

"모조리 미스 애니 잘못이에요, 모든 게 다요." 몰리가 떨리는 목소리로 드디어 입을 열었다. "전 최선을 다하고 있어요."

"애나의 기분을 맞추기가 종종 힘들 때도 있을 거야." 머틸다 양이 운을 뗐다. 차마 못할 짓을 한다는 찌릿한 아픔이 스쳤지만, 이내 정신을 차려 맡은 바 소임을 계속했다. "그래도 잊으면 안 돼, 몰리, 애나는 네게 도움이 되라고 그러는 거고, 네게 정말로 꽤 친절해."

"그녀의 친절 따위는 필요 없어요." 몰리가 울먹였다. "머틸다 아씨, 제가 하는 일은 아씨가 직접 지시해주면 좋겠어요. 그러면 전 아무 문제 없을 거예요. 전 미스 애니가 싫어요."

"그럴 순 없어 몰리." 머틸다 양이 최대한 심각하고 단호한 말투로 엄중하게 말했다. "주방의 우두머리는 애나야. 너는 애나에게 복종하거나 아니면 떠나야 해."

"전 아씨를 떠나고 싶진 않아요." 침울한 몰리가 훌쩍거리며 말했다. "음 몰리야, 네 생각이 그렇다면 더 고분고분하게 굴어봐." 머틸다 양이 꼿꼿하고 근엄하게 상체를 세워 대꾸하고는 서둘러 주방을 빠져나왔다.

"휴! 겨우 해냈네!" 머틸다 양이 계단을 올라가며 중얼거렸다.

그러나 주방에서 끊임없이 티격태격하는 두 여자를 중재하려던 머틸다 양의 시도는 전혀 결실을 맺지 못했다. 두 사람은 곧바로 예전처럼 격렬하게 다퉜다.

마침내 몰리를 내보내기로 결정되었다. 몰리는 이 집에서 나가 시내의 한 공장에서 일하면서, 빈민가의 어느 노파, 애나가 알기로는 아주 질이 나쁜 노파의 집에서 살게 되었다.

몰리를 떠나보낸 애나의 마음은 결코 편하지가 않았다. 그녀는 이따금 몰리의 모습을 보거나 소식을 들었는데, 몰리는 건강하지 못했고 기침 증세가 악화했으며 노파는 정말로 형편없는 인간이었다.

이처럼 건강을 해치는 생활을 하다 보니, 몰리의 몸은 1년 사이에 완전히 망가졌다. 그런 몰리를 다시 보살핀 사람이 애나였다. 애나는 몰리에게 공장을 그만두게 하고 또 동거하던 노파네에서도 나오게 한 다음, 병원에 입원시켜 건강이 회복될 때까지 치료를 받도록 했다. 그러고는 시골에서 어린 여자아이의 보모로 일하는 자리를 알선해주었다. 몰리는 마침내 시골에 정착하여 안정된 생활을 되찾았다.

몰리가 떠나고 얼마 동안은 잔심부름을 할 하녀가 정해지지 않았다. 몇 달 있으면 여름이 될 테고 머틸다 양은 집을 비울 예정이었다. 그래서 일단 케이티 할멈이 날마다 집으로 출근해서 애나가 하는 일을 열심히 돕기로 했다.

케이티 할멈은 작은 키에 뚱뚱하고 못생기고 행동도 거친 독일 노파로, 자기 나름의 이상하게 일그러진 독일식 영어를 사용했다. 지금 애나는 잔심부름을 하는 어린 하녀들이 맡은 바 책임을 다하도록 가르치느라 기력이 모두 소진된 상태였는데, 케이티 할멈은 행동은 거칠었지만 말대꾸를 하거나 자기의 방식을 고집한 적이 없었다. 질책이나 욕설을 한다고 해서 이 투박하고 늙은 농사꾼에게 영향을 줄 수도 없었다. 그녀는 대답해야 하는 경우에는 "네, 미스 애니"라고 말했는데 언제나 그렇게만 말할 수 있을 뿐이었다.

"케이티 할멈은 그저 까칠한 노파에 불과합니다, 머틸다 아씨." 애나가 말했다. "하지만 저는 할멈을 여기 제 곁에 계속 둘 생각입니다. 일을 할 수 있고 또 몰리처럼 분란을 일으키지도 않으니까요."

애나는 케이티 할멈의 뒤틀리고 촌스러운 영어, 윙윙거리며 에스(s)를 발음하는 거친 말버릇, 우둔하고 비굴한 기질에서 나오는 괴상한 버릇을 항상 즐겁게 받아들였다. 천연의 흙으로 아주 조악하게 빚어진 케이티 할멈에게 적합하지 않은 식탁 시중만은 할멈에게 맡기지 않고 애나가 직접 도맡아 했고, 그래야 하는 게 몹시 못마땅했지만, 그래도 이 단순하고 까칠한 노파는 애나에게 어떤 건방진 젊은 여자보다 더 상냥하게 굴었다.

이제 여름이 오기 전의 이 몇 달 동안 일상은 무척 순조롭게 흘러갔다. 머틸다 양은 여름마다 멀리 대서양 너머로 건너가 여러 달 동안 집을 비웠다. 이번 여름 그녀가 떠날 무렵 케이티 할멈이 몹시 서운해하더니 출발하는 당일에는 꽤 여러 시간을 심하게 울어댔다. 케이티 할멈은 분명히 촌스럽고 무례하고 비굴하고 무식한 인간이었다. 그녀는 작고 빨간 이 벽돌집의 하얀 돌계단 위에 서 있었다. 뼈가 앙상한 그녀의 머리는 각이 지고 칙칙했으며 얼굴 피부는 마르고 햇볕에 타서 억셌고, 희끗희끗하고 곱슬곱슬한 머리카락은 숱이 적었다. 오른쪽이 약간 처진 단단하고 땅딸막한 몸에는, 늘 세탁하여 아주 깔끔하지만 거칠거칠하고 눈에 거슬리는 파란 줄무늬 면 원피스를 입고 있었다. 그녀는 그렇게 계단에 서 있다가 애나가 실내로 데리고 들어올 때 앞치마로 얼굴을 가리고 목구멍을 찢는 듯 괴상한 신음을 토하며 흐느껴 울었다.

머틸다 양이 초가을에 돌아왔을 때 케이티 할멈은 이미 집에 없었다.

"저는 케이티 할멈이 그렇게 행동하리라곤 상상도 못 했어요, 머틸다 아씨." 애나가 설명했다. "아씨가 떠날 때 엄청나게 슬퍼해서, 저는 여름 내내 임금을 한 푼도 깎지 않고 모두 주었답니다. 한데 머틸다 아씨, 사람이란 모두 똑같아요, 믿을 만한 사람은 하나도 없습니다. 아시다시피 케이티 할멈이 아씨를 정말 좋아한다고 말했잖아요. 아씨가 떠나고 난 후에도 계속 그렇게 말하면서 아주 착하게 지냈고 일도 잘했어요. 그런데 여름 중반에 제가 병에 걸리니까 글쎄 절 혼자 남겨놓고 바로 떠나더라고요. 돈을 조금 더 주는 시골의 일자리로 갔답니다. 머틸다 아씨, 한 마디 말도 하지 않고 그냥 가버렸어요. 올여름 그 지독한 더위 끝에 앓아누운 절 혼자 놔두고 말입니다. 마땅히 갈 곳도 없던 사람에게 우리가 기울인 정성, 여름 내내 저보다 더 좋은 음식을 먹게 해준 성의를 모두 팽개쳤어요. 머틸다 아씨, 무엇이 하녀의 올바른 처신인지 조금이라도 의식하고 행동하는 사람은 정말 하나도 없어요, 아무도 없어요."

케이티 할멈 소식은 더 이상 들리지 않았다.

그 후 잔심부름을 할 하녀를 정하지 못한 채 여러 달이 지나갔다. 후보 여럿이 오고 갔지만 마땅한 사람이 없었다. 그러다가 마침내 애나가 샐리의 얘기를 듣게 되었다.

샐리는 식구가 열한 명인 집안의 맏이로 나이가 고작 열여섯 살이었다. 샐리를 정점으로 식구들 나이 대가 낮아졌고, 가장 어린 몇 명만 빼놓고는 모두가 항상 일을 하러 나갔다.

샐리는 금발의 예쁘고 명랑한 독일 소녀였지만 멍청하고 약간은 철이 없었다. 그녀의 식구들은 나이가 어릴수록 더 영리했다. 가장 똑똑한 아이는 열 살짜리 작은 소녀였다. 그 아이는 어느 부부가 운영하는 술집에서 하루 종일 설거지를 해주고 괜찮은 일당을 벌었다. 또 아직 더 어린 동생이 있었는데, 이 소녀는 매일 반나절씩 어떤 총각 의사의 집에서 일했다. 소녀가 집안일을 모두 도맡다시피 했는데 일주일 치 급료가 겨우 8센트에 불과했다. 애나는 그 사정을 언급할 때마다 분개했다.

"저는 어쨌거나 의사가 그 애한테 10센트씩은 줘야 한다고 생각해요, 머틸다 아씨. 8센트는 너무 박하잖아요. 그 애가 의사 집안의 일을 전부 도맡아 하고, 더구나 우리 샐리처럼 멍청하지도 않고 아주 똑똑하거든요. 샐리는 제가 수시로 야단치지 않으면 도저히 일을 배우려 하지 않지만, 착한 아이니까 제가 돌봐주면 제대로 할 겁니다."

착한 애나

샐리는 착하고 순종적인 독일 아이였다. 샐리는 애나에게 한 번도 말대꾸를 하지 않았는데, 피터와 늙은 베이비와 조그만 랙스도 그러지 않긴 마찬가지였다. 그러다 보니 단호하게 꾸짖고 지친 듯 훈계하는 애나의 목소리가 항상 뚜렷하게 고음으로 들려왔지만, 그들은 모두 주방에서 함께 지내는 행복한 가족이었다.

애나는 지금 샐리에게는 엄마나 다름없었다. 자식이 잘못된 곳으로 발길을 옮기지 않도록 주시하면서 심하게 질책하는, 훌륭하고 끈질긴 독일 엄마였다. 샐리를 노리는 유혹과 일탈은 개구쟁이 피터와 명랑한 랙스를 노리는 것들과 매우 흡사했다. 애나는 똑같은 방법으로 그 셋 모두를 나쁜 행동으로부터 보호했다.

샐리는 수시로 까먹는 건망증과 늘 손을 씻지 않고 식탁 시중을 드는 버릇도 탈이었지만, 가장 심각하게 걱정되는 문제는 정육점 총각과의 관계였다.

저 정육점 총각, 그는 따분하기 이를 데 없는 젊은이였다. 그런데 애나가 외출 나가는 저녁마다 샐리가 이 한심한 총각과 어울리는 정황이 드러나기 시작했다.

"샐리는 정말 귀여운 처녀지요, 머틸다 아씨." 애나가 말했다. "그런데 아주 멍청하고 철이 없어요. 저 빨간 조끼를 입고 머리카락을 곱슬곱슬 말아 올리는 걸 보면 웃음이 절로 나와요. 제가 웃으며 말합니다. 손만 깨끗하게 씻어도 그렇게 날마다 치장하는 것보다 나을 거라고요. 하지만 머틸다 아씨, 요즘 젊은 처녀들은 어떤 말도 따르지 않습니다. 샐리가 심성은 착한 아이지만 잠시라도 눈을 뗄 수가 없어요."

주변 정황상 애나가 외출 나가는 저녁이면, 샐리가 이 총각과 주방에 앉아 어울린다는 의구심이 점점 더 깊어졌다. 마침내 어느 이른 아침 애나의 목소리가 날카롭게 고조되었다.

"샐리, 이건 머틸다 아씨 아침 식사에 드리려고 어제 내가 사 온 바나나가 아니잖아, 그리고 너 오늘 아침 일찍 길에 나가던데 거기서 뭘 한 거야?"

"아무 짓도 안 했어요, 미스 애니, 그저 한번 나가봤을 뿐이에요. 바나나도 어제 그 바나나 맞아요, 정말이에요 미스 애니."

"샐리, 내가 네게 그처럼 애를 쓰고, 또 머틸다 아씨도 너한테 그렇게 친절한데, 넌 어쩌자고 그런 식으로 지껄이니? 내가 어제 사 온 바나나에는 저런 반점이 전혀 없었어. 내가 더 잘 알아. 어젯밤 내가 외출한 동안 여기 온 그 총각이 바나나를 먹어치웠고, 너는 다른 걸로 채워 넣으려고 오늘 아침에 나갔던 거야. 내게 거짓말하는 샐리는 필요 없어."

샐리는 완강하게 항변하다가 결국에는 포기하고, 어젯밤 바깥문을 여는 애나의 열쇠 소리가 들리자 그 총각이 바나나를 잡아채 달아났다고 실토했다. "앞으론 절대로 그 아이를 들이지 않을게요, 미스 애니, 진짜 다신 안 그럴게요." 샐리가 다짐했다.

그런 후 몇 주일은 아주 평화로웠다. 그러나 어리석고 천진난만한 샐리는 저녁때가 되면 가끔씩 다시 밝은 빨간색 조끼와 작은 보석들을 착용하고 머리카락을 곱슬곱슬 말아 올리기 시작했다.

　이른 봄날의 어느 상쾌한 저녁 시간, 머틸다 양이 현관문을 열어놓고 문 옆의 계단에 서서 산뜻하고 부드러운 밤기운을 음미하고 있었다. 저녁 외출을 마친 애나가 길을 내려왔다. "문 닫지 마요, 머틸다 아씨." 애나가 조용히 말했다. "제가 집에 돌아온 걸 샐리가 몰랐으면 해서요."

　애나가 살그머니 집 안에 들어가 주방 입구에 이르렀다. 그녀의 손이 문고리에 닿는 소리가 들리는 순간 거칠게 후다닥하는 움직임과 함께 문이 탕 하고 닫혔다. 애나가 주방에 들어섰을 때는 샐리 혼자 앉아 있었지만, 아뿔싸, 정육점 총각은 급히 도망치느라 외투를 흘리고 갔다.

　보다시피 애나는 고달프고 다사다난한 일생을 살았다.

　애나는 머틸다 양과도 갈등이 있었다. "저는 돈을 모으려고 노예처럼 고되게 일하고 또 일합니다. 그런데 아씨는 외출해서 그 돈을 모조리 쓸데없는 물건을 사는 데 써버립니다." 착한 애나는, 큰 덩치에 조심성 없는 여주인이 자기류磁器類 몇 점, 새로 나온 동판화, 그리고 때로는 유화 한 점까지 겨드랑이에 끼고 귀가하면 대놓고 불평하곤 했다.

　"그래도 애나." 머틸다 양이 설득했다. "그나마 애나가 돈을 모아주니까 내가 이것들을 살 수 있지 않았겠어." 그런 말을 들으면 애나는 잠시 부드러워지고 흡족한 표정을 지었지만 가격을 알고 나면 곧바로 두 손을 꼭 쥐고 소리를 질렀다. "이를 어째, 머틸다 아씨. 아씨는 외출복이 너무 낡아서 새 외출복을 사야 해요. 그런데 돈을 그렇게 마구 쓰면 어떡해요?" 그럴 땐 머틸다 양도 "그랬었구나, 아마도 내년엔 내가 알아서 하나 장만하겠지, 애나" 하며 선선히 잘못을 인정하곤 했다. 그러면 애나는 위협조로 대꾸했다. "만일 우리가 그때까지 버티면요, 머틸다 아씨, 정말로 아씨가 그러는지 제가 보겠어요."

애나는 소중한 윗사람인 머틸다 양의 지식과 재산이 넉넉한 것은 무척 자랑스러웠지만, 늘 헌 옷을 마구잡이로 입고 돌아다니는 머틸다 양의 버릇은 싫었다. "이런 의복을 입고 만찬에 갈 순 없어요, 머틸다 아씨." 그녀는 출입구 앞을 막고 서서 말하곤 했다. "방에 가서 언제 봐도 정말 근사하게 보이는 새 드레스로 갈아입어요." "하지만 애나, 그럴 시간이 없는데." "아니 시간은 충분해요. 저도 같이 아씨 옷 갈아입는 거 도울게요. 제발요 머틸다 아씨, 그런 차림으로 만찬에 가면 안 돼요. 내년에는, 우리가 그때까지 버티면요, 새 모자도 하나 사드릴게요. 이 모양으로 외출하면, 머틸다 아씨, 창피해요."

불쌍한 주인 아씨는 한숨을 쉬며 양보하지 않을 수 없었다. 양보하며 지내는 방식이, 늘 걱정을 내려놓고 사는 그녀의 명랑하고 느긋한 기질과 잘 어울렸지만, 때로는 참기 어려운 부담이 되기도 했다. 애나가 눈치를 채기 전에 재빨리 문 바깥으로 달려 나가지 않으면, 모든 실랑이를 너무 자주 반복해야 했기 때문이다.

이 덩치 크고 게으른 머틸다 양은 살아가기가 늘 무척 수월했다. 곁에서 착한 애나가 그녀와 그녀가 입고 쓰는 모든 걸 보살피고 돌봐주는 덕분이었다. 그러나 어쩌겠는가, 우리가 사는 이 세상은 결국 대부분 지켜야 할 규범이 있기 마련이고,

쾌활한 머틸다 양 역시 애나 때문에 겪게 되는 갈등이 있었다.

누군가가 매사를 알아서 챙겨주는 건 기분 좋은 일이었다. 그러나 어리석게 요구만 하고 욕망을 드러내지 않아, 자기가 꼭 원하는 것을 바로 얻을 수 없으면 자꾸 짜증이 나는 법이다. 그럴 때면 머틸다 양은 마음을 풀기 위해 시골길로 산책 나가길 좋아했다. 쾌활한 친구들과 더불어, 찬란한 대기 속에서 주체할 수 없는 격정을 품고, 굽이치는 언덕과 옥수수 밭을 건너 자유롭게 멀리까지 걸어갔는데, 그 길은 석양에는 장엄했고 달이 뜨고 별빛이 또렷해지면 층층나무가 하얗게 빛났다. 그럴 땐, 그날 밤은 따뜻한 만찬을 준비하지 않아도 된다고 미리 당부하긴 하였지만, 너무 늦게 돌아왔다고 화를 내는 애나를 떠올려야 하는 게 부담스러웠다.

머틸다 양과 친구들은 건강에 유익했다는 충만감과 눈동자에 가득 담아 온 격렬한 바람과 이글거리는 햇빛으로 인해 피곤했다. 이 행복한 일행은 몸이 뻣뻣해지고 당연히 녹초가 되었지만, 유쾌한 식사와 다정한 대화를 즐길 각오가 되었을 때 그 조그만 집으로 모여들었다. 그들은 애나가 준비하는 훌륭한 음식을 사랑했지만, 그렇다 하더라도 지친 일행이 그녀의 출타 여부를 확인하겠다고 우르르 닫힌 주방 문으로 달려가는 절차는 부담스러웠다. 그리고 나서도 머틸다 양은, 애나가 있으면 애나의 마음을 달래느라, 애나가 없으면 어린 샐리에게 배고픈 일행의 식사 준비를 대담하게 지시하느라 시간이 걸렸다. 그동안 나머지 일행은 지친 발로 녹초가 된 채 기다려야 했다.

때때로 그런 상황은 견디기가 어려웠으며, 머틸다 양은 쾌활한 리지, 우울한 몰리, 행동이 거친 케이티 할멈, 멍청한 샐리처럼 자기가 애나에게 반항하고 있다는 비통한 생각에 자주 빠져들었다.

머틸다 양은 착한 애나 때문에 다른 애로도 겪었다. 머틸다 양은 하녀 애나를 수많은 친구로부터 구해내야 했는데, 그들은 가난한 사람 특유의 친절을 가장하여 애나가 모은 돈을 다 써버렸고 돈을 갚지는 않으면서 약속만 남발했다.

착한 애나는 브리지포인트에서 20년 동안 살면서 별난 친구들을 많이 사귀었고, 머틸다 양은 그런 인간들로부터 애나를 여러 번 구해내야 했던 것이다.

제2부
착한 애나의 삶

　애나 페더너, 그러니까 착한 애나는 남부 독일의 건실하지만 소득이 낮은 가정 출신이었다.

　그녀는 열일곱 살 때 고향 가까운 대도시의 부르주아 가정에 하녀로 들어갔다. 그러나 그 집에서 오래 살지는 않았다. 어느 날 주인 여자가 자기의 하녀, 그러니까 애나를 친구에게 보내면서 그 친구의 집안일을 돌봐주라고 했다. 애나는 하녀가 아닌 종으로 취급당한다는 느낌이 들었다. 그래서 곧바로 그 집에서 나왔다.

　애나는 늘 하녀의 올바른 행동 방식에 대해 고루하긴 하지만 단호한 신념을 고집했다.

　어떤 논쟁을 하고 난 뒤에도 애나는 저녁 시간에 빈 응접실 의자에 앉아서 쉬는 법이 없었다. 주방을 수리하는 동안 칠 냄새로 속이 메슥거리고 또 늘 그렇듯 몸이 고단했지만, 그녀는 머틸다 양과 대화가 길어져도 결코 의자에 앉으려 하지 않았다. 하녀는 어디까지나 하녀이며 언제나 하녀답게 행동해야 한다. 존경을 표시하는 것도 그렇고, 무엇을 먹는가에 있어서도 그렇다.

독일의 일하던 집에서 나온 후 얼마 지나지 않아 애나는 어머니와 함께 미국행 배에 올랐다. 이등실에 탔음에도 길고 따분한 여정이었다. 어머니는 이미 폐결핵을 앓고 있었다.

그들이 도착한 항구는 먼 남쪽의 어느 쾌적한 마을이었고 어머니는 결국 그곳에서 서서히 생을 마감했다.

이제 외톨이가 된 애나는 손위 이복 오빠가 이미 자리를 잡은 브리지포인트로 향했다. 오빠는 뚱뚱하고 행동은 굼떠도 성격은 훌륭한 독일 남자였는데, 과체중으로 인해 온갖 질환에 시달렸다.

그는 빵집 주인으로 기혼이었으며 꽤 부유했다.

애나는 오빠를 제법 좋아했지만 결코 그에게 의존하며 살아가지는 않았다.

브리지포인트에 도착하자 그녀는 메리 워드스미스 양의 집에 하녀로 취직했다.

메리 워드스미스 양은 큰 체격에 살결이 희고 무기력했으며, 돌봐야 할 어린애가 둘이나 있었다. 몇 달 사이에 앞서거니 뒤서거니 세상을 떠난 오빠 내외가 남긴 조카들이었다.

머지않아 애나는 이 집안 살림을 모두 떠맡게 되었다.

애나는 덩치 크고 풍족한 여자의 집에서 일하는 것이 자신에게 적합하다는 점을 터득했는데, 그런 여자들은 예외 없이 게으르고 부주의하거나 무기력해서 애나가 그들이 일상에서 겪는 부담을 떠맡게 되고 또 그러면 그녀가 떳떳하게 만족할 수 있기 때문이었다. 애나의 윗사람들이 언제나 이처럼 덩치 크고 무력한 여자 혹은 남자일 수밖에 없었던 이유는, 애나가 아니면 그들을 아주 편안하고 자유롭게 만들어줄 수 있는 사람이 없는 까닭이었다.

애나는 고양이, 개, 그리고 덩치 큰 여자 주인을 천성적으로 사랑했지만, 아이들에 대하여는 애초부터 강렬한 애정을 느끼지 않았다. 애나는 에드거와 제인 워드스미스 남매를 결코 좋아하게 되지는 않았다. 자연스럽게 끌리는 쪽은 에드거였다. 남자아이들은 잘 대접받고 편안하고 먹을 게 많으면 항상 즐거워하는 반면, 어린 제인의 경우 그 또래 조숙한 소녀에게서 으레 나타나는 여성적인 예민한 반감을 애나가 상대해야 했기 때문이었다.

워드스미스 가족은 여름휴가를 보낼 쾌적한 시골 별장이 있었고 겨울이 되면 시내의 호텔식 아파트에서 몇 달을 보냈다.

점차 애나가 워드스미스 가족의 모든 이동 동선을 관장하게 되었다. 오고 가는 모든 여정을 결정하고, 그들이 묵게 될 숙소도 그녀가 주선했다.

애나가 메리 양 집에서 3년을 보냈을 때, 어린 제인이 애나에게 강력하게 대항하기 시작했다. 제인은 단정하고 명랑하며 어린 소녀의 매력이 뚝뚝 떨어지는 예쁘고 깜찍한 아이였다. 제인은 정성스레 두 갈래로 땋은 금발 머리카락을 등 뒤에 늘어뜨리고 다녔다.

하녀 애나와 마찬가지로 메리 양도 아이들에게 열렬한 애정을 품진 않았지만, 혈족인 이 두 어린아이는 좋아했으며, 애교가 넘치는 어린 제인의 우월한 재능에 얌전히 굴복했다. 애나가 늘 소년의 어설픈 행동을 선호한 반면, 메리 양은 소녀의 부드러운 영향력과 앙증맞은 지배력을 더 크게 기뻐했다.

떠날 준비가 모두 끝난 어느 봄날, 메리 양과 제인 두 사람이 먼저 시골 별장으로 떠나고, 애나는 도시에서 처리할 일을 마무리한 다음 며칠 후 방학이 시작되는 에드거와 함께 뒤따라가기로 했다.

제인은 이번 여름휴가를 준비하면서 유난히 애나가 하는 방식을 거스르며 영리하게 저항했다. 어린 제인은 애나가 기분 나빠할 일을 시키고 싶으면 자기가 아니라 메리 양이 지시하는 것으로 손쉽게 바꿔치기했는데, 막상 덩치는 크지만 유순하고 무력한 메리 워드스미스 양은 자기가 애나에게 어떤 지시를 내릴 엄두조차 전혀 내지 못하는 사람이었다.

제인이 "저, 애나! 메리 고모가 당신이 그렇게 해주기를 바라네요!"라고 재빠르게 주문하면, 애나는 눈동자가 서서히 날카로워지고 쌀쌀해지면서 아랫니를 약간 앞으로 떠밀어 힘껏 위로 밀착시키고는 항상 아주 느릿느릿 대꾸했다. "알았어, 제인 아가씨."

별장으로 이동하던 날, 메리 양은 벌써 마차에 올라탄 참이었다. "저기, 애나!" 어린 제인이 다시 집에 뛰어 들어오며 소리쳤다. "메리 고모가 그러는데 나중에 올 때 고모 방과 내 방에 있는 푸른색 석조石彫 장식품*을 가져오래요." 애나의 몸이 굳어졌다. "여름철에는 사용하지 않는 것들인데, 제인 아가씨."

---

* 원문은 blue dressing으로 천으로 씌운 돌조각 장식품을 말한다.

그녀가 둔탁한 목소리로 말했다. "그럼요, 애나, 그런데 메리 고모가 가져오는 게 좋겠다고 하네요. 그래서 나보고 애나에게 잊지 말라고 말하래요, 잘 있어요!" 그러더니 어린 소녀는 계단을 껑충껑충 가볍게 뛰어 내려가 마차에 올랐고 곧바로 마차는 떠나갔다.

애나는 아무 말 없이 계단에 섰다. 눈동자는 차갑고 날카롭게 번쩍거렸고, 몸과 얼굴은 분노로 경직되었다. 잠시 후 집 안으로 들어가며 그녀는 꽝 하고 거칠게 문을 닫았다.

그 이후 사흘 동안 애나는 견디기가 몹시 힘들었다. 그녀가 정말로 자랑스러워하는 새끼 강아지 베이비, 그러니까 과부寡婦인 친구 렌트먼 부인이 선사한 작고 귀여우며 검정 바탕에 갈색 얼룩이 있는 이 강아지조차, 분노에서 비롯되는 그녀의 맹렬한 열기를 느낄 정도였다. 제멋대로 놀고 맘껏 먹을 이 타이밍만을 학수고대했던 에드거 역시 애나의 비통한 모습에 잠시도 마음을 놓지 못했다.

셋째 날, 애나와 에드거는 워드스미스 가족의 시골 별장으로 출발했다. 두 방에 있는 푸른색 석조 장식품은 가져가지 않았다.

가는 길 내내 에드거는 유색인 마부와 함께 앞자리에 앉아 마차를 몰았다. 남쪽 지방의 이른 봄날이었다. 흠뻑 내린 비로 들판과 숲이 질척거렸다. 도로는 갈색 진흙이 끈적거리고, 돌덩이들이 오고 가는 마차 바퀴에 깨지고 밟혀 여기저기로 흩어져 울퉁불퉁했다. 말들은 길게 이어진 도로 위로 느릿느릿 마차를 끌고 갔다. 흠뻑 젖은 지표면 위로 또 흙 사이사이로 새봄의 작은 꽃과 어린 잎사귀와 고사리 들이 솜털처럼 자라나고 있었다. 나무 꼭대기는 빨강과 노랑, 영롱하게 빛나는 하양과 눈부신 초록으로 온통 화려했다. 아래쪽의 대기는 비에 젖은 질퍽한 땅에서 솟아오른 축축한 안개로 자욱한 가운데, 툭 트인 넓은 들판에 놓은 쥐불*의 푸른 연기에서 풍기는 따뜻하고 기분 좋은 냄새가 섞여들었다. 그리고 무엇보다도, 맑고 드높은 허공과 새들의 노래, 빛나는 태양과 길어지는 대낮의 환희가 충만했다.

비에 흠뻑 젖은 이른 봄, 그 봄을 활발하게 열정을 다해 기쁘게 맞이하지 않으면, 봄이 항상 동반하는 몸의 나른함과 들뜬 마음, 지구의 깊은 중심에서 솟아오르는 온기와 무게감과 강력한 생동감은, 오히려 분노와 짜증과 불안을 야기한다.

따뜻함, 느긋함, 돌길의 덜컹거림, 말들이 내뿜는 콧김, 사람과 짐승과 새 들의 외침 소리, 주위에 온통 가득한 새로운 생명의 기운은, 마차 안에 홀로 앉아 주인 아씨와 대결할 순간에 점점 가까워지는 애나에게 초조감만 더할 뿐이었다. "베이비! 잠자코 있지 않으면 넌 내 손에 죽을 거야. 이런 식으로 굴면 더는 못 참아."

당시 애나는 스물일곱 정도의 나이로 아직까지는 몹시 마르거나 기력을 소진한 상태가 아니었다. 머리와 얼굴의 날카롭게 여윈 뼈대와 윤곽에는 아직 살이 있어 둥그스름했다. 그러나

---

* 농사가 시작되기 전인 이른 봄에 해충을 없애기 위해 벌판의 잡초를 태우는 불(spring fires).

이미 성질과 기분이 맑고 푸른 눈동자에 선명하게 드러났고 아래턱 주위는 마르기 시작했다. 아래턱은 결심을 다짐하느라 무척 자주 긴장되었다.

이날, 혼자 마차 안에 있는 동안 그녀는 몹시 경직되었으며 마음먹은 대로 강력하게 항의하겠다는 전의를 괴롭게 다짐하느라 몸을 덜덜 떨었다.

마차가 방향을 틀어 워드스미스 별장의 정문을 들어서자, 어린 제인이 마중하러 뛰어나왔다. 그녀는 애나의 얼굴을 쳐다보기만 하고 푸른색 석조 장식품에 대해서는 아무 말도 하지 않았다.

애나가 어린 베이비를 가슴에 안고 마차에서 내렸다. 그녀가 싣고 온 짐을 모두 내리자 마차는 떠나갔다. 애나는 짐을 현관에 놔둔 채 메리 워드스미스 양이 난롯가에 앉아 있는 실내로 들어섰다.

메리 양은 커다란 안락의자에 앉아 있었다. 부드러운 몸집이 퍼져 의자의 구석구석을 빈틈없이 채운 모습이었다. 그녀는 검정 새틴 모닝 가운을 입었는데, 괴물 같은 큰 소매가 부드러운 살덩어리로 묵직했다. 덩치 크고 무력하고 온화한 그녀는 언제나 그 자리에 앉았다. 얼굴은 희고 보드라운 살결에 이목구비가 단정하고 아름다웠으며, 상냥하지만 멍한 회청색 눈동자를 덮은 눈꺼풀은 두껍고 졸려 보였다.

어린 제인은 메리 양의 뒤에 서 있다가, 방으로 들어서는 애나를 보자 불안하고 흥분했는지 몸을 움찔했다.

"메리 아씨." 애나가 입을 열었다. 애나는 방에 들어온 모습 그대로 꼼짝도 하지 않고 문 앞에 멈추었다. 감정을 억제하느라 몸과 얼굴이 굳었고 이빨을 꽉 물었으며 맑은 담청색 눈동자에는 하얀 불꽃이 날카롭게 일렁거렸다. 그녀의 태도에는 분노와 두려움에서 비롯된 이상한 교태, 뻣뻣한 몸, 치켜든 고개 등 통제를 강요당한 엄격함 밑에 숨겨진 도발적 동작들이 가득했는데, 그 모두가 격정을 단번에 보여주려는 별난 방식이었다.

"메리 아씨." 둔탁하게 떨리며 느릿느릿 입을 떼었지만 무척 단호하고 강력한 목소리였다. "메리 아씨, 저는 이번 일 같은 건 도저히 참을 수 없습니다. 아씨가 무언가를 지시하면 저는 합니다. 할 수 있는 건 모두 다 하면서, 아시다시피 저는 아씨를 위해 최선을 다합니다. 아씨 방에 있는 푸른색 돌덩어리 조각 장식은 여름에 사용하려면 제게 너무나 많은 노동이 따릅니다. 제인 양은 노동이 뭔지를 모릅니다. 아씨가 제게 그따위 노동을 하길 바란다면 저는 차라리 그만두겠습니다."

애나가 조용히 말을 멈췄다. 그녀의 말이 당초 의도했던 강력한 의미를 표현하진 못했지만, 애나의 속마음이 드러난 분위기의 위세에 눌려 메리 양은 철저하게 놀라고 압도되었다.

비만하고 무력한 모든 여인처럼, 메리 양의 심장은 그것이 다스려야 할 무르고 주체할 수 없는 몸 덩어리 속에서 맥없이 고동쳤다. 어린 제인의 장난질로 이미 내구력이 바닥난 터였다. 그녀가 창백해지더니 아주 의식을 잃었다.

"메리 아씨!" 애나가 소리치며 달려가 메리 양의 감당하기 힘든 체중을 의자 뒤에서 떠받쳤다. 심란해진 어린 제인은 애나가 시키는 대로 여기저기 뛰어다니며 후각 자극제와 브랜디와 식초와 물을 가져오고 따뜻해지라고 가련한 메리 양의 팔목을 주물렀다.

메리 양의 온순한 눈동자가 천천히 열렸다. 애나가 울고 있던 어린 제인을 방 바깥으로 내보냈다. 애나가 메리 양을 혼자서 겨우 침상으로 데려가 조용히 눕혔다.

푸른색 석조 장식에 대해서는 더 이상 한 마디도 오가지 않았다.

애나가 이겼다. 며칠 후 어린 제인은 화해의 뜻으로 초록색 앵무새를 애나에게 선물했다.

어린 제인과 애나는 그 이후 6년을 더 함께 살았다. 헤어지는 날까지 그들은 서로를 조심하고 존중했다.

애나는 제인이 선물한 앵무새를 무척 좋아했다. 그녀는 고양이도 좋아하고 말도 좋아했지만 모든 동물 중에서는 개를 가장 사랑했고 개 중에서는 조그만 베이비를 가장 사랑했다. 베이비는 친구인 과부 렌트먼 부인이 준 첫번째 선물이었다.

과부 렌트먼 부인은 애나에게는 일생의 연인이었다.

애나는 빵집을 운영하던 이복 오빠의 집에서 그녀를 처음 만났다. 오빠는 부인의 작고한 남편, 즉 소규모 식료품 잡화상이던 렌트먼 씨와 교분이 있었다.

렌트먼 부인은 경력이 풍부한 산파産婆였다. 남편이 세상을 떠난 후 부인은 자신과 어린 두 아이의 생계를 책임져야 했다.

부인은 용모가 빼어난 여성이었다. 포동포동하고 육감적인 몸, 맑은 올리브색 피부, 반짝이는 검은 눈동자, 말아 올린 검은색 곱슬머리가 아름다웠다. 예의 바르고 호감형이며 유능한 데다가 선량하기까지 했다. 참으로 매력적이고 참으로 관대하며 참으로 상냥한 여자였다.

부인은 우리의 착한 애나보다 몇 살 연상이었는데, 애나는 만나자마자 끌어당기고 공감하는 부인의 매력에 곧바로 완전히 압도되고 말았다.

렌트먼 부인이 일을 하면서 가장 보람을 느끼는 경우는 곤경에 처한 처녀들의 출산을 도울 때였다. 그녀는 그들을 자기 집에 데려가 죄책감을 느끼지 않고 귀가할 수 있거나 다시 일을 할 수 있을 때까지 은밀하게 보살펴 주곤 했다. 그러고 나서 출산과 돌봄에 들어간 비용도 나중에 천천히 갚아나갈 수 있게 해주었다. 그리하여 애나는 이 새로운 친구와 교류하면서 더욱 다채롭고 흥미로운 인생을 배웠으며, 또 수입을 훨씬 초과하여 남을 지원하는 렌트먼 부인을 돕느라 자기가 저축한 돈 전부를 자주 소진하곤 했다.

애나가 의사 숀젠을 만난 것도 렌트먼 부인 덕분이었다. 의사 숀젠은 애나가 나중에 결국 메리 워드스미스 양과 헤어져야 했을 때 애나를 고용하게 되는 사람이다.

메리 양 집에서 일한 마지막 몇 해 동안 애나는 건강이 무척 나빠졌다. 정말 그때부터 강인했던 그녀의 삶이 다하는 순간까지, 그녀의 건강은 나아지지 않고 계속 안 좋은 상태였다.

애나는 중간 키에 야윈 몸임에도 근면하고 잔걱정이 많은 여자였다.

늘 심한 두통을 달고 살았는데 이제 통증이 더 자주 찾아오고 체력이 더 심하게 소모되었다.

얼굴은 야위어가고 더 앙상해지고 더 지친 빛을 띠고, 피부에는 병약한 여성 노동자처럼 누런 얼룩이 생겼으며, 담청색 눈동자도 창백해졌다.

허리 통증 역시 엄청나게 그녀를 괴롭혔다. 일을 할 때는 항상 피로했고 성질은 점점 더 까다롭고 짜증스러워졌다.

메리 워드스미스 양은 자주 애나에게 조금이라도 몸을 돌보라고, 또 의사에게 가보라고 당부했으며, 지금 아름답고 귀여운 처녀로 막 피어나는 소녀 제인도 애나가 자기 몸을 보살피며 행동하도록 최선을 다했다. 그러나 애나는 제인 양에게 늘 완고했고 혹여 제인이 자기의 생활 방식에 끼어들까 봐 경계했다. 하물며 메리 워드스미스 양의 부드러운 충고 정도야 늘 편안하게 무시하고 넘어갈 수 있었다.

애나에게 영향을 줄 수 있는 유일한 인물은 렌트먼 부인이었다. 애나는 그녀의 설득에 따라 의사 숀젠에게 치료를 받게 되었다.

의사 숀젠이 아니었으면, 착한 독일 여자 애나가 평생 최초로 일을 중단하고 수술을 받겠다고 결심할 리가 없었다. 그는 독일 출신의 가난한 사람을 익숙하게 다루는 요령이 뛰어났다. 쾌활하고 명랑하고 다정하면서도 단순한 상식과 용감한 추리까지 풍부하게 담긴 농담을 주고받으면서, 착한 애나조차 자기 몸에 이로운 선택을 하도록 유도할 수 있었다.

마침 에드거는 몇 년째 집에 없었다. 처음에는 학교에 다니느라, 나중에는 토목 기사가 되기 위해 수습 생활을 하느라 집 밖에 나가 살았다. 애나가 집에 없는 기간 내내, 메리 양과 제인도 여행을 떠나기로 약속했다. 애나가 일할 필요가 없고, 애나 대신 새로운 하녀를 구할 필요도 없었다.

이렇게 하여 애나의 마음도 약간 안정을 찾았다. 그녀는 자신을 건강하고 튼튼하게 회복시키기 위해 최선이라고 판단되는 치료는 모두 하도록, 렌트먼 부인과 의사 숀젠에게 몸을 맡겼다.

애나는 수술을 잘 견뎌냈으며, 노동력의 회복이 더딘 것도 거의 받아들이며 참아냈다. 그러나 다시 메리 워드스미스 양을 위해 일하게 되었을 때는, 여러 달의 휴식으로 생긴 유익한 효과가 곧바로 나타나 걱정을 충분히 덜어주었다.

그 이후로도 계속된 강도 높은 애나의 노동 인생에서 그녀가 정말로 건강했던 때는 없었다. 줄곧 심한 두통에 시달렸고 언제나 여위고 지친 모습이었다.

그녀는 자기의 욕구와 건강과 체력은 도외시하고 항상 자신보고 제발 쉬엄쉬엄 일하라고 당부하는 사람들을 위해 열심이었다. 그녀의 완고하고 신실한 독일 정신에 따르면 이런 태도가 하녀의 올바른 자세였다.

이제 애나가 메리 워드스미스 양과 함께 지내는 시절도 끝나가고 있었다.

어엿한 숙녀로 성장한 제인 양은 이미 사교계에 진출했다. 머지않아 약혼을 하고 이어서 결혼을 할 것이다. 아마 메리 워드스미스 양은 결혼하는 제인의 집에서 살 것이다.

애나는 그 집에까지 가서 일할 생각은 추호도 없었다. 제인 양은 항상 애나에게 신중하고 공손하고 매우 친절했지만, 애나로서는 제인 양이 우두머리인 가정의 하녀가 될 순 없었다. 이것만큼은 애나의 마음속에 매우 확고했으며, 그래서 애나가 여주인 메리 양을 돌보며 지낸 마지막 몇 년은 예전처럼 행복하지 않았다.

변화는 무척 신속하게 찾아왔다.

제인 양이 약혼을 하고 몇 달 안에 결혼식을 올리게 되었다. 신랑은 시골 사람으로 브리지포인트에서 기차로 한 시간 거리인 커든이라는 곳에 살았다.

애나는 제인의 신혼 생활이 시작될 무렵 헤어지겠다고 단단히 마음먹었지만, 가련한 메리 워즈스미스 양은 애나의 결심을 아직 모르고 있었다. 애나는 윗사람인 메리 양에게 이런 결심을 말하기란 꽤나 어렵다는 현실을 깨달았다.

결혼식 준비는 밤낮없이 계속되었다.

애나는 매사가 제대로 준비되도록 열심히 일하고 바느질도 했다.

메리 양은 마음이 몹시 들떴지만 자기들을 대신해 모든 준비를 아주 편하게 챙겨주는 애나가 있어서 만족스럽고 행복했다.

애나는 이런 식으로 메리 양과 헤어지는 게 왠지 옳지 않다는 생각도 들었으므로, 슬픔과 양심의 가책을 지워버리기 위해 줄곧 열심히 일했다. 그러나 애나가 달리 어떤 선택을 할 수 있겠는가? 제인 양이 우두머리인 집에서 메리 양의 하녀로 살 수는 없었다.

결혼식 날짜가 계속 가까워지더니, 마침내 그날이 왔고 또 지나갔다.

젊은 부부가 신혼여행을 떠난 뒤, 애나와 메리 양이 남아 옮겨 갈 짐을 모두 꾸렸다.

불쌍한 애나는 아직까지도 자기가 마음먹은 바를 메리 양에게 말할 용기가 생기지 않았지만, 이제 더 이상 미룰 수가 없었다.

애나는 시간이 날 때마다 위로와 충고를 구하려고 친구 렌트먼 부인에게 달려갔다. 애나는 자기 결심을 메리 양에게 말하는 자리에, 친구인 렌트먼 부인이 꼭 동석해달라고 간청했다.

만일 렌트먼 부인이 브리지포인트에 살지 않았더라면, 애나는 아마 커든의 새 집에서 살아볼 생각도 했을 것이다. 렌트먼 부인은 애나에게 커든에 가지 말라는 강요도 권고도 하지 않았다. 그러나 부인을 꾸준히 흠모한 애나로서는, 충직한 하녀일지라도, 이번만큼은 다른 때처럼 윗사람 메리 양의 필요에 맞추겠다는 생각이 굳건하지 않았다.

기억하라, 렌트먼 부인은 애나에게 일생의 연인이었다.

이제 짐을 옮길 준비가 모두 끝났다. 며칠만 있으면 메리 양은 신혼부부가 기다리는 새 집으로 출발할 것이다.

마침내 애나가 말해야 할 순간이 되었다.

가련한 메리 양이 상황을 분명히 이해하도록, 렌트먼 부인이 애나와 함께 가서 도와주기로 했다.

두 여자가 텅 빈 거실의 난롯가에 조용히 앉아 있는 메리 워드스미스 양에게 다가갔다. 메리 양은 이전에도 여러 번 렌트먼 부인을 본 적이 있어서, 애나와 함께 다가오는 부인을 보면서도 마음속에 아무 의심도 일지 않았다.

두 여자로서는 말을 꺼낸다는 게 여간 힘든 일이 아니었다.

메리 양에게 변화를 통보하는 이 과정은 아주 부드러워야 했다. 갑작스럽게 또는 흥분된 감정으로 말해서 그녀에게 충격을 주면 안 되었다.

애나는 몸이 몹시 뻣뻣해지고 내심 부끄러움과 근심과 슬픔으로 무척 떨렸다. 평소 유능하고 충동적이고 유유자적하고, 이번 일을 크게 걱정하지도 않은 대담한 렌트먼 부인조차 큰 체구에 온화하고 무기력한 이 여성 앞에서는, 어색하고 창피하다 못해 거의 죄를 짓고 있다는 느낌마저 들었다. 그런 부인에게 상황의 막중함을 일깨워준 것은 옆에 있는 가엾은 애나의 강렬한 확신이었다. 애나는 무심하려고, 자신의 옳은 판단을 믿으려고, 감정을 억제하려고, 애쓰고 있었다.

"메리 아씨." 애나는 해야 할 말이 있을 때면 언제나 날카롭고 짧게 표현했다. "메리 아씨, 렌트먼 부인이 저와 동행하여 이곳에 왔습니다. 그래서 제가 아씨와 함께 커든에서 살지 않을 거라는 말씀을 드릴 수 있게 되었습니다. 물론 저는 아씨가 정착하도록 도울 겁니다만, 그러고 나서는 돌아와 바로 이곳 브리지포인트에서 살 생각입니다. 아시다시피 제 오빠가 온 가족과 이곳에서 살고 있으니까 제가 그들과 아주 멀리 떠나 사는 건 옳지 않다고 생각합니다. 또 메리 아씨도 가족 모두가 커든에 모여 살게 되면, 제가 꼭 필요하진 않을 겁니다."

메리 워드스미스 양은 얼떨떨한 표정을 지었다. 그녀는 애나가 한 말이 무슨 뜻인지 제대로 이해하지 못했다.

"저런 애나, 오빠를 보고 싶으면 언제든 이곳으로 와서 보면 되잖아. 마차 요금은 내가 항상 대줄게. 그런 건 애나가 벌써 다 알고 있는 걸로 생각했어. 또 애나의 조카들도 원하면 언제든 우리 집에 놀러 와서 같이 지내. 대환영이야. 골드트와이트의 집처럼 넓은 주택에는 항상 공간이 넉넉하거든."

지금이 바로 렌트먼 부인이 끼어들 순간이었다.

"애나, 방금 당신이 말한 취지를 워드스미스 아씨가 이해하지 못했어." 렌트먼 부인이 말하기 시작했다. "워드스미스 아씨, 애나는 아씨가 얼마나 선량하고 친절한지 잘 알아서 늘 남들에게 그 사실을 얘기하고 다닙니다. 또 아씨가 자기를 위해 최선을 다하고 있는 데 대해 몹시 고마워하고, 아씨와 헤어지고 싶은 마음은 조금도 없습니다. 다만 애나가 생각하기에는, 이제 골드트와이트 부인이 커다란 새 집에서 자기 방식대로 살림을 해나가려고 할 것이므로, 그녀의 어린 소녀 시절을 기억하는 애나와 같은 사람보다는 완전히 새로운 하녀들을 데리고 새롭게 시작하는 게 아마 더 나으리라는 겁니다. 지금 애나의 생각이 그렇습니다. 그리고 애나가 제게 물어 와서 제가 이렇게 의견을 말해줬습니다. 먼저 애나의 생각대로 하는 게 모두에게 더 좋을 테고, 애나가 아씨를 무척 좋아한다는 건 아씨도 안다, 또 아씨는 애나에게 무척 친절하니까, 어쨌거나 골드트와이트 부인이 새로운 집에 익숙해질 때까지 잠깐이라도 애나가 브리지포인트에 계속 머무르면, 새 집에 애나가 없는 게 더 낫겠다는 애나의 생각을 아씨도 이해할 것이다, 라고요. 애나, 이런 말들이, 당신이 워드스미스 아씨가 이해해줬으면 하는 내용 아니었어?"

"어머 애나." 메리 워드스미스 양이 깜짝 놀란 슬픈 어조로 느릿느릿 말했다. "아니 애나, 이렇게 오랜 세월 함께 지내다 보니, 애나가 언젠가 나와 헤어질 수도 있을 거라고는 생각하질 못했어." 착한 애나에겐 이런 말투가 정말 견디기 힘들었다.

"메리 아씨!" 긴장했다가 불쑥 터지는 파열음 같은 목소리였다. "메리 아씨, 제인 양 밑에서 일할 수 없다는 그 사실 하나 때문에 제가 아씨를 떠나는 겁니다. 저는 아씨가 얼마나 훌륭한지 알고 또 제가 아씨와 에드거와 제인을 위해 얼마나 열심히 일하는지도 자각하고 있습니다. 근데 제인 양만은 우리가 늘 해오던 방식이 모두 달라지길 바랄 겁니다. 알잖아요, 메리 아씨, 저는 24시간 감시하면서 매 순간 새로워지길 바라는 제인 양과는 같이 지내지 못합니다. 메리 아씨, 참 언짢은 일이지요, 또 제인 양은 제가 아씨와 함께 새 집에 오는 걸 진정으로 원하고 있지 않습니다, 전 그걸 줄곧 깨닫고 있었습니다. 메리 아씨, 부디 기분 나쁘게 생각하거나, 제가 아씨를 위해 제대로 일할 수 있는데도 떠나려 한다고 오해하지는 말아주세요."

불쌍한 메리 양. 끝까지 매달리는 건 그녀가 할 행동이 아니었다. 그녀가 끈질기게 호소했다면 애나는 틀림없이 마음을 돌렸겠지만, 평화로운 메리 양이 그렇게까지 하는 건 지나친 노동이고 근심이었다. 애나를 잡으려면 감당해야 했지만, 가련한 메리 워드스미스 양은 한숨만 쉬며 애석한 눈초리로 애나를 바라보더니 끝내는 포기했다.

"최선이라고 생각하는 대로 행동해, 애나." 마침내 그녀가 자신의 물렁한 몸을 뒤로 기대 의자에 푹 파묻으면서 말했다. "정말 미안해. 또 제인도 애나가 최선의 행동이라고 생각하게 된 경위를 들으면 똑같이 미안해할 게 분명해. 렌트먼 부인이 정말 친절하게도 함께 와준 건 애나에게 도움을 주려고 그런 게 분명해. 짐작건대 지금은 잠깐 나갔다 오고 싶겠지. 한 시간 안에만 돌아와 애나, 그래서 내가 잘 수 있게 좀 도와줘." 메리 양은 눈을 감더니 난롯가에서 조용하고 차분하게 휴식에 들어갔다.

두 여자는 밖으로 나왔다.

이것으로 애나는 메리 워드스미스 양의 하녀 생활을 마감하고, 곧이어 의사 숀젠을 돌보는 새로운 인생을 시작했다.

쾌활한 총각 의사의 살림을 도맡으면서 독일 처녀 애나의 마음속에 새롭게 터득하게 되는 일들이 많아졌다. 그녀는 예전처럼 확고하게 원칙을 지켰으나, 애나는 어쩌다 자기가 즐거운 마음으로 허락하여 생긴 일은 언제고 다시 벌어질 수 있다고 항상 생각했다. 예를 들어 그녀는 의사 숀젠과 그의 총각 친구들을 위해서 밤중 언제고 깨어나 식사 준비를 하고 두껍게 자른 고기 요리와 닭튀김을 만들곤 했다.

애나는 남자들을 위해 노동하는 게 즐거웠는데, 그들이 엄청나게 또 즐겁게 먹을 수 있기 때문이었다. 그들은 몸이 따뜻하고 배가 부르면 만족해하면서, 그녀가 최선으로 생각하는 건 뭐든 하게 놔두었다. 애나는 누가 간섭하건 말건 1센트라도 절약하고 하루 종일 일하려고 안간힘을 썼을 것이므로, 그녀의 양심이 잠깐이라도 방심한 건 아니었다. 하지만 그녀는 야단칠 수 있는 대상을 진짜로 제일 좋아했다. 지금 그녀가 야단을 치는 상대는 다른 하녀와 유색인, 개, 고양이, 말, 앵무새뿐 아니라 쾌활한 윗사람이자 멋진 의사인 숀젠도 있었는데 그는 애나가 도움이 되는 방향으로 이끌 수도, 꾸준히 질책할 수도 있는 인물이었다.

애나가 의사 숀젠의 짓궂음과 명랑하게 농담하는 태도를 좋아했듯이, 그도 정말로 그녀의 질책을 좋아했다.

이때가 애나의 행복한 시절이었다.

이제 처음으로 그녀의 별난 기질, 그러니까 사람들의 괴상한 버릇을 대하는 그녀의 장난기가 모습을 드러냈는데, 그런 점이 훗날 우둔하고 비굴한 케이티 할멈과, 샐리의 유치한 버릇과, 또 피터와 랙스의 불량기를 마주쳐도 유쾌함을 잃지 않게 했다. 그녀는 의사의 의학용 해골을 움직이면서 이상한 소음을 내는 장난을 좋아했는데, 흑인 사환이 부들부들 떨면서 공포에 질려 눈의 흰자위를 드러낸 후에야 장난을 그만두었다.

애나는 그동안 살아온 사연을 의사에게 털어놓기도 했다. 지치고 여위고 주름지고 결연한 그녀의 얼굴에 유머러스한 새 주름이 생기기도 하고, 의사가 스스럼없이 폭소를 터뜨릴 때는 그녀의 담청색 눈동자가 유머와 행복감으로 환해지기도 했다. 착한 애나는 의사가 즐거워하도록 안간힘을 썼는데, 자기 이야기를 들려주거나 잔뜩 유쾌한 애교를 떨면서 앙상하고 각진 노처녀의 몸을 으쓱거리기도 했다.

쾌활한 의사 숀젠과 함께 보낸 이 초반의 시기에 착한 애나는 무척 행복했다.

애나는 이 무렵 여유가 생기면 친구인 과부 렌트먼 부인과 시간을 보냈다. 렌트먼 부인은 의사 숀젠의 집과 동일한 구역의 조그만 주택에서 두 아이를 데리고 살았다. 큰아이는 줄리아라는 이름의 소녀로 당시 나이가 열세 살 정도였다. 줄리아 렌트먼은 육중하던 독일인 아버지를 닮아 매력이라곤 전혀 없고 이목구비가 못났으며 성격도 따분하고 고집스러웠다. 그러나 렌트먼 부인은 딸과 별로 갈등하지 않았다. 자기 소유 중 딸이 달라고 하는 건 늘 모두 주었고, 딸이 제멋대로 행동해도 간섭하지 않았다. 딸을 무시하거나 미워해서 그러는 게 아니라 그저 그러는 게 부인의 평소 태도였다.

둘째는 누나보다 두 살 어린 사내아이로 총명하고 상냥하고 명랑했는데, 이 아이 역시 주어진 돈과 시간으로 하고픈 대로 행동했다. 렌트먼 부인이 아이들을 방치했던 것은 부인의 머릿속과 집 안만 보더라도 집중하고 시간을 쏟을 일이 차고 넘쳤기 때문이다.

우리의 착한 애나는, 집안일을 이처럼 느슨하고 소홀하게 관리하고, 또 엄마라면서 자식의 올바른 훈육에 무관심한 부인이 몹시 안타까웠다. 물론 애나는 야단도 치고, 렌트먼 부인을 위해 절약도 하고, 물건들을 제자리에 정리하면서 나름의 최선을 다했다.

애나는, 처음으로 렌트먼 부인의 눈부신 재능과 화려한 매력에 사로잡혔던 초기에도, 물건들이 엉망으로 어질러진 부인의 집에 있으면 마음이 불편했다. 이제는 성장하는 두 아이의 비중이 집 안에서 한층 중요해졌고, 또 오래 교제하면서 자기 눈을 현혹했던 요소들도 제거되었으므로, 애나는 옳다고 생각하는 대로 이곳의 상황을 바로잡으려고 싸우기 시작했다.

이제 착한 애나는 어린 줄리아를 관찰하면서 올바르게 행동하라고 심하게 질책했다. 그녀가 보기에 줄리아 렌트먼이 상냥하지 않아서가 아니라, 성장기의 어린 소녀에겐 올바른 행동을 훈육할 사람이 반드시 필요하기 때문이었다.

사내아이는 질책하기가 상대적으로 쉬웠다. 결코 예민한 부분까지 꾸중하는 게 아닌 데다가 야단을 맞으면 새로운 먹을거리가 생기고 생생한 놀림감과 즐거운 농담까지 따라왔으므로 아이는 오히려 야단맞는 걸 무척 좋아했다.

그러나 소녀 줄리아는 질책이 쌓일수록 점점 뚱해졌고 매우 끈질기게 자기주장을 관철시켰다. 그녀가 보기에 미스 애니는 결국 친척도 아니고 자기 집에 올 특별한 이유도 없으며 또 항상 분란을 일으키는 사람이기 때문이었다. 애나가 소녀의 모친에게 호소해도 아무 소용이 없었다. 렌트먼 부인의 태도는 정말 불가사의였다. 경청은 하되 들어주진 않고, 대답은 하되 결심은 하지 않고, 요청받은 대로 말하고 행동하되 어질러진 상황은 있던 그대로 방치했다.

그러다 애나가 우정을 지탱하기조차 힘들 정도의 나쁜 상황이 벌어졌다.

어느 일요일 오후, 애나가 렌트먼 부인의 집에 들어서며 물었다. "이봐, 줄리아, 엄마는 외출하셨니?"

이날 애나는 무척 매력적으로 보였다. 그녀는 항상 주의해서 옷을 입었고 새 옷을 아꼈다. 외출하는 일요일이 오면 늘 하녀는 어떻게 보여야 하는가에 대한 자기 나름의 모범을 실천했다. 애나는 세상 각 계층별로 어떤 유형이 꼴불견인가를 매우 잘 알았다.

애나가 워드스미스 양의 옷, 또 훗날에 소중한 여주인 머틸다 양의 옷을 골라 구매하는 행태는 흥미로웠다. 그녀는 언제나 전적으로 자기 기호에 따라 고른 옷을, 흔히 친구들이나 자신의 옷을 살 때만큼 저렴한 가격에 샀다. 그런데 윗사람을 위해 고른 옷은 상류층 여인에게 합당한 느낌인 반면에, 다른 사람들을 위해 고른 옷은 늘 우리가 네덜란드 풍이라고 부르는 어색하고 볼품없는 느낌이었다. 그녀는 각자의 신분에 가장 적합한 옷이 무엇인가를 알았으며, 나름의 강인한 인생을 살아가면서 하녀가 입어야 할 올바른 옷에 대한 신념을 절대 양보한 적이 없었다.

이 화창한 여름의 일요일 오후, 렌트먼 부인의 집에 오면서 그녀는 한껏 멋을 냈다. 새로 산 붉은 벽돌색 비단 조끼와 색이 어두운 천으로 만든 스커트를 입었는데, 조끼의 끝부분은 검정 구슬을 단 폭넓은 수술로 꾸몄다. 머리에도 오색 리본과 한 마리의 새로 장식한 뺏뺏하고 반짝이는, 새로 산 검정 밀짚 모자를 썼다. 팔에도 새 장갑을 끼고, 목에는 깃털로 만든 긴 스카프를 둘렀다.

당장은 쾌적한 여름 햇빛으로 밝아 보였어도, 여위고 가늘고 보기 흉한 몸매와 몹시 피곤해 보이는 연노랑 얼굴은, 그녀가 입은 화려한 의상과 기괴한 부조화를 연출하였다.

애나가 렌트먼 부인의 집에 온 것은 한참 만이었다. 남부 쾌적한 도시의 중하류층 집이 흔히 그렇듯, 빗장이 걸리지 않은 문을 여니 가족이 쓰는 거실에 줄리아가 홀로 남아 있었다.

 "이봐, 줄리아, 엄마는 어디 계시니?" 애나가 물었다. "엄마 외출했어. 그렇지만 들어와, 미스 애니, 여기 와서 우리 새 남동생 좀 봐." "줄리아, 너답지 않게 무슨 바보 같은 소릴 하니." 애나가 앉으며 말했다. "내가 바보처럼 말하고 있는 거 아니거든, 미스 애니. 엄마가 막 귀엽고 예쁜 사내 아기를 입양한 거야, 몰랐어?" "정신 나간 소리 하지 마, 줄리아, 그런 말은 더 잘 알아본 다음에 하는 거야." 줄리아가 시무룩해졌다. "좋아 미스 애니, 내 말 안 믿어도 좋아, 하여간 주방에 조그만 아기가 있고 엄마가 돌아오면 직접 다 설명하겠지."

 무척 기이하게 들렸으나 줄리아에게서 진정성이 느껴졌고 또 렌트먼 부인은 충분히 엉뚱한 행동을 하고도 남을 사람이었다. 애나는 심란했다. "도대체 무슨 말이야, 줄리아." 그녀가 물었다. "특별한 의미는 없어, 미스 애니, 주방에 아기가 있다는 사실을 못 믿나 본데, 그럼 직접 가서 확인해봐."

 애나가 주방에 들어갔다. 틀림없이 아기가 있었고, 튼튼한 사내아이 같았다. 아기는 개방된 문 옆의 구석에 자리 잡은 요람 안에서 아주 깊은 잠에 빠져 있었다.

 "그러니까 네 말은 엄마가 여기에 아기를 잠깐 놔두게 했다는 거잖아." 엄청 부아가 치민 애나가 뒤쫓아 들어온 줄리아에게 말했다. "아냐 그게 아냐, 미스 애니. 아기 엄마는 시골의 주교관主教館에서 온 처녀 릴리야. 릴리는 아기를 기르고 싶지 않고, 우리 엄마는 그 작은 사내아이가 너무 맘에 드니까, 아기를 집에 데리고 살면서 자식으로 입양하겠다고 얘기했어."

애나는 이번만은 경악과 분노로 정말 말문이 막혔다. 그때 현관문이 쾅 하고 닫히는 소리가 났다.

"엄마가 왔어." 줄리아가 불안해하면서도 의기양양하게 소리쳤는데, 마음속으로 자기가 아직 누구 편인지 확신이 서지 않아서였다.

"엄마가 왔으니 내 말이 진실인지 아닌지 엄마에게 직접 확인해봐."

렌트먼 부인이 그들이 있는 주방으로 들어섰다. 그녀는 평상시처럼 단조롭고 무미건조하면서도 상냥했다. 그럼에도 불구하고 오늘은, 그녀의 산파 생활을 그처럼 성공적으로 이끈 이 평소의 태도에서, 불안한 죄의식이 두드러지게 드러났다. 렌트먼 부인 역시 착한 애나와 교류하는 모든 사람처럼, 애나의 단호한 성격과 강건한 판단력, 열정적인 신랄한 말버릇을 두려워했다.

두 여자가 사귄 지난 6년 동안 주도권이 점점 애나에게로 넘어온 사실은 분명했다. 물론 그녀가 진정으로 주도했다고는 볼 수 없는 것이, 렌트먼 부인은 절대로 끌려다니는 사람이 아니었고 나름대로 퍽 교활하게 행동했다. 그러나 애나는 렌트먼 부인이 뭘 하려고 하는지 알게 될 때마다 실제 행동으로 옮기기 전에 지시까지 할 수 있었다. 하지만 이번 사안에서는 어느 쪽이 이길지 예측하기 곤란했다. 렌트먼 부인은 남의 말을 잘 따르지 않는 성향이 있고, 기분 나쁘지 않게 주의를 분산시키는 나름의 교묘한 요령도 있는 데다가 어쨌거나 이 일은 이미 저질러진 기정사실이어서 그녀가 유리했다.

애나는 평소처럼 올바른 방향으로 결연히 나섰다. 분노와 두려움으로 경직되고 핼쑥하고 신경이 곤두섰으며, 치열한 전투를 앞두고 늘 그랬듯이 온몸을 부들부들 떨었다.

실내로 들어서는 렌트먼 부인은 마음이 편하고 기분도 좋았다. 그러나 애나는 뻣뻣하고 조용하고 무척 창백했다.

"오랜만이네, 애나." 렌트먼 부인이 다정하게 말을 걸었다. "어디 아픈 데는 없나 막 걱정하고 있던 참이었어. 이런! 오늘은 정말 날씨가 덥네. 거실로 들어와 앉아, 애나. 줄리아는 아이스티 좀 타 와라."

애나는 뾰로통하게 아무 말 없이 렌트먼 부인을 따라 거실로 들어갔지만 부인이 권유한 대로 의자에 앉진 않았다.

애나가 이의를 제기해야 할 때 늘 그랬듯이 이번에도 아주 짧고 예리하게 용건을 말했다. 그녀는 바로 지금 호흡이 가빠지는 걸 느꼈고 모든 단어가 단번에 홱 튀어나왔다.

"렌트먼 부인, 당신이 릴리의 아들을 입양할 생각이라고 줄리아가 말하던데 사실이 아니겠죠. 내가 그렇게 말하는 줄리아에게 제정신이냐고 쏴주었어요."

극도로 흥분한 애나가 숨을 멈추고 속사포로 날카롭게 단번에 말을 뱉어냈다. 렌트먼 부인은 감정이 상해 호흡이 느려졌지만, 조금 전보다는 한결 상냥하고 편안하게 천천히 말했다.

"아니 애나." 부인이 운을 뗴었다. "현재 릴리가 주교관에서 일하고 있어서 아기를 키울 처지가 아닌 건 애나도 이해하겠지. 근데 아기가 정말 귀엽고 사랑스러워. 내가 어린애들을 얼마나 좋아하는지 잘 알잖아. 또 나는 줄리아와 윌리에게 어린 남동생이 생기면 좋겠다고 생각했어. 애나도 알다시피 나는 집을 비워야 할 때가 많고 윌리도 잠시도 쉬지 않고 늘 길에 나가 뛰어노니까, 말하자면 늘 아기들과 노는 걸 좋아하는 줄리아에게 이 아기가 멋진 친구가 되는 거야. 애나 당신은 줄리아가 너무 거리를 쏘다녀 걱정이라고 항상 말하는데, 이 애가 줄리아를 집 안에 잡아놓기에는 정말 안성맞춤이지."

애나는 분개하고 열이 올라 얼굴이 점점 창백해졌다.

"렌트먼 부인, 당신이 낳아 이 집에서 키우는 줄리아와 윌리도 제대로 돌보지 못하는 주제에 자진해서 또 다른 아기를 입양한다는 게 도대체 뭐 하는 짓인가요. 내가 안 오면 이 집엔 줄리아에게 조언해줄 사람이 아무도 없어요. 이제부터 누가 줄리아에게 아기 돌보는 방법을 말해주나요? 줄리아는 아기와 올바르게 지내는 요령도 전혀 모르고, 당신은 계속 나가 다니느라 친자식 돌볼 시간조차 내지 못하면서도 지금은 모르는 사람들과 어울리길 원하잖아요. 당신이 무모하다는 건 알았지만 이렇게까지 할 줄은 몰랐어요. 안 돼요, 렌트먼 부인. 무슨 수를 써서라도 서로 잘 지내야 할 친자식이 둘씩이나 있는데 다른 아이를 입양하는 게 당신의 의무가 될 순 없어요. 한마디 더 하면, 부인은 항상 넘치도록 돈을 벌 수 없다는 걸 알면서도 지금 전혀 조심성 없이 버는 돈을 모두 써버리는데, 그사이 줄리아와 윌리는 계속 자라나고 있답니다. 렌트먼 부인, 그런 식으로 행동하면 안 됩니다."

최악의 행동이었다. 지금까지 애나가 친구에게 그렇게까지 속마음을 드러낸 적은 없었다. 실제로 렌트먼 부인이 이런 말까지 듣게 하는 건 지나치게 가혹했다. 만약 애나의 말에 담긴 의미를 진심으로 받아들였다면, 부인은 애나에게 다시 자기 집을 방문해달라는 부탁은 결코 하지 못했을 것이다. 그러나 부인은 애나를 아주 좋아했고 애나의 저축과 능력에 기대곤 했다. 더욱이 부인은 실제로 가혹한 생각을 받아들일 수가 없는 상태였다. 그녀는 어떤 날카롭고 단단한 위기의 감촉을 느끼지도 못할 만큼 엄청나게 산만했다.

잠시 후 부인은 지금의 상황을 겨우 이해하고선 다음과 같이 얼버무려 말했다. "어머 애나, 낮에 우리 애들이 그때그때 하는 행동을 보면서 너무 나쁜 선입견이 생긴 것 같아. 줄리아와 윌리는 정말 착해. 놀이터에서도 제일 괜찮은 아이들하고만 놀아. 만약 애나에게 자식이 몇 있다면 얼마간 그들이 좋아하는 대로 행동하게 놔둬도 해롭지 않다는 걸 알게 될 거야. 줄리아가 이 아기를 좋아하는 게 그런 거야. 앙증맞고 소중한 아기를 지금 보호소에 보내는 건 그러니까 나쁜 짓이 되겠지. 아이들을 무척 좋아하고 특히 우리 윌리에게 언제나 친절한 애나니까 잘 알 거야. 정말 그러는 게 아니야 애나, 내가 여기서 훌륭하게 기를 수 있는 불쌍하고 귀여운 이 아기를 보호소에 보낸다는 건, 말하기는 쉽지만 당신이라도 솔직히 그러고 싶지는 않잖아. 애나, 지금 그렇게 심하게 말하지만, 당신이라도 아마 그렇게 안 할 거야. 이런, 오늘 날씨가 정말 무덥군. 줄리아, 아이스티를 들고 서서 뭐 하는 거야, 미스 애니가 아까부터 마실 걸 기다리고 있잖니?"

줄리아가 아이스티를 가져왔다. 주방에서 대화를 엿들으며 몹시 흥분한 그녀는, 유리잔에 담은 제법 많은 아이스티를 받침 접시에 흘렸다. 그렇지만 줄리아는 안전했다. 애나가 이 골치 아픈 상황에 대해 깊이 생각하느라, 서툴고 여윈 줄리아의 손, 오늘 새 반지를 낀 손, 항상 잘못을 저지르는 저 멍청하고 어리석은 손은 쳐다보지도 않았기 때문이다.

"여기 미스 애니." 줄리아가 말했다. "여기 아이스티 가져왔어, 평소에 좋아하는 대로 아주 진하게 탔어."

"아냐, 줄리아, 난 여기서 아이스티를 마시고 싶지 않아. 네 엄마는 지금 친구에게 아이스티를 대접할 돈이 없어. 이제 더 이상 그런 데 돈 쓰는 건 옳지 않아. 난 이제 드레턴 부인을 만나러 갈 거야. 그녀는 할 수 있는 거라면 뭐든 가리지 않고 다 하는 사람인데, 자식들 돌보느라 일을 너무 열심히 해서 최근에 병에 걸렸어. 난 지금 그 사람한테 가. 잘 있어요, 렌트먼 부인, 당신이 하면 안 될 일을 기어이 해서 불행해지지 않으면 좋겠습니다."

"어머, 미스 애니가 정말 몹시 화가 났나 봐." 줄리아가 말했는데, 그 순간 착한 애나가 온 힘을 다해 바깥문을 쾅 하고 닫는 바람에 집 전체가 흔들렸다.

그때는 애나가 드레턴 부인과 몇 달에 걸쳐 친하게 지내던 시기였다.

드레턴 부인은 종양을 앓아서 의사 숀젠에게 치료를 받으러 다녔다. 여러 차례 병원을 방문하는 동안 그녀와 애나는 서로 매우 가까운 사이가 되었다. 격렬한 열정이 오가는 우정은 아니었다. 열심히 일하며 잔걱정이 많은 두 여자의 그저 잔잔한

동병상련이었다. 한쪽은 큰 체격의 자애로운 여자로, 상냥하고 잘 참고 부드럽고 몹시 지치고 관대한 얼굴을 하고 있었다. 그녀에게는 순종해야 할 독일인 남편과 양육해야 할 일곱 명의 튼튼한 자녀가 있었다. 다른 쪽은 우리의 착한 애나로, 노처녀 몸매에 턱이 단단하고 눈동자가 유머러스하고 경쾌하며 맑았으나, 연노랑 얼굴은 각지고 여위고 몹시 피곤해 보였다.

드레턴 부인의 일상은 인내와 검소와 근면으로 점철되었다. 제법 정직하고 품위 있는 그녀의 남편은 맥주 만드는 일을 했는데 다소 과음하는 버릇이 있어서 무뚝뚝하고 인색하고 무례할 때가 많았다.

일곱 명의 자식은, 건장하고 쾌활하고 효심이 깊은 아들이 네 명이고 근면하고 순종적이고 평범한 딸이 세 명이었다.

착한 애나는 그들의 가정생활에 깊이 공감했고 그들 가족도 모두 애나를 몹시 좋아했다. 독일 출신인 애나는 가장의 권위를 안쓰러워하는 마음이 있어서 퉁명스러운 드레턴 씨에게 고분고분했고 좀처럼 그의 신경을 잘못 건드리지도 않았다. 큰 체격에, 몹시 지쳐 보이고 잘 참는 병약한 드레턴 부인에게는, 자기의 말을 공감하며 경청해주는 사람, 현명하게 자문해주고 가장 유능하게 도와주는 사람이 애나였다. 아이들 역시 애나를 몹시 따랐다. 사내아이들은 항상 장난을 쳤고 그녀가 응수하며 등짝을 세게 때리면 재미있다는 듯 명랑하고 떠들썩하게 깔깔거렸다. 여자아이들도 몹시 착해서 애나가 그 아이들을 상대로 질책을 한다는 것은, 오로지 친절한 모습을 띤 충고일 뿐이었다. 애나는 질책을 하면서도 아이들의 마음을 달래려고 새로운 모자 장식과 리본을 주었으며, 이따금씩 생일날에는 작은 보석 조각도 선물했다.

애나가 친구인 과부 렌트먼 부인에게 가혹한 일격을 가한 다음, 위안을 받고자 찾아온 곳이 이 가정이었다. 드레턴 부인에게 괴로움을 털어놓으려는 것은 아니었다. 이상을 추구하는 이 애정으로 인해 자기가 받은 상처를 결코 발가벗고 드러낼 수는 없었다. 렌트먼 부인과의 관계는 발설하기에는 너무나도 신성했고 너무나도 비통했다. 그러나 여기 이 대가족 속에서, 바쁜 움직임과 다양한 갈등 속에서, 그녀는 자기의 상처에서 비롯된 불안과 고통을 가라앉힐 수 있었다.

드레턴 가족은 대도시 외곽의 시골에 옹기종기 자리 잡은 볼품없는 목조 가옥들 중 하나에 살았다.

이곳에서 아버지와 아들들은 맥주 만드는 일을 했고, 어머니와 딸들은 빨래와 바느질과 취사를 했다.

일요일이 되면 식구 모두가 깨끗이 몸을 씻었다. 몸에서는 부엌용 비누 냄새가 났다. 나들이옷 차림의 아들들은 집 근처나 시내를 배회하였고, 특별한 날에는 여자 친구들과 피크닉을 떠났다. 어색하면서도 화려한 색깔의 옷과 보석을 착용한 딸들은 교회에서 거의 하루 종일을 보낸 후 친구들과 산책을 했다.

가족들은 항상 함께 저녁 식사를 하러 모였다. 독일 사람들이 사랑하는 즐거운 일요일 저녁 식사로, 애나의 참석은 언제나 대환영을 받았다. 이 자리에서 애나와 소년들은 툭툭 치고 받으며 다정하고 소란스럽게 깔깔거렸다. 딸들은 온 식구가 먹을 음식을 준비하고 시중을 들었으며, 어머니는 언제나 자식 모두를 극진한 사랑으로 보살폈다. 합석한 아버지가 가끔씩 불쾌한 말을 던져 어색한 분위기를 만들었지만, 식구들은 그런 발언을 마치 못 들은 척 지나치는 요령도 모두 터득했다.

애나가 그 일요일 여름 오후에 렌트먼 부인과 그녀의 무심한 태도를 뒤로하고 이 집을 찾아온 것은 이 가정의 안락함이 그리웠기 때문이다.

드레턴 가족의 집은 활짝 열려 있었다. 집에는 드레턴 부인만 있었는데, 그녀도 바깥의 흔들의자에 앉아 상쾌하고 향기로운 여름 공기 속에서 쉬는 중이었다.

애나는 전차에서 내려 뜨거운 길을 걸어온 터였다.

그녀는 우선 주방에 들어가 냉수를 마시고 바깥으로 나와 드레턴 부인과 가까운 계단에 앉았다.

애나는 이미 분노는 수그러들고 슬픔이 밀려온 상태였다. 그러나 이제 드레턴 부인으로부터 참을성 많고 친절하고 온화하고 어머니 같은 얘기를 들으니 이 슬픔이 다시 체념과 평온으로 바뀌었다.

저녁 시간이 되면서 아이들이 하나둘 돌아왔다. 이윽고 즐거운 일요일 저녁 식사가 시작되었다.

드레턴 부인을 알고 지낸 이 몇 달 동안 애나의 마음이 전적으로 편안했던 건 아니었다. 드레턴 부인과 사귀면서 이복 오빠 즉 뚱뚱한 제빵사의 가족과 마찰이 생겼다.

이복 오빠 그러니까 뚱뚱한 제빵사는 별난 종류의 남자였다. 그는 몸집이 엄청나게 크고 다루기 힘든 인물로, 온몸이 여기저기 부풀어 오르고, 커다란 다리의 대정맥도 붓고 파열되어 더 이상 오래 걸을 수가 없었다. 그 스스로도 이제 많이 걷고자 애쓰지 않았다. 자기 자리에 앉아 크고 굵은 지팡이에 의지하면서 일꾼들이 일하는 모습을 지켜볼 뿐이었다.

연말연시 또는 일요일이면 그는 가끔씩 제빵소의 짐마차를 타고 외출했다. 그는 단골 고객을 개별적으로 찾아가, 달콤한 건포도를 넣어 커다랗게 뭉친 빵을 한 덩어리씩 주었다. 고객의 집에 도착할 때마다 그는 끙끙거리고 헉헉대면서 무거운 몸집을 끌고 마차에서 내리곤 했다. 그럴 때면 검은 머리카락에 코가 납작하며 온화하고 착하게 생긴 그의 얼굴은, 미끈거리는 땀과 노동한다는 자부심, 넉넉한 친절함으로 광채가 났다. 그는 현관 입구의 계단까지 큰 지팡이에 의지하여 절뚝거리며 올라가, 그 집의 구조가 이끄는 대로 주방이나 응접실의 가장 가까운 의자로 다가갔다. 그러곤 의자에 앉아 숨을 몰아쉰 다음, 자기 종업원이 가져온 독일 건포도 식빵 덩어리를 여주인이나 요리사에게 주었다.

애나가 그의 고객인 적은 없었다. 그녀는 항상 도시의 다른 구역에 거주했다. 그래도 그는 빵집 고객을 순례하는 이 행사에서 그녀를 절대로 빼놓지 않았다. 그는 언제나 축하의 빵 덩어리를 여동생에게 직접 전달했다.

애나는 이복 오빠를 제법 좋아했다. 그는 거의 말이 없었고 특히 여자에게는 더욱 그랬으므로, 그녀가 오빠를 아주 속속들이 알 수는 없었다. 그러나 그는 애나에게 정직하고 선량하고 친절했으며 한 번도 그녀의 생활에 간섭하려 들지 않았다. 게다가 애나는 건포도 식빵 덩어리를 좋아했는데, 여름에는 생활

비로 빵을 사지 않아도 그녀와 잔심부름 담당 하녀가 계속 먹고 살 수 있기 때문이었다.

그러나 이복 오빠의 다른 가족과 우리 애나와의 관계는 그리 단순하지가 않았다.

이복 오빠의 가족으로는 올케와 두 조카딸이 있었다.

애나는 올케를 좋아한 적이 없었다.

두 조카딸 중 막내는 고모의 이름을 따라 지어서 이름이 애나였다.

애나는 이복 오빠의 아내 즉 올케를 전혀 좋아하지 않았다. 올케는 애나에게 매우 친절했고, 절대로 간섭하지도 않았고, 만나면 항상 반가워하며 애나의 방문을 즐겁게 환대하였지만, 막상 우리 착한 애나의 환심을 사지는 못했다.

애나는 조카들에게도 진정한 애정이 없었다. 그녀는 그들을 전혀 질책하지 않았고 유익한 가르침을 주려는 시도도 하지 않았다. 그녀는 이복 오빠의 집안일에는 비판도 간섭도 전혀 하지 않았다.

페더너 부인은 잘생기고 부유한 여자였다. 속내는 약간 차갑고 무정했을지 모르지만, 유쾌하고 선량하고 친절하려고 항상 노력했다. 그녀의 두 딸 역시 잘 교육받고 얌전하고 순종적이었으며 옷도 멋지게 차려입는 소녀들이었다. 그럼에도 불구하고 우리의 착한 애나는 그들도, 그들의 엄마도, 그들이 살아가는 방식의 어떤 부분도 좋아하지 않았다.

애나가 친구인 과부 렌트먼 부인을 처음 만난 장소가 바로 이 집이었다.

페더너 부부는 애나가 렌트먼 부인에게 몰두하고 부인과 그 자식들을 보살피는 행동을 결코 잘못이라고 여기지 않는 것 같았다. 렌트먼 부인과 애나, 그리고 애나의 감정은 모두 왠지 그 부부가 공격하기에는 너무 벅찬 상대였다. 그러나 페더너 부인은 상황을 비방하는 사고방식과 말버릇이 있었다. 물론 상황을 정말로 악화하려는 의도가 아니라 단지 까칠하게 만들고 약간의 검댕을 문질러대는 수준이었다. 아무튼 그녀는 신神의 얼굴까지 여드름이 돋은 약간 추잡한 인상으로 꾸며낼 정도였으므로, 막상 끼어들 의도는 없으면서도, 늘 친구들과 이런 비방을 하고 다녔다.

페더너 부인이 끼어들 의사가 없다는 것은 애나와 렌트먼 부인의 관계에 대해서는 정말 사실이었다. 그러나 애나와 드레턴 가족 간의 우정에 대해서는 차원이 다르다고 생각했다.

검소하고 예의 바른 독일 남자가 아니라 맥주 공장에 고용된 일꾼으로 과음을 일삼는 남편. 그 가난하고 평범한 육체노동자의 아내 드레턴 부인과 못생기고 꼴사나운 딸들이 왜 자기 시누이에게서 늘 선물을 받아야 하는가, 자기 남편이 왜 항상 애나에게 그처럼 친절해야 하는가, 또 자기의 딸 중 하나가 왜 고모의 이름을 따라야 하는가, 그리고 드레턴 가족 모두 왜 자기를 낯설게 대하고 아무 도움도 되지 못하는가? 애나가 그렇게 행동하는 건 적합하지 않았다.

눈치가 빠른 페더너 부인은 성질이 불같고 완고한 시누이에게 자기 생각을 직설적으로 표현하지는 않았다. 하지만 자기 식구 모두가 생각하는 바를 애나가 느끼고 깨닫도록 만드는 기회마저 놓치지는 않았다.

　드레턴 가족 모두에 대한 비방, 그들의 빈곤, 남편의 과음, 항상 투덜대는 나태한 네 아들, 애나의 지원에 의지해 예쁜 옷을 입고 멋지게 보이려 애쓰는 못생기고 꼴사나운 딸들, 그리고 근면하지만 병약하고 불쌍한 엄마, 그들을 심하게 경멸하고 동정하며 동시에 비하하는 건 무척 쉬운 일이었다.

　이렇게 비방하고 비하하는 공격이 들어오면 애나는 별로 대항할 수 없었다. 페더너 부인이 늘 다음과 같은 말로 끝을 맺었기 때문이다. "그런데, 애나 당신은 언제나 그 식구들에게 너무 친절해요. 만일 당신이 계속 돕지 않으면 그들이 어떻게 생활을 꾸려갈지 모르겠어요. 하지만 애나 당신은 꼭 당신 오빠같이 너무 착하고 동정심이 대단해서, 가진 물건은 뭐든지 달라고 요구하는 사람에게 그냥 줘버려요. 결코 당신 친척이 아닌데도 그걸 넙죽 차지하는 건 뻔뻔스럽기 짝이 없죠. 불쌍한 드레턴 부인, 부인은 좋은 사람이긴 해요. 매번 낯선 사람에게서 도움을 받는 게 정말 굉장히 힘들 텐데, 그렇게 생긴 돈을 남편이 술 마시는 데 써버리니 얼마나 가여워요. 애나 내가 어제에야 렌트먼 부인에게 말했어요. 내가 겪어본 사람들 중에서 드레턴 부인만큼 안됐다는 느낌이 든 사람은 없었다고요. 또 그 가족을 항상 돕는 애나가 얼마나 훌륭한지 모르겠다고요."

　이 모든 비방에 애나는 결국 다음 달 대녀代女의 생일선물로 금시계와 시곗줄을 선사하고, 큰조카에게는 실크 우산을 새로 사주어야 했다. 가련한 애나, 그녀는 친척을 별로 사랑하지는 않았지만, 그럼에도 그들은 자기의 유일한 친척이었다.

렌트먼 부인은 이러한 공격에 단 한 번도 가담하지 않았다. 렌트먼 부인은 생활 방식이 산만하고 부주의했지만 목적을 달성하려고 남을 비방하는 짓은 하지 않았고, 또 애나에 대한 신뢰가 확고해서 애나의 다른 친구를 질투하지 않았다.

그러는 동안 애나는 의사 숀젠을 돌보며 행복하게 생활했다. 날마다 무척 바쁜 시간이 흘러갔다. 요리하고 돈을 모으고 바느질하고 북북 문질러대고 잔소리를 했다. 아주 싸게 구입한 재료로 의사의 입에 맞게 조리한 훌륭한 음식을 윗사람인 그가 만족해하는 걸 보면서 매일 밤 나름의 행복감에 빠졌다. 식사 후 애나가 그날 일어난 일들을 말하면 의사는 귀 기울여 듣다가 큰 폭소를 터뜨리곤 했다.

의사 역시 애나의 그런 태도를 줄곧 좋아했으며 그래서 5년의 기간이 흐르는 동안 여러 번 자발적으로 급여를 올려주었다.

애나는 가진 것에 만족했고 또 윗사람인 의사가 베풀어주는 모든 것에 감사했다.

보살피고 도와주는 애나의 일상은, 경우에 따라 다양한 기쁨과 고통을 수반했지만, 이런 식으로 계속 흘러갔다.

어린 사내 아기의 입양 사건으로 과부 렌트먼 부인을 향한 애나의 우정이 종지부를 찍은 건 아니었다. 착한 애나도, 부주의한 렌트먼 부인도, 엄청나게 심각한 원인이 없는 한 서로 상대방을 포기할 생각은 없었다.

렌트먼 부인은 애나가 사귄 유일한 연인이었다. 렌트먼 부인의 인품과 태도에는 다른 여자의 사랑을 끌어당기는 눈부신 매력이 있었다. 또 항상 몹시 산만하게 살았지만, 그녀는 성격이 온화하고 선량하고 정직했다. 게다가 애나를 신뢰하고 다른 친구 누구보다도 애나를 좋아했다. 애나는 마음속으로 항상 이 사실을 각별하게 깨달았다.

그렇다, 애나는 렌트먼 부인을 포기할 수 없었다. 머지않아 애나는, 줄리아가 어린 조니를 제대로 보살피게 도와주느라 오히려 예전보다 더 바빠졌다.

그런데 이제 렌트먼 부인의 머릿속에서는 새로운 구상이 힘차게 태동했고, 애나는 그녀의 계획을 경청하고 그 실현을 도와야 하는 처지가 되었다.

렌트먼 부인이 산파 노릇을 하면서 항상 가장 기뻐한 일은 곤경에 처한 젊은 처녀들의 출산을 도와주는 역할이었다. 그녀는 산모들이 가정으로 혹은 직장으로 복귀할 수 있을 때까지 자기 집에 계속 머물게 하고, 또 보살펴 준 비용도 천천히 갚을 수 있게 해주었다.

애나는 친구인 부인이 이런 방식으로 일하도록 늘 도와주었다. 그녀는 가난하지만 품위를 지키는 모든 착한 여성과 마찬가지로, 정직하고 예의 바르고 근면하지만 곤경에 빠지고만 어리석은 처녀들에게 도움의 손길이 미치지 못하는 모습을 그대로 두고 볼 수가 없었다. 물론 정말로 행실이 나쁜 여자아이들에 대해서는, 내심으로 또는 드러내놓고, 규탄하고 증오했지만.

도움이 필요한 처녀들을 위해서 애나는 항상 가진 돈과 능력을 아끼지 않았다.

지금 렌트먼 부인은 소녀들을 돌볼 큰 주택을 자력으로 빌려 모든 활동을 대규모로 추진해도 꾸려나갈 수 있겠다고 생각했다.

애나는 부인의 구상이 마음에 들지 않았다.

애나는 절대로 무리하며 생활하지 않았다. 저축하라, 그러면 저축한 돈을 소유할 것이다. 이것이 그녀가 이해하는 전부였다.

그렇다고 착한 애나는 그다지 돈을 모으지도 못했다.

그녀는 저축하고 또 저축하고 계속 저축했다. 그랬지만 여기저기, 이 친구 저 친구에게, 괴로워하는 여자와 기뻐하는 여자에게, 아픈 이에게, 죽은 이에게, 결혼식에, 또는 젊은이들을 행복하게 해주려고, 어렵게 벌어 저축한 돈은 계속 빠져나갔다.

애나는 렌트먼 부인이 큰 주택에서 어떻게 수지를 꾸려나간다는 건지 분명하게 이해할 수 없었다. 지금 소녀들을 데리고 있는 이 작은 집에서도 수지를 못 맞췄는데 큰 주택이라면 훨씬 더 지출이 많아질 것이었다.

착한 애나가 상세한 내용까지 소상하게 알기는 힘들었다. 어느 날 그녀가 렌트먼 부인의 집을 방문했을 때 부인이 말했다. "애나, 다음 길모퉁이에 우리가 빌리려고 본 크고 근사한 주택 있잖아, 바로 그 집을 어제 내가 1년 임차하기로 했어. 제대로 확실하게 잡으려고 계약금을 조금 냈지. 이제 애나가 그 집을 맡아서 원하는 대로 수리해. 당신이 좋아하는 꼭 그대로 고치게 해줄게."

애나는 이미 너무 늦었다는 걸 알았다. 그럼에도 그녀는 반박했다. "렌트먼 부인, 다른 집은 빌리지 않겠다고 말했잖아요, 그렇게 다짐한 게 바로 지난주예요. 아, 렌트먼 부인, 나는 당신이 이렇게 마음대로 할 줄 미처 몰랐어요!"

애나는 이미 너무 늦었다는 걸 절실하게 깨달았다.

"맞아, 애나, 하지만 당신도 알다시피 너무나 탐나는 집인데 마침 다른 사람이 보러 왔어. 당신도 잘 어울리는 집이라고 했잖아. 만일 내가 잡지 않으면 그 사람들이 빌리겠다는 거야. 애나에게 먼저 물어보려 했지만 그럴 시간이 없었을 뿐이야. 그리고 정말 애나, 큰 도움은 필요 없어. 맞아, 순조롭게 굴러갈 거야. 시작하고 수리하는 데 아주 약간 돈이 들겠지만 애나, 그게 필요한 전부고, 정말 엄청나게 잘 진행될 거야. 애나 당신은 그냥 기다리며 지켜만 봐. 또 당신이 원하는 대로 고치게 해줄 테니까 아주 멋지게 만들어봐, 당신은 이런 일에 감각이 뛰어나니 훌륭한 장소가 되겠지. 애나 내가 틀린 말 하는 건 아니잖아."

물론 애나는 이 일이 최선이라고 믿을 수 없었지만 들어가는 돈은 댔다. 그렇다, 최선은커녕 아주 잘못된 일이었다. 렌트먼 부인은 전혀 수지를 맞출 수 없고 유지비만도 엄청나게 들어갈 게 뻔했다. 하지만 우리 불쌍한 애나가 무슨 행동을 할 수 있었을까? 렌트먼 부인이 애나가 사귄 유일한 연인이었음을 기억하라.

지금 애나가 렌트먼 부인의 집안일을 좌지우지하는 힘은, 릴리의 아이 조니가 이 집에 오기 전보다 줄어들었다. 애나에게 조니의 입양은 하나의 패배였다. 최후까지 끝장을 보는 싸움은 하지 않았지만 렌트먼 부인이 분명한 승자였다.

애나에게 렌트먼 부인이 필요한 만큼 렌트먼 부인에게도 애나가 필요했지만, 그러나 부인은 상대방을 잃는 상황에 대해 애나보다 더 준비가 되어 있었고 그래서 착한 애나는 통제력이 계속 약화되었다.

우정 관계에서는, 항상 권력의 하향 곡선이 존재한다. 관계를 지배하는 일방의 힘은 그가 이기지 못하는 때가 오기 전까지는 계속 상승한다. 그러나 비록 그가 진짜 패배하지 않더라도 승리가 확실하지 않은 때부터 그의 권력은 서서히 힘이 빠진다. 해가 갈수록 영향력이 계속 쌓이고 강력해지며 결코 쇠퇴하지 않는 상황은, 오로지 결혼처럼 긴밀한 유대에서만 존재한다. 달리 도피할 길이 없는 경우에만 그런 상황이 생길 수 있다.

우정은 호감에서 비롯된다. 파탄이 나거나 더 강력한 힘이 우정의 틈새로 끼어들 위험은 언제나 있다. 일방이 분명하게 깨고 나갈 수 없을 때에만 영향력이 꾸준히 작동될 수 있다.

애나가 렌트먼 부인을 몹시 원했고 렌트먼 부인도 애나가 필요했으나, 필요를 채울 대안은 항상 있었으며, 일찍이 애나가 싸우기를 포기했던 전례가 있으면 다시 그럴 수도 있을 테니, 렌트먼 부인이 왜 진정으로 두려워해야 하는가?

아니, 애나가 싸우러 오지 않는 동안에 렌트먼 부인은 오히려 더 강해졌다. 이제 렌트먼 부인은 언제나 더 오래 버틸 수 있었다. 더구나 그녀는 애나의 동정심이 각별하다는 것도 알았다. 애나는 누구든 진정으로 도움이 필요한 사람에게는 결코 포기하지 않고 전심전력을 다했다. 가련한 애나는 아니요,라고 말할 용기가 없었다.

하물며 렌트먼 부인은 애나가 사귄 유일한 연인이었다. 로맨스는 한 사람의 인생을 지탱해주는 이상理想이어서 그것을 잃고 살아가기는 너무 쓸쓸하다.

그래서 착한 애나는, 친구를 위해서는 옳은 길이 아님을 알면서도, 저축한 돈을 모두 이 집을 위해 내놓았다.

이제 한동안 다 함께 집을 수리하느라 몹시 분주했다. 집을 수리하는 비용이 애나의 저축을 모조리 삼켰다. 일단 근사하게 고치겠다고 시작한 이상, 목적한 만큼 훌륭하지 않은 미완의 상태 그대로 애나가 손을 뗄 수는 없었다.

이쯤 되고 보니 이제 그 집에 진정으로 관심을 쏟는 사람은 애나였다. 막상 작업이 진행되자 렌트먼 부인은 집에 대한 흥미도 없고, 활기도 없고, 마음도 불편해하고, 태도도 불안하고, 이전보다 한층 주의가 산만해 보였다. 그녀는 집 안 누구에게나 친절하게 대하면서, 그들이 최선이라고 생각하는 건 뭐든 하도록 놔두었다.

애나는 렌트먼 부인의 마음에 완전히 새로운 무언가가 있음을 지나치지 않고 알아차렸다. 렌트먼 부인을 저렇게 불안하게 만드는 게 뭘까? 부인은 그저 애나의 머릿속 상상일 뿐이라고 계속 말했다. 지금 자기에겐 골칫거리가 전혀 없고, 새 집에서는 누구나 정말 친절하고 모든 게 아주 훌륭하다고 말했다. 그러나 틀림없이 몹시 잘못된 무언가가 있었다.

애나는 이 모든 정황에 대해, 이복 오빠의 아내, 입이 걸진 페더너 부인으로부터 상당히 많은 소문을 들었다.

새 집에서 자욱한 먼지 속에 노동하고 가구를 배치하는 과정에서, 또 렌트먼 부인의 불안한 마음에서, 또 페더너 부인의 음흉한 암시를 통해서, 애나의 눈앞에 렌트먼 부인이 알고 지내는 한 남자, 한 사람의 새로운 의사가 어렴풋이 떠올랐다.

애나는 아직 만나보지 못했지만 요즈음 부쩍 자주 그 남자에 관한 소문이 들려왔다. 친구인 과부 렌트먼 부인이 직접 얘기한 건 아니었다. 애나는, 자기로서는 당장 최선을 다해 분석할 능력이 없는 하나의 미스터리를, 렌트먼 부인과 그 남자가 만들어냈다고 생각했다.

페더너 부인은 계속해서 음울한 암시와 불쾌한 단서를 제공했다. 착한 드레턴 부인조차 그 소문을 언급했다.

렌트먼 부인은 새 의사에 대해 불가피한 정도로 최소한의 정보밖에는 말하지 않았다. 착한 애나의 입장에서는 정말 불가사의하고 불쾌하며 견디기가 몹시 힘들었다.

애나를 괴롭히는 일들은 한꺼번에 터져버렸다.

여기 렌트먼 부인의 집에서는 음울하고 불길한, 불가사의하고, 어쩌면 사악한 한 사람이 갑자기 나타났다. 또 의사 숀젠의 집에서는 그가 한 여성에게 흥미를 느끼기 시작했다는 조짐이 보였다.

후자의 소문 또한 페더너 부인이 불쌍한 애나에게 자주 말했다. 의사가 틀림없이 곧 결혼할 거다, 지금 그는 웨인가르트너 씨의 집에 가는 걸 아주 좋아하는데, 그 집에는 의사를 사랑하는 딸이 하나 있다, 모두가 알고 있는 사실이다.

이즈음 이복 오빠네 집 거실은 애나에게는 고문실拷問室이나 다름없었다. 무엇보다 최악은 올케의 발언에 근거가 넘치고도 남는다는 점이었다. 의사는 분명히 결혼할 것 같았고 렌트먼 부인의 행동은 수상하기 짝이 없었다.

가련한 애나. 암울하고 엄청난 고통에 시달리는 시기였다.

의사의 문제가 먼저 급박해졌다. 의사가 약혼을 했고 곧 결혼하는 것은 사실이었다. 그가 직접 애나에게 그렇게 말해주었다.

이제 착한 애나는 어떻게 해야 하나? 물론 의사 숀젠은 그녀가 계속 있기를 원했다. 애나는 골치 아픈 여러 상황 때문에 몹시 상심했다. 그녀는 의사가 결혼했는데도 자기가 여기 그의 집에 있으면 나쁘다는 걸 알았지만, 당장 단호하게 결심하고 떠날 기운이 없었다. 마침내 그녀는 노력해보겠다고, 머물러보겠다고 말했다.

의사는 빠르게 금방 결혼했다. 애나는 집 안을 무척 아름답고 깨끗하게 단장했다. 그녀는 진정으로 계속 머무르기를 소망했다. 그러나 오래갈 형편이 아니었다.

숀젠 부인은 거만하고 무례한 여자였다. 봉사와 배려를 끊임없이 바라면서도 하인들에게는 감사하다는 말 한 마디조차 하지 않았다. 얼마 지나지 않아 그 집에서 오래 지낸 사람들은 모두 떠났다. 애나가 의사에게 직접 설명했다. 하인 모두가 그의 새 아내에 대해 어떻게 생각하는지를 말한 다음, 그녀 역시 슬픈 작별의 인사를 남기고 그 집에서 나왔다.

애나의 앞날이 지금처럼 불확실한 때는 없었다. 애나가 와주기를 바란다는 간절한 편지를 계속 보내오는 옛 주인 메리 워드스미스 양의 거주지인 커든으로 갈 수는 있지만, 아직도 애나는 매사를 참견하는 제인 양의 태도가 두려웠다. 게다가 그녀는, 요즘엔 항상 마음이 불편했지만, 그래도 아직까지는 브리지포인트와 렌트먼 부인으로부터 벗어날 수가 없었다.

의사의 친구 중 한 사람이 애나에게 머틸다 양에 관해 얘기해주었다. 애나는 머틸다 양 한 사람만을 위해 일하는 것이 몹시 거북하게 생각되었다. 단 한 사람의 여자를 위한 일이 더는 좋게 여겨지지 않았다. 메리 양과는 아주 좋은 기억이 있었지만 많은 여자가 메리 양 같으리라고 생각하진 않았다.

대부분의 여성은 나름의 방식으로 참견을 많이 했다.

애나가 듣기로는 머틸다 양은 키가 크고 뚱뚱한 여자였다. 아마도 메리 양만큼 뚱뚱하진 않겠으나 뚱뚱한 건 사실이고 착한 애나는 그들이 뚱뚱해서 더 호감이 갔다. 그녀는 마르고 키가 작고 활동적이고 늘 들여다보고 늘 캐묻는 여자들은 좋아하지 않았다.

애나는 지금 자기에게 어떤 선택이 최선인지 마음을 정할 수가 없었다. 바느질을 할 수 있으니 그것으로 먹고살 수도 있지만, 그런 일이 썩 마음에 드는 건 아니었다.

렌트먼 부인은 머틸다 양의 집에서 일할 것을 강력하게 권했다. 그녀는 애나도 그 집을 잘 선택했다고 깨달으리라 확신했다. 착한 애나는 그걸 미처 모르고 있었다.

"저기 애나." 렌트먼 부인이 말했다. "우리가 어떻게 하면 좋을지 들어봐. 우리 둘이 점쟁이한테 가보자, 아마 점쟁이가 지금 당신에게 최선의 길이 무언지 알 수 있는 말을 해줄 거야."

점쟁이 여인을 찾아가는 건 아주 사악한 행동이었다. 애나는 가톨릭교회의 세력이 강한 남부 독일 출신이고, 교회의 독일인 사제들로부터 점쟁이에게 의존해 행동하는 건 몹시 나쁘다는 말을 계속 들어왔다. 하지만 지금 착한 애나가 달리 무얼 할 수 있겠는가? 그녀는 마음이 매우 복잡하고 괴로웠으며, 나름대로 최선을 다하려고 무척 열심히 노력했지만 결국 잘못 꼬여버린 인생이 고달팠다. "좋아요, 렌트먼 부인." 애나가 마침내 동의했다. "당장 같이 거기로 가요."

이 점쟁이 여인은 무당이었다. 집이 도시의 남쪽 구역에 있어서 렌트먼 부인과 착한 애나가 그곳으로 찾아갔다.

무당이 직접 문을 열어주었다. 몸이 축 처지고 더럽고 촌스럽고 넘치는 기름기로 머리카락이 번들거렸지만, 설득력 있고 신중하게 상대방을 맞아들이는 태도를 잘 아는 여자였다.

두 사람은 그녀의 안내를 받아 집 안에 들어섰다.

남쪽의 작은 집들이 흔히 그러하듯, 정문을 열면 바로 응접실이었다. 응접실 바닥에는 두꺼운 꽃무늬 카펫이 깔려 있었다. 방 안에는 온갖 지저분한 수제품들 천지였는데, 일부는 벽에 걸렸고, 일부는 의자의 엉덩이 부분과 등받이 위에 걸쳐졌으며, 또 일부는 테이블 위와 가난한 사람들이 좋아하는 장식 선반 위에 놓여 있었다. 그리고 사방에 깨지기 쉬운 작은 물건들이 흩어져 있는데, 이미 상당수는 부서진 상태라서, 한마디로 숨이 막히고 더러운 공간이었다.

어떤 무당도 응접실을 작업 공간으로 사용하지는 않는다. 무당이 접신接神*하는 장소는 어김없이 식당이다.

이런 집에서는 겨울이면 식당이 거실이 된다. 방 한가운데에는 장식된 모직 천을 덮은 둥근 테이블이 있고 그 모직 천은 허다한 저녁 식사를 감당한 기름때로 번들거리지만, 매번 벗겨 내야는 해도 모직 천을 테이블 위에 펼쳐놓는 게 자기가 가진 별도의 덮개로 통째 바꾸는 것보다는 더 편하기 때문이다. 커버를 씌운 의자도 거멓고 너덜거리고 더럽다. 카펫은 테이블에서 흘린 음식물, 신발 바닥에 묻어 온 흙, 그리고 세월과 함께 자리 잡은 먼지로 거무칙칙하다. 칙칙한 녹색 계열 색깔의 벽지는 음산하고 지저분한 회색으로 그을었으며, 양파와 고기 기름 덩어리로 만든 수프 냄새가 방 구석구석에 배어 있다.

무당은 렌트먼 부인과 우리 애나가 원하는 것을 확인한 다음, 일행을 이곳 식당으로 안내했다. 세 사람이 테이블 주위에 앉자, 무당이 접신 상태로 빠져들었다.

먼저 무당이 눈을 감았는데 그런 다음 다시 열린 동공은 널찍하게 풀리고 생기가 없었다. 그녀는 몇 차례 심호흡을 하면서 숨을 헉헉대고 아주 힘들게 마른침을 삼켰다. 그러고는 가끔 손을 흔들거리더니 단조롭고 느리면서도 한결같은 어조로 말하기 시작했다.

"보여, 보여, 내게 마구 몰려들지 마. 보여, 보여, 모습이 너무 많아, 내게 마구 몰려들지 마. 보여, 보여, 네가 뭔가를 생각하고 있네, 지금 그걸 할지 말지 너는 몰라. 보여, 보여, 내게

---

* 사람에게 신(神)이 내려서 서로 영혼이 통하는 상태(trance).

마구 몰려들지 마. 보여, 보여, 넌 자신이 없어. 보여, 보여, 나무가 둘러싼 집이. 어두워. 저녁 시간이야. 보여, 보여, 네가 집에 들어가네. 보여, 집에서 나오는 게 보여. 잘될 거야, 가서 그걸 해, 네가 자신 없어 하는 그걸 해. 마음에 들게 될 거야. 그게 최고야, 당장 실행에 옮겨."

그녀가 말을 멈추었다. 다시 두 눈을 감으면서 심호흡을 하고 마른침을 어렵게 삼키더니 거무죽죽하고 특징이 없는 원래의 모습으로 되돌아왔다.

"네가 원하던 걸 혼령이 말했어?" 무당이 물었다. 렌트먼 부인이 그럼요, 내 친구가 몹시 간절하게 알고 싶어 하던 말을 들었어요, 하고 대답했다. 애나는 선량한 신부의 가르침을 거역하고 미신을 좇은 게 두렵고, 실내의 온갖 먼지와 기름때도 역겨워, 이 집 자체가 불편했지만, 그래도 지금 자신이 어떻게 하는 게 최선인지 알게 되었으므로 매우 만족했다.

애나가 무당의 수고에 대한 복채를 치르고 두 사람은 무당집을 나왔다.

"봐 애나, 매사가 어떻게 진행될지 내가 미리 말했지? 혼령도 역시 그러라고 말하네. 머틸다 양 집에서 일하는 자리를 잡아야 해. 그 일이 당신에게 최선이라고 내가 말했잖아. 우리 당장 오늘 밤 외출해서 그녀를 만나러 가자. 기쁘지 않아, 애나, 내가 당신을 여기로 데려온 덕분에 앞으로 무얼 할지 알게 된 게?"

그날 저녁 렌트먼 부인과 애나는 외출하여 머틸다 양을 만나러 갔다. 머틸다 양은 나무가 우거진 집에서 친구와 함께 지내고 있었는데, 막상 애나와 이야기를 나눌 머틸다 양은 부재중이었다.

만약 저녁때가 아니고 그렇게 어둡지 않았다면, 집 주위를 온통 나무가 둘러싸지 않았다면, 그리고 애나가 그날 점쟁이 여인이 예언한 꼭 그대로 들락거리는 자신을 의식하지 않았다면, 모든 정황이 무당이 말한 꼭 그대로가 아니었다면, 착한 애나는 결코 머틸다 양의 집을 선택하지 않았을 것이다.

애나는 머틸다 양은 만나지 못했고 그녀를 대리한 친구는 마음에 들지 않았다.

이 친구는 아이가 있는 엄마로 가무잡잡하고 상냥하고 점잖고 키가 작았는데, 자기와 관련된 일에서는 쉽게 명랑해지고 하인들에게도 매우 친절했지만, 젊은 친구 그러니까 부주의한 머틸다 양을 대리할 때에는 모든 게 괜찮은 건지, 또 애나가 정말 확실하게 최선을 다할 건지 매우 신중하게 제대로 검토하고 살펴봐야 한다고 생각했다. 그녀는 애나에게 생활 방식과 계획, 얼마나 돈을 지출할 건지, 얼마나 자주 외출하는지, 또 세탁과 조리와 바느질을 할 수 있는지 등 온갖 사항을 물어봤다.

착한 애나는 이를 악물며 참았고 거의 아무 대답도 하지 않으려 했다. 렌트먼 부인이 그런대로 매사가 원만하게 진행되도록 이끌었다.

착한 애나가 억울해하며 무척 흥분해서, 머틸다 양의 친구는 애나가 일을 맡으리라고는 생각하지 않았다.

그러나 머틸다 양은 흔쾌히 함께하려 했고, 애나도 무당이 반드시 그래야 한다고 말한 걸 기억했다. 렌트먼 부인 또한 이 자리가 지금 애나에게는 최선의 기회로 안다고 확신에 차서 말했다. 그리하여 애나는 마침내 머틸다 양에게 만일 그녀가 자기를 원한다면 제대로 일하도록 노력해보겠다고 통보했다.

이렇게 해서 애나는 머틸다 양을 돌보는 새로운 인생을 시작했다.

애나는 앞으로 머틸다 양이 살게 될 붉은 벽돌집을 수리하여 퍽 쾌적하고 깨끗하고 근사한 장소로 만들었다. 그녀는 자기가 돌보던 개 베이비와 앵무새를 데리고 왔다. 그녀는 리지를 보조 하녀로 고용했고 머지않아 모두는 만족하게 되었다. 다만 머틸다 양이 울음소리를 싫어하는 앵무새는 예외였다. 베이비는 괜찮아도 앵무새는 아니었다. 하지만 애나도 그 앵무새를 정말 좋아한 적은 없었으므로, 드레턴 집안의 딸들에게 주어 돌보게 했다.

애나가 머틸다 양의 집에 진정으로 만족스럽게 자리를 잡으려면, 우선 선량한 독일인 사제에게 자기가 어떤 행동을 했고, 얼마나 형편없이 행동했으며, 어떻게 다시는 그런 행동을 반복하지 않을지 고백해야 했다.

애나는 진정 독실한 신앙인이었다. 그녀와 함께 산 사람들이 어떤 신앙도 갖지 않은 건 그녀의 운명이었지만, 그렇다고 애나가 결코 불안해한 건 아니었다. 그녀는 그들을 위해 기도하는 것이 늘 자기의 의무라고 생각했으며 그들이 선량하다고 확신했다. 회의에 빠진 의사가 그녀를 무척 짓궂게 놀려댔고 머틸다 양 역시 되받아 놀리기를 즐겼지만, 애나는 자기 소속 교단敎壇의 관대한 정신을 좇아, 그런 행동들이 자기들에게 결코 나쁜 짓이라고는 생각하지 않았다.

애나는 상황이 잘못되는 이유를 항상 이해할 수는 없다는 것을 깨달았다. 때로는 안경이 깨졌는데 그럴 때면 자기가 교단의 의무를 제대로 실천하지 않았음을 알아챘다.

너무 열심히 일을 하다 보면 가끔 미사에 빠질 때도 있었다. 그러면 항상 이상한 사건이 생겼다. 애나는 심사가 짜증스럽고 행동이 불안하고 마음이 심란해졌다. 누구나 고통을 겪고 난 다음이면 그녀의 안경이 깨졌다. 고치려면 엄청난 비용이 들어가므로 그런 사건은 늘 고약하기 짝이 없었다. 그렇긴 해도 한편으로 그런 사건은 언제나 애나의 괴로움을 종결시켰는데, 자기의 잘못으로 이 모든 일이 벌어졌다고 비로소 자각하게 되기 때문이었다. 자기가 질책을 할 수 있는 경우에는 무심하게 조심하지 않는 사람들의 그저 잘못된 행동이 원인일 수 있지만, 막상 자기의 안경이 깨졌을 때는 이유가 분명했다. 자기 자신이 나빴다는 뜻이었다.

그렇다, 애나에겐 따라야 할 방식대로 하지 않는다면 아무 소용이 없었다. 그럴 땐 항상 상황이 잘못되고 마침내는 회복을 위해 돈이 들어갔으며, 이것은 착한 애나가 가장 견디기 힘든 일이었다.

애나는 거의 언제나 주어진 의무를 실천에 옮겼다. 적절한 때마다 고해와 전도를 했다. 물론 남들을 잘되게 하기 위해 속였을 때나 그들이 덜 가지더라도 기부를 하길 원할 때에는 신부에게 말하지 않았다.

애나가 이런 사연들을 의사에게, 또 나중에 소중한 윗사람 머틸다 양에게 털어놓을 때면 눈동자가 언제나 유머와 기쁨으로 반짝거렸다. 그녀는 과거에는 한 일을 곧이곧대로 말했지만, 정말로 죄악을 저지른 건 아니니까 이제는 신부에게 꼭 고백하지는 않아도 될 거라고 설명했다.

그래도 애나는 점쟁이를 찾아간 건 정말 잘못이라고 깨달았다. 그 일은 있던 그대로 신부에게 고백해야 했고 그런 다음 고해성사를 해야 했다.

애나는 이 과정을 마치고 이제 새 인생을 제대로 시작하였으며, 머틸다 양과 나머지 사람들도 그들이 따라야 할 방식대로 행동하게끔 만들어갔다.

그렇다, 착한 애나는 머틸다 양을 돌보는 일로 강인하고 근면하게 인생의 가장 행복한 시기를 보냈다.

머틸다 양의 집에서 애나는 모든 일을 도맡았다. 의복, 집, 모자와 머틸다 양이 무엇을 언제 입어야 하고 무엇을 하는 게 항상 최선인가 등등. 머틸다 양은 애나에게 관리를 맡기지 않은 것이 하나도 없었고, 애나가 맡아주기만 하면 몹시 기뻐했다.

애나가 하도 철저하게 질책하고 요리하고 바느질하고 저축을 해서, 머틸다 양은 쓸 수 있는 돈이 아주 넉넉해지고, 그러다 보니 매번 그녀가 사 오는 물건들에 대해 꾸짖느라 애나는 한층 바빠지고, 애나와 보조 하녀가 할 일도 엄청나게 늘어났다. 하지만 그처럼 질책을 하면서도, 소중한 윗사람 머틸다 양이 지닌 풍부한 지식과 엄청난 재산에 대한 애나의 자부심은 거의 폭발할 지경이어서, 착한 애나는 아는 사람 누구에게나 그 사실을 자랑하고 다녔다.

그렇다, 이때가 애나의 일생 중 가장 행복한 시절이었다. 비록 친구들 문제로 무척 슬펐지만, 지난 여러 해와는 달리 지금은 이 슬픔들이 착한 애나의 마음에 상처를 남기진 않았다.

머틸다 양은 착한 애나의 인생에서 연애 상대는 아니었으나, 애나가 열렬한 애정을 바쳐서 인생을 거의 사랑으로 가득 채운 대상이었다.

착한 애나로서는 머틸다 양과 보내는 일상이 무척 행복해서 참으로 다행스러웠는데, 이즈음 렌트먼 부인의 상황이 최악에 이르렀기 때문이다. 애나가 알게 된 바에 의하면, 그 의사는 명명백백하게 사악하고 수상한 남자였으며, 과부이자 산파인 렌트먼 부인을 제멋대로 지배했다.

지금 애나는 렌트먼 부인을 더는 만나지 못하고 있었다.

렌트먼 부인은 애나로부터 얼마간의 돈을 더 빌리면서 그때까지 빌린 채무액 전체에 대해 차용증을 써주었는데, 그런 다음 애나는 부인을 더 이상 만나지 못했다. 지금 애나는 렌트먼네 집에는 완전히 발길을 끊은 상태였다. 큰 키에 흐느적거리며, 착하고 멍청한, 금발의 딸 줄리아가 자주 애나를 만나러 왔지만 제 엄마에 대해 할 수 있는 말은 거의 없었다.

렌트먼 부인이 최악의 상황에 빠져버렸다는 것은 이제 거의 확실해 보였다. 이 소식은 착한 애나에게 커다란 슬픔이었지만, 지금 그녀에게는 머틸다 양이 아주 소중한 사람이 되었으므로 예전처럼 엄청나게 견디기 힘든 슬픔은 아니었다.

렌트먼 부인의 사정은 갈수록 더 악화되었다. 의사이면서 수상하고 사악한 그 남자는 부정한 일들을 저질렀다는 혐의를 받았다.

렌트먼 부인도 그 사건에 연루되었다.

최악의 상황이었지만, 의사와 렌트먼 부인은 마지막 순간에 가까스로 안전하게 빠져나올 수 있었다.

누구나 렌트먼 부인의 사정을 안타깝게 여겼다. 이 의사를 만나기 이전에 그녀는 정말 선량한 여자였고, 지금까지도 정말로 나쁜 사람이 아니었던 건 확실했다.

이제 여러 해 동안 애나는 친구인 부인의 얼굴조차 보지 못했다.

그러나 애나는 친구가 되어 도움을 줄 새로운 사람들을 계속 찾아냈다. 그들은, 가난한 사람들의 몸에 밴 친절 속에서, 그녀가 모은 돈을 모두 써버리고는 돈을 갚기보다 약속을 남발하는 사람들이었다. 애나는 이들이 선량하다고 진심으로 믿은 적은 없었지만, 그들이 올바르게 행동하지 않을 때, 빌려준 돈을 갚지 않을 때, 그리고 도와줘도 전혀 달라지는 것 같지 않을 때, 세상에 대해 좌절하곤 했다.

그렇다, 그들은 아무도 올바른 행동이 뭔지를 전혀 의식하지 않았다. 그래서 애나는 거듭 절망에 빠졌다.

가난한 사람들은 자기네 사정에 관대하다. 가진 것을 늘 남에게 주기도 하지만, 한편으로는 주는 행위나 받는 행위가 선물을 준 사람에게 빚을 지는 것이라는 감정을 전혀 느끼지 못한다.

검소한 독일 여자인 애나조차 저축해온 돈을 전부 내놓을 준비가 되어 있었고, 그래서 병에 걸리거나 늙어서 일하지 못할 때 스스로를 돌볼 여유가 있을지 확신하지 못했다. 저축하라 그러면 저축한 돈을 소유하게 될 것이다,라는 말은 알뜰한 독일 여자 애나에게조차 저축하는 그날에만 진실이었다. 노후에 대비해 저축한 돈을 지킬 확실한 방법은 없었다. 저축한 돈은 항상 낯선 은행원의 손에 있거나 친구의 투자에 들어가야 했으므로 그 돈을 챙길 수 있으리라는 확신은 절대로 믿을 게 못 된다.

그래서 어느 날 누군가가 살기 위해 다른 가난한 노동자에게 도움을 요청할 때, 얼마간의 저축이 있는 여자라면 그 요청을 거절할 도리가 없다.

착한 애나는 가진 모든 것을 친구와 낯선 사람에게, 아이에게, 개와 고양이에게, 무엇이든 보살핌을 요청하거나 바라는 것 같은 일에, 아낌없이 주었다.

이런 식으로 애나는, 길모퉁이에 살면서 어쨌든 도저히 수지를 맞추지 못하는 이발사 내외를 도와주게 되었다. 부부는 열심히 일하고, 절약하고, 나쁜 버릇도 없었지만, 이발사는 결코 돈이 꼬여들지 않는 유형의 남자였다. 누구든 그에게 돈을 빌리면 갚지를 않았다. 좋은 일자리가 생기면 어김없이 병이 나서 기회를 놓쳤다. 그가 고생하는 게 절대 그의 잘못 때문은 아니었지만, 결코 상황을 호전시킬 전망은 보이지 않았다.

그의 아내는 작은 키에 몸이 여위고 창백한 금발의 독일 여자였는데, 아이들을 매우 힘들게 출산한 데다가 출산 후 너무 일찍 일을 시작하고 병이 날 때까지 계속 일했다. 그녀 역시 늘 잘못된 상황이 잇따랐다.

그들에게는 꾸준한 지원과 참을성이 필요했는데, 착한 애나가 두 가지 모두를 줄곧 제공했다.

착한 애나로부터 도움을 받아야 했던 또 다른 여자는, 타인에게 친절한 성격 때문에 고생하는 사람이었다.

이 여자의 시동생은 몹시 착했는데, 그가 일하는 가게에 결핵을 앓고 있는 보헤미아 출신의 직원이 있었다. 이 직원은 병이 아주 악화되어 일을 할 수는 없었지만, 입원할 정도로 심하게 아프진 않았다. 그래서 이 여자는 환자를 자기 집에서 묵게 했다. 그 남자는 좋은 사람이 아니었고 자기를 위해 애쓰는 그녀를 고마워하지도 않았다. 게다가 그녀의 두 아이에게 짜증을 내고 집 안을 항상 엉망으로 어질러놓았다. 의사는 그가 반드시 다양한 음식물을 먹어야 한다고 말했고, 그러면 여자와 시동생은 그것들을 구해 남자에게 바쳤다.

여자는 남자에게 우정이나 애정은 물론 호감조차도 없었고, 동향 출신이라거나 친척이라는 얘기도 없었다. 그러나 여자는 가난한 사람들의 몸에 밴 친절을 발휘해서, 가진 모든 걸 주고 자기 집을 불결한 장소로 만들었다. 그것도 거저 얻은 것에 대해 감사조차 하지 않는 한 남자를 위해서.

그러니 여자 자신이 곤경에 빠지게 된 것은 당연했다. 이제 시동생은 결혼했고, 남편은 실직을 했다. 그녀는 집세를 낼 돈조차 없었다. 당장 편리한 것은 착한 애나의 저축이었다.

비슷한 상황이 꼬리를 물었다. 때로는 어린 소녀가, 때로는 큰 처녀가 곤경에 처했고, 애나는 그런 사연을 들으면 그들이 지낼 장소를 찾도록 도와주었다.

애나는 유기견과 유기묘도 보호자를 찾아줄 때까지 늘 데리고 있었다. 그녀는 보호자가 될 사람이 동물을 잘 대해줄지 항상 조심스레 확인했다.

애나는 모든 유기 동물 가운데 젊은 피터와 활달하고 조그만 랙스에게 헤어지기 힘들 정도로 깊은 정이 들었다. 둘은 결국 착한 애나가 섬기는 머틸다 양의 가족 구성원이 되었다.

피터는 아무 쓸모 없는 녀석으로 어리석고 주책맞으며 귀엽기 짝이 없는 겁쟁이 수놈이었다. 바깥에 다른 개의 기척이 있으면 사납게 뒤뜰을 위아래로 뛰어다니며 시끄럽게 짖어대고 담벼락에 튀어 오르는 야생의 모습을 보였지만, 아주 어린 강아지가 울타리 안으로 들어와 빤히 쳐다보면, 녀석은 뒷걸음질로 보호자인 애나의 치맛자락에 몸을 숨기곤 했다.

피터는 아래층에 혼자 남게 되면 구슬프게 울었다. 녀석이 "난 정말 외로워"라는 듯 흐느끼면, 착한 애나가 바로 와서 달래줘야 했다. 언젠가 애나가 별로 멀지 않은 다른 집에서 며칠 밤을 묵을 때에도 그녀는 내내 피터를 데리고 다녀야 했는데, 녀석은 집 밖 길거리로 나가는 걸 무서워했다. 제법 덩치가 있는 피터가 길에 앉아서 서럽게 우는 바람에, 착한 애나는 녀석을 줄곧 가슴에 안고 다녔다. 피터는 분명 겁쟁이였지만, 다정하고 부드러운 눈동자와 콜리*種의 예쁜 머리를 지녔으며, 목욕을 시킬 때 보면 모피가 무척 두툼하고 하얗고 근사했다. 게다가 피터는 결코 옆길로 나가 다니지 않았고, 멋진 눈으로

---

* collie: 스코틀랜드가 원산지인 양 지키는 개.

먼 곳을 바라보았으며, 쓰다듬어주는 사람의 손길을 좋아하면서도 그가 가버리면 바로 그를 잊었고, 그리고 어떤 소리가 나면 예외 없이 짖어댔다.

조그만 새끼 강아지였던 어느 날 밤 누군가가 녀석을 마당에 놓고 갔고 그것이 애나가 유일하게 알고 있는 녀석의 유래였다. 착한 애나는, 착한 독일 엄마가 늘 자기 아들에게 그러듯, 피터를 끔찍하게 사랑하는 동시에 버릇없이 키웠다.

조그만 랙스는 천성이 매우 달랐다. 쓰다 남은 물건들의 자투리로 만들어진 듯, 온통 엷은 갈색의 털이 복슬복슬한 이 녀석은 천방지축이어서, 항상 껑충껑충 공중으로 뛰어 오르고 주변을 여기저기 쏜살같이 뛰어다니다가 멍청한 피터의 가슴으로 파고들기도 했고, 근엄하고 뚱뚱하고 눈이 안 보이는 조용한 베이비에게 곧장 달려들기 일쑤였으며, 그러다가 유기묘들을 사납게 쫓아가기도 했다.

조그만 랙스는 상냥하면서도 쾌활한 강아지였다. 착한 애나는 랙스도 매우 좋아했지만, 결코 잘생기고 겁 많고 멍청한 젊은 친구 피터를 사랑하는 만큼 열렬히 좋아하진 않았다.

베이비는 애나의 지나간 인생을 곁에서 지켜준 개였으며, 애나와는 옛사랑의 오랜 추억을 공유했다. 피터는 중년기의 애나가 만난, 버릇없지만 잘생긴 젊은 사내였고, 랙스는 언제나 장난감 같은 녀석이었다. 애나는 랙스를 좋아했지만 녀석에게 깊은 감동을 받은 적은 없었다. 랙스는 길을 잃고 헤매던 어느 날 어쩌다가 들어왔는데, 그러고 나서 마땅한 보호자가 금방 나서지 않는 바람에 그냥 이 집에 눌러앉게 되었다.

착한 애나와 샐리와 늙은 베이비와 젊은 피터와 작고 쾌활한 랙스, 그들 모두가 머틸다 양의 부엌에서 가족처럼 다복하게 함께 지냈다.

앵무새는 애나의 생활에서 사라졌다. 그 앵무새를 진정으로 좋아한 적이 없던 애나는 이제 드레턴 가족을 방문할 때조차 새의 안부에 거의 관심을 보이지 않았다.

드레턴 부인은 애나가 항상 일요일에 외출하면 찾아가는 친구였다. 애나는 예전에는 과부 렌트먼 부인의 조언을 구하곤 하였으나, 드레턴 부인에게는 그러지 않았다. 드레턴 부인은 천성이 온화하고 늘 피곤해 보이는 데다 공격적이지도 않아서 결코 남에게 영향을 주거나 남을 이끌려고 하지 않았다. 그래도 이 두 사람의 지친 독일 여성 노동자는 슬프고 사악하게 돌아가는 세상에 대해 함께 한탄할 수 있었다. 드레턴 부인은 어떻게 인간이 고통받을 수 있는가에 대해 너무나도 잘 알았다.

이즈음 드레턴 집안은 형편이 좋지 않았다. 아이들은 몹시 착한 반면에, 아버지의 성질과 낭비벽 때문에 모든 면에서 정상 궤도에서 벗어나고 있었다.

가련한 드레턴 부인은 여전히 종양에 시달렸으며, 이제 더 이상은 거의 할 수 있는 일이 없었다. 부인은 큰 몸집에 지쳐 보였지만, 참을성 있는 독일 여성이었다. 온화한 얼굴은 주름이 지고 황갈색이었으며, 표정에는 가부장적인 독일인 남편과 꼬박 낳고 길러야 하는 건장한 아들딸에서 비롯되는 고달픔과, 항상 혼자서 해결해야 하되 치유된 적이 없는 고통의 모습이 역력했다.

드레턴 부인의 증세는 계속 악화되었고, 이제 의사는 종양을 제거하는 것이 최선이라고 생각했다.

부인의 주치의는 더 이상 숀젠 박사가 아니었다. 부인과 애나는 둘 다 잘 아는 나이 지긋한 훌륭한 독일 의사를 함께 방문했다.

"알잖아요, 머틸다 아씨." 애나가 말했다. "나이 든 독일 환자들은 모두 더는 그 의사한테 가지 않아요. 저는 견딜 수 있을 때까지 그의 집에서 일했지만, 지금 그는 가난한 사람들에겐 너무 먼 도시 위쪽으로 이사했고, 그의 아내는 고개를 아주 뻣뻣이 들고 단지 과시하기 위해 아주 많은 돈을 낭비하고 있어서, 그는 더 이상 우리 불쌍한 사람들을 제대로 돌보지 못한답니다. 안타까워요, 그는 지금 오로지 돈 버는 것만 계속 생각하는 사람이 되었어요. 저는 그가 정말 불쌍하다고 생각해요, 머틸다 아씨, 하지만 그는 부끄럽게도 드레턴 부인이 고통스러워할 때 외면했습니다. 그래서 저는 지금 결코 그를 다시 만나지 않습니다. 허먼 박사는 훌륭하고 솔직한 독일 의사라 절대로 그런 식의 행동은 하지 않을 거예요, 그리고 머틸다 아씨, 드레턴 부인이 수술 받으러 입원하기 전에 내일 아씨를 뵈러 오겠답니다. 먼저 아씨를 뵙고 아씨가 하는 말을 들어야 편안하게 병원에 갈 수 있답니다."

애나의 친구들은 모두 착한 애나가 소중하게 섬기는 머틸다 양을 존경했다. 그렇게 하지 않으면서 어떻게 착한 애나의 친구로 계속 남을 수 있겠는가? 머틸다 양이 그들을 실제로 만난 적은 드물지만 그들은 애나를 통해 꾸준히 꽃다발과 존경의

찬사를 보내왔다. 때로는 애나가 조언을 받으려는 친구를 직접 머틸다 양에게 데려오기도 했다.

가난한 사람들이, 자기보다 상류계급이지만 친절한 사람, 책을 탐독하는 선량한 사람에게 조언을 구하기를 정말로 좋아한다는 건 경이로운 일이다.

드레턴 부인을 만난 머틸다 양은, 수술을 받으러 입원하겠다고 부인이 결심한 건 최선의 선택이 분명하므로 자기도 기쁘다고 말해주었다. 그 말에 착한 드레턴 부인은 마음이 진정되었다.

드레턴 부인의 종양은 성공적으로 제거되었다. 그 후 부인의 건강은 완전히 회복되지는 못했지만 약간은 일을 더 잘할 수 있었고, 혼자서 문제를 처리해야 하는 건 여전했지만 조금은 덜 지쳤다.

그렇게 애나의 일상은 흘러갔다. 머틸다 양과 그녀의 의복과 물건을 두루 보살피면서, 그리고 자기의 도움을 구하거나 필요해 보이는 모든 이에게 친절하면서.

이제, 애나는 렌트먼 부인과 서서히 화해하기 시작했다. 두 사람의 관계가 예전 같을 순 없었다. 렌트먼 부인이 착한 애나의 삶에서 결코 다시 연인이 될 수는 없지만, 두 사람이 다시 친구는 될 수 있고, 애나가 어려움을 겪는 렌트먼 일가를 도와줄 순 있었다. 서서히 이런 상황이 전개되었다.

렌트먼 부인은 온갖 문제의 근원이던 그 사악하고 수상한 남자와 이미 헤어진 상태였다. 그녀는 앞서 빌렸던 그 큰 집 역시 포기했다. 곤경을 겪은 이후 그녀의 사업은 무척 부진했다.

그럼에도 불구하고 부인은 아주 잘 버텨냈다. 그녀는 착한 애나에게 돈을 갚겠다는 얘기를 꺼냈다. 그러나 이 얘기는 별로 진전되지 못했다.

애나는 요즈음 렌트먼 부인을 자주 보았다. 부인의 산뜻하고 검던 곱슬머리에는 백발이 줄을 이루었다. 검고 통통하며 잘생겼던 얼굴은 뚜렷한 윤곽을 잃고 축 늘어졌으며 약간 수척해 보였다. 몸이 더 뚱뚱해졌고 걸친 옷은 별로 근사해 보이지 않았다. 행동도 예전처럼 무미건조하고 주의력도 늘 그렇듯 산만했지만, 그러한 태도 속에는 곧 다가올지도 모를 어떤 위험에 대한 걱정과 두려움과 불안감이 감춰져 있었다.

그녀는 애나에게 자기가 겪은 삶을 한 마디도 언급하지 않았지만, 과거의 경험이 그녀를 아직 편안하게도, 완전히 자유롭게도 놔두지 않고 있는 것은 명백했다.

누구나 잘못이라고 알고 잘못이라고 생각하는 짓을 저지르는 것은, 정말로 훌륭한 여성인 렌트먼 부인에게 힘든 일이었다. 이 독일 여성에게는 엄청나게 힘든 일이었다. 렌트먼 부인은 강인하고 용기도 있었지만, 이번만은 감내하기가 정말 힘들었다. 착한 애나 역시 부인에게 스스럼없이 얘기할 수가 없었다. 렌트먼 부인의 연애 사건은 줄곧 수수께끼와 우울증을 남겼다.

설상가상으로 지금 금발의 어리석고 다루기 힘든 딸 줄리아가 곤경에 처했다. 엄마가 딸에게 전혀 주의를 기울이지 않은 몇 년 동안, 줄리아는 도시 어딘가 상점에서 일하는 젊은 직원과 사귀었다. 그는 예의는 바르지만 아둔한 청년으로, 큰돈을 벌지는 못했고 그나마도 나이 든 모친을 뒷바라지하느라 돈을 모으지 못했다. 두 사람은 여러 해 동안 교제해왔기 때문에 이제 결혼식을 올려야 할 처지였다. 하지만 그들이 어떻게 결혼할 수 있겠는가? 청년은 결혼 생활을 시작하면서 동시에 어머니를 부양할 만큼 경제적으로 여유롭지 못했다. 줄리아는 노동을 많이 하는 생활에 익숙하지 않았으며, 지저분하고 신경질 부리는 찰리의 노모와 함께 살지 않을 거라고 말하면서 완강하게 버텼다. 렌트먼 부인도 돈이 없었다. 부인은 겨우 자립하기 시작하는 형편이었다. 결국 당장 쓸 수 있는 건 착한 애나의 저축뿐이었다.

그러나 이 결혼의 성사로 애나에게도 이득이 있었으니, 애나는 아둔하고 어리석고 키가 길쭉한 줄리아와 착하고 참을성은 있으나 어리석은 남편 찰리를 질책하고 통제할 수 있게 되었다. 애나는 즐거운 마음으로 물건들을 싸게 구매하고 신혼집을 단장했다.

줄리아와 찰리는 곧바로 결혼했고 애나와 그들의 관계는 순조롭게 굴러갔다. 애나는 그들이 느긋하고 사치스러운 행태를 보일 경우 용납하지 않았다.

"그래요 머틸다 아씨." 애나가 강조하곤 했다. "요즘 젊은 애들은 절약하고 저축해서 훗날의 필요에 대비한다는 생각이 전혀 없어요. 줄리아와 찰리를 봐요. 머틸다 아씨, 제가 얼마 전 그들이 사는 집에 들렀는데, 새 테이블 대리석 상판 위에 화려한 새 고급 앨범이 놓여 있었어요. '앨범 어디서 난 거야?' 제가 줄리아에게 물었지요. '아, 찰리가 생일 선물로 주었어요'라고 대답하더군요. 그래서 돈은 다 냈냐고 물었더니 아직은 아니지만 곧 치를 거라고 말해요. 자 제가 머틸다 아씨에게 물어볼게요, 이미 구입한 물건의 값을 다 치를 만큼도 벌지 못하는 처지에, 생일 선물로 새 물건을 산다니 이게 무슨 짓인가요? 줄리아 그 아이는 아무 일도 하지 않아요, 그저 빈둥거리면서 돈을 어떻게 쓸 수 있을까만 궁리하고, 찰리 그 녀석도 단돈 한 푼 저축하지 않아요. 머틸다 아씨, 저는 요즈음 게네 같은 사람을 본 적이 없어요. 돈에 대해 조심하는 마음이 전혀 없어 보여요. 줄리아와 찰리는 아이가 생겼을 때 제대로 양육할 자금이 한 푼도 없을 겁니다. 그럴 거라고 제가 줄리아에게 말했어요, 머틸다 아씨, 찰리가 사준 우스꽝스러운 물건들을 제게 자랑할 때 말했어요, 그랬더니 줄리아가 그냥 어처구니없이 킥킥거리며 아마 자기들은 아이를 갖지 않을 거라고 말해요. 저는 그렇게 말하는 걸 수치스러워해야 한다고 대꾸했지만, 머틸다 아씨, 전 정말 모르겠어요, 요즘 젊은이들은 자기들이 어찌하는 게 올바른지 전혀 개념이 없어요. 아마 자식이 없으면 더 좋을 수도 있겠지요. 그런데 머틸다 아씨, 렌트먼 부인 같은 사람도 있어요. 알다시피 부인은 정식으로 어린 조니를 입양했어요. 그래서 마치 자기 친자식들을 돌보는 데 아무 어려움도 없다는 듯이 얼마간의 돈을 추가로 지불할 수도 있었잖아요. 정말 머틸다 아씨, 사람들이 어떻게 그렇게 행동할 수 있는지 전 모르겠어요. 요새는 머틸다 아씨, 사람들이 옳다거나 그르다거나 하는 개념이, 아니 생각 자체가 아예 없는 것처럼 보여요. 그저 되는대로 살면서 늘 자기들 중심으로 어떻게 하면 항상 재밌게 살 건가만 궁리하고 있죠. 이건 아닙니다, 머틸다 아씨, 사람들이 어떻게 이런 식으로 계속 행동할 수 있는지 전 이해할 수 없어요."

착한 애나는 온 세상의 경솔하고 그릇된 세태를 이해할 수 없었고 그런 세태 전체에 대해 한층 신랄해졌다. 그렇다, 어느 누구도 어떻게 행동해야 옳은지 감각이 없었다.

이제 애나의 과거 삶도 그 흔적을 지워가고 있었다. 늙고 실명한 강아지 베이비가 병에 걸려 곧 죽을 것 같았다. 베이비는 그 옛날 애나가 메리 워드스미스 양 집에 있을 때 친구인 과부 렌트먼 부인이 준 첫번째 선물로, 그때 이 두 여자는 처음으로 사랑하게 되었다.

변화무쌍한 여러 해를 지나면서도 베이비는 착한 애나의 곁에 머물며, 나이가 들고 살이 붙고 눈이 멀고 게을러졌다. 베이비는 어렸을 때는 활발하고 쥐도 잡았으나, 하도 옛날 일이라 기억할 수도 없었고, 이미 여러 해 동안 단지 따뜻하게 누울 바구니와 먹을 것만 찾았다.

애나는 열심히 살아가면서 다른 개들인 피터와 까불대는 조그만 랙스도 좋아했으나, 항상 맏이였던 베이비와는 오랜 애착에서 비롯된 유대 관계를 유지했다. 젊은 녀석들이 불쌍한 베이비를 밀어내고 그녀의 바구니를 차지하려고 들면 애나는 놈들을 가혹하게 다뤘다. 개들이 늙어 쇠약해지면 어쩔 수 없듯이 베이비도 여러 해째 실명 상태였다. 연약하고 비만하고 숨이 가빠졌으며 더 이상 오래 서 있지도 못했다. 애나는 베이비가 식사를 제대로 하는지, 젊고 부산스러운 녀석들이 빼앗아

먹지는 않는지 계속 지켜봐야 했다.

베이비가 정말 병에 걸려 죽은 것은 아니다. 단지 더 늙어가고 점점 더 눈이 보이지 않고 기침을 하고 그러다가 더 조용해지더니 어느 눈부신 여름날 천천히 숨을 멈추었다.

동물에게는 늙어가는 것보다 더 쓸쓸한 게 없다. 어쨌든 털이 탈색되고, 피부가 쭈그러들고, 늙은 눈이 보이지 않고, 이빨이 썩고 소용없어지는 건 어쩌면 몹시 난처하다. 노인이나 노파는 거의 예외 없이 더 젊고 더 현실적인 삶과 결속되는 듯한 연결 고리가 있다. 자식들이 있거나 지나온 옛날의 추억이 있다. 그러나 늙어서 경쟁하며 살던 세상으로부터 완전히 차단된 한 마리의 개는, 쓸쓸하지만 죽지 않는 스트룰드브루그,* 그러니까 평생 동안 따분하게 연명하는 인간과 다를 바 없다.

그렇게 어느 날 베이비가 세상을 떠났다. 착한 애나는 슬퍼하는 것 이상으로 허전했다. 가련한 늙은 짐승이 기진맥진한 나이에 보이지 않는 노안老眼과 온몸을 흔드는 비참한 기침에도 불구하고 연명하기를 바란 건 아니었지만, 베이비가 죽자 애나에게는 엄청난 공허가 몰려왔다. 젊고 어리석은 수컷 피터와 작고 쾌활한 랙스에게 위로를 받을 수도 있겠지만, 기억에 남을 유일한 개는 베이비였다.

착한 애나는 베이비를 진짜 묘지에 묻고 싶었으나 기독교 국가에서는 불가능한 일이었다. 그래서 애나는 남모르게 이 오랜

---

* Struldbrug: 조너선 스위프트(Jonathan Swift)의 소설 『걸리버 여행기』에 등장하는 특별한 인간들로, 계속 늙어가기는 하나 영원토록 죽지 않는다.

친구를 예의 바르게 포장지로 두른 다음, 누군가에게 들은 약간 한적한 장소에 묻어주었다.

착한 애나는 늙은 베이비가 가엾다고 울지 않았다. 아니다, 착한 애나에게 베이비의 죽음은 슬픔 위에 슬픔이 가중되는 형국이어서, 외롭다고 느낄 시간조차 없었다. 이제 그녀는 더 이상 머틸다 양의 집안일을 돌보지 않기로 되어 있었다.

애나는 처음 머틸다 양의 집에 올 때, 여기서 일하는 기간이 불과 몇 년일 거라고 이해했다. 머틸다 양이 곧잘 나돌아 다녔고, 자주 집을 바꿨고, 또 살러 갈 새 장소를 찾아냈기 때문이었다. 그 당시 착한 애나는 이 문제를 심각하게 생각하지 않았다. 처음 머틸다 양을 찾아갔을 때 애나는 자기가 그 일을 좋아하게 되리라고 생각하지 않았으며, 그래서 일하는 기간은 아예 걱정도 하지 않았다. 그러고 나서 막상 함께 보낸 행복한 몇 해 동안 애나는 스스로 그런 생각을 하지 않으려 했다. 작별의 순간이 다가오고 있음을 감지한 이 마지막 해에, 그녀는 그런 일은 없을 거라고 안간힘을 다해 믿으려 했다.

"아직 그 문제는 얘기하지 말죠, 머틸다 아씨, 그때가 오기 전에 아마 우리 모두 죽을 거예요." 그녀는 머틸다 양이 상의하려 하면 말을 끊어버리거나 또는, "만약 우리 모두 그때까지 살아 있다면 머틸다 아씨, 아마 아씨는 바로 여기에서 살고 있을 걸요"라고 말했다.

그렇다, 착한 애나는 이별의 순간을 마치 현실인 양 말할 수가 없었다. 또다시 낯선 사람 사이에 혼자 남는 것은 너무 지긋지긋했다.

착한 애나와 그녀가 소중하게 섬기는 머틸다 양은 실제로 헤어지게 되진 않을 거라고 열심히 믿고 또 노력했다. 애나는 머틸다 양을 잡아두려고 온갖 과제와 일거리를 만들어내고, 머틸다 양도 착한 애나가 자기와 동행할 수 있는지 알아보려고 온갖 방법을 찾았지만, 과제도 모색도 별다른 성과가 없었다. 머틸다 양은 떠날 것이며 그것도, 애나로서는 너무 외로워 도저히 살 수가 없는, 새로운 나라로 멀리 떠나갈 예정이었다.

두 사람은 작별 말고는 달리 선택할 수 있는 대안이 없었다. 그때가 오기 전에 아마 우리 모두 죽을 거예요, 착한 애나가 말을 되풀이하곤 했지만, 그런 일조차 실제로 일어나지 않았다. 만일 우리 모두 그때까지 산다면, 이 말이 더 사실이 되었다. 불쌍하게 실명한 늙은 베이비만 빼고 그들은 모두 그때까지 살았고, 그리고 이별의 순간만이 남았다.

가련한 애나와 가련한 머틸다 양. 마지막 날 두 사람은 서로 마주 쳐다볼 수가 없었다. 애나는 바쁘게 일하기가 힘들었다. 단지 들락날락하면서 이따금 잔소리를 내뱉을 뿐이었다.

애나는 미래를 위해 지금 뭘 해야 할지 결심할 수 없었다. 그녀는 이제껏 살아온 이 작고 빨간 벽돌집을 당분간 돌보겠다고 말했다. 어쩌면 하숙생을 몇 명 들일 수도 있을 것이다. 그녀는 어찌 될지 몰랐으며, 진행 상황은 모두 나중에 머틸다 양에게 편지를 써서 알릴 생각이었다.

질질 끌었어도 쓸쓸한 그날은 왔고 모든 준비가 끝나 머틸다 양이 마침내 기차를 타기 위해 집에서 출발했다. 애나는 긴장하고 창백한 얼굴로 그들이 함께 살았던 작은 빨간 벽돌집의 돌계단 위에 섰지만 울지는 않았다. 머틸다 양이 마지막으로 들은 것은, 어리석은 피터에게 "안녕히 가세요, 해, 머틸다 아씨를 절대 잊으면 안 돼"라고 주문하는 착한 애나의 목소리였다.

제3부
착한 애나의 죽음

머틸다 양을 알던 모든 이는 착한 애나가 자기네 집에서 일하기를 원했다. 애나가 얼마나 사람과 모든 의복과 물건을 잘 건사할 수 있는지 알았기 때문이다. 애나는 언제든지 커튼의 메리 워드스미스 양에게 갈 기회도 있었다. 그러나 그 어떤 대안도 애나에게는 썩 좋아 보이지가 않았다.

이제 더는 렌트먼 부인과 가까이 지내고 싶은 마음도 없었다. 지금 중요한 일을 꾀하는 사람도 없었지만, 애나는 새롭게 누군가의 하녀가 되는 자리로는 분명히 들어가고 싶지 않았다. 애나에게는 그 누구도 소중하게 섬겼던 머틸다 양만 한 사람이 될 수 없었다. 다시는 아무도 자기가 매사를 그렇게 자유자재로 하게끔 놔두지 못할 것이다. 애나는 튼튼하지만 긴장되고 지친 이 몸으로는 그 방법이 낫겠다고, 즉 가구가 배치된 작은 빨간 벽돌집에 그냥 계속 살면서 하숙을 쳐서 생계를 꾸려가는 게 낫겠다고 생각했다. 머틸다 양이 집 안 물건을 그대로 주고 갔으니까 하숙을 시작하는 데는 한 푼도 들지 않을 것이다. 그녀는 어쩌면 그런 식으로 그럭저럭 살아갈 수 있을 것이다. 모든 일을 스스로 최선이라고 생각하는 만큼은 할 수 있었고, 변화에는 너무 지친 상태라서 단지 살기 위해 필요한 이상으로는 움직이지 않았다. 그래서 그녀는 그들이 살던 집에서 계속 지내면서 몇 명의 남자를 찾아냈고, 그들은 그 집의 방을 사용하는 하숙인이 되었다. 여자 하숙인은 받지 않을 생각이었다.

머지않아 애나의 따분함이 해소되기 시작했다. 그녀는 몇 안 되는 하숙인들에게 무척 인기가 많았다. 그들은 애나의 잔소리와 그녀가 요리한 훌륭한 음식을 사랑했다. 그들은 유쾌한 농담을 나누고 폭소를 터뜨리면서 언제든 뭐든 애나가 바라는 대로 했고, 착한 애나는 곧 그 분위기가 매우 좋아졌다. 머틸다 양을 늘 갈구하는 마음이 사라진 것은 아니었다. 그녀는 언젠가, 1년 또는 2년 이내에, 머틸다 양은 돌아올 것이며 그러면 틀림없이 자기를 원할 것이고 자기는 다시 그녀를 아주 훌륭하게 돌볼 수 있을 것이라고 희망하고 기다리고 또 확신했다.

애나는 머틸다 양의 물건은 전부 최상의 상태로 정돈해두었다. 하숙인들이 머틸다 양의 테이블에 혹시라도 흠집을 내면 심하게 질책했다.

하숙인 몇몇은 다정하고 착한 남부 독일 친구들이었고, 애나는 항상 그들을 미사에 참석시켰다. 하숙인 하나는 브리지포인트에서 의사가 되려고 공부하는 건장한 독일 학생이었다. 애나는 그를 특별히 총애해서, 예전에 자기가 돌보았던 의사에게 하던 대로, 항상 착하게 지내라고 잔소리를 했다. 게다가 이 쾌활한 친구는 세탁을 할 때 늘 노래를 흥얼댔는데 머틸다 양도 늘 그렇게 했었다. 애나는 자기에게 필요한 모든 걸 되돌려주는 것 같은 이 젊은이 덕분에 다시 가슴이 따뜻해졌다.

그러니까 이 시기 애나의 삶이 아주 불행한 것은 아니었다. 그녀는 일도 있었고 잔소리도 했으며, 주위에는 방황하는 개와 고양이와 사람 들도 있었다. 그들은 모두 그녀의 돌봄을 요청하고 또 그녀의 돌봄이 필요해 보였다. 또 그녀로부터 꾸중 듣기를 좋아하고 그녀가 끝내주게 요리하는 맛있는 음식을 엄청나게 먹어대는 다정한 독일 친구들도 있었다.

그랬다, 이 시기 애나의 삶이 아주 불행한 것은 아니었다. 옛 친구들을 자주 만나지 못했고 너무나 바쁘게 살았지만, 아주 오래간만에 처음으로 그녀는 어느 일요일 오후에 맞춰 착한 드레턴 부인을 만나러 갔다.

다만, 생계를 꾸려나가기가 무척 어려운 현실이 애나의 유일한 고민이었다. 그녀는 하숙비를 아주 적게 받으면서도, 수지만 맞출 수 있다면, 하숙인들에게 매우 훌륭한 음식을 제공했다. 그녀의 애로 사항을 항상 들어주는 선량한 독일 신부는 그녀가 하숙인들의 하숙비를 조금 올려 받게 하려고 노력했고, 머틸다 양도 애나에게 편지를 보내 하숙비를 올리라고 늘 강조했지만, 착한 애나는 왠지 그럴 수가 없었다. 그녀는 하숙인들이 착한 남자들이지만 돈은 많지 않다는 걸 알고 있었다. 그래서 기존 하숙인들의 하숙비를 올릴 수 없었고 또 그들이 예전 하숙비를 그대로 내고 있는데 새 하숙인들에게 더 비싼 하숙비를 요구할 수도 없었다. 그런 까닭에 하숙비는 처음 시작할 때와 계속 똑같았다. 그녀는 하루 종일 일하고 또 일하고 밤새도록 어떡하면 절약할 수 있을까를 생각하면서 온갖 노동을 다 해도 겨우 빠듯하게 생계를 유지해나갔다. 저축할 여유가 생길 만큼 돈을 벌지 못했다.

애나는 수입이 워낙 적으므로 웬만한 일은 스스로 처리해야 했다. 어린 샐리에게조차 줄 돈이 없어 집에 붙들어 둘 수 없었다.

애나는 집에 아무도 없으면 절대 안 된다고 생각했다. 어린 샐리도 없고 함께 일하는 동료도 없다 보니 외출 한번 하기가 무척 어려워졌다. 일요일이면, 지금은 공장에서 일하는 샐리가 아주 가끔씩 와서 착한 애나 대신 집을 지켰고, 그러면 애나는 모처럼 집을 나와 드레턴 부인의 집에서 오후를 보내곤 했다.

그렇다, 애나는 더 이상 옛 친구들을 자주 만나지 않았다. 가끔 이복 오빠와 올케, 조카들을 만나러 갔고, 그들도 그녀의 생일이면 선물을 들고 찾아왔다. 이복 오빠는 건포도 빵을 나눠 주는 흥겨운 배급 순행巡行에서 단 한 차례도 그녀를 빼놓지 않았다. 그러나 이 친척들이 착한 애나에게 정말 중요했던 적은 없었다. 애나는 언제나 친척 모두에게 본분을 다하고, 이복 오빠를 무척 따르면서 그가 나누는 건포도 빵 조각을 지금 진심으로 환영했으며, 또 자기의 대녀代女 자매에게 근사한 선물도 주었다. 그러나 어느 친척도 애나의 감정 내면으로까지 길을 내지는 못했다.

그녀는 아주 띄엄띄엄 렌트먼 부인을 만났다. 쓰라린 환멸을 남긴 지난날의 우정을 바탕으로 새로운 우정을 쌓아 올리기는 힘들다. 친구 사이로 복귀하고자 두 여자 모두 최선을 다했지만 그들은 서로 다시 소통하는 게 거의 불가능했다. 서로 언급할 수 없는 것들이 너무 많았다. 설명된 적도 없고 아직 용서되지도 못한 일들이었다. 착한 애나는 아직도 어리석은 줄리아를 위한 일이라면 최선을 다했고 이따금씩 렌트먼 부인을 만났으나, 부인의 식구들은 이미 실질적으로 그녀에게 어떤 영향도 미치지 못했다.

지금 애나가 교류하는 가장 가까운 친구는 드레턴 부인이었다. 이 두 사람의 관계는 서로의 슬픔을 함께 교감하는 것이 전부였다. 항상 두 사람은 드레턴 부인이 당장 할 수 있는 최선의 방법이 무언가를 의논했다. 가련한 드레턴 부인은 가장 큰 고민거리인 못된 남편에 대해 지금 해결할 수 있는 방법이 정말 아무것도 없었다. 그녀는 그저 일해야 하고, 참아야 하고, 아이들을 사랑해야 하고, 그리고 아주 말없이 지내야 했다. 그런 드레턴 부인에게 착한 애나가 긴장하고 녹초가 된 몸으로 짜증을 내며 찾아오곤 했다. 애나가 부인의 곁에 앉아 온갖 골칫거리를 털어놓으면, 부인은 늘 마음을 달래주는 엄마와 같이 애나를 감싸주었다.

브리지포인트에서 보낸 이 20년 동안 착한 애나가 사귀었던 모든 친구 가운데 선량한 신부와 참을성 있는 드레턴 부인만이 지금도 애나 가까이에 남아 있으면서 애나가 고민을 의논할 수 있는 상대였다.

애나는 일하고, 생각하고, 절약하고, 잔소리하고, 모든 하숙인과 피터와 랙스와 또 모든 타인을 보살폈다. 애나의 수고는 결코 끝나지 않았으며, 계속해서 점점 더 지치고, 살결이 더 노래지고, 얼굴은 더 여위고 피곤하고 근심스러워 보였다. 가끔 그녀는 몸이 불편한 상태가 더 심해졌고, 그럴 때면 착한 드레턴 부인을 수술했던 허먼 박사에게 진찰을 받으러 갔다.

애나는 가끔씩 휴식을 취하고 먹는 양을 늘려 진정으로 더 튼튼해질 필요가 있었지만, 애나가 자발적으로 할 수 있는 행동은 아니었다. 애나는 전혀 쉴 시간이 없었다. 그녀는 겨우내 그랬듯이 여름에도 줄곧 열심히 노동해야 했고, 그러지 않으면 전혀 수지를 맞출 수 없었다. 허먼 박사가 건강을 위한 약들을 처방해주었지만 큰 효과가 있는 것 같지는 않았다.

애나는 계속해서 점점 더 피곤해지고, 두통이 더 자주 더 심하게 찾아왔으며, 이제 거의 항상 심한 구토감에 시달렸다. 밤에도 오래 잘 수가 없었다. 개들도 소음을 내서 수면을 방해했고 신체의 모든 부분이 괴롭기만 했다.

허먼 박사와 선량한 신부는 애나가 몸에 더 신경을 쓰도록 하려고 많은 애를 썼다. 드레턴 부인 역시 잠깐만이라도 일을 중단하지 않으면 건강을 회복하지 못할 거라고 단호하게 충고했다. 그럴 때면 애나는 건강을 회복하기 위해 스스로를 더 보살피고, 더 오래 침대에 누워 쉬고, 더 많이 먹겠노라고 약속하곤 했다. 그렇지만 언제나 음식을 조리해야 하고, 그래서 어떤 음식이든 식탁에 올릴 준비를 절반도 끝내기 전에 온통 지쳐버리는 애나가 어떻게 정말 먹을 수 있겠는가?

지금 애나의 유일한 친구는 드레턴 부인이지만, 그녀는 성격이 너무 온화하고 아주 잘 참아서, 완고하고 신실한 독일 여자 애나가 자신의 건강을 위해 필요한 행동을 제대로 실천하게 강제하지 못했다.

애나는 이 두번째 겨울을 나면서 건강이 더욱 악화되었다. 여름이 되었을 때 허먼 박사는 그렇게 해서는 그녀가 도저히 살 가망이 없다고 진단했다. 그녀는 병원에 입원해야 하며, 입원 후에는 자기가 직접 수술하겠다고 말했다. 수술 후에는 건강이 회복되고 튼튼해져서 다음 겨울에는 열심히 일할 수 있다고 덧붙였다.

애나는 어느 순간부터인지 귀담아들으려 하지 않았다. 그녀는 의사가 하자는 대로 할 수가 없었다. 모든 가구를 구비한 자기 집이 있는데 그 집을 그냥 비우고 떠날 수는 없었다. 마침내 어느 여자가 찾아와 애나의 하숙인들을 보살피겠다는 뜻을 전했고 그런 다음에야 애나는 떠날 준비가 되었다고 말했다.

애나가 수술을 받으러 병원에 입원했다. 드레턴 부인은 자기 몸도 불편했지만, 친구로서 착한 애나 곁을 지켜주기 위해, 함께 시내로 들어왔다. 그리하여 허먼 박사가 그처럼 훌륭하게 드레턴 부인을 수술했던 이 병원에 둘이서 함께 입원했다.

그 후 며칠간 준비를 한 다음 수술에 들어갔다. 착한 애나는 강인했지만, 긴장하고 기진맥진한 몸이 되어 수술을 견디지 못하고 세상을 떠났다.

드레턴 부인이 머틸다 양에게 애나의 죽음을 통보했다.

"친애하는 머틸다 아씨." 드레턴 부인이 썼다. "어제 미스 애니가 까다로운 수술을 받은 후 사망했습니다. 그녀는 아씨와 의사와 메리 워즈스미스 양에 대해 무척 자주 얘기했습니다.

그녀는 나중에 아씨가 다시 미국으로 돌아와 살게 되었을 때 피터와 조그만 랙스를 맡아주기를 희망했습니다. 머틸다 아씨 그때까지는 제가 아씨를 대신해 데리고 있겠습니다. 미스 애니는 편안하게 눈을 감으면서, 머틸다 아씨, 아씨에게 변함없는 애정을 보냈습니다."

멜런사

그녀 각자가 하고픈 대로

로즈 존슨은 아기를 낳으며 무척 애를 먹었다.

로즈 존슨의 친구 멜런사 허버트는 여자가 할 수 있는 일은 모두 다 했다. 로즈를 돌보면서 참고 순종하고 위로하고 또 지치지도 않았는데, 오히려 뚱하고 유치하고 겁이 많은 흑인 로지*는 툴툴대고 호들갑 떨고 울부짖으며 스스로, 그것도 하찮은 짐승처럼, 혐오를 자초했다.

아기는 건강하게 태어났지만 얼마 살지 못했다. 로즈 존슨은 조심성이 없고 부주의한 데다 이기적이었고, 멜런사가 며칠간 자리를 비워야 했을 때 아기가 저세상으로 떠났다. 로즈 존슨은 제 아기를 무척 좋아했는데 아마도 잠깐 아기의 존재를 그저 잊었던 것 같고, 하여간 아이가 이미 죽었으니 로즈와 남편 샘은 몹시 상심했지만, 당시 브리지포인트의 흑인 사회에서는 이런 일이 비일비재했으므로, 부부 누구도 이 사건을 아주 오

---

* Rosie: 로즈(Rose)의 애칭.

래 기억하지는 않았다.

로즈 존슨과 멜런사 허버트는 이미 여러 해 전부터 사귄 친구 사이였다. 로즈는 최근 샘 존슨과 결혼했는데, 샘은 연안을 운행하는 증기선의 갑판원으로 점잖고 정직하며 친절한 청년이었다.

멜런사 허버트는 아직 실제로 결혼한 경험이 없었다.

로즈 존슨은 피부가 새까맣고 큰 키에 체격이 건장했으며 뚱하고 어리석고 유치했지만 인물은 수려했다. 그녀는 행복할 땐 웃었고 성가신 것들은 모조리 투덜대고 언짢아했다.

로즈 존슨은 새까만 흑인 아이였지만 백인 부부가 꼭 친자식처럼 양육했다.

행복할 때면 로즈는 웃었지만, 쾌활한 흑인들의 훈훈하고 넉넉한 열정이 드러나는 자유분방하고 호방한 웃음은 아니었다. 로즈는 세속적이고 경계 없는 흑인들의 환희를 전혀 기뻐하지 않았다. 그녀의 웃음은 그저 평범한 여느 여자의 그것과 같았다.

로즈 존슨은 조심성이 없고 게을렀는데 백인 부모의 양육을 받다 보니 적당히 편안하고 싶어 했다. 백인 부모의 훈련은 단지 습관에 국한되었고 천성은 어찌지 못했다. 로즈도 흑인들의 단순하고 잡다한 부도덕성을 지녔다.

여자 두 사람의 수많은 관계가 그렇듯이, 로즈 존슨과 멜런사 허버트도 앞서와 같은 친구 사이가 되기까지 흥미로운 사연이 있었다.

멜런사 허버트는 연노랑 피부에 우아하고 지적이며 매력이 넘치는 흑인 여자였다. 로즈처럼 백인 부부가 키우진 않았지만 진짜 백인의 피가 절반 섞인 혼혈이었다.

그녀와 로즈 존슨은 둘 다 이곳 브리지포인트에서는 흑인들 중 형편이 괜찮은 부류였다.

"아무렴, 나는 평범한 깜둥이가 아냐." 로즈 존슨이 말했다. "나는 백인들 손에서 자랐어, 그리고 멜런사 걔도 총명하고 학교에서 배운 게 아주 많으니까 역시 평범한 깜둥이는 아냐. 내가 샘 존슨과 결혼한 것처럼 아직 마땅한 신랑감을 만나진 못했지만."

예리하고 똑똑하고 매력적이며 절반이 백인인 처녀 멜런사 허버트가, 예의는 바르지만 야하고 뚱하고 평범하고 유치한 이 흑인 처녀 로즈를, 무슨 연유로 사랑하고 도와주며 또 돌봐주는 동안에는 자신을 비하하기까지 하는지, 그리고 도덕과는 무관할 정도로 난잡하고 무기력한 이 로즈가, 이 또한 별로 일반적이지 않은 일이지만, 흑인들 가운데 괜찮은 남자와 결혼한 반면, 백인 혼혈에 매력적이고 올바른 지위에 대한 욕망도 있는 멜런사는 왜 아직껏 진짜 결혼을 못 한 것인가?

때때로 자기를 둘러싼 세상이 어떻게 돌아가는지를 생각하면, 머리가 복잡하고 욕망이 많은 멜런사는 깊은 절망에 빠졌다. 이렇게 우울해하면서 어떻게 계속 살아갈 수 있을지 자주 회의가 생겼다.

어느 날 멜런사는 심한 우울증을 앓던 여자 지인이 결국 자살했다는 사연을 로즈에게 얘기하면서, 자기도 간혹 자살이 최선의 행동이라는 생각이 든다고 말했다.

로즈 존슨은 자살에 대해 전혀 그런 식으로 생각하지 않았다. "멜런사, 나는 네가 우울하다는 이유만으로 자살할 것처럼 떠드는 걸 이해할 수 없어. 나는 우울하다고 해서 절대 자살을 하진 않을 거야 멜런사. 우울하기 때문에 어쩌면 남을 죽일 순 있겠지만, 결코 나 자신을 죽이지는 않아. 만일 내가 자살한다면 그건 우연한 사건일 텐데 멜런사, 그런 일이 생긴다면 내겐 끔찍하게 유감스럽겠지."

로즈 존슨과 멜런사 허버트는 어느 날 밤 교회에서 처음 만났다. 로즈 존슨은 종교를 별로 좋아하지 않았다. 교회 부흥회에서 진정으로 각성할 만큼 감성이 충분하지 않았다. 멜런사 허버트 역시 종교에 대한 입장이 아직 모호했다. 여전히 그녀의 머릿속은 욕망으로 너무 복잡했다. 그럼에도 두 사람은 흑인들이 하는 대로 무척 열심히, 친구들과 함께 흑인 교회에 출석했고, 서서히 무척 가까운 사이로 발전했다.

백인 부부는 로즈 존슨을 하녀가 아닌 친자식처럼 키웠다. 로즈의 생모는 그 집안에서 두터운 신임을 받는 하녀였는데, 로즈가 아직 아기였을 때 죽었다. 어린 흑인 소녀 로즈는 귀엽고 매력 있게 잘생겼고 부부에겐 친자식이 없었으므로 그들은 로즈를 집에서 계속 데리고 살게 되었다.

나이가 들면서 로즈는 백인 부부보다는 유색인들과 어울리며 점점 더 옛집에서 벗어나기 시작했다. 그 와중에 마침 백인 부부가 다른 도시에서 살려고 이사를 가면서 어쨌든 로즈 혼자 브리지포인트에 남게 되었다. 로즈를 키웠던 백인 부부는 떠나면서도 그녀를 돌볼 명목으로 얼마간의 돈을 남겼고, 로즈는 이 돈을 틈틈이 나눠 받았다.

이제 로즈는 가난한 사람들의 편리한 방식대로, 어떤 여자의 집에 들어가 그녀와 함께 살고 그러다가 별 이유 없이 또 다른 여자의 집에 가서 그녀와 함께 살았다. 그러는 동안에도 로즈는 계속 남자를 사귀면서 처음에는 이 흑인 남자, 다음에는 저 흑인 남자와 관계했고, 항상 자기가 관계를 맺고 있다는 사실을 확실하게 밝혔는데, 예의 바른 행동에 대한 강박이 있기 때문이었다.

"아무렴, 나는 그냥 아무하고나 어울려 다니는 평범한 흑인이 아냐, 멜런사 너도 그러지 마." 어느 날 머리가 복잡하고 확신이 서지 않는 멜런사에게, 무엇이 올바른 행동 방식인지 훈계하면서 그녀가 덧붙였다. "그래 멜런사, 난 백인이 키웠으니까 함부로 다니는 보통 흑인과는 달라. 내가 계속 백인들과 관계를 맺은 건 멜런사 네가 아주 잘 알잖아."

로즈는 그렇게 늘 편안하며 제법 품위 있게, 퍽 게으르게 또 몹시 만족하면서 살아갔다.

한동안 이런 식으로 생활하고 나자, 로즈는 자기 지위로 보아 진짜 정식으로 결혼하는 편이 멋지며 참으로 좋겠다고 생각했다. 최근에 어디선가 만난 샘 존슨이 마음에 들었는데, 선량한 사람인 데다가 매일 출근하여 일하는 직장도 있고 돈벌이도 괜찮다는 걸 알았다. 샘 존슨도 로즈를 매우 좋아했고 기꺼이 결혼할 준비가 되어 있었다. 어느 날 이들은 성대하게 정식으로 결혼식을 올리고 부부가 되었다. 그러고는 멜런사 허버트의 바느질과 뛰어난 솜씨 덕분에 작은 빨간 벽돌집에 편안하게 세간을 들여놓았다. 그 후 샘은 연안을 오가는 증기선의 갑판원 일로 복귀했고, 로즈는 집에 머물면서 한 남자와 실제로 결혼한다는 게 얼마나 근사한 일인지 모든 친구에게 떠벌렸다.

한 해 내내 그들의 생활은 매우 순탄하게 지속되었다. 로즈는 게을렀으나 더럽지는 않았고, 샘은 조심스러웠으나 까다롭지는 않았으며, 더욱이 매일 와서 집 안이 깔끔하게 정돈되도록 도와주는 멜런사가 있었다.

로즈는 출산 예정일이 다가오자 멜런사 허버트가 살고 있는 집에 애를 낳으러 왔다. 세탁을 담당하는 키 크고 성격이 착한 흑인 여자 하나도 데리고 왔다.

로즈가 멜런사에게 간 것은 인근 병원에 출산을 도울 의사가 있을 뿐 아니라, 아플 때 멜런사가 보살펴 줄 수 있어서였다.

이곳에서 아기가 태어나고 이곳에서 죽었으며, 그러자 로즈는 샘과 함께 자기 집으로 다시 돌아갔다.

멜런사 허버트는 로즈 존슨처럼 그렇게 단순한 인생을 살진 못했다. 멜런사에게는 욕망과 소유를 일치시키는 게 쉬워 보이지 않았다.

멜런사 허버트는 보이는 온갖 것을 소유하려 욕망하다가 정작 자기가 가진 것도 늘 잃었다. 멜런사가 남들을 버리지 않을 때도 남들은 항상 그녀를 떠났다.

멜런사 허버트는 늘 너무 열심히 너무 자주 사랑했다. 그녀의 내면에는 항상 미스터리와 미묘한 흔들림과 부인否認과 막연한 불신과 이해하기 힘든 환멸이 온통 가득했다. 그러다 갑

자기 어떤 믿음에 사로잡혀 억제할 수 없는 충동에 빠져들고, 그러면 이내 괴로워하면서 거세게 자신의 욕구를 억누르곤 했다.

멜런사 허버트는 항상 휴식과 평온을 추구했지만, 언제나 새로운 괴로움만 돌아올 뿐이었다.

멜런사는 자기가 몹시 우울할 때 왜 자살하지 않는지 자주 회의에 빠졌다. 그녀는 곧잘 자살이 자기에겐 진정으로 최선의 길이라고 생각했다.

멜런사 허버트의 어머니는 딸을 경건하게 키웠다. 멜런사는 어머니를 그다지 좋아하지 않았다. 이웃들이 '미스' 허버트라고 부르는 어머니는 상냥한 외모에 품위도 있는, 쾌활한 연노랑 피부의 유색인 여성이었다. '미스' 허버트의 태도는 늘 얼마쯤 종잡을 수 없고 불가사의하고 불안했다.

멜런사 역시 어머니를 닮아 연노랑 피부에 불가사의하고 약간 쾌활했지만, 천성에서 비롯된 진짜 능력은 원기 왕성하고 무례하고 전혀 참지 못하는 흑인 아버지로부터 물려받았다.

그녀의 아버지는 멜런사 모녀의 거처에 어쩌다 한 번씩만 찾아왔다.

이미 여러 해째 멜런사는 아버지의 행적에 대해 전혀 듣거나 보거나 알지 못했다.

멜런사 허버트는 거의 언제나 흑인 아버지를 증오했지만, 아버지에게서 물려받은 능력은 끔찍하게 즐겼다. 그래서 한때 연노랑 피부에 외모가 상냥한 어머니 쪽으로 쏠렸던 그녀의 감정은, 실질적으로는 검고 거친 아버지 쪽과 더 가까웠다. 내면에

축적된 어머니에 관한 기억에서는 어떤 존경심도 일지 않았다.

어린 시절 멜런사 허버트는 자기애가 없었다. 성장기는 온통 쓰라린 기억뿐이었다.

멜런사는 아버지도 어머니도 사랑하지 않았으며 그들 역시 그녀를 무척 성가신 존재로 생각했다.

멜런사의 부모는 정식으로 결혼한 사이였다. 멜런사의 아버지는 거구에 남성미가 넘치는 흑인이었다. 그는 멜런사 모녀의 거처에 어쩌다 한 번씩만 들를 뿐이었지만, 그럼에도 태도가 불가사의하고 불안정하며 종잡을 수 없는, 저 연노랑 피부에 쾌활하고 외모가 상냥한 여인은, 남성미가 넘치는 거구의 흑인 남편을 항상 친밀하게 생각하고 지지했다.

제임스 허버트는 평범하고 그런대로 점잖고 예의 바른 유색인 노동자로 하나뿐인 딸에게 쌀쌀맞고 난폭했지만, 멜런사 역시 다루기가 무척 만만치 않은 자식이었다.

어린 멜런사는 부모 어느 쪽도 사랑하지 않았으며, 위험천만한 배짱과 몹시 추잡하게 들릴 법한 말버릇을 지녔다. 게다가 학교에 다니면서 모든 지식을 무척 빨리 습득했고, 이 지식을 활용해 무식한 부모를 아주 능숙하게 괴롭힐 줄 알았다.

멜런사 허버트는 늘 무모한 담력을 자랑했다. 항상 말들과 어울리길 좋아했고 말에 올라타 말을 가르치고 길들이는 위험한 행동을 즐겼다.

어린 소녀 시절, 멜런사는 좋은 기회 덕에 말들과 자주 어울렸다. 멜런사 모녀의 주거 부근에 비숍가家의 마구간이 있었는데, 부유한 그 가정에는 늘 훌륭한 말들이 있었다.

비숍가의 마부 존은 멜런사를 무척 좋아해서, 그녀가 하고 싶은 대로 말들과 어울리게 놔두었다. 존은 예의 바르고 활기찬 물라토*로, 멋들어진 집에서 아내와 아이들과 살았다. 멜런사 허버트는 그 아이들보다 연상이었다. 지금 그녀는 제법 성장한 열두 살짜리 소녀로, 막 여성으로 피어나는 참이었다.

멜런사의 아버지 제임스 허버트는 이 비숍가의 마부 존과 매우 가까웠다.

하루는 아내와 딸의 거처를 찾은 제임스 허버트가 잔뜩 화가 나 있었다.

"당신 딸년 그 멜런사 어디 갔어?" 그가 사납게 소리쳤다. "그년이 다시 한번 비숍네 마구간에 가서, 존 그 자식이랑 어울리면 내가 죽여버리고 말 거야. 당신이 그년을 제대로 관리해야 하는 거 아냐? 그년 엄마잖아."

제임스 허버트는 힘이 세고 유연한 체격의 흑인으로, 성질이 포악하고 암울해서 화를 잘 냈다. 허버트는 결코 즐길 줄 아는 흑인이 아니었다. 그는 다른 남자들과 술자리를 무척 자주 벌였는데 그런 자리에서조차 정말로 즐거워한 적이 없었다. 아주 젊고 자유롭고 개방적이던 시절에도 그는 쾌활한 흑인 특유의 폭넓은 열정이 드러나도록, 자유분방하고 호방하게 웃는 법이 결코 없었다.

그의 딸 멜런사 허버트가 훗날 항상 짓게 되는 그것도 힘든 억지웃음이었다. 그녀는 정말 곤경에 빠졌을 때는 오직 강인하

---

* mulatto: 백인과 흑인의 (제1대) 혼혈아.

고 상냥한 본래의 천성을 따랐으며, 투쟁할 때에는 전심전력을 다했을 뿐 웃으며 물러서진 않았다. 아주 분명하게 고통을 혐오한 불쌍한 멜런사에게는 이것이 언제나 진실이었다. 멜런사 허버트는 항상 평화와 고요를 추구했지만, 늘 새로운 흥분 상태와 마주치게 될 뿐이었다.

제임스 허버트는 자주 분노에 빠지는 흑인이었다. 그는 사납고 심각했으며, 멜런사에게 자주 분노할 이유가 넘친다고 굳게 확신했는데, 막상 멜런사는 무식한 아버지에게 자기가 배운 것을 써먹으며 심술부리는 방법을 몹시 잘 알았다.

제임스 허버트는 비숍가의 마부 존과 자주 술을 마셨다. 성격이 착한 존은 가끔 멜런사를 향한 허버트의 반감을 누그러뜨리려는 시도를 했다. 멜런사가 존에게 제 집안의 생활이나 아버지에 대해 불평하기 때문이 아니었다. 최악의 곤경에 빠졌더라도 멜런사는 자기의 상황을 누군가에게 절대 불평하는 법이 없었는데, 그럼에도 불구하고 어쨌거나 그녀의 모든 지인은 항상 그녀의 곤경을 알고 있었다. 그들이 멜런사를 진정으로 사랑하는 동안 그녀가 전혀 불평하지도 불행해 보이지도 않고 늘 야무지고 활기차다는 사실을 이해하면서 눈감아주었지만, 그래도 그녀가 얼마나 심하게 고통받는지는 항상 알았다.

부친 제임스 허버트 역시 자신의 괴로움을 절대 발설하지 않았지만, 몹시 사납고 심각한 사람이라 아무도 감히 그에게 물어볼 생각을 하지 않았다.

이웃들이 '미스' 허버트라고 부르는 여자는 아예 남편이나 딸에 대해서 입을 열지 않았다. 그녀는 항상 쾌활하고 상냥해 보였지만, 불가사의하고 불안했으며, 조금은 종잡을 수 없는 태도를 보였다.

허버트 가족은 자기네 문제에 관해 침묵했지만, 어쨌든 주위의 지인들은 누구나 그 집안에서 생기는 일이라면 항상 빠짐없이 파악했다.

허버트와 마부 존이 저녁때 만나 술자리를 갖기로 한 그날 아침, 하필 멜런사가 즐거운 최상의 기분으로 마구간에 나타났다. 그녀의 선량한 지지자 존은 이 아침에, 그녀가 얼마나 착하고 상냥한지, 그러나 얼마나 극심하게 고통을 겪고 있는지, 무척 확실하게 깨달았다.

존은 인품이 정말 훌륭한 흑인 마부였다. 그는 멜런사를 마치 맏자식처럼 생각했다. 정말로 그는 멜런사의 내면에 있는 여자로서의 정신력에 깊이 공감하고 있었다. 존의 아내도 줄곧 멜런사를 아끼면서 유쾌한 상황이 생기도록 늘 최선을 다했다. 멜런사도 평생 동안 친절하고 착하고 신중한 사람을 좋아하고 존경했다. 멜런사는 늘 평화와 온화함과 선량함을 사랑하고 원했지만, 가련한 그녀는 평생 동안 늘 새로운 곤경과 마주칠 뿐이었다.

이날 저녁 존과 허버트가 함께 어울려 잠깐 술을 마신 후, 착한 존이 멜런사의 부친 허버트에게 정말 훌륭한 딸을 두었다고 말을 꺼냈다. 아마 선량한 존은 독한 술을 상당히 마셨을 테고, 어쩌면 존이 멜런사를 언급하는 태도에는, 친절한 연장자의 감정보다 더 부드러운 어떤 징후도 있었을 것이다. 상당히 많이 마신 데다가, 존은 분명히 바로 그날 아침 멜런사의 여자로서의 정신력을 강하게 감지한 터였다. 제임스 허버트는 언제나 사납고 의심이 많고 심각한 흑인이었고, 술이 들어갔다고 감정이 더 너그러워지는 사람이 아니었다. 존이 멜런사의 장점과 상냥함에 대해 절반은 혼잣말로 절반은 아비가 들으라는 듯 말하며 점점 더 깊이 감탄하는 동안, 앉아서 그 말을 듣던 제임스 허버트는 몹시 분노하고 불쾌한 눈치였다.

어느 순간 갑자기 서로 증오로 가득한 욕설을 주고받더니 날카로운 면도칼이 그들의 시커먼 손에서 번쩍였고, 그러자 두 사람은 흑인들의 스타일대로 일단 뒤로 물러섰다가, 곧이어 몇 분 동안 험악하게 칼질을 주고받았다.

존은 점잖고, 유쾌하고, 천성이 착한 담갈색 흑인이었지만, 면도칼을 사용해 상대를 피투성이로 만드는 요령을 알았다.

같은 홀에서 술을 마시던 다른 흑인들이 두 사람을 갈라놓을 때, 존의 상처는 크지 않았으나 제임스 허버트는 오른쪽 어깨로부터 온몸의 앞면을 가로지르는 매우 심한 자상刺傷을 입었다. 면도칼로 싸우면 상처는 그다지 깊지 않지만, 유혈이 낭자해서 무척 끔찍해 보인다.

다른 흑인들이 허버트를 붙들어 상처의 피를 닦고 반창고를 붙여준 다음, 그가 술과 싸움에서 벗어나 잠을 자게끔 침대에 눕혔다.

이튿날 아내와 딸의 거처에 온 그는 몹시 화가 나 있었다.

"당신 딸년 그 멜런사 어디 있어?" 아내를 보자 그가 다그쳤다. "만일 그년이 지금 비숍네 마구간에서 저 누런 존과 함께 있다면 내가 반드시 죽일 거야. 그게 단정한 딸로 근사하게 사라지는 방법이야. 당신이 그년을 더 제대로 관리하는 게 어때, 그년 엄마잖아!"

멜런사 허버트는 모든 면에서 늘 사려 깊게 살았고 퍽 일찌감치 자기가 지닌 여자로서의 능력을 어떻게 활용할지 알고 있었지만, 타고난 지혜가 뛰어났음에도 불구하고 악惡에 대해서는 정말 너무 무지했다. 아직 멜런사는, 주위에서 무척 자주 들려오고 또 자기의 내면에서 막 강렬하게 요동치기 시작하는 상황이 무얼 뜻하는지 이해할 단계에 이르지는 못했다.

지금 아버지가 자기를 사납게 몰아붙이기 시작할 때, 그녀는 그가 그렇게 맹렬하게 자기로부터 강제로 분리시키려는 게 뭔지 정말 몰랐다. 분노에 찬 그는, 생각할 수 있는 모든 방법을 동원하여, 그녀가 정말 모르는 일을 말하라고 다그쳤다. 그녀는 버티었고 그가 묻는 말에 전혀 대꾸하지 않았다. 멜런사는 무모할 정도로 배짱이 있었으며 그녀는 바로 그 순간 흑인 아버지를 극도로 혐오했다.

소동이 모두 가라앉았을 때, 멜런사는 자신의 정신력을 이해하게 되었는데, 이미 무척 자주 자기 안에서 움직이는 정신력을 감지해온 데다, 이제는 자신을 한층 강인하게 만드는 데 그 능력을 사용할 수 있겠다고 자각했다.

제임스 허버트는 딸을 상대한 이 전투에서 이기지 못했다. 얼마 후 그는 이 사건을 잊었는데, 존과 그의 예리한 면도날에 입은 상처를 금방 까먹었기 때문이다. 멜런사 역시 이제 자기 내면에 정신력이 있다고 자각하고 관심을 쏟다 보니, 아버지를 향한 혐오는 거의 잊혔다.

지금 멜런사는 존이나 그의 아내나 멋진 말들조차 더는 별로 보고 싶지 않았다. 그들과의 일상은 너무 조용하고 익숙한 것이어서 더 이상 관심이나 흥분을 일으키지 못했다.

멜런사는 이제 정말 한 사람의 여자로 살기 시작했다. 그녀는 준비된 상태였으며, 길거리와 어두운 모퉁이에서 남자들을 찾아내 그들의 본성과 다양한 노동 방식을 공부하는 탐색 작업에 들어갔다.

그 후 몇 해 동안 멜런사는 지혜에 도달하는 수많은 방법을 배웠다. 다양한 방법을 익혔고 저 멀리 희미하게 비치는 지혜를 보았다. 이 몇 해간 멜런사는 실제로 잘못된 일을 저지르거나 저지를 의도가 전혀 없었지만, 이 배움의 시기에 그녀는 아주 곧바로 곤경에 빠져들었다.

조심스럽게 또 감시 속에 양육되는 소녀들은 세상으로 도피할 순간을 늘 찾기 마련인데, 그 세상에서 지혜에 도달하는 방법을 배우기도 한다. 멜런사 허버트처럼 키워진 소녀에게 그와 같은 도피는 늘 아주 간단했다. 그녀는 보통 혼자 다녔지만 이따금씩은 동료 탐구자 하나를 대동하고 많은 남자가 일하는 장소, 그러니까 어떤 때는 철도역 구내 어떤 때는 부두나 새로운 빌딩 주위에 서성거리며 서 있었다. 그러다가 어둠이 주위를 모두 삼키면, 이 남자 또는 저 남자를 사귀는 방법을 익히기 시작하곤 했다. 그녀가 전진하기도 하고 그들이 대응하기도 하고, 그러면 그녀가 어렴풋하게 약간 물러서곤 했는데, 항상 그녀는 자기를 정말로 붙잡는 게 뭔지 몰랐다. 때로는 거의 선線을 넘을 뻔했는데, 그러면 실체를 파악할 수 없는 어떤 내면의 힘이,

애를 쓰는 보통 남자를 저지하곤 했다. 그것은 무지와 권력과 욕구가 혼재하는 이상한 경험이었다. 멜런사는 자기가 그처럼 간절히 원하는 게 뭔지 몰랐다. 이때 그녀는 다름 아닌 자기 자신이 정말 겁쟁이일까 두려웠지만, 그렇다는 사실을 아직 이해하지는 못했다.

소년들은 멜런사에게 결코 중요한 적이 없었다. 그들은 그녀를 만족시키기에는 늘 너무 어렸다. 멜런사는 어떤 종류더라도 성공한 권력을 열심히 존경했다. 멜런사가 연노랑 피부에 외모가 상냥한 어머니보다 남성미가 넘치고 불같은 성미의 흑인 아버지에게 감정적으로 항상 더 가까이 쏠리게 하는 이유가 바로 이것이었다. 그녀의 내면에 축적된 어머니의 기억은 전혀 존경심을 일으키지 못했다.

이 젊음의 시기에, 멜런사에게 필요한 얼마간의 지식과 권력을 쥔 것은 남자들뿐이었다. 그러나 멜런사가 이 권력을 진정으로 이해하게 된 것은 남자들을 통해서가 아니었다.

멜런사는 열두 살부터 열여섯 살 때까지 방황하고 다녔는데, 지혜를 항상 추구하기는 했으나 아주 흐릿한 정도밖에는 결코 알지 못했다. 그동안에도 멜런사는 학교 공부를 계속해서, 대부분의 유색인 아이들보다 오히려 더 오랫동안 학교를 다녔다.

지혜를 추구하는 멜런사의 방황은 늘 은밀하고 단속적일 수밖에 없었는데, 그때는 어머니가 아직 살아 있고 그 '미스' 허버트가 늘 조금은 지켜보았기 때문이며, 또 배짱이 단단한 멜런사라고 하더라도, 그즈음 멜런사 모녀의 거처에 부쩍 자주 찾아오는 아버지의 귀에 많은 말이 들어가는 건 두려웠기 때문이었다.

  당시 멜런사는 여러 부류의 남자들과 더불어 말하고 서 있고 걸었지만, 그들 중 누구도 속속들이 알게 되지는 못했다. 그들은 모두 그녀에게 대단한 지식과 경험이 있다고 여겼다. 그들은 그녀가 뭐든 다 안다고 믿으면서 아무 설명도 해주지 않았고, 그녀가 함께 결정한다고 생각하면서 아무런 요구도 하지 않았으므로, 멜런사는 광범위하게 돌아다녔지만 그 모든 방황에서도 정말로 무척 안전했다.

  멜런사가 배우겠다고 돌아다닌 이 기간에 이렇게 안전할 수 있었던 것은 매우 경이로운 경험이었다. 막상 멜런사 자신은 놀라움을 느끼지 못하고 그 모든 것에 진정한 가치가 없다는 사실만 깨달았을 뿐이었지만.

  멜런사는 평생 동안 정말 간절하게 진짜를 경험하고 싶었다. 그녀는 아주 몹시 바라는 것을 얻지 못하고 있다는 사실을 깨달았지만, 이 멜런사는 무모한 배짱에도 불구하고 겁쟁이에 불과했고, 그래서 진정한 사리 판단을 배울 수가 없었다.

  멜런사는 돌아다니는 것과, 또 철도역 구내에 서서 바쁘게 돌아가는 역무원들과 기관차들과 선로 변환기 등 온갖 장치를 지켜보는 걸 좋아했다. 철도역 구내는 끊임없는 매혹의 공간이다. 그곳은 천성이 어떻든 모든 사람을 만족시킨다. 피가 아주 천천히 흐르는 나태한 사람에게는 강력한 동력動力의 감각을 공급하여, 그를 꾸준히 달래주는 동작의 세계가 된다. 그는 일할 필요도 없고 그럼에도 매우 심오하게 동작을 경험한다. 그 동작 속에서 일하거나 동작을 주관하는 사람보다 더 제대로 경험한다. 또 고통을 겪는 수고 없이 감정을 느껴보고 싶은 사람들은, 노동자들의 왕래를 지켜보고 엔진이 쿵쾅거리며 뿜어대는 기적 소리를 들을 때 찾아오는 목구멍의 부기浮氣와 충만감과 심장의 박동, 그리고 그 모든 흥분의 두근거림을 경험할 수 있어 무척 멋지다. 철도 부지 위 울타리의 구멍을 들여다보는 아이에게 철도역 구내는 신비롭게 움직이는 놀라운 세상이다. 아이는 온갖 소음을 사랑하고, 그다음은 전속력으로 쿵쾅거리며 달려오는 기차에 앞서서 다가오는 바람의 침묵을 사랑하는데, 기차는 자신의 형체와 온갖 소음을 어둠 속에 감췄던 터널에서 버럭 소리를 지르며 빠져나오고, 아이는 때로는 둥근 고리 모양을 만들기도 하지만 언제나 불꽃과 푸른빛을 내뿜는 기차 연기를 한껏 사랑한다.

멜런사가 느끼기에 철도역 구내는 수많은 사내가 발산하는 흥분이 가득했으며, 아마도 자유분방한 미래가 충만한 공간이었다.

멜런사는 이곳을 무척 자주 찾아와 사내들과 아주 바쁘게 돌아가는 모든 사정을 지켜보았다. 사내들은 줄곧 여유를 부리며 떠들었다. "어이 언니, 내 기관차 타보고 싶어?" 또 "어이, 예쁘게 생긴 노랑 아가씨, 이리 와서 남자가 요리하는 거 구경해봐."

유색인 승무원들은 하나같이 멜런사를 좋아했다. 그들은 흥미진진한 경험담을 자주 털어놓았다. 서부에서는 숨 쉴 공기조차 없는 긴 터널을 통과하며 빠져나온 다음, 가늘고 높고 호리호리한 교각의 다리 위로 대협곡의 모서리를 구불구불 돌아갔는데, 좁은 다리를 지나다 때로는 자동차가 때로는 열차가 통째로 추락했고, 그러면 항상 깜깜한 공간에서 고개를 위로 쳐든 저승사자와 온갖 괴상한 악마들이 면전에서 그들을 비웃었다고 했다. 또 가파르고 미끄러운 산맥을 열차가 쿵쾅거리며 내려갈 때에는 가끔 엄청나게 큰 암석이 열차 주위에 소음을 내며 굴러떨어지기도 하고 때로는 열차를 박살 내 사람들을 죽이기도 한다고 말하곤 했다. 승무원들이 이런 얘기를 할 때면, 둥글고 까맣고 반짝이던 얼굴이 근엄해지고, 미끈거리는 검은색 바로 밑으로 안색이 창백해졌으며, 말하는 동안 스스로 겁을 먹고 공포와 놀라움에 질려 눈의 흰자위가 돌아가곤 했다.

키가 크고 진지하고 침울하며 피부가 담갈색인 승무원 하나는, 멀리 남부 지역의 백인들이 자기를 죽이려 했던 사연을 말할 때 멜런사가 지능과 공감 능력을 겸비하고 경청하는 태도에 반해, 자주 얘기를 들려주었는데, 그 사연에서 그는 백인 남자가 만취한 상태로 자기를 빌어먹을 깜둥이라 부르며 깜둥이에게는 기차 요금을 안 내겠다고 거부하기에 그 남자를 역이 아닌 장소에서 내리게 만들었는데, 그 후 다시 나타나기만 하면 반드시 죽이겠다고 백인 남자들이 공언하는 바람에 자기는 그 남부 지역에 발을 끊을 수밖에 없었다고 했다.

멜런사는 진지하고 침울하며 피부가 담갈색인 이 흑인을 매우 좋아했는데, 평생 동안 멜런사는 친절과 선량함을 원하며 존중했고, 이 남자는 항상 훌륭한 조언과 진지한 친절을 베풀어 멜런사에게 깊은 감동을 주었지만, 그런 조언과 친절에도 불구하고 그녀는 늘 자기를 곤란한 상황에 붙들어 놓는 태도를 결코 바꾸지 못했다.

　멜런사는 황혼의 시간 대부분을 승무원들이나 열심히 일하는 다른 노동자들과 보냈지만, 어둠이 내리면 항상 상황이 달라졌다. 그때 멜런사는 신사적이라고 믿는 계층 사람들과 어울리곤 했다. 어느 사무원이나 젊은 운송업자가 그녀와 알게 되고, 그들은 잠깐 동안 함께 서 있거나 아마도 산책에 나섰다.

　멜런사는 늘 도망을 쳤지만 그러려면 번번이 노력이 필요했다. 그녀는 자기가 정말 간절히 바라는 게 뭔지 몰랐지만, 그 모든 용기에도 불구하고 지금 멜런사는 겁쟁이에 불과했고, 그래서 그녀는 사리 판단을 제대로 할 수가 없었다.

　저녁 무렵 멜런사는 어떤 남자와 함께 서 있기도 하고 얘기를 나누기도 했다. 간혹 멜런사는 다른 소녀와 동행하곤 했는데 그러면 머물기도 벗어나기도 훨씬 쉬웠다. 그럴 때는 둘이서 함께 길을 틀 수도 있고, 또 서로 얘기나 웃음을 주고받으며 어느 남자건 지나치게 관심을 기울이지 않게 막을 수 있었다.

　그러나 멜런사가 홀로일 때는, 사실 그녀는 보통 혼자였는데, 가끔 지혜에 이르는 길 위에서 거의 큰 진전이 있을 뻔하기도 했다. 평생 동안 멜런사는 하나의 이야기를 종합하여 말할 줄 몰랐으므로, 어떤 남자는 대화를 통해 그녀에 대해, 결코 전체를 정확하게는 아니더라도, 상당히 많이 알려고 했다. 일부러 그러는 건 아니었지만, 그녀는 전개가 무척 달라질 수 있는 중요한 요소들을 어쨌든 늘 빼먹었는데, 어떤 일이 벌어졌고 자기가 무슨 말을 했으며 실제로 어떻게 행동했는가에 이르면, 전혀 제대로 기억하지 못했다. 때로 남자가 좀더 다가가기도 하고, 그녀를 붙들기도 하고, 팔을 붙잡거나 좀더 분명하게 농담을 던지곤 했지만, 그럴 때 멜런사는 늘 도망치려 했다. 남자는 그녀에게 정말 대단한 지혜가 있다고 생각하여 자기 뜻을 분명하게 밝히려 하지 않았고, 그녀가 함께 결정한다고 믿으면서 마침내 그녀가 도망치는 순간에도 결코 신속한 동작으로 막아서지 않았다.

그런 식으로 멜런사는 지혜의 경계에서 서성거렸다. "어이, 아가씨, 이곳에 오면 좀더 오래 있다 가지 그래?" 그들은 빠짐없이 부탁하고, 대답을 듣고 싶어 붙잡곤 했지만, 그녀는 미소를 짓기도 하고, 때로는 더 오래 머물면서도, 늘 정확한 시간이 되면 몸을 피했다.

멜런사 허버트는 엄청나게 알고 싶은 게 많았지만 그러면서도 막상 지식을 무서워했다. 나이를 먹어가면서 그녀는 자주 제법 오래 머물렀고, 때로 그런 행동은 균형의 몸부림에 가까웠지만, 그래도 시간이 되면 늘 몸을 피했다.

철도역 구내 바로 옆에는 멜런사가 돌아다닐 때 가장 좋아하는 하역 부두가 있었다. 보통 그녀는 혼자였지만 가끔은 약간 괜찮은 흑인 소녀가 동행했는데, 오랫동안 가만히 서서 짐꾼들의 하역 작업을 지켜보고 또 증기선에 석탄이 실리는 걸 보기도 했으며, 튼튼하고 유연한 몸매의 흑인 일꾼들이 유치하고 무례하게 고함치며 선박에서 창고로 엄청난 적재량을 밀고 당기고 옮기고 뛰어다닐 때, 그녀는 벅찬 가슴으로 저돌적인 흑인들의 구슬픈 신음 소리에 귀 기울이기도 했다.

사내들은 "어이 아가씨, 조심해, 아님 우리가 가서 잡아줄게" 또는 "안녕, 노랑 처녀, 이쪽으로 오면 배 태워줄게" 하고 소리치곤 했다. 게다가 멜런사는 진지하게 온갖 불가사의한 얘기를 들려주는 외국인 선원 몇 명을 알게 되기도 했는데, 간혹 어느 요리사는 그녀와 친구들을 배 안으로 불러들여 어질러진 주방과 선원들 침실, 선박 내의 가게들과 더불어, 바로 그곳 배 위에서 선원들만으로 온갖 일이 처리되는 장면을 보여주기도 했다.

멜런사는 컴컴하고 퀴퀴한 이 장소들을 구경하는 게 즐거웠다. 항상 열심히 일하는 사내들 사이에서 지켜보고 대화하고 듣는 것을 좋아했다. 그렇다고 멜런사가 이 난폭하기 짝이 없는 사내들에게서 지혜에 이르는 방법을 배우려는 건 결코 아니었다. 대낮에는 늘 거친 사내들과 대화하고 그들의 생활과 일과 다양한 행동 방식에 대해 경청하기를 좋아했지만, 일단 온 세상에 어둠이 깔리면, 멜런사는 자기가 지켜보는 것을 목격해 온 사무원이나 젊은 해운업자를 만나 함께 서서 대화를 나누곤 했으며, 그렇게 사리 판단을 배우려 했다.

멜런사는 건물의 신축 현장에서 사내들이 일하는 모습을 지켜보는 것도 좋아했다. 그들이 들어 올리고, 파내고, 톱질하고, 채석하는 모습을 즐겨 보았다. 또 이곳에서도 대낮에는 늘 평범한 일꾼들과 알고 지냈다. "어이 아가씨, 조심해, 안 그러면 바위가 떨어져 처녀 몸이 박살 나. 아가씨가 그럴듯한 젤리가 되는 거 상상해봤어?" 그런 다음 그들은 폭소를 터뜨리며 자기들이 무척 재미있는 농담을 던졌다고 생각하곤 했다. 이런 말도 했다. "이봐, 예쁜 노랑 처녀, 아가씨가 여기 꼭대기 내 자리에 서면 몹시 겁이 날까? 어디 내가 붙들어 줄 수 있는 이곳까지 올라올 용기가 있나 보자. 저 일꾼들이 막 들어 올리는 그 바위 위에 앉아 있기만 하면 돼, 그러다 여기에 도착하면 내가 꽉 붙잡아 줄 테니까 겁먹을 거 없어 아가씨."

때로 멜런사는 위험하기 짝이 없는 이런 모험도 마다하지 않았고, 그런 사내들에게 늘 자기의 정신력과 위험천만한 배짱을 과시하였다. 한번은 높은 곳에서 미끄러져 떨어졌다. 일꾼이 붙잡는 바람에 다행히 죽진 않았지만 왼쪽 팔이 심하게 부러졌다.

일꾼 모두가 몰려들어 그녀의 주위를 에워쌌다. 그들은 모험에 나서고 팔이 부러져도 고통을 견뎌내는 그녀의 배짱에 감탄했다. 그들은 대단한 경의를 표하며 병원에 가는 길을 동행했고, 그다음에는 의기양양하게 집에 데려다주면서 그녀가 비명조차 내지 않는 사실을 한목소리로 자랑했다.

마침 그날은 제임스 허버트가 아내의 거처에 있었다. 그는 일꾼들과 멜런사가 오는 걸 보고 화가 치밀었다. 그가 욕설을 퍼부으며 사내들을 밀어내는 바람에 서로 싸울 지경에 이르렀는데, 그는 멜런사를 살피러 실내로 들어오는 의사까지 막으려 했다. "걔 좀더 잘 살펴, 당신, 당신이 엄마잖아."

제임스 허버트는 이제 딸과 더 이상 드러내놓고 싸우진 않았다. 그는 그녀의 말투와 학교에서 배운 것과 무식하고 난폭한 흑인 남자에게 무척 상스럽게 마구 퍼붓는 말버릇이 무서웠다. 그리고 멜런사는 바로 그 순간 심한 통증 속에서 그를 극도로 증오했다.

이렇게 멜런사는 사춘기 여자로 4년을 살았다. 무수한 일이 벌어졌지만, 멜런사는 어느 하나도 자기를 올바른 길, 세상의 지혜로 이끌 확실한 길로 데려가지 않았음을 아주 분명하게 깨달았다.

제인 하든을 처음 만났을 때 멜런사 허버트의 나이는 열여섯이었다. 제인은 흑인 여자였으나 피부가 몹시 하얘서 아무도 흑인이라고 생각하지 못했다. 제인은 교육을 많이 받았고, 2년 동안 흑인 대학에 다니다 품행이 나빠 퇴학당했다. 그녀는 멜런사에게 많은 걸 가르쳤다. 지혜에 도달하는 길을 어떻게 가야 할지 알려주었다.

그때 제인 하든은 스물세 살로 경험이 몹시 풍부했다. 멜런사는 그녀에게 엄청나게 매료되었으며, 이 여자 제인이 자기를 상대해준다는 게 너무 자랑스러웠다.

제인 하든은 사리 판단에 대한 두려움이 없었다. 진짜 체험을 꼭 해보고 싶었던 멜런사는, 여기에 세상을 이해하게 된 한 여자가 있음을 확인했다.

제인 하든은 나쁜 습관이 많았다. 술을 엄청나게 마셔댔고, 여기저기 가리지 않고 돌아다녔다. 마구 돌아다니고서도 안전하길 바라는 지금 그녀에게는 다행히 별일이 없었다.

머지않아 멜런사 허버트는 항상 그녀와 함께 돌아다녔다. 멜런사는 그녀의 음주와 다른 나쁜 습관을 흉내 내보았지만, 자기가 그런 짓들을 몹시 좋아한다는 생각은 들지 않았다. 하지만 진정으로 세상을 이해하고 싶은 욕심은 날이 갈수록 커졌다.

 이제 대낮에도 둘이 돌아다니며 알게 되는 사람은 더 이상 난폭한 사내들이 아니었으며, 멜런사가 상대하는 더 나은 부류도 좀더 상류층의 사람이었다. 그녀가 만나는 사람은 더 이상 운송업자나 사무원이 아니고, 사업가나 외판원이나 또는 그보다 더 지위가 높은 남자였으며, 제인과 그녀는 그런 사람들과 무척 자주 대화하고 걷고 웃고 그러다가 탈출하곤 했다. 그들과 안면을 트고 또 늘 탈출하기만 한다는 것은 여전히 똑같았으나, 멜런사에게는 이제 그 사실이 왠지 다르게 다가왔다. 지금은 지혜로운 여자와 함께 있고 자기가 이해해야 하는 게 무언지를 희미하게 알기 시작했으므로, 늘 똑같은 일이 일어나도 느낌은 달랐다.

 멜런사는 사내들로부터 지혜를 배운 게 아니었다. 멜런사가 세상을 이해해나가도록 만든 사람은 언제나 제인 하든 그 여자였다.

 제인은 살아가면서 점점 성격이 거칠어진 여자였다. 능력이 있어 그 유능함을 즐겨 활용했으며, 백인의 피가 많이 섞여 세상을 선명하게 분별했지만, 음주벽 때문에 무모해지고 말았다. 내면은 백인 기질이 강했고 담력과 참을성과 팔팔한 용기도 있었다. 그녀는 어떤 역경을 겪어도 늘 투지만만했다. 그녀가 멜런사 허버트를 좋아한 것은 자기와 형편이 흡사한 데다가, 젊고 다정하고 또 자기가 자주 들려주는 경험담을 총명하게 또 공감하면서 경청하기 때문이었다.

 제인은 멜런사가 점점 더 좋아졌다. 머지않아 두 사람은 사내들을 만나 그들의 다양한 노동 방식을 알고 싶기보다는, 시간을 함께 보내고 싶은 마음에 같이 돌아다니기 시작했다. 그러다 두 사람은 더 이상 바깥으로 돌아다니지 않았다. 이제 멜런사는 제인의 방에서 그녀를 흠모하고 사연을 듣고 장점과 애정이 보여주는 능력을 깨달으며 오랜 시간을 보내곤 했으며, 마침내 멜런사는 분명히 지혜로 인도해줄 하나의 확실한 길이 자기 앞에 놓인 것을, 느리지만 선명하게 깨닫기 시작했다.

멜런사가 학교도 가지 않고 집에 있지도 않고 제인 하든과 온종일을 보낸 2년의 끝, 그 끝이 오기도 전에, 그 두 해가 마감되기도 전에, 멜런사는 이미 무엇이 이 세상에 지혜를 가져오는지 무척 선명하게 이해하고, 또 틀림없이 확신하게 되었다.

제인 하든은 늘 얼마간 돈이 있고 도시 남쪽에 방도 하나 있었다. 제인은 한때 흑인 학교에서 아이들을 가르쳤는데 그곳에서도 역시 잘못된 품행 탓에 쫓겨났다. 항상 말썽의 근원은 결코 완벽하게 은폐될 수 없는 그녀의 음주벽이었다.

제인은 음주벽으로 인해 점점 더 불리해지고 있었다. 멜런사 역시 음주를 시도해보았지만 전혀 매력을 느끼지 못했다.

제인 하든과 멜런사 허버트가 알게 된 첫해에는, 권력이 일방적으로 제인에게 쏠렸다. 제인은 멜런사를 사랑했으며 멜런사가 언제나 지성적이고 용감하고 상냥하고 고분고분하다는 것을 알아차렸다. 제인은 그래서 의도적으로 그해가 넘어가기 전에 멜런사에게, 이 세상의 많은 사람을 지혜롭게 만드는 실체가 뭔지를 가르쳐주었다.

제인은 다양한 경로로 이 가르침을 실행했다. 먼저 멜런사에게 많은 이야기를 해주었다. 그녀는 멜런사를 열심히 사랑하고 멜런사가 그 사랑을 깊이 음미하도록 했다. 그녀는 타인들과도 어울리고 사내들과도 함께하고 멜런사와도 지내곤 하면서, 멜런사에게 사람들 각자가 원하는 게 뭔지, 사람에게 능력이 있을 때 그것으로 무엇을 하는지 이해하게 만들곤 했다.

이즈음 멜런사는 오랜 시간 제인의 발치에 앉아 그녀의 지혜를 체험했다. 제인을 사랑하고, 이 감정을 마음속 깊이 간직하게 되었다. 이제 그녀는 기쁨을 조금 알게 되었으며, 실로 얼마나 예민하게 마음이 괴로울 수 있는지도 익혔다. 이 괴로움은 멜런사가 간혹 어머니나 몹시 견디기 힘든 흑인 아버지로부터 받는 고통과는 전혀 다른 것이었다. 부모에게는 맞서 싸웠고 고통을 겪으면서도 강인하고 용감할 수 있었다. 그러나 여기 제인 하든과 있으면 그녀는 고통 속에서도 갈망하고 고개 숙이고 애원했다.

이 한 해가 멜런사에게는 매우 심란하고 혼란스러운 시기였지만, 확실히 진정으로 세상을 이해하기 시작한 때였다.

그녀의 깨달음은 모든 면에서 제인 하든으로부터 비롯된 것이었다. 제인은 행동, 느낌, 생각에 있어서나 대화에 있어서나, 좋은 것이든 나쁜 것이든, 멜런사에게는 전혀 주저함이 없었다. 때로는 가르치는 내용이 멜런사에겐 과도하게 강력했지만, 어쨌든 멜런사는 항상 견뎌냈고, 마침내 천천히, 그러나 늘 의지와 감정이 확장되면서, 정말로 세상을 이해하기 시작했다.

그러자 서서히 두 사람의 관계가 완전히 역전되기 시작했다.

이제 갈수록 두 사람 사이에서 더 우세한 쪽은 멜런사 허버트가 되었다. 그리고 점점 두 사람의 관계는 서로 멀어지기 시작했다.

멜런사 허버트는 가르침을 준 사람이 제인 하든이라는 생각을 결코 잊은 적이 없지만, 제인은 지금의 멜런사에게 더는 필요 없는 행동을 하기 일쑤였다. 더군다나 멜런사 역시 자기가 한 행동과 일어난 일에 대해 전혀 제대로 기억하지 못했다. 그러다 보니 때때로 멜런사는 제인과 다퉜고, 두 사람은 더 이상 같이 돌아다니지 않았으며, 그리고 이따금씩 멜런사는 자기가 제인 하든의 가르침에 엄청나게 신세 졌다는 사실조차 정말로 깜빡했다.

이제 멜런사는 자신에게도 원래부터 세상을 이해하는 지혜가 있었다고 생각하게 되었다. 물론 제인이 가르쳐주었다는 사실을 실제로는 깨닫고 있었지만, 지금 두 사람 사이의 갈등이 날로 심해지는 바람에 그 모든 게 안 보이기 시작했다.

제인은 살아가면서 점점 성격이 거칠어진 여자였다. 한때는 무척 강인했지만 이제는 음주벽이 온갖 종류의 장점을 삼켜버리고 있었다. 멜런사 역시 음주를 시도했으나 전혀 매력을 느끼지 못했다.

제인은, 고지식하고 까칠해진 성격과 음주벽 탓에, 이제 더 이상 진정으로 자기를 원하지 않는 멜런사를 용서하기가 점점 더 어려워졌다. 이제 더 우세한 쪽은 멜런사, 그녀에게 의존하는 쪽은 제인이었다.

지금 멜런사는 막 열여덟 살이 되려는 시기였다. 우아하고,

아름답고, 지적인, 연노랑 피부의 매력적인 흑인 처녀로, 때로는 생활 방식이 약간 불가사의했지만, 늘 착하고 유쾌하며 남을 도울 준비가 되어 있었다.

이후 멜런사는 제인 하든과 거의 만나지 않았다. 제인은 멜런사의 그런 태도가 별로 마음에 들지 않았고 간혹 멜런사에게 욕설도 퍼부었지만, 오래지 않아 그녀의 음주벽이 매사를 가려 버렸다.

멜런사의 천성상 제인 하든을 향한 고마운 마음을 정말로 잃는 일은 생길 수 없었다. 평생 동안 멜런사는 제인이 어떤 곤경에 처하든 그 곤경에서 벗어나게 도울 준비가 되어 있었고, 훗날 실제로 제인의 심신이 붕괴되었을 때 멜런사는 어김없이 최선을 다해 제인을 도왔다.

멜런사 허버트는 이제 남을 가르칠 준비를 끝마쳤다. 이제 그녀는 바라는 건 뭐든지 할 수 있었다. 멜런사는 이제 사람들 각자가 원하는 게 뭔지도 이해했다.

멜런사는 어떻게 하면 좀더 오래 머물어도 되는지 깨달았고, 정말로 더 오래 머물고 싶을 때는 자기가 결심해야 한다는 것을 터득했으며, 또 자기가 원할 때는 어떻게 도망칠 수 있는지도 알게 되었다.

그리하여 멜런사는 다시 돌아다니기 시작했다. 이제 모든 게 몹시 달라졌다. 지금 그녀의 대화 상대는 더 난폭한 사내들이 결코 아니었고, 또 자기보다 아주 상류층인 백인 남자들도 별로 알고 싶어 하지 않았다. 지금 멜런사는 뭔가 더 진실한 것, 심오하게 마음을 울리는 것, 지금 내면에서 자라고 있으며 또 자기가 간절하게 소망해온 지혜가 정말로 완벽하게 자신을 채워주길 원했다.

이즈음 멜런사는 무척 멀리까지 돌아다녔다. 이렇게 돌아다닐 때 그녀는 늘 혼자였다. 이제 멜런사는 알기 위해서도, 오래 남기 위해서도, 원할 때 도망치기 위해서도, 아무런 도움이 필요하지 않았다.

이제 멜런사는 실제 어울리기에 앞서 꽤 많은 남자를 먼저 시험해보았다. 그렇게 돌아다니며 거의 1년을 지냈을 때 한 물라토 청년과 마주쳤다. 그는 막 개업한 의사였다. 향후 성공할 가능성이 매우 높아 보였지만, 멜런사의 관심사는 그게 아니었다. 그녀가 느낀 그의 인상은 선량하고 튼튼하고 점잖고 교양이 넘쳤는데, 멜런사가 평생 동안 좋아하고 원한 것도 착하고 사려 깊은 사람이었지만, 그 역시 처음부터 멜런사를 신뢰한 건 아니었다. 그는 멜런사가 바라는 게 뭔지 몰라서 머뭇거렸다. 멜런사는 그에게 간절하게 빠져들었다. 두 사람은 상대방에 대해 더 알게 되었다. 둘의 관계가 무척 공고해졌다. 멜런사는 그를 간절히 원했으므로 이제 더는 돌아다니지 않았다. 그녀는 오로지 그와의 관계에 몰두했다.

지금 브리지포인트에서 멜런사 허버트는 외톨이였다. 어떤 때는 이 흑인 여자와 또 어떤 때는 저 흑인 여자와 동거하며, 바느질을 하고, 가끔씩은 흑인 학교에서 대체 교사로 아이들을 잠깐 가르쳤다. 멜런사는 지금 집도 없고 안정된 직업도 없었다. 멜런사의 인생은 이제 막 시작이었다. 젊음이 있고 지혜를 터득했으며, 우아하고 연노랑 피부에 매우 상냥한 데다, 늘 남을 도울 준비가 되어 있었으며, 살아가는 방식은 불가사의했지만 그 또한 그녀를 향한 믿음을 한층 강렬하게 만들 뿐이었다.

제퍼슨 캠벨을 만나기 전 한 해 동안, 멜런사는 다양한 종류의 남자를 시험해보았으나 어느 누구에게도 아주 깊이 끌리진 않았다. 그들과 만나고, 제법 어울리다가 헤어지고, 어쩌면 다음번엔 더 흥미롭지 않을까 기대하기도 했지만, 언제나 그 모든 과정에 진정한 의미가 전혀 없다는 걸 깨닫게 되었다. 그때 그녀는 원하는 건 뭐든 할 수 있고, 사람들 각자가 원하는 게 뭔지도 알았지만, 그럼에도 그 모든 것에 아무런 감흥도 느끼지 못했다. 그녀는 그 남자들과 있으면 전혀 배울 게 없다고 직감했다. 그녀는 심오한 가르침을 줄 누군가를 원했고 지금 마침내 그 사람을 찾았다고 확신했는데, 이 남자의 내면에서 그 가르침이 찾아질지 살펴보려는 생각을 미처 하기도 전에, 그렇다, 그녀는 정말 그 사람이라고 믿었다.

이웃에서 '미스' 허버트라고 부르던 멜런사의 연노랑 색 어머니는 이 한 해 동안 몹시 아팠는데, 결국 해가 바뀌기 전에 세상을 떠났다.

최근 몇 해 동안 멜런사의 아버지는 아내와 멜런사가 사는 거처에 자주 들르지 않았다. 멜런사는 아버지가 이곳 브리지포인트에 계속 있는지조차 확인할 수 없었다. 지금 어머니에게 소중한 사람은 멜런사였다. 고통을 겪는 사람은 누가 됐든 항상 기꺼이 돕는 게 멜런사의 습성이었다.

멜런사는 어머니를 극진하게 보살폈다. 여자로서 할 수 있는 일은 모두 다 하며 연노랑 피부의 어머니를 시중들고 위로하고 도와주었으며, 열심히 온갖 정성을 다해 간병하고, 편안하게 숨을 거두도록 돌보았다. 그렇다고 멜런사가 이즈음에 어머니를 조금이라도 더 좋아하게 된 건 아니었으며, 어머니 역시 변함없이 다루기 힘들뿐더러 고약하기 짝이 없는 말버릇을 지닌 이 딸을 결코 좋아하지 않았다.

멜런사는 여자로서 할 수 있는 최선의 노력을 다했고, 결국 어머니는 죽었으며, 멜런사가 그녀를 땅에 묻었다. 아버지에게선 아무 연락이 없었고, 멜런사는 그 이후 평생 동안 아버지의 행적과 관련하여 전혀 보거나 듣거나 알지 못했다.

아픈 어머니를 간병하는 멜런사를 끝까지 도운 사람이 젊은 의사 제퍼슨 캠벨이었다. 제퍼슨 캠벨은 예전에도 자주 멜런사 허버트를 보았지만, 그녀를 그다지 좋아하거나 도움이 되는 사람이라고 믿은 적은 없었다. 그녀가 어떻게 돌아다녔는지에 대해서 들은 바는 있었다. 그는 제인 하든에 관해서도 어느 정도 알았는데, 이 멜런사 허버트가 제인의 친구인 데다가 돌아다니기까지 한다니, 절대로 도움을 주는 사람이 되진 못하리라고 확신했다.

제퍼슨 캠벨 선생은 신중하고, 진지하고, 착하고 젊고 유쾌한 의사였다. 그는 어느 누구든 보살피기를 좋아했고 자기와 같은 유색인을 사랑했다. 그는 늘 인생이 순탄하다고 생각했고 제프 캠벨은 그런 사람이었으므로, 누구든 그의 곁에 머물기를 좋아했다. 그는 정말로 착하고 호의적이었으며 무척 진지하면서도 퍽 명랑했다. 그는 행복하면 노래를 불렀고 또 웃었는데, 그의 웃음은 자유분방하고 호방해서, 쾌활한 흑인들에게 훈훈하고 넉넉한 열정을 선사했다.

　제프 캠벨은 이제까지 살아오면서 진정한 어려움을 겪은 적이 전혀 없었다. 그의 부친은 선량하고 친절하고 진지하고 경건한 사람이었다. 매우 꾸준하고, 매우 똑똑하고, 매우 품위 있는, 연한 갈색 피부의 흑인으로 머리가 백발이었다. 그는 여러 해 동안 캠벨 집안을 위해 집사로 일했으며, 그 이전에는 제프의 조부모인 그의 부모가 자유민 신분으로 이 집안에서 일했다.

　제퍼슨 캠벨의 부모는 물론 정식으로 결혼한 사이였다. 제퍼슨의 모친은 담갈색 피부에 체구가 작고 상냥하고 온화한 여인으로, 착한 남편을 존경하고 순종했으며, 자기의 유일한 자식인 착하고 성실하고 쾌활하고 근면한 의사 아들을 우러러보고 칭찬하고 사랑했다.

　부모는 제프 캠벨을 경건하게 키웠으나 막상 제프는 종교에 대단한 흥미를 느낀 적이 없었다. 제퍼슨은 무척 착했다. 부모를 사랑하고 그들에게 절대 상처 주지 않았으며, 항상 그들이 원하고 기뻐하는 대로 행동했다. 그러나 그가 정말 최고로 좋아한 것은 과학과 실험과 세상사를 배우는 것이었고, 그는 일찍부터 의사가 되기를 원했으며, 또 유색인들의 삶에 늘 깊은 관심을 보였다.

　캠벨 집안은 그에게 무척 친절했으며 그의 포부가 실현되도록 계속 도와주었다. 제퍼슨은 열심히 공부해서 흑인 대학에 진학했고, 그러고는 의사가 되기 위한 공부에 매진했다.

　어느새 그가 병원을 연 지도 2, 3년이 되었다. 누구든 제프를 좋아했는데, 그는 무척 강인하고 친절하고 명랑하고 총명했으며, 순수한 기쁨을 드러내며 환하게 웃었고, 항상 자기가 속한 흑인 사회의 누구라도 도와주려 했다.

의사 제프는 제인 하든에 대해 사실 모르는 게 없었다. 그는 그녀가 심한 곤경에 처했을 때 몇 번 돌본 적이 있었다. 그는 멜런사에 대해서도 알고는 있었으나, 그녀의 모친이 병에 걸리기 전에는 전혀 만나보지 못했다. 그러던 중 모친을 간병하는 멜런사를 도와달라는 왕진 요청이 왔다. 의사 캠벨은 멜런사의 생활 방식이 맘에 들지 않았으며 앞으로 그녀가 도움이 되는 사람이 되리라 기대하지도 않았다.

의사 캠벨은 심각한 어려움을 겪는 제인 하든을 몇 번 돌본 경험이 있었다. 그때 가끔 제인은 멜런사를 매도했다. '나 제인 하든에게 모든 걸 신세 진 저 멜런사 허버트에게 무슨 자격이 있겠어, 다른 사내에게 가느라 날 버리는 그런 소녀에게 무슨 권리가 있겠어, 그런데 멜런사 허버트는 타인에게 어떻게 행동해야 하는지 전혀 감각이 없어. 멜런사는 심성이 착하고 그건 나도 절대 부정하지 않지만, 그 착한 심성을 절대로 괜찮은 일에 쓰지 않아. 하긴 멜런사의 아비가 난폭하기 짝이 없는 새까만 검둥인데 무얼 기대하겠어, 또 멜런사는 늘 제 아비 험담을 하지만 그와 아주 판박이고 실제론 엄청 칭송하는데, 그 아비는 남에게 신세 졌다는 감각이 전혀 없고 멜런사도 그와 똑같고 그 사실을 자랑까지 하면서도, 마치 자기는 그렇지 않은 것처럼 늘 말하니, 그걸 들으려면 내가 정말 짜증이 나. 나는 선한 마음을 품고도 그걸 쓰지 않는 사람은 질색인데 멜런사는 늘 그게 단점이고, 사람들과 친하게 지내길 바라며 아비처럼 되고 싶다는 말은 절대 입에 올리지 않으면서 제 아비를 욕하는 걸 보면 멜런사는 정말 바보 같아, 막상 자기는 그와 무척 닮았고 또 그런 사실을 정말 좋아하면서 말이야. 그래, 난 멜런사가 필요 없어. 맞아, 멜런사는 내게 잘보이려고 늘 주위에 와서 서성대. 멜런사는 틀림없이 계속 그럴 사람이야. 그녀는 정말로 가버리거나 떠난 적이 없어. 그런데도 그런 사정을 있는 그대로 솔직하게 밝히려는 마음은 부족해. 멜런사 허버트는 심성이 착하고, 나도 절대 그 사실을 부인하지는 않지만, 더는 멜런사 허버트를 만나거나 소식을 듣고 싶지 않으니까, 그녀가 더는 날 보러 오지 않으면 좋겠어. 내가 그녀를 미워하진 않지만, 아비에 대해서 멜런사가 늘 지껄이는 온갖 얘기는 듣고 싶지도 않고 내게 아무 의미도 없어. 이제 그 모든 게 진절머리가 나. 이제는 더 이상 멜런사가 필요 없으니, 만일 의사 캠벨 당신이 멜런사를 만나면, 나는 그녀를 만날 생각이 없으니, 하고 싶은 말은 그녀를 믿을 준비가 되어 있는 다른 누군가에게 하면 될 거라고 전해주면 고맙겠어. 나는 멜런사와 또 나의 모든 과거를 털어버리고, 술이나 마실 거고 그래서 모든 걸 덮어버리려고 해.'

제프 캠벨은 이 모든 험담을 수없이 들었지만 그다지 관심을 두진 않았다. 그는 멜런사라는 이 여자에 대해서 더 알고 싶은 마음이 없었다. 언젠가 제인 하든을 방문했을 때, 멜런사가 집 밖에서 다른 소녀에게 얘기하는 소리를 들었다. 그 대화에서 그는 멜런사에 관해 들었던 바는 그다지 감지하지 못했다. 제인 하든이 멜런사를 험담하며 말하던 것이 그 상황에서는 별로 나타나지 않았다. 그는 멜런사에 대해 들은 어떤 내용보다도 그녀 제인에게 더 관심이 끌렸다. 그는 제인 하든이 마음 착하고 능력도 있고 진정한 성취도 이룰 수 있었는데, 지금 이 음주벽 때문에 모든 게 엉망이 되었다는 사실을 알고 있었다. 그런 사실을 직시해야 할 때면 제프 캠벨의 마음은 항상 너무 안쓰러웠다. 제인 하든은 살아가면서 성격이 거칠어졌지만, 그래도 제프가 보기에 건전하고 선량한 부분이 꽤 많았고, 그래서 그는 아직도 그녀를 좋아했.

제프 캠벨은 제인 하든을 위해 자기가 할 수 있는 최선을 다 했다. 멜런사에 관한 얘기에는 별 신경을 쓰지 않았다. 멜런사에게 아무 감정이 없었고 색다른 관심도 생기지 않았다. 제인 하든이 훨씬 강인한 여성이고, 정말로 착한 마음을 지녔으며, 음주벽이 그처럼 그녀를 장악하기 전에는, 착한 마음을 사용하여 좋은 일을 많이 했었다.

의사 캠벨은 병든 어머니를 간호하는 멜런사 허버트를 돕고 있었다. 그는 요즈음 오랜 시간에 걸쳐 멜런사와 퍽 자주 만났고, 때로는 서로 제법 많은 대화를 나눴는데, 멜런사는 제인 하든에 대해서 전혀 언급하지 않았다. 그녀는 그저 일반적인 화제나 의학에 관한 것이 아니면 전혀 말이 없었으며, 재미있는 얘기를 하지도 않았다. 그녀는 많은 질문을 던지고 항상 그의 설명 모두를 귀 기울여 경청했으며, 특히 치료에 관련된 사항은 늘 빠짐없이 기억했는데, 그녀는 누가 되었든 남에게서 배운 건 항상 모두 기억했다.

제프 캠벨은 이 모든 대화에 자기가 깊이 빠져들고 있다는 사실을 전혀 깨닫지 못했다. 멜런사를 자주 만나면서 자기가 그녀를 좋아하게 되었다는 사실도 의식하지 못하기는 마찬가지였다. 자기가 멜런사를 많이 생각한다는 것도 몰랐다. 제인 하든처럼 멜런사도 착한 마음을 지녔다고 굳게 믿고 있다는 것도 전혀 깨닫지 못했다. 그는 자기가 제인 하든을 더 좋아하며, 그녀의 저 못된 음주벽이 시작된 것을 몹시 안타까워하고 있다고 생각했다.

지금 멜런사 허버트의 모친은 병세가 계속 악화되는 상태였다. 멜런사는 정성을 다해 여자가 할 수 있는 최선을 다했지만, 어머니는 그런 딸에게 결코 마음을 열지 않았다. '미스' 허버트는 별로 말이 없었지만, 그녀가 이 딸을 배려하지 않는다는 건 누구나 눈치챌 수 있었다.

의사 캠벨은 이제 '미스' 허버트를 보살피기 위해 늦게까지 머물러야 하는 날들이 늘어났다. 어느 날 '미스' 허버트의 증세가 몹시 악화되었다. 의사 캠벨은 그녀가 분명 그날 밤을 넘기지 못할 거라고 생각했다. 그는 밤새워 '미스' 허버트를 같이 지켜볼 사람이 필요하므로 자기가 와서 돕겠다고 말했고, 그 말대로 그날 밤늦게 다시 멜런사의 집을 찾았다. 멜런사 허버트와 제프 캠벨은 그 밤을 내내 함께 새웠다. '미스' 허버트는 그날을 무사히 넘기고 이튿날에는 상태가 약간 호전되었다.

멜런사가 줄곧 어머니와 함께 생활한 그 집은 빨간 벽돌로 지은 작은 이층집이었다. 집 안에는 가구가 많지 않아 공간이 널찍했고 어떤 창문은 깨진 채 방치되어 있었다. 멜런사는 지금 집수리에 돈을 쓸 만한 여유가 없었지만, 성품이 훌륭하고 늘 그들을 도와주는 이웃의 흑인 여자 덕분에, 근근이 어머니를 간병하면서 집 안을 제법 깨끗하고 깔끔하게 유지할 수 있었다.

멜런사의 모친은 위층의 방에 머물며 침대에 누워 있었고, 아래층에서 계단을 오르면 바로 그 방이 보였다. 위층에는 방만 두 개가 있었다. 두 사람이 함께 간병을 한 그날 밤 멜런사와 의사 캠벨은 계단에 걸터앉았는데, 그곳에서는 불빛을 차단하면서 환자의 기척을 듣고 살필 수 있고, 원하면 앉아서 독서할 수도 있으며, 또 '미스' 허버트를 깨우지 않으면서 나지막이 대화를 나눌 수도 있어서였다.

의사 캠벨은 독서광이었다. 그런데 그날 밤 의사 캠벨은 책을 가져오지 않았다. 깜빡 잊었던 것이다. 원래는 계단에 앉아 환자의 상태를 관찰하는 동안 심심하지 않게, 뭔가 읽을거리를 주머니에 넣어 올 작정이었다. '미스' 허버트를 살펴본 다음, 그가 다가와 멜런사가 앉은 바로 위 계단에 앉았다. 그는 어쩌다가 책을 가져오는 걸 잊었는지 얘기했다. 멜런사는 집에 철 지난 신문들이 있는데 어쩌면 그중에 의사 캠벨이 잠깐이라도 무료함을 달랠 만한 게 있을지 모르겠다고 말했다. 좋죠, 의사 캠벨이 말했다, 그게 아무것도 안 하고 그냥 앉아만 있는 것보다 낫겠네요. 의사 캠벨은 멜런사가 가져온 예전 신문들을 읽어가기 시작했다. 그러다가 재미있는 게 나오면 멜런사에게 소리내어 읽어주었다. 그런 그에게 지금 멜런사는 아무 말도 하지 않았다. 의사 캠벨은 자기를 대하는 그녀의 태도를 조금 의식하기 시작했다. 어쩌면 멜런사가 착한 심성을 지녔을 수 있다는 가능성이 조금씩 보이기 시작했다. 의사 캠벨은 아직 그녀가 착한 사람이라고 확신하지는 못했지만, 아마 그럴 수도 있겠다는 생각이 조금 생겼다.

제퍼슨 캠벨은 항상 누구에게나 자기가 유색인들을 위해 하는 일과 할 수 있을 일들에 대한 생각을 얘기하고 싶어 했다. 멜런사 허버트는 이런 일들에 대한 사고방식이 그와 전혀 달랐다. 멜런사는 유색인들에 대한 생각을 의사 캠벨에게 터놓고 말한 적이 없었다. 제퍼슨 캠벨은 누구든지 지혜롭고 동시에 행복하기 위해서는 착하게 규칙적으로 생활하고 흥분을 늘 멀리해야 한다고 생각하고 그러기를 바랐는데, 멜런사는 그와 생각이 똑같지 않았다. 멜런사는 항상 진짜를 체험하기를 강하게 욕망했다. 멜런사 허버트는 캠벨이 말한 방식으로는 진정한 지혜가 얻어진다고 생각하지 않았다.

얼마 안 있어 예전 신문을 다 읽은 의사 캠벨은, 이제 어쨌든 자기가 항상 생각하는 이슈들에 관해 얘기하기 시작했다. 의사 캠벨은 일을 하면서 사람을 괴롭히는 게 뭔지 이해하고 싶고 단지 흥분만 찾고 싶지는 않으며, 그가 믿기로는 사람은 제 부모를 사랑해야 하고, 평생 규칙적으로 살아야 하며, 새로운 상황과 흥분만 늘 추구해서는 안 되고, 항상 제 위치와 욕구를 자각해야 하며, 또 항상 매사를 솔직한 의도대로 얘기해야 한다고 말했다. 제프 캠벨은 그렇게 사는 것이 자기가 이해하거나 신뢰하는 유일한 인생 유형이라고 거듭 말했다. "그럼요, 흥분에 들떠 있거나 온갖 경험을 계속 갈망하는 건 내게 늘 아무 쓸모가 없어요. 나는 그저 규칙적으로 조용하게 가족과 생활하고, 맡은 일을 하고, 환자를 보살피며 그들을 이해하려 애쓰면서 넉넉한 경험을 얻었습니다. 나는 어울려 다니는 이 짓거리를 별로 신뢰하지 않을뿐더러 유색인들이 그러는 꼴을 보고 싶지 않습니다. 나도 유색인이지만 부끄러워하지 않으며, 나는 유색인들이 선한 것을 좋아하고 또 내가 그들에게 바라는 대로 규칙적으로 살고 열심히 일하면서 즐겁게 세상을 이해하는 모습을 보고 싶은데, 그렇게만 하면 괜찮은 사람은 누구든 신나게 지내기에 충분합니다." 지금 제프 캠벨은 어느 정도 분노를 깔고 말했다. 멜런사를 향한 분노는 아닌 것이, 말하는 동안 그는 그녀에 대해 전혀 생각하지 않았다. 그가 말한 대상은 그가 원하는 인생, 그리고 그가 유색인들이 그래주길 바라는 태도였다.

그래도 멜런사 허버트는 그가 이 모든 말을 다 하도록 경청했다. 진심으로 하는 말인 줄은 알았으나, 그녀에게 별 의미는 없었으며, 그도 때가 되면 그가 한 말이 진정한 지혜의 전부가 아님을 깨닫게 되리라고 그녀는 확신했다. 멜런사는 진정한 지혜의 경지가 뭔지 아주 잘 알고 있었다. "근데 제인 하든은 어쩌지요?" 멜런사가 제프 캠벨에게 물었다. "제가 보기에 캠벨 선생님, 당신은 그녀의 내면에 뭔가 있다고 생각하면서 아주 빈번하게 그녀를 찾아가, 당신이 정말 바람직한 유형이라고 말하는, 집에서 가족들과 지내는 훌륭한 소녀들보다 그녀와 훨씬 더 많이 대화를 나눕니다. 캠벨 선생님, 제 눈에 당신은 말하는 것과 행동하는 것이 서로 큰 관계가 있는 것처럼 보이지는 않습니다. 그리고 당신이 무척 선량하다는 것 말인데요, 캠벨 선생님." 멜런사가 말을 이었다. "당신 자신은 교회 출석에 별로 신경 쓰지 않으면서도, 사람들이 교회에 다니는 일 같은 것은 무척 신뢰한다고 늘 입에 달고 말합니다. 제가 보기에, 캠벨 선생님 당신은 우리 모든 사람과 똑같이 즐거운 시간을 보내고 싶으면서도, 그저 선한 게 옳고 흥분에 들뜨면 안 된다고 계속 말하는데, 막상 캠벨 선생님도 저나 제인 하든과 마찬가지로 정말 그러고 싶지는 않은 겁니다. 그렇습니다, 캠벨 선생님, 제가 보기에, 당신은 말하고 있을 때, 스스로 무슨 말을 하는 건지 잘 모르는 게 확실합니다."

일단 시작하면 늘 그러듯이 제퍼슨은 계속 떠들어대던 중이었으므로, 지금 멜런사의 응수는 그를 좀더 열심히 떠들게 만들 뿐이었다. 그는 조금 웃기도 했는데 소리를 죽여 아주 곤하게 자고 있는 '미스' 허버트가 깨지 않게 조심했고, 그녀의 대꾸가 즐거운 듯 밝은 표정으로 멜런사를 바라보더니, 마음을 가라앉히고 대답하기 시작했다.

"맞습니다." 그가 입을 떼었다. "멜런사 양, 당신이 그런 식으로 표현하면, 분명히 나 자신도 약간은 무슨 말을 하는지 잘 몰랐던 것처럼 들립니다만, 그건 내가 방금 당신에게 말한 취지를 단지 당신이 충분히 이해하지 못하기 때문입니다. 나는 온갖 부류의 사람을 알고 싶지 않다고 말하는 게 절대 아니며, 멜런사 양, 또 여러 부류의 사람이 있지 않다고 말하지도 않고, 또 제인 하든처럼 퍽 이해하기 좋고 말 상대하기 좋은 사람을 내가 찾지 않는다는 말도 절대 안 합니다만, 내가 제인 하든에게서 좋아하는 부분은 그녀의 장점들이지 온갖 흥분이 아닙니다. 난 그녀가 저지르는 못된 짓까지 칭찬하진 않아요, 멜런사 양, 그렇지만 제인 하든은 강인한 여성이고 나는 항상 그 마음속 강인함을 존중합니다. 그래요, 당신이 내 말을 믿지 못하는 것 이해합니다, 멜런사 양. 하지만 나는 진심을 말하는데, 모든 오해는 그 진심을 그저 당신이 이해하지 못하기 때문입니다. 종교에 대해 말하자면, 그것이 내가 선하게 사는 길이 아니라는 것뿐이지, 멜런사 양, 많은 사람에게는 종교가 착하고 규칙적으로 살아가기 위한 훌륭한 길이며, 그들이 종교를 믿으면 종교는 그들이 착해지도록 도와주고, 그들이 종교 안에서 정직하다면, 그들에겐 종교가 있는 게 보기 좋습니다. 그렇습니다, 내가 싫어하는 건, 멜런사 양, 내가 유색인들에게서 아주 흔하게 보는 모습, 그저 흥분하고 싶어서 늘 새로운 자극을 좇는 그들의 모습입니다."

제퍼슨 캠벨은 여기까지 말하고 멈췄다. 멜런사 허버트는 아무 대꾸도 하지 않았다. 두 사람 모두 앉은 채 아무 말이 없었다.

잠시 후 제프 캠벨은 다시 예전 신문을 들춰보기 시작했다. 그는 멜런사의 바로 위 계단에 앉아 계속해서 신문을 읽고, 고개를 위아래로 끄덕였으며, 때로는 읽고 있고, 때로는 하고 싶은 모든 일에 대해 생각하고, 그러다가 검은 손등을 입 위에 비비기도 하고, 간혹 생각 때문에 얼굴을 찡그리기도 하고, 때로는 생각이 잘 떠오르게 머리를 세게 문지르기도 했다. 멜런사는 아무 말 없이 앉아 램프의 불꽃을 바라보다가, 간혹 바람에 흔들리거나 연기가 나기 시작하면 램프의 심지를 조금 낮추었다.

그런 식으로 제프 캠벨과 멜런사 허버트는 계단에 앉아 무척 조용하게 오랜 시간을 보냈는데, 둘이 함께 있다는 사실은 별로 의식하지 않는 것 같았다. 그렇게 앉은 채 한 시간쯤 지날 무렵, 문득 제퍼슨에게 그 계단에 자기 홀로 멜런사와 앉아 있다는 느낌이 무척 더디면서도 강렬하게 다가왔다. 멜런사 허버트 역시 그곳에 둘만 함께 있다는 사실을 많이 의식하고 있는지는 알 수 없었다. 제퍼슨은 약간 궁금해지기 시작했다. 서서히 그는 두 사람이 분명 똑같이 느낄 수밖에 없다고 생각했다. 그가 그녀의 틀림없는 감정을 확인하는 건 매우 중요했다. 두 사람 모두 무척 조용하게 그곳에 앉아 오랜 시간을 보냈다.

마침내 제퍼슨이 입을 열고 어떻게 램프에서 냄새가 나고 있는지를 언급했다. 그는 램프에서 냄새가 나는 이유가 뭔지 설명하기 시작했다. 멜런사는 그가 떠들게 놔두었다. 그녀가 대꾸하지 않자 그가 말을 멈췄다. 곧바로 멜런사는 한층 가슴을 꼿꼿이 세우고 앉아 질문하기 시작했다.

"캠벨 선생님, 당신이 방금 얘기하던 규칙적 생활 등등 말인데요, 전 당신이 무슨 뜻으로 얘기하고 있었는지 정말 이해가 안 됩니다. 당신은 착한 사람들, 늘 스스로와 꼭 닮았다고 말하는 저 착한 사람들과 조금도 닮지 않았어요, 캠벨 선생님. 저도 착한 사람들을 아는데요, 캠벨 선생님, 당신은 착하고 신실한 남자들과 조금도 닮지 않았습니다. 당신은, 캠벨 선생님, 여느 남자와 마찬가지로 자유분방하고 태평스러울 뿐이고, 늘 제인 하든과 어울리길 좋아하는데, 그 여자는 몹시 나쁜 사람인데도 당신은 그녀를 깔보지도 않고 그녀에게 나쁜 사람이라고 결코 말해주는 법도 없어요. 내가 알기엔 당신이 그녀를 그저 한 사람의 친구처럼 좋아하는 것 같은데, 캠벨 선생님, 그래서 당신이 방금 얘기하고 있던 모든 말이 무슨 뜻인지 확실히 이해가 안 되는 겁니다. 저는 당신의 솔직하려는 의도를 알고, 캠벨 선생님, 또 항상 당신을 믿으려고 노력하고 있지만, 저는 당신이 선량하고 진정으로 독실하길 원한다고 말하는 걸 보면서는 무슨 의미로 그러는 건지 어안이 벙벙해요, 왜냐면 캠벨 선생님, 당신은 전혀 그런 부류의 남자가 아니고, 또 별난 사람들과 어울려도 결코 부끄러워하지 않는다는 사실을 제가 아주 확신하기 때문이며, 그리고 캠벨 선생님, 당신은 늘 자신이 하는 말과 행동이 일치한다고 생각하는 듯한데, 캠벨 선생님, 저는 당신이 무슨 뜻으로 말하는지 도저히 이해가 되지 않습니다."

의사 캠벨은 '미스' 허버트를 깨울 만큼 크게 웃을 뻔했다. 그는 멜런사가 이런 화제를 거론하는 태도가 마음에 들었다. 어쩌면 멜런사에게 진정으로 착한 내면이 있다는 강력한 확신이 생기기 시작했다. 지금 그의 웃음은 퍽이나 자유분방했지만 멜런사가 화를 낼 정도는 아니었다. 그는 웃으면서도 그녀에겐 퍽 다정했는데, 그러다가 심각한 얼굴로 바뀌더니, 생각을 집중하려는 듯 머리를 문질렀다.

"멜런사 양." 그가 입을 열었다. "당신에게는 방금 내가 무슨 뜻으로 하는 말인지를 이해한다는 게 아주 쉬운 일은 아니고, 또 선량해야 하는 나의 태도에 대해, 아마 내가 무척 좋아하는 착한 사람들 중 일부도, 멜런사 양 당신 이상으로 깊이 생각하려 하진 않을 겁니다. 하지만 그게 중요하지는 않습니다, 멜런사 양. 방금 당신에게 말하려고 했던 바는, 오로지 홍이 나기 위해 무언가를 하는 걸 나는 전혀 신뢰하지 않는다는 겁니다. 알다시피 멜런사 양 나는 수많은 유색인의 행태를 말하는 겁니다. 열심히 노동하면서 자신의 일에 주의를 기울이고 가족들과 규칙적으로 살고 소득은 전부 저축하고 그래서 자식을 더 훌륭하게 양육할 여유를 비축하는 대신에, 규칙적으로 생활하고 행동하면서 올바르고 단정한 생활로 온갖 새로운 방안을 마련하는 대신에, 유색인들은 그저 계속해서 어울리고 어쩌면 술까지 마셔대며 자기들이 생각해낼 수 있는 모든 나쁜 짓을 다 하는데, 그들이 늘 저지르는 저 모든 악행은 좋아서 그러는 게 아니라 단지 흥분을 원하기 때문에 그러는 겁니다. 그래요 멜런사 양, 당신이 알다시피 나 자신도 유색인이지만 부끄러워하지 않으며, 난 유색인들이 착하고 조심스럽고 늘 정직하고 최대한 규칙적으로 생활하는 걸 보고 싶은데, 나는 멜런사 양, 그렇게만 하면 누구든 각자 즐거운 시간을 보내고 행복하고 올바르고 바쁘게 살 수 있으며, 계속 악행을 저지르면서 새로운 흥분을 꾀할 필요가 없다고 확신합니다. 정말 멜런사 양, 확실히 나는 모든 일이 원만하고 조용한 걸 좋아하며, 그것이 우리 모든 유색인에게 최선이라고 확신합니다. 그래요, 멜런사 양, 이런 말을 하는 내 태도 역시 예외가 될 순 없습니다. 내게 다른 의도는 없고, 멜런사 양, 진정으로 선량함의 의미에 대해 말하고 있을 뿐입니다. 그것은 멜런사 양, 경건한 동시에 특정 부류의 사람들만 좋아하는 것이 아니며, 또 멜런사 양, 나는 다른 부류의 사람들이 계속해서 당신의 삶 속으로 들어올 때 당신에게 항상 그들을 알려고 하지 말라고 절대 말하지 않습니다. 내가 항상 말하는 바는 멜런사 양, 단지 교제하고 흥분에 빠지고 싶어 누군가를 알려고 하지는 말라는 겁니다. 그런 종류의 행동 방식은 늘 내가 몹시 혐오할 뿐 아니라 멜런사 양, 우리 유색인 모두에게 지극히 해롭습니다. 내가 방금 한 말이 무슨 뜻인지 지금 당신이 더 잘 이해하는지는 모르겠습니다, 하지만 멜런사 양 이제 당신은 내가 얘기할 땐 언제나 진심으로 말하는 걸 확신하겠지요."

"네 당신이 그런 식으로 말하니 확실하게 이해가 됩니다, 캠벨 선생님. 당신이 항상 무슨 뜻으로 말했는지 이제 확실하게 이해합니다. 캠벨 선생님, 아무하고나 사랑하면 옳지 않다는 게 당신의 진심이라고 분명하게 이해했어요." "왜 그렇게 단정하죠? 오히려 나는 멜런사 양, 사랑을 나누고 누구에게나 친절하며 그들을 돕기 위해 그들 모두가 원하는 걸 이해하려고 애쓰는 태도를 전적으로 신뢰합니다." "저런 캠벨 선생님, 저는 그런 행동 방식에 대해선 전부 알고 있어요, 하지만 그건 제가 얘기할 때 의미하는 사랑의 유형은 분명 아닙니다. 제가 의미하는 사랑은 캠벨 선생님, 당신을 사랑하는 사람을 위해 당신이 물불 가리지 않고 행동하게 만드는, 진실하고 강렬하고 뜨거운 사랑입니다." "난 아직 그런 사랑의 유형에 대해선 별로 모릅니다, 멜런사 양. 알다시피 난 늘 이런 식으로 사니까요, 멜런사 양. 난 하고 있는 일만 생각해도 언제나 몹시 바빠서 어리석은 짓에 쏟을 시간 여유가 없고, 게다가 멜런사 양도 알고 있듯, 난 흥분하는 건 정말 질색인데, 그런 식의 열렬한 사랑은 항상 그저 흥분 상태에 계속 빠져 있는 걸 의미하는 것 같아요. 멜런사 양, 아주 열렬히 사랑하는 사람들을 볼 때마다 내가 늘 생각하는 게 확실히 그런 거니까, 나 같은 남자에겐 그런 사랑이 분명 어울릴 리 없습니다. 알다시피 멜런사 양, 나는 몹시 조용한 유형의 인간으로, 모든 유색인이 차분하게 살아야 한다고 믿습니다. 맞아요, 멜런사 양 난 그처럼 곤란한 상황에 섞여들었던 경험이 전혀 없습니다."

"네 당신이 그렇다는 게 아주 확실히 선명하게 보입니다, 캠벨 선생님." 멜런사가 말했다. "이제 알겠어요, 확실히 그것 때문에 제가 당신을 늘 제대로 이해하지 못했고 또 확실히 그것 때문에 당신은 늘 진심을 말하고 있다고 생각합니다. 확실히 캠벨 선생님, 당신은 자신의 내면 깊숙한 감정과 솔직하게 마주치는 걸 지나치게 두려워합니다. 당신이 언제나 바라는 건 캠벨 선생님, 그저 선량함에 대해 얘기하고, 즐거운 시간을 보내려고 그저 남들과 교류하고, 그러면서 자신은 늘 확실하게 곤경에서 벗어나 있는 겁니다. 캠벨 선생님, 저는 그런 식의 행동을 별로 칭찬하지 못할 것 같습니다. 그런 방식은 확실히 제가 보기에 정말로 친절한 게 아니니까요. 분명히 제게는 그렇지 않아요, 캠벨 선생님, 하지만 확실히 당신은 내면의 깊숙한 감정과 솔직하게 대면하길 몹시 두려워하니까 캠벨 선생님, 그런 방식이 당신이 늘 제게 진심을 말하고 있음을 제가 확인할 수 있는 유일한 방법인 것은 확실합니다."

"난 그런 거에 대해선 모르겠어요, 멜런사 양, 매사에 원만하고 조용한 게 분명 좋다고 강조한다고 해서, 내가 나 자신의 내면 깊숙한 감정을 깨닫지 못한다고는 전혀 생각하지 않지만, 나는 멜런사 양, 위험 속에서 절대로 목숨을 잃고 싶지 않은 사람이 그 위험에서 벗어나 있는 게 해롭다고 보지 않고, 또 멜런사 양, 누군가와 열렬한 사랑에 빠지는 것보다 더 엄청나게 위험한 게 있는지 모르겠습니다. 나는 질병이나 심각한 고통 따위는 개의치 않고 멜런사 양, 또 심각한 고통에 빠졌을 때 뭘 할 수 있는지에 대해서도 언급하고 싶지 않은데, 그런 건 멜런사 양 당신도 어느 정도 알고 있으니까, 하지만 확실히 나는 단지 흥분하기 위해 그처럼 엄청난 위험 속에 뒤엉켜 빠져드는 걸 대단하다고 보지는 않습니다. 그래요 멜런사 양, 나는 사랑의 방식으로 단 두 가지 유형만 확실하게 압니다. 내가 보기에, 그 하나의 방식은 사람이 자기 일을 하면서 가족관계가 원만하고 차분해서 또 항상 선량하게 규칙적으로 살아가는 것과 같으며, 그런가 하면 사랑의 다른 방식은 거리를 함께 쏘다니는 저급한 짐승처럼 그저 사랑을 즐기는 것과 같은데, 나는 누군가가 그런 사랑을 좋아할 때 그러면 옳지 않다는 말은 안 하지만, 멜런사 양, 나는 그런 사랑을 별로 좋게 보지는 않아요, 내가 아는 사랑의 종류는 그게 전부인데, 멜런사 양, 나는 곤경에 빠질 뿐인 그런 종류의 사랑에는 결코 섞이고 싶지 않습니다."

제퍼슨이 말을 멈추었고 멜런사도 잠시 생각에 빠졌다.

"그 말을 들으니 제가 당신에 대해 제법 오래 생각해왔던 부분이 확실하게 풀리네요, 캠벨 선생님. 저는 당신이 어떻게 그처럼 활기찰 수 있고, 무엇이든 누구든 다 알 수 있고, 세상사를 늘 거창하게 말할 수 있고, 그리고 누구든지 늘 당신을 무척 좋아하고, 또 늘 당신이 마치 생각에 잠겨 있는 듯 보이는지 확실히 궁금했어요, 그럼에도 불구하고 실제로 당신은 누구도 이해하지 못하고 진정으로 공감하지도 못하는 게 분명한데, 매사가 틀림없이 그런 것은 당신이 자신의 선량함을 너무 쉽게 상실할까 봐 몹시 두려워하기 때문입니다. 그런데 제가 보기에는 확실히 캠벨 선생님, 그런 종류의 선량함이 별 가치는 없어 보입니다."

"어쩌면 당신이 옳을 수도 있어요, 멜런사 양." 제퍼슨이 대꾸했다. "나는 멜런사 양 당신이 옳지 않다고는 절대 말하지 않습니다. 그런 태도에 대해선 내가 더 공부해야 할지 모르죠, 멜런사 양. 그러면 아마 유색인을 보살피는 내게 다소 도움이 되겠지요, 멜런사 양. 난 아무 말도, 절대, 안 하겠습니다만, 만일 내게 진정으로 훌륭한 선생이 있다면, 아마 여자에 대해 제대로 아주 많이 배울 수 있을 텐데요."

바로 그때 잠을 자던 '미스' 허버트가 약간 뒤척였다. 멜런사가 살피려고 계단을 올라 침대로 갔다. 의사 캠벨 역시 일어서서 도우러 다가갔다. 잠에서 깬 '미스' 허버트는 증세가 조금 호전되었다. 이미 아침이 밝았으므로 의사 캠벨은 멜런사에게 주의 사항을 말해주고는 그녀를 떠났다.

멜런사 허버트는 평생 동안 착하고, 친절하고, 사려 깊은 사람을 좋아하고 원했다. 제퍼슨 캠벨은 멜런사가 바라던 모든 요소의 집합체였다. 제퍼슨은 강인하고, 체격이 튼튼하고, 잘생기고, 쾌활하고, 똑똑하고, 착한 물라토였다. 더구나 그는 처음에는 멜런사를 알려고 하지도 않았고, 알게 되고서도 그다지 좋아하지 않았으며, 앞으로 그녀가 도움이 되리라는 생각도 하지 않았다. 게다가 제퍼슨 캠벨은 무척 점잖았다. 요즘 들어 멜런사는 다른 사내들의 고약한 행동을 추하다고 느끼게 되었는데 제퍼슨은 전혀 그런 행동을 저지르지 않았다. 나아가 제퍼슨 캠벨은 멜런사가 정말 바라는 게 뭔지 잘 아는 것 같지도 않았고, 이 모든 정황으로 멜런사는 자기와의 관계에서 그의 권력이 계속 강해지고 있다고 느꼈다.

의사 캠벨은 날마다 '미스' 허버트를 살피러 왔다. '미스' 허버트의 증세는 두 사람이 함께 간호한 그 밤 이후 약간 호전되었지만, 그래도 '미스' 허버트는 중환이었고, 머지않아 그녀가 버티지 못하리라는 것이 아주 분명해졌다. 멜런사는 확실하게 줄곧 여자로서 할 수 있는 온갖 최선을 다했다. 멜런사가 정성을 다하는 동안, 그녀에 대한 제퍼슨의 생각이 크게 호의적으로 바뀌지는 않았다. 그가 그녀의 마음에서 찾고 싶었던 건 친절함이 아니었다. 언젠가 제인 하든은 그에게 멜런사는 누구에게나 늘 친절했지만 그렇다고 자기가 멜런사를 더 좋아하게 되진 않았다고 말했는데, 그는 제인 하든이 옳았다는 걸 매우 잘 알았다. 게다가 '미스' 허버트조차 살아 있는 마지막 날까지 멜런사를 결코 더 사랑하지 않았으므로, 제퍼슨은 멜런사가 늘 어머니에게 친절했다는 사실에 대해서도 정말 각별하게 생각하지는 않았다.

이제 제퍼슨과 멜런사는 무척 빈번하게 서로 만났다. 지금 그들은 항상 상대방과 있기를 좋아했고, 서로 대화를 나누는 시간은 언제나 즐거웠다. 아직 그들이 나누는 얘기는 대부분 그저 세상사에 대해 각자의 생각을 피력하는 것에 국한되었다. 아주 짧은 순간을 제외하고는, 그런 순간도 자주 있지는 않았지만, 두 사람은 전혀 자기들 감정에 대해선 말하지 않았다. 가끔 멜런사는 그의 말을 잊지 않았음을 보여주려고 제퍼슨을 약간 놀리기도 했지만, 대체적으로는 그의 말을 경청했는데, 제퍼슨이 아직도 항상 자기 신념을 떠벌리길 좋아해서였다. 멜런사는 시간이 흐를수록 제퍼슨 캠벨이 점점 더 좋아졌고, 제퍼슨도 멜런사의 마음이 분명 착하다고 깨달았고, 그녀가 진정으로 다정하다고 조금씩 느끼게 되었다. 그녀가 '미스' 허버트에게 친절하기 때문은 아니었는데, 제퍼슨이 보기에 그 친절은 전혀 그녀의 진정한 내면을 드러내는 것 같지 않았으며, 그 대신 이제 제퍼슨은 그녀와 같이 있을 때 멜런사가 천성적으로 무척 다정하다고 느끼기 시작했다.

이즈음 '미스' 허버트의 병세가 계속 악화되었다. 어느 날 다시금 의사 캠벨은 그녀가 틀림없이 그 밤을 넘기지 못할 것으로 확신했다. 의사 캠벨은 모친을 지키는 멜런사를 돕고, '미스' 허버트가 더 편하게 눈을 감도록 최선을 다하기 위해, 나중에 다시 오겠노라고 말했다. 의사 캠벨은 다른 환자들을 모두 치료한 다음 그날 저녁 다시 돌아왔고, 먼저 '미스' 허버트가 편안하도록 보살핀 다음, 무척 피곤한 모습으로 램프 곁에 앉아 있는 멜런사에게 다가와 바로 위 계단에 앉았다. 의사 캠벨 역시 몹시 지친 상태여서, 두 사람 모두 아무 말 없이 조용히 앉아 있었다.

"오늘 밤 엄청 고단해 보이네요, 캠벨 선생님." 마침내 멜런사가 작고 아주 부드러운 목소리로 말했다. "집에 가서 누워 조금 자고 싶지 않아요? 당신은 항상 누구에게나 지나치게 친절합니다, 캠벨 선생님. 저도 오늘 밤 당신이 여기 머물면서 함께 지켜보는 게 좋지만, 모든 사람을 위해 항상 일이 넘치는 당신이 이곳에 있어야 한다는 게 적절해 보이진 않네요. 다시 와줘서 정말 너무 고맙지만, 캠벨 선생님, 오늘 밤은 저 혼자서도 문제없이 꾸려갈 수 있어요. 필요하면 옆집에서 분명히 도와줄 겁니다. 어서 집에 가서 눈을 붙여요, 캠벨 선생님. 당신은 확실히 수면이 필요해 보입니다."

한동안 제퍼슨은 침묵하면서, 무척 온화한 표정으로 멜런사를 줄곧 응시했다.

"난 정말 전혀 생각하지 못했어요, 멜런사 양, 내 옆에 있는 당신이 그처럼 다정하고 사려 깊은 사람임을 알게 될 줄은."
"캠벨 선생님." 멜런사가 한결 더 부드럽게 말했다. "저도 당신이 기쁜 감정으로 절 좋아하게 될 줄은 전혀 생각하지 못했습니다. 제 마음속에 다정한 태도가 있는지를 당신이 혼자 힘으로 알고 싶어 하리라곤 전혀 생각하지 못했습니다."

두 사람 모두 아주 지쳐서, 아주 점잖게, 아주 조용히, 오랜 시간을 그대로 앉아 있었다. 마침내 멜런사가 낮고 단조로운 어조로 제퍼슨 캠벨에게 입을 열었다.

"당신이 정말 무척 친절한 남자라는 사실을, 캠벨 선생님, 저는 당신을 만나는 날마다 점점 더 확신하게 됩니다. 캠벨 선생님, 저는 이제 당신을 알았으니 당신처럼 착한 남자와 분명 친구가 되고 싶습니다. 당신은 확실히, 캠벨 선생님, 다른 남자들이 제게 저지르는 추잡하기 짝이 없는 그런 행동을 전혀 하지 않습니다. 솔직하게 말해줘요, 캠벨 선생님, 항상 저와 친구 사이로 지내는 걸 어떻게 생각하는지. 전 캠벨 선생님 당신을 착한 남자라고 확신합니다만, 만일 당신이 저와 친구 사이가 되겠다고 약속하면, 허다한 종류의 사내들이 한때 자기를 좋아하도록 만들었던 여자를 모조리 배신하듯, 저를 배신하는 일은 결코 없어야 합니다. 솔직하게 말해줘요, 캠벨 선생님, 저와 친구 사이가 되겠습니까?"

"저, 멜런사 양." 캠벨이 천천히 말했다. "당신도 알다시피 내가 당장 그런 식으로 바로 대답할 순 없습니다. 멜런사 양 당신이 확신하듯, 머지않아 우리가 늘 함께 지내는 친구 사이가 될 수 있다면 나는 무척 기쁠 겁니다. 하지만 멜런사 양이 알다시피 나는 항상 누구에게나 말은 급하게 앞서지만, 생각이 무척 더디고 조용한 유형의 인간임에 틀림이 없고, 그리고 내가 당신에게 분명한 진심을 말하고 싶을 때는, 내가 당신의 모든 것에 대해, 당신을 얼마나 좋아하는지에 대해, 또 당신에게 더 잘 행동한다고 하는 게 무슨 의미인지에 대해, 정말로 더 확신하고 나서야 그런 문제를 누구에게든 솔직하게 말할 수 있습니다. 내가 하는 말의 의미를 당신은 확실히 이해하겠지요, 멜런사 양." "제게 솔직하게 말해주니 당신이 정말 존경스럽군요, 제프 캠벨." 멜런사가 말했다. "아, 난 언제나 솔직해요, 멜런사 양. 항상 솔직한 게 나로서는 무척 편합니다, 멜런사 양. 내가 생각하고 있는 바를 항상 솔직하게 말하기만 하면 되니까요. 정말 나는 그런 걸 누구에게든 솔직하게 말하지 못할 하등의 이유가 전혀 없었습니다."

그들은 아무 말 없이 함께 앉아 있었다. "정말 궁금하네요, 멜런사 양." 마침내 제프 캠벨이 말을 꺼냈다. "나는 우리가, 당신과 내가, 상대방이 진짜 생각하고 있는 게 뭔지를 정확하게 아는지가 확실히 궁금합니다. 정말로 궁금한 건, 멜런사 양, 상대방이 늘 무슨 뜻으로 말하고 있는지를 우리가 정말 알기나 하냐는 겁니다." "당신의 말이 확실하게 뜻하는 바는 당신이 저를 못된 사람으로 생각한다는 거네요, 제프 캠벨." 멜런사가 벌컥 화를 냈다. "아니 아닙니다, 멜런사 양, 나는 분명히 그런 뜻으로 말하고 있는 게 절대 아닙니다. 당신도 나처럼 잘 알잖아요, 멜런사 양, 나는 당신을 만나면서 매일 당신에 대한 호감이 깊어지고, 요즘에는 당신과 언제나 얘길 나누고 싶고, 멜런사 양, 또 나는 우리가 함께 있을 때 우리 둘 다 그 시간을 무척 좋아한다는 게 확실하다는 생각이 들고, 그리고 당신이 항상 누구에게나 매우 친절하고 다정하다는 생각을 내가 점점 더 많이 하는 것 같습니다. 다만 문제는 멜런사 양, 내가 누구에게나 말은 무척 서둘러 하지만 막상 나는 정말 모든 면에서 매우 생각이 더딘 사람이고, 내가 아주 분명하게 알지 못하는 문제를 당신에게 말하고 싶지 않으며, 또 당신이 늘 내게 무슨 뜻으로 말하고 있는지를 모두 내가 정확하게 이해한다는 확신이 없다는 겁니다. 그래서 알다시피 멜런사 양, 당신이 내게 물어봤을 때 내가 방금 당신에게 하던 말을 다시 반복하게 되는 겁니다."

"제게 숨김이 없는 데 대해 정말 다시 감사드려요, 캠벨 선생님." 멜런사가 말했다. "지금은 제가 가야겠어요, 캠벨 선생님. 다른 방에 가서 잠깐 쉬어야겠습니다. 당신을 여기에 혼자 남겨놓는 건, 혹시 제가 없으면 당신이 잠시 눈을 붙이거나 휴식을 취할 수도 있을 것 같아서입니다. 이제 쉬세요, 캠벨 선생님, 나중에 도움이 필요하면 부를게요, 캠벨 선생님. 편안하게 쉬면 좋겠어요, 캠벨 선생님."

제프 캠벨은, 멜런사가 그에게서 떠날 때, 앉은 채로 아무 말을 하지 않았으며 그저 궁금한 생각만 들었다. 그는 멜런사가 항상 자기에게 무슨 뜻으로 말하는지를 정확하게 이해하지 못했다. 자기가 멜런사 허버트에 대해 정말 얼마나 알고 있는지도 제대로 이해하지 못했다. 자기가 계속해서 그녀 곁에 그처럼 항상 같이 있어야 하는 건지도 궁금했다. 그는 이제 그녀와 더불어 뭘 해야 할지에 대해 생각하기 시작했다. 제퍼슨 캠벨은 누구든지 좋아하고 또 많은 사람이 무척 같이 있고 싶어 하는 그런 남자였다. 여자들은 그를 좋아했는데, 그는 매우 튼튼하고, 친절하고, 공감할 줄 알고, 순진하고, 한결같고, 온화했다. 가끔은 여자들이 그와 함께 지내기를 무척 바라는 듯 보였다. 바라는 바를 이루고 나면 그들은 어김없이 캠벨을 몹시 피곤하게 만들었다. 때로는 그들을 조금 데리고 놀기도 했지만, 그들에게 약간이라도 깊은 감정을 품은 적은 전혀 없었다. 그런데 지금 멜런사 허버트와는 모든 게 다르게 보였다. 제퍼슨은 지금 자기가 바라는 게 무언지를 알고 있다는 확신이 없었다. 멜런사가 바라는 게 뭔지 그 역시도 자기가 알고 있다는 자신이 없었다. 만일 그것이 그저 멜런사와 불장난을 하는 거라면, 그럴 마음이 없다는 건 알았다. 하지만 그가 심오하게 상황을 깨닫는 방법을 전혀 모른다던 멜런사의 말이 계속 기억에서 맴돌았다. 그가 진정한 자신의 감정을 깨닫게 되는 걸 두려워한다던 그녀의 말이, 그리고 무엇보다도 그의 공감 능력이 많이 떨어진다던 말이 떠올랐다. 공감할 줄 모른다는 지적은 늘 제퍼슨을 매우 예민하게 괴롭혔으며, 그는 공감 능력이 정말로 좋아지기를 간절하게 소망했다. 멜런사가 무슨 뜻으로 말했는지 그 자체를 제퍼슨이 더 잘 알았더라면 좋았을 텐데. 제퍼슨은 항상 여자에 대해선 일가견이 있다고 생각해왔다. 지금은 아는 게 전혀 없음을 통감했다. 그는 멜런사에 대해서는 손톱만큼도 알지 못했다. 그는 이런 상황에서 자기가 뭘 해야 마땅한지 몰랐다. 그는 두 사람이 하는 게 그저 작은 불장난인지 궁금했다. 만약 불장난에 불과하다면 그는 당장 중단하고 싶었다. 그러나 그가 공감 능력이 부족한 게 사실이고, 그가 멜런사 허버트와 함께 지내며 진정한 공감 능력을 익힐 수 있다면, 그렇다면 겁쟁이가 되지 않겠다는 마음은 아주 확고했다. 그는 자기가 뭘 원하는지 파악하기가 몹시 어려웠다. 아무리 생각에 생각을 거듭해도 항상 자기가 뭘 원하는지 더 분명해지는 것 같지가 않았다. 마침내 그는 더 이상 이런 생각을 하지 않기로 했다. 그는 자기의 행동이 그저 멜런사를 데리고 논 것이었다고 단정했다. "그래, 난 절대 이런 식으로 계속 장난삼아 그녀와 어울리지는 않을 거야." 그가 생각을 매듭짓고 마침내 크게 혼잣말을 했다. "확실하게 바보짓을 끝내고, 내 본업과 '미스' 허버트 같은 사람이 당면한 문제에 대해 계속 생각할 거야." 그런 다음 제퍼슨은 주머니에서 책을 꺼내고 램프 가까이 다가가서, 약간 난해한 과학책을 읽기 시작했다.

제퍼슨은 한 시간 정도 책을 읽으며 그 자리에 앉아 있었는데, 멜런사의 진의에 대해 품었던 고민은 정말 까맣게 잊어버렸다. 그때 '미스' 허버트의 호흡에 장애가 생겼다. 그녀가 잠에서 깨어 숨을 헉헉거렸다. 의사 캠벨이 바로 가서 응급조치를 했다. 다른 방에 있던 멜런사도 나와 그의 지시대로 움직였다. 두 사람이 함께 '미스' 허버트를 한결 편안하게 안정시키자, 곧바로 그녀는 다시 깊은 잠에 빠졌다.

의사 캠벨이 앞서 앉았던 계단으로 돌아왔다. 멜런사도 와서 잠깐 그의 옆에 서 있다가 그대로 앉아 그가 독서하는 모습을 지켜보았다. 머지않아 두 사람은 대화를 나누었다. 제프 캠벨은 어쩌면 전혀 다를 수 있다고 느끼기 시작했다. 어쩌면 멜런사와 그저 장난을 치는 게 아닐지도 몰랐다. 어쨌거나 그는 그녀가 곁에 있는 게 정말 좋았다. 그는 자기가 방금 읽고 있던 책에 대해 얘기하기 시작했다.

멜런사는 질문을 할 때면 항상 지성이 넘쳤다. 지금 제퍼슨은 그녀에게 선량한 마음이 있음을 아주 잘 알았다. 그들은 그 자리에서 대화를 주고받으며 무척 즐겁게 시간을 보냈다. 그러고는 다시 두 사람 사이에 침묵이 흘렀다.

"다시 와서 내게 말을 걸어주니 멜런사 양, 당신은 정말 속

마음이 무척 친절하군요." 마침내 제퍼슨이 입을 열었는데, 지금 그녀가 자기에게 진지하다는 걸 거의 확신해서였다. 멜런사는 정말 훌륭한 여성이고, 마음이 선량하며, 진실하고 강렬한 다정함이 있어서, 분명 틀림없이 그를 가르칠 수 있을 것이다. "아 저도 캠벨 선생님 당신에게 얘기하는 걸 항상 좋아합니다." 멜런사가 대답했다. "더구나 방금 당신은 무척 솔직했는데, 저는 남자가 제게 정말로 솔직할 때를 언제나 좋아합니다." 그 말을 나누고 나서 두 사람은 같이 앉아 다시 침묵에 빠졌고, 그들 사이에 놓인 램프에서 계속 연기가 피어올랐다. 멜런사가 의사 캠벨이 앉은 쪽으로 몸을 약간 기울이면서 그의 손을 자기의 두 손 사이에 잡아 꼭 쥐었는데, 그에게 별다른 말은 하지 않았다. 그러곤 그 상태에서 몸을 좀더 그에게 가까이 기울였다. 제퍼슨이 약간 움직였지만 호응하는 몸짓은 전혀 없었다. "어휴." 결국 멜런사가 날 선 소리를 냈다. "막 생각 중이었어요." 의사 캠벨이 천천히 입을 열었다. "난 그저 궁금해하고 있었어요." 그는 자기 생각을 계속 떠들 태세였다. "당신은 감정을 느낄 수 있을 만큼의 시간만이라도 생각을 멈추면 안 됩니까, 제프 캠벨." 말하는 멜런사의 모습이 조금 슬퍼 보였다. "모르겠어요." 제프 캠벨이 느릿느릿 말했다. "멜런사 양 나는 그런 느낌에 대해 잘 몰라요. 그래요, 나는 거의 생각을 멈추지 않습니다, 멜런사 양, 그리고 만일 내가 생각을 멈춰야만 겨우 느낄 수 있다면, 정말 무척 유감스럽게도, 그런 종류의 느낌을 품고는 멜런사 양, 나는 앞으로 많은 일을 결코 못 할 겁니다. 멜런사 양 분명 당신은, 내가 계속 감정을 별로 느끼지 못하는 걸 걱정하지 않아도 돼요. 나도 확실히 어느 정도는 느낀다고 생각합니다, 멜런사 양, 어떻게 생각을 멈출 줄은 전혀 모르는 채 늘 그러긴 하지만요." "무척 유감이지만 저는 당신이 언급한 그런 느낌에 대해선 별 관심이 없어요, 캠벨 선생님." "아니, 나는 당신이 분명 틀렸다고 생각합니다, 멜런사 양. 나는 당신이 나에 대해 느끼는 만큼 나도 당신 멜런사 양을 위한 감정이 있다고 확신합니다, 분명합니다. 당신이 그런 식으로 말하면 날 제대로 이해하고 있다고 믿을 수 없습니다. 당신이 내게 얼마나 관심이 있는지 정말 솔직하게 듣고 싶어요, 멜런사 양." "당신에게 관심이 있어요, 제프 캠벨." 멜런사가 천천히 대답했다. "분명히 당신을 좋아합니다, 제프 캠벨, 당신이 늘 상상하는 것보다는 적지만, 당신이 늘 알고 있는 것보다는 훨씬 많이."

이 대답에 제프 캠벨은 멈칫했으며, 멜런사의 진심에 압도되어 침묵했다. 두 사람은 한참 동안 그대로 앉은 채 아무 말이 없었다. "저기 제프 캠벨." 멜런사가 불렀다. "네." 의사 캠벨이 대답하며 몸을 조금 움직였지만, 다시 두 사람은 긴 시간 침묵했다. "제게 무슨 말을 할지 전혀 생각나는 게 없나요, 제프 캠벨?" 멜런사가 물었다. "아 네, 방금 우리가 서로 뭐에 대해 말하고 있었죠? 멜런사 양이 알다시피 난 매우 조용한 데다 이해도 더딘 친구라, 당신이 늘 무슨 말을 하고 있는지를 모두 꼭 정확하게 이해한다고는 전혀 확신을 못 합니다. 하지만 난 당신을 몹시 좋아할 뿐만 아니라, 멜런사 양, 당신 마음속에 아주 선량한 요소들이 늘 있다고 정말 확신합니다. 물론 당신도 내가 하고 있는 말을 틀림없이 믿겠죠, 멜런사 양." "네 당신이 제게 하는 말은 그대로 믿습니다, 제프 캠벨." 멜런사가 대답을 하고는 더 이상 말이 없었는데 그녀의 침묵 속에는 슬픔이 가득했다. "저는 방에 들어가서 다시 좀 누워야겠네요, 캠벨 선생님." 멜런사가 말했다. "나만 놔두고 가지 말아요, 멜런사 양." 제프 캠벨이 서둘러 말했다. "그래도 되지만, 당신이 제게 원하는 게 뭔가요, 제프 캠벨?" 멜런사가 물었다. "글쎄요." 제프 캠벨이 천천히 말했다. "그저 당신하고 계속 얘기하고 싶어요. 당신과 온갖 세상사에 대해 대화하는 게 정말 즐거워요. 당신도 그건 이미 분명하게 알잖아요, 멜런사 양." "저는 가서 다시 좀 눕고 당신은 여기 남아 계속 생각해야겠네요." 멜런사가 부드럽게 말했다. "오늘 밤은 정말 제가 몹시 피곤하군요, 캠벨 선생님. 잘 쉬어요, 편안하게 휴식하길 바랍니다, 캠벨 선생님." 멜런사는 이 작별의 인사를 하면서, 앉아 있는 그를 향해 상체를 굽혔다. 그러고는 무척 빠르고 갑작스럽게 그에게 키스를 하고, 다시 급히 서둘러 자리를 떠났다.

 의사 캠벨은, 아주 조금만 생각하고 가끔 새로운 감정도 느끼면서, 여명이 밝아올 때까지 혼자서 그 자리에 고요하기 그지없이 앉아 있었다. 그러고는 '미스' 허버트에게 가서, 멜런사의 도움을 받아가며, 그녀의 마지막이 좀더 편안해지게끔 보살폈다. '미스' 허버트는 다음 날 아침 10시경까지 버티다가 천천히 큰 고통 없이 눈을 감았다. 제프 캠벨은, 멜런사가 모친의 죽음을 편안하게 받아들이도록, 그녀와 함께 임종의 순간을 지켰다. 임종 후 그는 이웃의 유색인 여자를 불러들여 멜런사의 장례 준비를 거들도록 하고, 다른 환자들을 돌보기 위해 자리를 떴다가, 곧바로 멜런사에게 다시 돌아왔다. 그는 어머니의 장례식을 치르는 멜런사를 도와주었다. 장례식 후 멜런사는 이웃으로 지낸 착한 품성의 여자에게 가서 함께 살았다. 멜런사는 여전히 제프 캠벨을 빈번하게 만났고, 그들은 모든 면에서 몹시 돈독해지기 시작했다.

이제 멜런사는 제프 캠벨과 동행할 때가 아니면 아예 돌아다니지 않았다. 때로 두 사람은 함께 붙어 꽤 한참 동안 돌아다녔다. 제프 캠벨은 줄곧 생각하는 것들을 계속 빠짐없이 그녀에게 떠벌리는 버릇을 아직도 버리지 못하고 있었다. 이제 두 사람이 함께 있으면, 멜런사는 결코 말이 많지 않았다. 간혹 제프 캠벨은 너무 말을 안 한다고 그녀를 놀렸다. "제인 하든과 타인들이 말해준 정황도 그랬고, 또 내가 처음 보았을 때 무척 말이 많기도 해서, 나는 멜런사 네가 틀림없이 대단한 수다쟁이라고 생각했어. 솔직하게 말해줘 멜런사, 요즘 왜 말이 줄었는지, 어쩌면 내가 너무 말이 많아 막상 네게 말할 기회를 주지 않기 때문일 수도 있고, 아니면 내가 수다 떠는 걸 듣고 네가 지금은 아예 말을 많이 할 생각이 별로 없기 때문일 수도 있어. 솔직하게 말해봐, 왜 이렇게 말수가 줄었는지." "네가 아주 잘 알잖아, 제프 캠벨." 멜런사가 말했다. "네가 분명하게 아주 잘 알잖아, 제프, 넌 내가 하는 말에 대해 정말 깊게 생각하질 않아. 넌 세상사에 대해 나보다 훨씬 많이 생각하는데, 제프, 너는 막상 내가 그것들에 대해 하려는 말에는 별 신경을 안 써. 너는 내가 지금 말하는 게 진실인 걸 알고 있어 제프,

내가 널 무척 좋아할 때의 네가 늘 그러는 것처럼 정말로 솔직하고 싶다면 말이야." 제프가 웃으며 사랑스럽게 그녀를 바라봤다. "네가 그런 말을 할 때, 멜런사, 나는 네가 옳지 않다는 걸 내가 안다고 함부로 말하지 않아. 너도 알다시피 너는, 누구나 네게서 들으려 한다고 생각하는 꼭 그것을 항상 얘기하고 싶어 하는데, 나는 네가 그럴 땐 솔직히 말해 멜런사, 별로 네 얘길 듣고 싶지 않아, 그런데 가끔은 네가 정말 골똘히 생각 중인 뭔가를 말할 때가 있고, 그러면 나는 네 얘기 듣는 걸 엄청 좋아해." 멜런사가 아주 다정하게 미소 지으며, 제프에게 많은 영향을 주고 있음을 깊이 자각했다. "나는 누군가를 정말 좋아하면 절대 많은 말을 안 해, 제프. 있잖아, 제프, 여자가 진정 마음속에 뭘 느끼는지를 얘기하는 건 별 소용이 없어. 머지않아 네가 실제로 느끼게 되면 모든 걸 더 잘 알게 돼, 제프. 그 땐 네가 그처럼 항상 떠들 준비를 안 해도 돼. 확인해봐, 제프, 내가 말하는 대로 되지 않는지." "난 네가 항상 옳은 건 아니라고 함부로 말하지 않아, 멜런사." 제프 캠벨이 말했다. "어쩌면 내 생각이라는 게 정말 아주 잘 이해한 바는 아닐 수 있어. 네가 진심으로 세상사를 얘기할 때, 멜런사, 나는 이제 결코 더는 네가 옳지 않다고 단언하지 않아. 네가 항상 뭘 말하는지 내가 진정으로 이해하게 되면, 아마 모든 게 아주 다르게 보이겠지." "넌 언제나 무척 다정하고 친절해, 제프 캠벨." 멜런사가 말했다. "사실 나는 너한테 전혀 친절하지 않아, 멜런사. 나는 늘 수다를 떨어 부담을 주고 있어, 하지만 진정으로 널 엄청 좋아해, 멜런사." "그리고 나도 널 좋아해, 제프 캠벨, 너는 항상 내게 확실히, 어머니 아버지 오빠 언니 그리고 자식, 아니 그 이상의 모든 존재야. 나는 네가 얼마나 친절한 사람이었는지 이루 다 표현할 수가 없어, 제프 캠벨, 나를 보살펴 주는 널 만나기 이전에는, 내가 알기로 착하다는 남자는 어김없이 추한 짓을 했어, 제프 캠벨. 잘 가, 제프, 내일 환자 다 보고 난 뒤 내 얼굴 보러 와." "물론이지, 멜런사, 벌써 내 마음 아는구나." 이렇게 대답하고 제프 캠벨은 그녀를 남기고 떠났다.

이 몇 달 동안을 제프 캠벨은 불안하게 보냈다. 그는 자기가 멜런사에 대해 실제로 얼마만큼이나 알고 있는 건지 전혀 감을 잡지 못했다. 요즈음 그는 그녀를 꽤 길게 빈번하게 만났다. 그는 계속해서 더욱더 그녀가 좋아졌다. 그러나 아무래도 그녀를 속속들이 이해하는 것 같진 않았다. 그녀의 마음이 착하다는 점은 거의 신뢰해도 된다는 느낌이 들었다. 그렇긴 해도 항상 그는 실질적으로 아주 확신이 들지는 않았다. 멜런사의 태도는 항상 그가 불안을 느끼게 만들었으나, 그럼에도 불구하고 그녀를 향한 그의 감정은 무척 친밀했다. 그는 이제 더는 이 갈등을 결코 현실의 단어로 문제 삼지 않았다. 그는 자기 마음속에서 그것이 스스로 갈등하도록 늘 방치해두었다. 그는 이제 내면에서 항상 진행되는 이 갈등에 전혀 개입하지 않았다.

이즈음 제프는 멜런사와 함께 있는 건 늘 좋아하면서도 그녀에게 가는 길은 언제나 싫어했다. 가야 할 때가 되면 왠지 항상 두려웠는데, 그래도 여기에서 겁쟁이가 되진 않겠다고 확고하게 다짐했다. 그녀와 함께 있을 땐 이 두려운 감정이 전혀 떠오르지 않았다. 같이 있으면 두 사람은 항상 몹시 진실하고 서로 친밀했다. 그러나 그녀에게로 갈 때마다 항상 제프는, 조금이라도 늦게 갈 수 있는 어떤 상황이 벌어지기를 내심 바랐다.

　제프 캠벨은 이 몇 달 내내 몹시 불안했다. 이 몇 달 동안 제프는 안절부절못했다. 그는 자기가 진정으로 뭘 원하는지 제대로 알지 못했다. 멜런사가 뭘 원하는지를 자기가 정확하게 모른다는 사실은 아주 분명했다. 제프 캠벨은 평생 동안 늘 사람들과 어울리기를 좋아했고, 또 사색에 빠져 있기를 좋아했지만, 그래도 아직 제프 캠벨은 자신이 덩치 큰 청년에 불과할 뿐이라고 느꼈는데 과거에는 이런 종류의 기묘한 감정에 빠져본 적이 없었다. 자유롭게 가서 멜런사를 만날 수 있는 지금 이 저녁, 그는 자기를 지체시킬 수 있는 사람이면 누구에게든 말을 걸었으며, 결국 멜런사가 그를 맞이하려고 기다리는 집에는 매우 늦은 시각에 도착했다.

　제프는 멜런사가 기다리던 실내로 들어와 모자와 두꺼운 코트를 벗은 다음 의자를 당겨 난롯가에 앉았다. 무척 쌀쌀한 밤이었으므로 제프는 앉은 채로 두 손을 비벼 따뜻하게 녹일 참이었다. 멜런사에게는 그저 "안녕" 하고 인사만 했을 뿐 아직 말을 건네진 않았다. 멜런사는 난롯가에 말없이 앉아 있었다. 난로의 열기가 그녀의 매력적인 연노랑 얼굴을 예쁜 분홍빛으로 물들였다. 멜런사는 낮은 의자에 앉았는데, 긴 손가락이 가볍게 떨리는 두 손은, 언제고 그녀의 강인한 감정을 드러낼 준비를 한 채, 무릎에 가지런히 놓여 있었다. 멜런사는 제프 캠벨을 기다리느라 몹시 지쳐 있었다. 그녀는 앉은 채로 아무 말없이 그저 지켜만 보았다. 제프는 씩씩하고, 검고, 건강하고, 쾌활한 흑인이었다. 그의 손은 단단하고 다정하면서도 차분했다. 그는 항상 그 큰 손으로 오빠처럼 여성들을 어루만졌다. 그에게는 항상 남부 지방의 햇살처럼 따뜻하고 자유분방한 열정이 느껴졌다. 그는 마음속에 은밀한 뭔가를 감추는 법이 없었다. 개방적이고, 상냥하고, 쾌활했으며, 그리고 항상, 멜런사가 한때 원했듯이, 이제 늘 그도 진정으로 이해하길 바랐다.

이 저녁 제프는 한참 동안 침묵하며, 의자에 앉아 쾌적한 난롯불로 몸을 데웠다. 그는 지켜보는 멜런사에게 눈길을 주지 않았다. 그냥 앉은 채로 난롯불만 응시했다. 처음에는 검고 경계가 모호한 그의 얼굴이 웃음을 보였고, 그는 웃음을 억누르려고 흑갈색의 손등을 입 위에 비비고 있었다. 그러고는 생각에 잠겼다가, 이번에는 생각을 억누르려고 얼굴을 찡그리고 머리를 심하게 문질렀다. 그런 다음 그가 다시 웃었는데 이번 미소는 퍽 유쾌한 건 아니었다. 그의 미소는 지금 막 힐난으로 바뀌는 경계에서 망설이고 있었다. 그의 미소가 점점 더 변하더니 이제 마치 심하게 우울한, 온통 역겨운 것 같은 표정이 되었다. 얼굴은 더 어두워졌고, 미소를 지으면서도 비통해 보였다. 드디어 그가 불에서 눈을 떼지 않고 멜런사에게 말하기 시작했는데, 그녀는 지금 그를 지켜보느라 온통 신경이 곤두선 상태였다.

"멜런사 허버트." 제프 캠벨이 입을 열었다. "너와 사귀며 이 모든 시간을 보내고 나서도 확실히 나는 너에 대해 진짜로 아는 게 거의 없어, 알다시피 멜런사, 그건 나를 대하는 이 태도와 같아." 제프는 생각에 집중하고 또 열심히 난롯불을 응시하느라 얼굴을 찡그렸다. "너도 알다시피 지금 나를 대하는 꼭 이 태도 말이야, 멜런사. 너는 내게 때로는 동일한 처녀처럼 보이고, 또 때로는 전혀 다른 처녀 같은데, 그 두 처녀는 확실히 서로 전혀 달라서, 나는 네 마음속에서 그들이 어떤 식으로든 서로 관계가 있거나 공존하는 것처럼 보이는 걸 이해할 수가 없어. 확실히 그들은 정말 서로 뭔가를 공유하며 아주 흡사하게 만들어진 존재로는 보이지 않아. 때로 너는 확실히 내가 결코 계속 신뢰하지 못할 그런 처녀고, 그때 넌 심하게 깔깔 웃고, 아주 소란스럽고, 태도가 너무 형편없어서, 나는 네가 진지하게 그런다고 좀처럼 믿을 수가 없는데, 그럼에도 불구하고 내가 방금 말하던 부분이 틀림없이 내가 자주 마주치는 너의 한 모습이고, 그것이 또 네 어머니와 제인 하든이 늘 너에게서 발견한 모습이자, 네게 가까이 가기를 아주 싫어하게 만드는 이유야. 그런가 하면 확실히 어떤 때는, 멜런사, 넌 정말 완전히 다른 사람이고, 그럴 땐 네 안에서 진짜 미인과 같은, 정말 대단한 존재가 등장하지. 정말 나는 멜런사, 그 존재가 어떻게 그처럼 사랑스럽게 다가오는지 정확하게 표현할 수 없어. 그 순간 내게는 그 존재가, 순결한 꽃송이보다 더 경이로운 진정한 감미로움, 햇빛보다 더 부드러운 온화함, 여름을 연상시키는 친절함, 온갖 것을 달성하는 지혜 등등을 고루 갖춘 것으로 보이고, 그리고 그 존재가 지속되는 잠깐 동안, 내가 그 존재를 분명히 볼 수 있는 잠깐 동안, 그 존재는 틀림없이 실재하는 것 같고, 또 그 존재는 내가 진짜 종교를 갖게 된 것처럼 느끼게 해. 그러다가 내게 그런 감정이 충만할 때, 앞서의 전혀 다른 처녀가 등장하고, 그러면 그 인물이 더 솔직한 진짜 너처럼 보이고, 그러면 네게 오는 게 어김없이 무척 두려워지면서, 내가 너를 전적으로 신뢰할 수 있다고는 확실히 전혀 느껴지지 않아. 그러면 나는 분명히 너에 대해 아는 게 하나도 없고, 어느 쪽이 진짜 멜런사 허버트인지 정녕 알지 못하니까, 네게 말을 걸고 싶은 마음이 결코 더는 전혀 생기지 않아. 솔직하게 말해봐, 멜런사, 네가 혼자 있고, 진심이고, 정말 정직할 때, 어느 쪽이 진정한 너인지. 말해봐, 멜런사, 내가 그걸 꼭 알아야겠어."

멜런사는 아무 대답도 하지 않았다. 제프는 잠시 기다리다 그녀를 외면한 채 다시 자기 말을 이어갔다. "게다가 멜런사, 가끔 보면 확실히 너는 다소 잔인한 것 같고, 상처받거나 고통을 겪는 사람들에게 관심도 없는 것 같은데, 너에 관해 정말 알 수 없는 그 부분이 어떨 땐 나를 몹시 초조하게 만들고, 어떨 땐 어쨌거나 너를 계속 좋아하게 만들어, '미스' 허버트를 대하던 네 존재가 그랬듯이. 너는 분명 여자로서 할 수 있는 최선을 다했고, 멜런사, 나는 정말 너보다 더 훌륭하게 행동하는 사람은 전혀 못 봤는데, 그럼에도 불구하고, 내 생각을 어떻게 정확히 말해야 할지 모르겠는데, 멜런사, 네 감정에는 엄청 이해하기 힘든 요소가, 내가 늘 익숙하게 보았던 선량한 사람들의 감정과 현저하게 다른 뭔가가 있었고, 제인 하든과 '미스' 허버트가 너에 대해 무척 말하고 싶을 때도 그런 식으로 언급했는데, 그래도 멜런사, 어쨌든 난 네게 참으로 친밀한 정이 들었고, 또 확실히 네게는 엄청나게 훌륭하고 강렬해 보이는 다정함이 있어. 난 정말 분명하게 알고 싶어, 멜런사, 내게 정말로 두려워할 뭔가가 생겼는지. 나는 확실히 한때는 멜런사, 내가 온갖 종류의 여자에 대해 제법 안다고 자만했어. 그런데 지금 내가 정말로 확신하는 건, 널 알고 지낸 지 퍽 오래되었고 너와 빈번하게 온종일을 보냈어도 내가 너에 대해 제대로 아는 게 전혀 없으며, 내가 너와 어울리는 걸 끔찍하게 좋아하고, 그리고 내가 생각하고 있는 걸 뭐든 항상 네게 말할 수 있다는 사실이야. 난 확실히 엄청 아쉬워하고 있어, 멜런사, 나는 정말로 공감 능력이 부족했어. 정말 내 이해심이 더 깊어지기를 소망하고 있어, 멜런사."

이제 제프가 입을 다물고 먼저보다 더 골똘히 난롯불을 응시했다. 생각에 빠졌던 그의 얼굴이, 마치 하나부터 열까지 자기가 생각해오던 모든 것에 넌더리가 난다는 표정으로, 다시 바뀌었다. 그는 무척 오래 말없이 앉아 있었는데, 왠지 옆에 있는 멜런사 허버트가 떨면서 모든 상황을 몹시 억울해하는 기척이 천천히 그러나 강렬하게 감지되었다. "왜, 멜런사." 제프 캠벨이 놀라서 벌떡 일어나 오빠처럼 그녀에게 팔을 둘렀다. "난 참을 수 있는 만큼 참았어, 제프." 멜런사가 흐느끼더니, 참담하게 자기의 진심을 털어놓았다. "나는 제프, 네가 즐거워할 수만 있다면 무슨 말이든 네 맘대로 떠들게 놔두겠다고 단단히 각오했어. 너는 거리낌 없이 나에 대해 뭐든 지껄일 수 있었고 제프, 네가 그러는 걸 좋아한다는 사실을 스스로 확인하도록, 나는 참을 수 있는 만큼 참으려 했어 제프. 그런데 넌 지나치게 잔인했어. 한 여자를 얼마나 괴롭힐 수 있는지 네가 그런 방법을 알고자 할 때는, 그 여자에게 약간은, 가끔가다 한 번씩이라도, 여유를 주어야 해, 제프. 사람은 누구도 고통을 영원히 견디진 못해, 제프. 나는 네가 즐거워하도록, 확실히 참을 수 있을 만큼 참았는데, 하지만 나로선, 아 제프, 오늘 밤 넌 너무 오래 끌었어, 제프. 난 그러는 네 짓거리를 단 1분도 더 참을 수 없었어, 제프. 한 여자가 진정으로 형성되는 과정을 알아가고 싶다면, 제프, 너는 결코 너무 잔인해도 안 되고, 그녀가 얼마나 참을 수 있을지 생각해서도 안 되는데, 너는 늘 그런 식으로 심하게 굴어, 제프." "왜 그래, 멜런사." 제프 캠벨이 겁에 질려 소리치더니, 태도를 아주 부드럽게 바꾸며, 착하고 튼튼하고 온화한 오빠처럼 그녀를 위로했다. "아 사랑하는 멜런사, 네가 방금 무슨 말을 한 건지 정말 이해할 수 없어. 아 멜런사, 가련한 어린 소녀 같아. 분명히 넌, 내가 알면서도 널 진짜 괴롭히고 있었다고는 결코 믿지 않았잖아. 아, 멜런사, 네가 날 레드인디언*처럼 그렇게 할 수 있는 인물로 생각했다면, 어떻게 나를 좋아할 수 있었겠어?" "난 미처 몰랐어, 제프." 멜런사의 몸이 제프에게 바싹 달라붙었다. "난 네가 나와 뭘 하고 싶은지 정확하게는 전혀 몰랐지만, 네게 더 공감하고 싶은 마음에서, 네가 좋아하고 원하는 건 뭐든 하길 분명히 바랐어. 난 네 행동을 견디려고 엄청 애를 썼어, 제프, 그래야 네가 나와 하고 싶은 건 뭐든 할 수 있으니까." "오, 하느님 맙소사, 멜런사!" 제프 캠벨이 소리쳤다. "진짜 네가 어떤 사람인지 난 정말

---

* red Indian: 아메리카 원주민을 가리키는 대단히 모욕적인 말.

전혀 모르겠어, 멜런사, 이 가여운 어린 소녀야." 그러면서 제프가 그녀를 더 가까이 끌어당겼다. "하지만 지금 난 정말 널 몹시 존경하고 신뢰하고 있어, 멜런사. 확실히 그래, 내가 늘 말하는 것들이, 멜런사, 네 마음에 상처를 주고 있다는 생각은 정말 전혀 하지 않았어. 멜런사, 불쌍하고 어리고 귀여운 아기처럼 떨지 말고 이제 좀 진정해, 멜런사. 내가 널 그처럼 아프게 하다니 지금 내 마음이 말을 못 할 정도로 너무 미안해, 멜런사. 네게 상처를 줄 의도가 손톱만큼도 없었다는 걸 증명할 수만 있다면 어떤 짓이라도 하겠어, 멜런사." "나도 알아, 물론 알아." 멜런사가 그의 몸에 매달리며 중얼거렸다. "나도 네가 친절한 사람이라는 건 알지, 제프. 아무리 내가 많은 상처를 받더라도, 그 사실만큼은 늘 깨닫고 있어." "만일 네가, 단지 네게 상처를 주려고 내가 그토록 애쓰고 있다고 확신했다면, 어떻게 그런 생각을 할 수 있는지 난 정말 이해가 안 돼, 멜런사." "쉿, 넌 그저 덩치가 아주 큰 청년에 불과하고, 제프 캠벨, 아직은 진짜 상처를 주는 게 뭔지 전혀 몰라." 멜런사가 흐느끼는 와중에 미소를 띠고 그를 올려다보며 말했다. "있잖아, 제프, 널 진정 제대로 알게 되기 전까지는, 정말로 잘 알면서 동시에 늘 계속 존경할 수 있는 그런 사람을 전혀 못 만났어, 제프." "그랬다는 게 난 정말로 잘 이해가 안 돼, 멜런사. 나는 수많은 보통 유색인들보다 조금도 낫지 않아. 분명히 네가 나보다 먼저 만났던 사람들과 운이 안 맞았어, 그랬을 뿐이야, 멜런사. 틀림없이 내가 아주 착하진 않아, 멜런사." "조용히 해, 제프, 너는 너 자신이 어떤 사람인지 전혀 몰라." 멜런사가 말했다. "어쩌면 네 말이 맞겠지, 멜런사. 네가 세상일에 대해 말할 때, 더 이상 네가 옳지 않다고 단언하지는 않아, 멜런사." 제프가 한숨을 내쉬고는 미소를 지었다. 그런 다음 두 사람 모두 꽤 오랜 시간 말이 없다가 좀더 친밀한 행동을 나눈 후, 늦은 시간이었으므로, 제프가 그녀를 두고 떠났다.

제프 캠벨은, 이 몇 달 동안, 착한 자기 모친에게 멜런사 허버트에 대해 전혀 얘기하지 않았다. 그는 요즘 멜런사와 자주 만났지만 왠지 그 사실을 늘 비밀에 부쳤다. 멜런사 역시 자기 친구 누구도 절대 제프와 마주치지 않게 했다. 그들은 마치 몹시 친밀한 게 비밀인 것처럼, 항상 둘이서만 함께 움직였는데, 사실 그들의 만남을 방해할 만한 사람도 없었다. 제프 캠벨은 두 사람 사이가 어쩌다 그처럼 은밀하게 되어버렸는지 정말 몰랐다. 그는 그것이 멜런사가 원한 거였는지 여부도 몰랐다. 제프는 그것 자체에 대해 멜런사에게 아예 아무 말도 하지 않았다. 자기들이 몹시 친밀하다는 사실을 아무도 몰라야 한다는 게 마치 두 사람 간에 잘 양해된 듯 보였을 뿐이다. 마치 그들 사이에선, 항상 자기들끼리만 있어야 하고, 그래서 늘 서로 대화하며 의도했던 바를 둘이서 함께 실행하기로 합의가 된 것 같았다.

제퍼슨은 멜런사에게 착한 어머니에 대해 자주 말했다. 그러나 멜런사가 그녀를 만날 의향이 있는지와 관련해선 아예 말을 꺼내지 않았다. 제퍼슨은 이 모든 상황이 이처럼 은밀하게 벌어진 이유를 전혀 이해하지 못했다. 멜런사가 진정으로 원하는 게 뭔지도 정말 전혀 몰랐다. 그는 그저 타고난 천성대로, 온갖 수단을 다해서, 멜런사가 그에게 바란다고 여겨지는 행동을 했다. 그렇게 그들은 계속 단둘이 몹시 붙어서 지냈는데, 이제 봄철이 찾아와 그들이 돌아다닐 야외가 눈앞에 활짝 펼쳐졌다.

그들은 이즈음 많은 날을 몹시 행복하게 지냈다. 날마다 제프는 멜런사가 진정으로 더 좋아지고 있음을 깨달았다. 이제 분명히 그의 마음속에 진실하고 심오한 감정이 생겨나고 있었다. 게다가 그는 여전히 멜런사에게 속내를 즐겨 털어놓았고, 또 그러는 게 얼마나 즐거운지와 늘 그녀와 어울리는 걸 얼마나 좋아하는지를 즐겨 말했으며, 또 늘 그녀에게 그런 온갖 사연을 얘기하고 싶어 했다. 어느 날, 이번에는 제프가, 다가오는 일요일에는 야외로 나가, 눈부신 들판에서 긴 하루 종일토록 단둘이서만 보내자고 제안했다. 그런데 그 바로 전날, 제프가 제인 하든의 왕진 요청을 받았다.

제인 하든은 거의 하루 내내 몹시 앓았고 제프 캠벨은 그녀의 회복을 위해 최선을 다했다. 얼마 후 조금 편안해진 제인이 제프에게 멜런사에 대해 떠들기 시작했다. 제인은 요즘 제프가 얼마나 자주 멜런사를 만나는지 몰랐다. 이즈음 그녀는 전혀 멜런사를 보지 못했다. 제인은 멜런사를 처음 알게 된 시절에 대한 얘기를 꺼냈다. 제인은 그 무렵 멜런사의 공감 능력이 무척 빈약했다고 말하기 시작했다. 그때 멜런사는 어렸고 마음이 착했다. 제인 하든은 멜런사의 마음이 전혀 착하지 않았다고 말하려는 의도는 전혀 없었지만, 그러나 그 당시 멜런사는 확실히 이해심이 부족했다. 제인은 제프 캠벨에게 제인 자신이 사사건건 어떻게 멜런사를 가르쳤는지 설명하기 시작했다. 이어서 제인은 멜런사가 온갖 것을 배우면서 항상 얼마나 열심이었는지 설명하기 시작했다. 제인 하든은 둘이서 어떻게 돌아다녔는지 얘기하기 시작했다. 제인은 어떻게 멜런사가 한때 자기 제인 하든을 사랑했는지에 대해 얘기하기 시작했다. 제인은 멜런사가 자기와 어울리면서 보여준 온갖 나쁜 버릇에 대해 제프에게 얘기하기 시작했다. 제인은 자기를 떠난 후에도 멜런사가 계속 일삼은 버릇에 대해 자기가 아는 걸 전부 말하기 시작했다. 제인은 여러 사내, 백인들과 흑인들에 대해 모두 언급하기 시작하면서, 지나가는 투로, 멜런사는 그런 관계에 전혀 까다롭지 않았다고 말했는데, 멜런사가 나쁜 사람이었기 때문이 아니라, 사실 마음은 착했고, 제인 하든도 결코 멜런사의 마음이 착하지 않았다고 말하려는 건 아니며, 다만 멜런사는 제인이 가르쳐준, 사람을 이해하는 방법을 늘 모두 활용하여, 자기를 길들이려는 사내들의 모든 수작을 항상 알고 싶어 했다고 말했다.

   제인은 제프 캠벨이 훨씬 분명하게 알게끔 몰아가고 있었다. 제인 하든은 이 모든 수다로 자기가 진짜 하고 있는 짓이 뭔지 몰랐다. 제인은 제프가 뭘 느끼고 있는지 몰랐다. 제인은 말을 할 때면 늘 숨김이 없었는데, 지금 어쩌다 보니 멜런사 허버트와 어울렸던 자기 과거에 대해 떠벌리게 된 것이었다. 제프는 제인이 말하는 내용이 틀림없는 사실임을 잘 알았다. 제프 캠벨은 이제 무척 선명하게 이해할 수 있었다. 속이 몹시 메스꺼워지기 시작했다. 이제 그는 아직까지 멜런사가 가르쳐주지 않았던 많은 걸 알게 되었다. 금방이라도 토할 것 같고 가슴이 몹시 답답했으며, 분명하게 멜런사가 몹시 추해 보였다. 마침내 제프는 심오한 감정을 품는다는 의미가 이해되기 시작했다. 그는 제인 하든을 좀더 돌봐주고 다른 환자들에게 들렀다가 집에 돌아와 자기 방에 앉고 나서야 마침내 하던 생각을 멈추었다. 금방 토할 것 같고 가슴이 엄청 답답했다. 몹시 피곤하고 온 세상이 무척 황량해 보였으며, 이제 비로소 자기가 진정으로 각성하고 있음을 확실하게 깨달았다. 그는 그 사실이 자기에게 상처를 입히는 방식을 보고 분명히 알았다. 그는 이제 비로소 자기가 정말로 이해하기 시작했음을 확실하게 깨달았다. 그다음 날은 봄날의 들판에서 멜런사와 단둘이 돌아다니면서 행복하고 긴 하루를 보내기로 그 자신이 제안한 날이었다. 그는 그녀에게 갈 수 없다는 쪽지를 써 보내면서, 아픈 환자가 생겼고 그 환자를 집에서 살펴야 한다는 핑계를 댔다. 그 후 사흘 동안 그는 멜런사에게 연락하지 않았다. 이 사흘 내내 그는 속이 무척 메스껍고, 가슴이 몹시 답답했으며, 심오한 감정을 느낀다는 의미를 이제 비로소 배웠다고 확실하게 깨달았다.

마침내 어느 날 그에게 멜런사의 편지가 도착했다. "제프 캠벨, 지금 네가 내게 하고 있는 짓을 난 도저히 이해할 수 없어." 멜런사 허버트가 써 내려갔다. "지난 며칠간 네가 무슨 이유로 내 근처에 얼씬도 하지 않은 건지 도저히 이해할 수 없지만 제프 캠벨, 내가 분명히 짐작하기에, 그건 착해지고 싶은 너의 또 다른 괴상한 태도이고, 또 갑작스럽게 자책하는 태도야. 제프 캠벨, 나는 네게, 네가 착해지고 싶어 취하는 태도가 아주 근사하다는 말은 분명히 안 해. 미안해 캠벨 선생, 분명히 유감이지만 네가 지금 저지르는 그런 행동을 난 더 이상 못 참아. 이제까지 너는, 마치 내가 누구와도 잘 어울릴 만큼 늘 착한 사람이라고 믿었던 듯이 행동하다가, 그런 다음엔 마치 내가 나쁜 사람이어서 네가 항상 나를 멸시만 하는 것처럼 행동하는데, 나는 그런 태도를 더는 도저히 못 참아. 무척 유감이지만, 캠벨 선생, 난 그런 태도는 더는 참을 수 없어. 계속되는 네 변덕을 이제는 도저히 견딜 수 없어. 캠벨 선생, 이런 말까지 해서 미안하지만, 넌 간절하게 너와 항상 어울리고 싶어 하는 사람을 누릴 만한 가치가 없는 남자야. 정말 굉장히 유감인데, 캠벨 선생, 나는 더 이상 네 꼴을 직접 보고 싶지 않아. 잘 가 캠벨 선생, 늘 진정으로 행복하면 좋겠어."

제프 캠벨은 편지를 다 읽고 난 다음, 아무 말 없이 꽤 오래 방 안에 앉아 있었다. 미동도 하지 않았지만 처음으로 분노가 극에 달했다. 그녀는 자기를 역시, 마치 예민하게 고통받는다는 게 뭔지 전혀 모르는 사람같이 대했다. 마치 멜런사가 진정으로 원하는 게 뭔지 전혀 몰랐을 때의 자기가 그녀와 함께 지낼 만큼 강인하지 못했던 것처럼 대했다. 그는 이 분노가 아주 정당하고 자기가 정말로 겁쟁이로 지내지는 않았음을 깨달았다. 멜런사의 허다한 과거 행실을 알게 된 이상 그가 그녀를 용서하기는 매우 힘들었다. 그는 자기가 친절하려고, 그녀를 신뢰하려고, 충실하려고 최선을 다해왔음을 확실하게 자각하고, 그런데 지금은…… 그러다가 제프는 갑작스레, 어느 날 밤 멜런사가 고통 속에서도 무척 강인했던 사실이 기억나고, 그녀의 다정한 속마음이 자기에게 돌아오고 있음을 느꼈으며, 그러자 제프는 사실상 늘 그녀를 용서했고 실제 자기의 진심은 그녀의 마음에 계속 상처를 준 것을 너무 미안해하고 있음을 깨달았고, 그래서 곧장 달려가 그녀를 위로해주고 싶었다. 제프는 제인 하든이 말해준 멜런사와 그녀의 나쁜 행실에 대한 얘기가 실화實話임을 의심하지 않았지만, 그럼에도 불구하고 그는 간절하게 멜런사 곁에 가고 싶었다. 아마 그녀는 그 실화를 그가 진정으로 더 제대로 이해하도록 가르쳐줄 것이다. 아마도 그녀는 그 모든 게 어떻게 사실일 수 있는지, 그러면서도 그가 어떻게 올바르게 그녀의 인격을 믿고 그녀를 신뢰할 수 있는지 가르쳐줄 것이다.

제프는 자리에 앉아 답장을 쓰기 시작했다. "사랑하는 멜런사." 제프가 써 내려갔다. "네가 방금 보내온 편지를 막 읽고 있는데, 확실히 온갖 사정을 네가 제대로 이해하지 못한 거 같아. 진정으로 흔들림 없이 언제나 널 믿고 신뢰하기 위해서는 나 나름으로 겪어야 하는 고통이 있는데 분명히 너는 그런 내 어려움에 대해 별로 공정하지도 않고 별 이해심도 없는 것 같아. 나처럼 늘 생각에 빠져 있는 남자는 네가 몹시 나쁜 짓을 무척 흔하게 저지른다고 생각하지 않기가 참으로 어렵거든, 그런데 그런 어려운 사정을 네가 늘 제대로 공정하게 헤아린다는 생각이 나로선 전혀 들지 않아. 네 편지를 받았을 때 엄청 화가 났는데, 멜런사, 나는 분명히 그런 내가 옳지 않다고 생각하지는 않아. 멜런사, 내가 너와 함께 있는 동안은 겁쟁이인 적이 전혀 없었다는 걸 나도 잘 알아. 내게는 참으로 어렵고, 또 그 사실을 다르게 말한 적도 없지만, 나는 공감 능력을 배우기가 매우 힘들고, 또 네가 진정으로 뭘 원하는지와 네가 늘 말하는 바가 무슨 뜻인지를 이해하기가 매우 힘들어. 어떤 길이든 언제나 앞장서서 가는 너를 내가 재빨리 따라가지 못하고 그래서 네가 기다려야 하는 게 별로 힘든 일이 아니라는 말은 내가 함부로 안 해. 너도 잘 알잖아, 멜런사, 네 마음을 아프게 할 수밖에 없을 때 나도 몹시 심하게 마음속 깊이 상처를 입지만, 너와의 관계에서는 내가 항상 진정으로 솔직해야 해. 너와의 관계에서 내게 다른 길은 없고, 그리고 네가 바라는 만큼 내가 신속하게 널 따라가지 못할 때, 나 역시 엄청난 상처를 입게 된다는 걸 스스로 잘 알고 있어. 난 네게 겁쟁이가 되고 싶지 않고, 멜런사, 내 뜻이 아닌 말을 네게 하고 싶지도 않아. 그리고 만일 네가 내가 솔직하게 행동하길 바라지 않는다면, 멜런사, 내가 네게 함부로 말하지 않을 이유도 없어, 또 나를 다시는 보고 싶지 않다고 말할 때 네가 옳기는 하지만, 내가 너와의 관계에서 늘 느꼈던 감정을 네가 정말 조금이라도 이해한다면, 또 내가 너를 제대로 생각하고 느끼기 위해 얼마나 열심히 노력하고 있는가를 네가 조금이라도 제대로 이해한다면, 멜런사, 나는 아주 기꺼이 달려가 너를 만나고, 우리 관계를 다시 시작하고 싶어. 너를 못 본 이번 주 내내 내 상태가 얼마나 엉망이었는지 지금은 아무 말도 안 할게, 멜런사. 그런 건 떠들어봐야 전혀 도움이 되지 않아. 나는 오로지 멜런사 네게 최선을 다하는 것만 아니까, 진정으로 공감하라고 네가 가르쳐준 대로 내가 가는 게 옳다고 생각하는 즉시 그저 솔직하게 가는 것 말고 달리 행동할 수 있는 것처럼 말하진 않아, 절대로. 그러니 멜런사, 더는 내가 항상 오락가락해서 어리석다고 탓하지 마. 나는 절대로 변하지 않고, 또 내가 생각하기에 옳고 정직한 행동을 해야 하는데, 나는 네게 다르게 말한 적이 없고, 너도 내가 늘 꼭 그렇게 할 거라고 항상 충분히 이해하고 있었어. 너만 좋다면 내일 널 만나러 가서 함께 외출하고 싶어, 난 무척 그러고 싶어, 멜런사. 널 위해 내가 어떻게 하길 바라는지 곧바로 알려줘, 멜런사.

 진심으로 사랑하며,

 제퍼슨 캠벨"

"제발 내게로 와, 제프." 멜런사가 답장을 보냈다. 제프는, 아직도 그녀에게 가고 있다는 사실을 즐기려고, 천천히 시간을 끌면서 멜런사에게 갔다. 멜런사는 밖에서 그가 나타나기를 기다리다가 그를 발견하자마자 급하게 서둘러 달려갔다. 둘은 나란히 집 안으로 들어갔다. 두 사람은 다시 만나게 되어 몹시 기뻤다. 그들은 서로 무척 다정했다.

"나는 이번에는 정말 멜런사, 내가 널 다시 만나러 오는 걸 네가 절대 바라지 않는다고 거의 확신했어." 제프 캠벨이 말했는데, 이미 두 사람은 서로 수다를 떨기 시작한 상태였다. "나는 네가 하도 단호해서 멜런사, 어쩌면 이번엔 진짜로 우리 관계가 영원히 끝나겠다고 생각했고, 그래서 난 아주 미칠 지경에다가 너무 안타까웠어, 멜런사."

"그래 넌 정말 내게 엄청 못되게 굴었어, 제프 캠벨." 멜런사가 사랑스럽게 말했다.

"네가 언제나 옳은 건 아니라는 말, 정말 다신 안 할게, 멜런사." 제프가 대꾸했는데 막 명랑한 웃음이 터지기 일보 직전이었다. "내가 그 사실을 알더라도, 확실히 그 말은 절대로 다시 안 해, 멜런사, 하지만 그래도 정말 멜런사, 내 솔직한 생각인데, 아마 네게 꼭 필요한 정도 이상으로 내가 정말 못되게 굴진 않았을 거야."

제프가 멜런사를 가슴에 안고 키스했다. 그러더니 한숨을 내쉬고 말없이 침묵했다. "자, 멜런사." 마침내 그가 더 환한 웃음을 지으며 입을 열었다. "자 멜런사, 우리가 정말로 선량한 친구 사이라면, 어쨌든 너는 그렇지 않다고 함부로 말할 수 없고, 절대로 부정할 수가 없는데, 우리가 친해지려고 아주 열심히 노력한 건 분명하니까, 우리가 정말 그런 사이가 될 수 있다면, 그때는 우리가 틀림없이 그 관계를 즐길 자격이 있어." "우린 정말 무척 열심히 노력했으니까, 제프, 나는 네가 그런 식으로 말해도 괜찮지 않다고는 못 하겠어." 멜런사가 말했다. "내가 네 말을 부정할 수 없는 게 확실해, 제프, 네가 계속 날 괴롭혀서 내가 녹초가 된 상태니까, 넌 나쁜 놈이야, 제프." 그 말을 하고 멜런사는 미소를 짓더니 한숨을 내쉬고 더는 아무 말도 하지 않았다.

마침내 제프가 일어서야 했다. 서로 작별 인사를 한답시고 그들은 계단 위에서 오래 머뭇거렸다. 마침내 제프가 용기를 내어 작별 인사를 했다. 마침내 그가 단호하게 계단을 내려가 그녀에게서 멀어졌다.

그들은 다음 일요일에, 지난번 제인 하든의 수다 때문에 무산된 길고 행복한 만유漫遊의 하루를 보내기로 계획했다. 아직까지 멜런사 허버트는 제인 하든의 수다에 대해 모르고 있었다.

이제 제프는 날마다 멜런사를 만났다. 늘 제프는 속으로 조금 불안했는데, 아직 멜런사에게 자기를 정말로 그녀와 헤어지고 싶을 지경으로 만들었던 이유에 대해 아무 말도 하지 않아서였다. 제프는 자기 입장에서 그녀에게 말하지 않는 건 떳떳하지 못하다고 생각했다. 그녀에게 솔직하게 털어놓아야 비로소 그들 사이에 진정한 평화가 가능할 것이라고 생각했다. 제프는, 긴 시간을 같이 지낼 이번 일요일, 그녀에게 진정으로 고백하겠다고 다짐했다.

그날 하루 내내 그들은 함께 돌아다니며 무척 행복했다. 함께 먹을 음식도 미리 준비해 갔다. 눈부신 벌판에 앉아 있어도 행복했고, 숲속으로 돌아다녀도 행복했다. 제프는 이런 식으로 돌아다니는 걸 항상 좋아했다. 자라나는 모든 생명체를 관찰하는 게 늘 즐거웠고, 숲속과 대지 위에서 반짝이는 다채로운 빛깔들과, 그가 그 위에 눕기를 좋아하는 촉촉한 땅과 풀 속에 숨어 있는 화려한 색깔의 작고 새로운 벌레들, 그가 항상 바쁘게 찾아다니는 그 벌레들이 사랑스러웠다. 제프는 움직이는 것, 정지해 있는 것, 빛깔과 아름다움과 실체를 가진 그 모두를 사랑했다.

제프는 둘이 함께 돌아다니는 이날을 몹시 좋아했다. 자기 내면에 아직 고민이 있다는 사실은 거의 잊었다. 그는 멜런사 허버트와 동행하는 지금이 몹시 즐거웠다. 그녀는, 그가 발견하고 말해주는 모든 것을 경청하는 태도로, 이 모든 생명에서 그가 누리는 기쁨을 공유하는 몸짓으로, 자기는 그 생명들이 누리는 방식과 다른 방식을 원한다는 사실을 전혀 발설하지 않는 침묵으로, 그에게 계속 대단한 공감을 표했다. 둘이서 최초로 긴 시간 정말로 함께 돌아다닌 이날은 분명히 활기차고 행복한 하루였다.

돌아다니다 보니 그들에게도 피로가 찾아왔다. 멜런사가 땅바닥에 앉았고, 제프는 그녀 옆에 몸을 길게 뻗고 누웠다. 아주 조용히 누워 있던 제프가 그녀의 손을 꼭 잡고 키스하더니 중얼거렸다. "넌 정말 내게 엄청나게 착해, 멜런사." 멜런사는 그 말에 감동했지만 대꾸하지는 않았다. 제프는 시선을 위로 향한 채 한참을 누워 있었다. 머리 위에 보이는 작은 나뭇잎의 숫자를 하나둘 세어보았다. 하늘에 떠다니는 작은 구름을 눈으로 따라가 보았다. 그는 하늘 위로 높이 날아가는 온갖 새들도 지켜보았는데, 그러면서 줄곧 제프는 자기가 지금 알고 있는 것, 제인 하든이 바로 일주일 전에 말했던 내용을 멜런사에게 말해야 한다고 줄곧 생각하고 있었다. 자기가 떳떳하기 위해서는 말해야 한다고 뚜렷하게 의식했다. 어려운 일이지만, 제프 캠벨이 그 생각에서 탈출하는 유일한 길은 그것을 말하는 것이고, 멜런사를 진정으로 이해하는 유일한 방법은 자기가 그녀를 알고자 동원했던 모든 몸부림을 그녀에게 털어놓는 것으로, 그래야 그가 자신의 고민을 더 잘 이해하도록 그녀가 도울 수 있고, 그가 어쨌든 다시는 그녀를 의심하지 못하도록 도울 수 있을 것이다.

제프는 한참을 누워 있으면서 아무 말 없이 시선을 계속 위로 고정했지만, 그러면서도 지금 멜런사를 바로 가까이에서 느끼고 있었다. 마침내 그가 그녀 쪽으로 약간 몸을 틀고, 그녀의 손을 자기 손 가까이로 당겨 한층 더 강력한 친밀감을 느끼면서, 아주 천천히, 입을 떼기가 여간 힘든 게 아니었으므로, 천천히 그녀에게 자기 얘기를 시작했다.

"멜런사." 느릿느릿 제프가 입을 열었다. "멜런사, 내가 지난주 사라져서 널 다시 만날 기회를 거의 잃을 뻔했던 이유를 네게 말하지 않는 건 떳떳하지 않은 일이야. 실은 제인 하든이 아파서 그녀를 보살피러 왕진을 갔어. 그녀가 너에 대해 자기가 알고 있는 모든 걸 말하기 시작했어. 그녀는 요즘 내가 너와 얼마나 가까운지 모르더군. 그녀의 말을 끊진 않았어. 그녀가 너에 대해 모두 얘기하는 동안 나는 듣기만 했지. 물론 나는 그녀가 얘기하는 걸 듣기가 몹시 거북했어. 나는 그녀가 너의 매사에 대해 사실대로 말하고 있다고 이해했어. 나는 네 생활 태도가 자유분방했었다는 걸 알았고, 너는 내가 늘 꼴 보기 싫어하는 유색인들이 흥분하는 방식, 그 방식으로 즐겨 흥분했다는 것도 알았어. 제인 하든의 말을 듣기 전에는 네 행실이 그렇게까지 나빴던 걸 내가 몰랐어, 멜런사. 제인 하든이 말하는 동안, 나는 심하게 메스꺼웠어, 멜런사. 아마 나 역시도 멜런사 너에게는 그들과 흡사한 사람에 불과했을 거라고 생각하면 거의 참을 수가 없었어. 널 신뢰하지 않은 내가 아마 잘못일 수도 있었지만, 멜런사, 그 생각만 하면 세상이 몹시 추해 보였어. 나는 멜런사, 네가 진정으로 내게 원한다고 말하는 그대로, 너한테 솔직해지려고 애쓰고 있어."

멜런사가 제프 캠벨에게 맡겼던 손을 뺐다. 그냥 앉아 있었지만, 그녀는 극도로 경멸하며 분노했다.

"줄곧 네가 오로지 자기 생각만 하기 때문에, 제프 캠벨, 넌 조심하지 않고 꼭 할 필요도 없는 이런 얘기를 내게 떠드는 거야, 제프 캠벨."

제프는 잠시 침묵하면서 곧바로 대답하지 않고 기다렸다. 멜런사의 말에 대해서는 그도 대꾸할 말이 있었으므로, 그녀가 한 말의 위세에 눌려 멈칫한 건 아니었다. 그가 멈칫한 건 멜런사를 가득 채운 심상치 않은 분위기 때문이었는데, 그에 대해서는 대비책이 없었다. 마침내 그는 두려움을 깨고, 논쟁하겠다는 결의를 서서히 가다듬으면서, 자기 나름의 반격에 들어갔다.

"나는 멜런사." 그가 입을 열었다. "제인 하든의 수다를 중단시키고 네게 와서, 내가 널 전혀 몰랐을 때의 네가 어떤 사람이었는지 직접 말하도록 하는 게, 더 적절한 행동은 아니었을 거라고 말하는 게 결코 아냐. 나는 그게 내가 할 수 있는 올바른 방법이 아니었을 거라고 말하지 않아, 절대로 네게 그렇게 말하지 않아, 멜런사. 하지만 내가 추호의 의심도 없이 틀림없이 확신하는데, 나는 네가 어떤 사람이었으며 또 지혜를 터득하려는 목적에서 네 지식을 활용한 그 온갖 방식과 시도에 대해 충분히 알고 지낼 자격이 있었어. 내겐 그와 같은 너의 사정을 알고 지낼 자격이 분명히 있었어, 멜런사. 나는 결코 그렇게 말하진 않잖아 멜런사, 내가 꽤 자주 언급하잖아, 내가 제인 하든의 수다를 중간에 끊고 너한테 와서 그 모든 걸 내게 직접 설명하라고 요구할 수는 없었다고 결코 그렇게 말하진 않지만, 네게 직접 말하도록 하면 내가 더 큰 상처를 받을지 몰라 그걸 피하고 싶었던 것 같아. 어쩌면 네가 직접 내게 말할 수밖에 없게 만들어 네가 훨씬 더 큰 상처를 받지 않도록 내가 널 보호하고 싶었기 때문일 수도 있어. 난 모르겠어, 네가 극도의 상처를 받지 않게 도우려 했던 건지 아니면 나 자신을 보호할 생각이었는지 말하지 못하겠어. 아마 내가 겁쟁이라서, 네가 직접 설명하도록 곧장 네게 오는 대신에 제인 하든이 떠들게 놔둔 건지 모르지만, 그러나 분명히 확신하는데 멜런사, 내겐 너에 대해 그런 사정을 알 권리가 분명히 있었어. 나는 결코, 절대로, 너에 대해 그런 사정을 알고 지낼 정당한 권리가 없었다고 말하는 게 아니야." 멜런사가 귀에 거슬리는 소리를 내며 웃었다. "넌 내게 요구해야 할지 말지에 대해 전혀 걱정할 필요가 없었어, 제프 캠벨, 넌 요구해도 됐어, 아무런 상처도 주지 않았을 테니까, 나는 틀림없이 아무 말도 하지 않았을 거야."
"난 그렇게까지 단정하진 않아, 멜런사." 제프 캠벨이 말했다. "난 네가 말했을 거라고 확신해. 네가 내게 말하는 게 옳다고 느끼게끔 내가 틀림없이 그렇게 만들 수 있었을 거야. 확실히 내 모든 불찰은 제인 하든이 내게 지껄이도록 놔둔 거야. 그녀가 말한 걸 내가 습득하면서 내가 잘못한 건 전혀 없다는 점은 틀림없다고 생각해. 나는 분명하게 확신하는데, 멜런사, 만일 내가 여기 네게로 왔었더라면, 넌 그 모든 사정을 내게 털어놓았을 거야, 멜런사."

그는 입을 다물었고, 이 전투는 그들 사이에 강고하게 자리

잡았다. 항상 그들 사이에서 틀림없이 지속될 전투였다. 그들의 머리와 가슴이 항상 다른 작동 방식으로 움직이듯이, 그들 사이에서 늘 지속될 것이 틀림없는 전투였다.

마침내 멜런사가 그의 손을 잡고, 그에게 몸을 기울여 키스를 했다. "난 네가 정말 너무 좋아, 제프 캠벨." 멜런사가 속삭였다.

그 후 잠시 동안 제프 캠벨과 멜런사 허버트 사이에는 아무런 말썽거리도 없었다. 그들은 이제 줄곧 붙어서 긴 시간을 보냈고, 매우 빈번하게 그랬다. 이제 그들은, 두 사람이 똑같이, 언제나 붙어 있으면서 엄청난 환희를 느꼈다.

지금은 여름이어서, 그들이 돌아다니는 길에는 뜨거운 햇살이 깔렸다. 지금은 여름이고, 여름철에는 유색인들이 별로 병에 걸리지 않으므로, 제프 캠벨은 돌아다닐 시간이 더욱 넉넉했다. 지금은 여름이어서, 어디를 가도 매력적으로 한적했으며, 주위에서 들려오는 온갖 소음 역시 사랑스러워서, 이 뜨거운 계절에도 붙어 있기를 엄청 좋아하는 그들에게 환희를 더해주었다.

요즘 들어 제프 캠벨과 멜런사 허버트가 서로 조금씩 나누는 잡담은 갈수록 점점 더 실제 연인들이 늘 나누는 정담을 닮아갔다. 이제 제프는 과거에 자기가 늘 생각하던 사안에 대해선 별로 얘기하지 않았다. 가끔 제프는 자기가 멜런사와 사귄다는 사실을 방금 자각한 것 같았고, 그런 다음엔 그녀와 정말 오랫동안 사귀어왔고, 어떤 생각도 하고 있을 필요가 정말 전혀 없었다는 사실을 깨닫곤 했다.

기쁨에 들떠 멜런사와 붙어 돌아다닌 이 무더운 시기에, 제프는 때때로 순수한 즐거움을 느끼며 그녀와 정담을 나누곤 했다. 때때로 제프는 강렬한 감정에 빠져들기도 했다. 지금 그는 무척 자주 과거 자기가 어떻게 또는 무엇을 생각하고 있었는지 모른다는 기분이 들곤 했는데, 그럴 때마다 그의 감정에는 더 큰 환희가 차올랐다. 항상 멜런사는 그가 그렇게 느끼도록 이끄는 것을 몹시 좋아했다. 지금 그녀는 수시로 그를 약간 조롱하기도 하고, 또 늘 생각에 빠져 있던 그의 마음속 과거로 잠시 되돌아가기도 하고, 또 그녀를 대하는 그의 감정이 지금은 늘 엄청나게 친절한 것을 짓궂게 비꼬기도 했으며, 그런 다음에는, 그가 늘 진정한 소유를 확신하고 싶어 하는 그 사랑, 그 간절함을 그녀가 지금 선명하게 이해한 그 사랑을, 그녀 특유의 순수하고 강렬하게 다가가는 방식으로, 정말 완전하게 아낌없이 그에게 주곤 했다.

  그러면 제프는 곧장 그 사랑을 붙잡고, 그 사랑을 즐기고, 이 모든 생명에 가슴 벅찬 환희를 느끼면서, 사랑의 감정이 내면에서 가득 부풀어 올랐으며, 그는 그 사랑을 모두 다시 자유롭게, 다정하고 친절하게, 기쁘게, 자상한 오빠가 동생을 귀여워하듯, 그녀에게 쏟아부었다. 그의 사랑에 호응하여 멜런사도 이제 애인 제프 캠벨을 아낌없이 사랑했는데, 그는 과거 그녀가 알던 온갖 사내들이 으레 그녀에게 저지르던 추잡한 짓거리를 일절 하지 않았다. 게다가 그들 두 사람은, 지금 이 뜨겁고 해가 긴 여름날 알게 된 이 새로운 감정에 더욱 깊은 애착을 느꼈다. 이제 한시도 떨어지지 않는, 점점 더 서로의 소중함을 알아가는 바로 이 두 사람은, 그들이 돌아다니는 여름날의 저녁에서, 인파 가득한 거리의 소음, 오르간이 연주하는 음악, 사람들의 춤, 사람과 개와 말이 풍기는 후덥지근한 냄새, 그리고 강렬하고 달콤하고 신랄하고 더럽고 축축하고 뜨거운 여름철 남부 흑인 사회의 온갖 환희를 새롭게 깨달았다.

이제 날마다 제프는, 더욱 가까워지고, 진정한 사랑을 하는 것 같았다. 이제 날마다 멜런사는, 더욱 아낌없이 온전한 사랑을 그에게 퍼부었다. 이제 날마다 두 사람은 이 강력하고 올바른 감정을 점점 더 공유하는 것 같았다. 이제 점점 더 날마다 둘은, 서로 상대방이 늘 느끼고 있는 바가 뭔지 더 실제로 이해하는 것 같았다. 점점 더 이제 날마다 제프는, 사람에 대한 신뢰가 더 깊어진 자신을 발견했다. 점점 더 날마다 이제, 그는 자기가 늘 하는 행동에 대해 구체적인 단어로 생각하지 않았다. 날마다 이제 점점 더 멜런사는 자기의 진심 어린 강렬한 감정을 제프에게 숨김없이 드러내곤 하였다.

어느 날 그들 사이에, 새로운 감정으로도 미처 알지 못했던, 엄청난 환희가 밀려들었다. 그날은 하루 내내 무더위 속에서 돌아다니느라 정신이 없었다. 이제 그들은 초록의 눈부신 광택이 어른거리는 그늘에 드러누워 휴식하는 참이었다.

방금 그들에게 실제 일어난 일은 무엇이었던가? 그들에게 매사가 아주 추해지게 만든, 멜런사가 한 행동은 뭐였던가? 그때 멜런사가 느낀 게 뭐였기에 제프는, 제인 하든이 멜런사가 대단한 이해심을 배우게 된 자초지종을 말해주던 당시 마음속에 일었던 온갖 감정을 새삼 상기하게 되었던가? 제프는 그 일이 일어난 경위를 이해하지 못했다. 주위는 모두 초록이고, 훈훈하고, 몹시 사랑스러웠는데, 지금 어쨌든 멜런사 때문에 그 모든 사물이 몹시 추해졌다. 멜런사가 방금 자기와 나누던 행동은 뭐였던가? 자기가 평소에 생각하고 있는, 자신과 모든 유색인이 항상 바로잡으려고 노력할 올바른 태도, 그들이 늘 살아가야 할 태도는 뭐였던가? 왜 방금 멜런사 허버트는 자기에게 무척 추해 보였는가?

어쨌든 바로 그때 멜런사 허버트는, 그녀가 뭘 정말 더 바라는지를 그가 철저히 깨닫도록 만들었다. 지금 제프 캠벨은 마음속으로, 누구든지 진정한 공감을 위해 항상 자기에게 뭘 원해왔는지 깨달았다. 제프의 내면에서 심한 혐오감이 소용돌이쳤는데, 그 대상은 자기를 대하는 멜런사 그녀는 아니고, 마음속에 있는 자기 자신도 정말 아니고, 누구든지 그들이 마음속에서 원하는 무언가도 아니었으며, 그가 그저 역겨움에 빠진 것은, 자기가 진정 올바르게 이해하기 위해 뭘 원하는지를 마음속에서 도저히 알 수가 없기 때문이고, 또 자기가 과거에 신뢰했던 원칙, 자기가 과거에 자신과 모든 유색인을 위해 신뢰했던 그 원칙, 다시 말해 단지 신나는 기분에 늘 빠져 있겠다고 계속 새로운 자극이 나타나기를 절대 바라지 않으며 규칙적으로 살아가는 삶에서, 자기에게 진정 올바른 일상적 행동이 무엇인지를 도저히 알 수 없기 때문이었다. 지난날의 온갖 상념이 지금 그의 내면에서 아주 힘차게 솟아올랐다. 그 순간 그는 몸을 조금 돌리면서 멜런사를 밀쳐냈다.

제프는 전혀, 지금까지도, 자기를 움직이게 한 게 뭔지 몰랐다. 그는 전혀, 지금까지도, 멜런사가 어떤 사람인지, 언제의 그녀가 진정한 그녀이고 정직한지, 정말로 안다는 확신이 없었다. 알고 있다고 생각했지만, 그러면 꼭 이번처럼 그녀가 실질적으로 그의 마음을 단단하게 각성시키는 그런 순간이 찾아왔다. 그때 그는 정말 아무것도 알 수 없음을 깨달았다. 그는 그때, 그녀가 자기에게서 뭘 진정 원하는지 전혀 알 수 없음을 자각했다. 그는 그때 자기가 마음속에서 뭘 느끼는지 정말 전혀 알 수 없음을 깨달았다. 모든 게 그의 내면에서 뒤죽박죽이었다. 그가 유일하게 확인한 것은, 멜런사가 곁에 계속 있기를 몹시 간절하게 바라면서, 또 동시에 몹시 간절하게 그녀를 항상 밀쳐내고픈 모순이었다. 멜런사는 자기와 어울리면서 정말 뭘 원했을까? 자기, 제프 캠벨은 그녀에게서 뭘 정말로 얻고 싶었을까? '지금 나는 확신했어.' 제프 캠벨이 마음속으로 번민했다. '나는 내가 뭘 원하는지 진짜 분명히 알고 있었다고 확신했어. 내가 어떻게 멜런사를 믿고 의지하게 되었는지 알고 있었다고 틀림없이 확신했어. 이렇게 긴 시간을 그녀와 지내고 나서야, 그것이 나 자신을 믿고 의지하는 것과 정말 비슷했다고 확신했어. 그리고 지금 나는 내가 그녀의 실체에 대해선 아는 게 없다고 확신해. 아 하느님 저를 도와주고 또 지켜주세요!' 제프는 마음속으로 몹시 고통스러워하며, 몸을 받친 초록 잔디밭에 깊이 얼굴을 묻었고, 그의 곁에 누운 멜런사 허버트는 말없이 매우 조용했다.

그 순간 제프가 몸을 돌려 그녀를 힐끗 쳐다보았다. 그녀는 곁에서 미동도 하지 않고 누워 있는데, 얼굴을 적신 비통한 눈물이 처연했다. 그 모습을 보자 제프는, 멜런사에게 깊은 상처를 줄 때마다 늘 그랬듯이, 몹시 미안한 마음이 온몸을 감쌌다. "자기야, 내가 생각과는 달리 또다시 네게 못되게 굴고 말았어, 멜런사." 그는 그녀에게 몹시 부드러웠다. "사랑하는 멜런사, 정말 널 불쾌하게 만들 생각은 조금도 없었어. 멜런사 자기야, 네게 상처 주고 싶다는 생각 같은 건 전혀 없는데 왜 때때로 네게 그런 행동을 하게 되는지 난 정말 모르겠어. 분명히 난 그처럼 못되게 굴 생각이 없는데, 멜런사, 다만 네게 무슨 행동을 하고 있는 건지 채 깨닫기도 전에 너무 빨리 행동이 나와버려. 자기야 너무 못되게 굴어 정말 면목이 없고 미안해, 멜런사." "내 생각에는, 제프." 멜런사가 목소리를 아주 낮게 깔며 신랄하게 말했다. "내 생각에는 제프 넌, 우리 둘이 함께 사귀는 걸 누군가가 부끄러워했어야 한다고 늘 생각하고 있어, 또 너는 내가 늘 그런 느낌을 받아도 어쨌든 별문제는 없다고 생각하는 게 틀림없어, 제프, 그래서 어쨌든 넌 전혀 조심하지 않고, 그저 내게 그런 짓을 그렇게 자주 반복하는 거야. 네가 줄곧 나를 대하는 태도를 내가 제대로 이해하고 있다면, 제프 캠벨, 분명히 그게 너의 일관된 태도야. 지금 내가 너 제프 캠벨에게 언급하는 게 바로 그 태도야. 조금 전 내게 그렇게 형편없이 행동할 때, 어쨌든 넌 나에 대한 신뢰를 분명하게 포기했어, 아냐? 제프, 나는 지금 네게 이 문제를 정말 정당하게 거론하고 있어. 나는 지금, 제프 네가 정말 날 진짜로 전혀 몰랐다는 듯이 나에 대한 신뢰를 포기한 이유에 대해 내가 묻는 걸 대답하라고, 아주 정당하게 요구하는 거야. 방금 넌 분명히 날 전혀 신뢰하지 않았어, 제프, 듣고 있는 거야?" "응, 멜런사." 제프가 천천히 대답했다. 멜런사가 잠시 멈췄다. "확실히 이번에는 내가 널 절대 용서하지 못할 것 같아, 제프 캠벨." 그녀가 단호하게 말했다. 제프 역시 말을 멈추고 잠시 생각했다. "네가 이제 더는 용서하지 못할 것 같아서 몹시 두려워, 멜런사." 그가 슬프게 말했다.

그들은 오랫동안 그곳에 아무 말 없이 누워, 각자 자기의 고민에 대해 매우 진지하게 생각했다. 마침내 제프가 그녀와 사귀면서 늘 생각해온 바를 다시 말하기 시작했다. "내가 확신하는데, 멜런사, 너는 지금 틀림없이 내가 그저 지껄이는 말을 더 이상 듣고 싶지 않겠지만, 그런데 있잖아, 멜런사, 정말, 나는 항상 꼭 이런 식이었어. 알다시피, 멜런사, 나는 언제나 꼭 지금 이런 식이었어. 기억해봐, 멜런사, 널 사귄 지 얼마 되지 않았을 때, 내가 단지 두 종류의 생활 방식만 확신하게 된 사정을 네게 얘기했는데, 그 하나는 가족들 속에서 선량하게 살아가는 방식이고, 다른 방식은 짐승들처럼 항상 단지 자기들끼리 지내는 건데, 나는 어느 유색인을 위해서든 후자의 방식을 결코 좋아하지 않는다고 말했어. 알다시피, 멜런사, 지금 내가 이런 식이야. 지금 내겐, 일전에 내가 말한 것과 꼭 같이, 내게 꼭 새로운 신앙처럼, 네가 가르쳐준 새로운 감정이 생겼고, 그리고 난 아마 진정한 사랑이 어떤 건지 알게 됐어, 그건 모든 걸 공유하는 것과 같아, 새 것이든 아주 다른 작은 조각들이든 마치 예전에는 줄곧 나쁘게 생각했던 것들을 모두 아우르며 동시에 함께 가는 것과 같아, 하나의 훌륭하고 거대한 감정을 만들면서 말이야. 있잖아, 멜런사, 그건 분명히 네가 나로 하여금 계속 알아가게 만드는 것과 같고, 내가 일찍이 모든 종류의 사랑이 합쳐져 정말 진정으로 사랑스러운 하나의 길을 만든다는 걸 전혀 몰랐던 것과 같아. 지금 때때로 나는 네가 확실하게 가르쳐준 방식대로 그 사실을 정말 이해하는데, 멜런사, 그러면 나는 그때의 널 진정한 종교처럼 사모하고, 멜런사, 그런 다음엔 정말 갑자기, 내가 사모하는 너 멜런사에 대해 진짜 아는 게 전혀 없다는 생각이 들고, 그러면 갑자기, 내가 이 모든 걸 너무 사랑스럽게 생각하고, 지금은 나와 유색인이 규칙적으로 살면서 옳은 길이 뭔지에 대해 과거에 늘 하던 방식대로 더 이상 생각하지 않으니까, 아마 내가 지금 분명히 틀렸을지 모른다는 생각이 들고, 그러고 나면 내 생각에, 어쩌면 멜런사 너는 정말로 나쁜 사람이고, 그리고 내가 알고 나서는 그런 행동을 실제로 저지르진 않을 텐데, 어쩌면 내가 지나치게 항상 흥분하고 싶어 해서 확실히 그렇게 행동하고 있다는 생각이 들면서, 네게 계속 아주 못되게 굴게 되는데, 멜런사, 그러면 나는 내 태도가 항상 진정으로 정의롭길 바라고, 또 그래야 하기 때문에, 그런 상황을 나 스스로는 결코 견딜 수가 없어. 확실히 나는 몹시 간절하게 정의롭고 싶고, 멜런사, 내가 아는 유일한 길은 정말로 정의로운 멜런사인데, 나는 멜런사, 내가 늘 익숙하게 생각하던 예전 방식이 좋을지, 아니면 때로 네가 내게 진정한 종교처럼 만들어준 새로운 방식이 좋을지, 확실히 어느 쪽이 내가 줄곧 생각을 해나가기에 진정으로 올바른 방식인지 실제로 찾아낼 방법을 어떻든 모르겠고, 그러고 나면 난 어김없이 엄청 착해지면서 마음이 아픈데, 멜런사, 너를 대하는 태도가 나빠 상처를 주면서, 내가 항상 네게 너무 많은 고통을 주니까. 어떤 방법이 되었든, 날 위해 네가 모든 걸 솔직하게 도와줄 수 없을까, 멜런사, 그래서 내가 어떻게 행동해야 하는지 정확하게 실제로 알고 싶어. 알잖아, 멜런사, 만일 어떻게 행동하는 게 올바른 건지 내가 분명히 알 수만 있다면, 우리 관계에서 내가 항상 겁쟁이가 되고 싶진 않아. 난 틀림없이 정말 다짐하는데, 멜런사, 지금 그걸 분명하게 확신하기만 한다면, 그 방식대로 내가 행동할 거야, 멜런사. 어떻든 내가 진실을 찾도록 도와줄 순 없을까, 멜런사, 자기야. 난 항상 내가 어떻게 행동해야 하는지에 대한 해답을 엄청나게 갈구하고 있어."

"아냐, 제프, 사랑은 하지만, 분명히 나는 네가 늘 붙들고 사는 그런 종류의 고민에 대해 별 도움을 줄 수 없어. 지금 가능한 건, 제프, 네가 늘 착하다고 그저 계속 확실하게 믿어주고, 제프, 그리고 네가 내 마음에 심한 상처를 주는 건 분명하지만, 그래도 내가 널 계속 깊이 신뢰하는 일이겠지, 제프, 내게 항상 아주 못되게 행동하는 제프 네게서 짐작되는 나를 향한 신뢰보다는 분명히 더 깊은 신뢰 말이야."

"멜런사 자긴 정말 내게 너무나 잘해줘, 멜런사." 제프가 온화한 분위기의 긴 침묵 끝에 말했다. "정말로 넌 참 다정하게 날 환대하고 있어, 예쁜 멜런사, 나는 네게 언제나 아주 못되게 행동하는 놈인데 말이야. 멜런사, 넌 나를 잘, 올바르게 사랑해 줄 테지, 멜런사, 언제까지나?" "언제나 언제까지나, 넌 지금 나를 분명하게 소유했잖아. 아 너 제프, 넌 항상 멍청하기 짝이 없어." "네가 그렇게 말해도, 멜런사, 분명히 지금 난 네가 틀렸다고는 말하지 못하겠어, 멜런사." 제프가 대꾸했다. "아 제프 자기야, 난 언제나 널 사랑하고, 지금 너도 그 사실을 제대로, 확실하게 알고 있어. 만일 네가 그 사실을 지금 이 순간 제프, 정말로 모른다면, 내가 지금 너한테 증명할게, 영원히 또 언제나." 그런 다음 그들은 그곳에 누워 오랜 시간 사랑을 나누었고, 제프는 다시 행복하고 자유로운 즐거움을 만끽하게 되었다.

"네가 가르쳐주는 올바른 태도를 줄곧 익히고 있으니 나는 착한 청년임이 틀림없어, 내 사랑 멜런사." 제프 캠벨이 웃으며 말했다. "멜런사 지금은 네가 절대로, 날 가르치기 좋은 제자가 아니라고 말하지 못해. 난 날마다 네게 올 준비가 항상 되어 있고 네 수업은 절대 빼먹지 않아. 멜런사 너는, 내가 꼭 제 스승처럼 아주 똑똑해지려고 계속 공부하는 정말로 착한 청년이 아니라는 말은 차마 못 하겠지, 지금 그럴 수 있겠어? 넌 지금 내가 네 착한 제자가 아니라는 말도 절대 못 해, 멜런사." "어림없어, 제프 캠벨, 제자가 알면 좋을 게 없는 태도는 절대 가르치지 않는, 나처럼 착하고 잘 참는 스승이 데리고 있어야 할 만한 제자만큼 넌 착하지 않아, 제프, 알아들어? 네가 아주 못되게 굴어도 언제나 용서해야 하고, 늘 이렇게 열심히 가르쳐도 엄청 참아야 하니, 확실히 내가 네게 알맞다는 생각은 안 들어." "하지만 넌 항상 나를 용서하고 있잖아, 어김없이, 멜런사, 언제나 그럴 거지?" "언제나 항상, 확신해도 돼 제프, 오히려 난 멈추지 못하고 계속 용서해줄까 봐 정말 두려워, 너는 언제나 내게 아주 못되게 굴 테고, 나는 용서하면서 계속 아주 착해야만 한다고 할까 봐." "아! 이런!" 제프 캠벨이 웃으며 소리를 질렀다. "언제까지나 그렇게 못되게 굴진 않을 거야, 정말 안 그럴 거야, 멜런사, 내 사랑 자기야. 너도 분명 진심으로 날 용서하고, 분명 진심으로 날 정말 사랑하지, 분명하지, 멜런사?" "그럼, 그럼, 제프, 정말이지, 지금은 물론 언제까지나, 이제 날 믿어, 분명하게 믿어, 제프, 언제까지나." "나도 온 마음을 다해 진정 믿고 싶어, 사랑하는 멜런사." "나도 정말 똑같이 그래, 내 사랑 제프, 지금 넌 사랑을 나눈다는 게 뭔지 정말로 깨닫고, 또 내가 지금 그처럼 증명해 보이니까, 제프, 넌 앞으로 절대 잊지 못할 거야. 지금 제프 너는, 이제까지 늘 내가 말해온 걸 제대로 확실하게 이해하고 있어, 지금은." "맞아, 멜런사, 내 사랑." 제프가 속삭였고, 그는 그 분위기 속에서 무척 행복했으며, 그렇게 이제 두 사람은 후덥지근하고 이글거리는 남부 햇살의 뜨거운 대기 속에서 그저 휴식을 취하며 오랜 시간 누워 있었다.

그리고 이제 정말 한참 동안 제프 캠벨과 멜런사 허버트 사이에는 더 이상 드러난 말썽거리가 없었다. 그러다가 어느 순간 제프는 자기가 원하는 게 뭔지를, 멜런사가 원하는 바에 대해 자기가 알고 싶은 게 뭔지를 더는 터놓고 말할 수 없음을 깨닫게 되었다.

멜런사는 이즈음 때때로, 줄곧 몹시 흥분한 상태로 지쳤을 때, 제프가 그들 두 사람이 늘 뭘 하는 게 옳은지에 대해 장황하게 얘기하려 하면, 마치 머릿속에서 항복해버리고 불쾌한 감정에 빠져 헤매는 상태처럼 되곤 했다. 때로는 둘이서 뜨겁게 사랑을 나누다가도, 제프의 내면에서 어떤 수상한 감정이 솟아오르고, 멜런사는 그의 마음속에 그것이 금방 다가온다고 감지했는데, 그럴 때면 그녀는 마치 자기들이 뭘 하고 있는지 전혀 모르는 것처럼 머릿속을 휘젓는 이 불쾌한 감정 속을 헤매곤 했다. 그리고 제프 또한, 자신이 진정 공감할 수 있도록 아직까지 자기가 원하는 바에 대해 얘기하고 있을 때, 만일 애인 멜런사가 이제 다시 그의 고민을 경청해야 하는 순간이 오면, 그녀의 머리는 그가 결코 상상하고 싶지 않은 방식으로 엄청나게 고통받게 되리라는 느낌을 처음에는 천천히, 그리고 얼마 되지 않아서는 언제나 의식하게 되었다.

이제 제프는 항상, 이미 심한 고통을 경험한 멜런사이므로, 무엇을 해야 올바른지를 두고 제프의 내면이 끊임없이 갈등하는 모습을 그녀가 더는 지켜보지 못할 것이라는 강한 예감이 늘 떠나지 않았다. 지금 그는, 그녀와 어울리는 동안에는, 마음속에서 계속 벌어지는 이런 종류의 갈등을, 멈춰야 한다고 자각했다. 여전히 제프 캠벨은 자기가 생각하는 바가 자신과 모든 유색인이 살아가야 할 올바른 태도인지에 대해 어떤 판단도 내릴 수 없었다. 제프는 매번 진정으로 공감하는 상태에 계속 다가가긴 하지만, 그녀와 진실로 사랑을 나누는 올바른 방식이 뭔지 자기가 아직까지도 제대로 확신하지 못하고 있음을 계속 노출하는 동안에는, 지금 이 관계에서 몹시 고통을 받고 있는 멜런사가 자기를 곁에 더 이상 오래 붙잡아 두지 못할 것으로 생각했다.

　제프는 이제 빨리 움직여, 멜런사가 줄곧 원하는 것은 뭐든 전혀 기다리지 않아도 되게 해야겠다고 깨달았다. 그는 멜런사 허버트가 계속 얼마나 심하게 고통받는지를 지금 매 순간 마음 속으로 중요하게 자각하기 때문에, 이제 그는 결코 솔직할 수도, 더 이상 진정으로 공감하고자 노력할 수도 없었다.

　제프는 요즘 실제로 자기에게 어떤 일이 일어나고 있는지 정확히 이해하지 못했다. 그가 가끔 깨닫는 것은, 그들의 흥분이 점점 더 고조될 때면, 그것은 으레 그가 감정을 그대로 표출하여 계속 솔직할 수 있을 때였는데, 그럴 때 왠지 멜런사가 자기 말을 전혀 듣는 것 같지 않고, 자길 멍하니 쳐다보기만 하며, 마치 그와 어울려서 머리가 아픈 듯 보이고, 그러면 제프는 솔직한 상태를 벗어나야 하고, 행동을 서두르고, 멜런사가 줄곧 그로부터 원하는 걸 모두 들어줘야 한다는 점이었다.

　이즈음 제프의 진심은 그렇게 행동하는 걸 별로 탐탁해하지 않았다. 지금 그는 멜런사의 속마음이 자기의 느려터진 행동을 계속 견뎌낼 만큼 강인하지 못하다는 사실을 아주 잘 알았다. 게다가 지금 그는 자기가 스스로의 감정에 충실하지 않다는 것도 알았다. 지금 그는 멜런사에게 실제 느끼는 감정 이상으로 과장해야 했다. 지금 그녀는 자기를 몹시 서두르게 만들었고, 그런 모습이 자신의 감정과는 다른 허구임을 알았지만, 그럼에도 불구하고 그는, 늘 너무 둔감한 자신 때문에 그녀가 더욱 심한 고통을 받게 둘 순 없었다.

　제프 캠벨은 마음속으로 이 모든 행동 방식을 정당화하기가 몹시 힘들었다. 만일 제프 캠벨이 철저하지 않고 진정으로 정직할 수도 없다면, 그의 내면은 결코 튼튼할 수 없을 것이다. 지금 멜런사는 자신이 얼마나 착하며 또 그의 존재로 인해 얼마나 많이 고통받고 있는지를 계속 상기시킴으로써, 그를 언제나 서둘러 행동하게 만들고, 그러면 그는 단호할 수 없고, 그러면 상황을 있는 그대로 내면에서 깨달을 수가 없었다. 이제 그녀와 어울릴 때면 항상 그는 이미 가능했던 것 이상의 감정을 느끼곤 했다. 이제 그녀와 어울리면 항상 마음속에 자기를 붙드는 뭔가가 있었고, 그녀와 어울릴 때마다 그는 자기의 본래 감정을 훨씬 앞질렀다.

이즈음 제프 캠벨은 자기 내면에서 무슨 일이 벌어지는지 전혀 알지 못했다. 그는 이제 멜런사와 어울리면 어김없이 불안하다는 사실만 깨달았다. 멜런사와 어울리면 항상 불안한데, 예전처럼 그저 이해심이 부족해서 불안한 게 아니라, 지금은 그녀에게 전혀 솔직할 수가 없기 때문이고, 언제나 그녀 마음속의 심한 고통을 깨닫기 때문이며, 그녀와 어울리면 자기의 감정은 솔직하고 친절하지만 그녀는 몹시 서두르고 자기는 아주 더디다는 걸 지금 깨닫기 때문이었다. 제프는 자기의 올바른 감정이 건재함을 그녀에게 보여줄 기회가 전혀 없다는 점을 깨달았다.

제프 캠벨에게는 이 모든 상황이 점점 더 힘에 부쳤다. 그는 강단 있는 자신을 무척 자랑스러워하는, 그런 제프 캠벨이었다. 그는 멜런사에게 상처를 주지 않으려고 몹시 상냥했지만, 그녀가 한참 후에는 분명히 그 태도를 불쾌하게 기억할 것임을 아는 이상, 지금 그녀에게 솔직할 수 없다는 게 싫었고, 그녀 없이 혼자 멀리 떨어져 고민을 풀어보고 싶었는데, 지금 그녀를 멀리하면 그녀가 고통스러워할까 두려웠다. 그는 그녀와 어울리면 항상 불안했고, 그녀를 생각할 때도 불안했으며, 지금 그녀를 올바르게 사랑하려는 착하고 솔직하고 강렬한 감정이 있으나, 지금 그 감정을 그녀와 친절하고 정직하게 어울리는 데 전혀 사용할 수 없음을 깨달았다.

제프 캠벨은, 이즈음, 그녀의 상황이 개선되려면 자기가 무엇을 해야 하는지 전혀 몰랐다. 그녀를 대하는 자기의 행동과 생각이 진정 올바르도록 할 수 있는 게 뭔지 전혀 몰랐다. 그녀는 그를 서둘러 곁으로 끌어당겼고, 그는 감히 그녀에게 상처를 주지 못했는데, 그러면서도 그는, 그녀를 위해, 그녀가 지금 자기에게 그래주었으면 하고 계속 바라는 대로 아주 재빠르게 곧바로 다가가진 못했다.

이즈음 제프 캠벨은 멜런사와 어울려도 더 이상 별로 즐겁지 않았다. 지금 그는 그녀에 대해 구체적 단어를 떠올리며 분명하게 생각하지 않았다. 그녀와 어울리는 자기의 진짜 문제가 무엇인지 충분히 알지 못했다.

이따금 그들은, 제프가 이런 온갖 곤경을 까맣게 잊어버리는 잠깐 동안, 제프와 또 그와 어울리는 멜런사는 농밀하게 사랑을 나누면서 엄청난 행복을 누리곤 했다. 그럴 때 가끔 제프는 진정한 사랑을 나누면서 하늘 높이 비상하는 기분을 느끼곤 했다. 간혹 제프는 사랑을 나눌 때 영혼이 부풀어 올라 자기 내면을 가득 채우는 느낌이 들었다. 이제 제프는 항상 내면의 심오한 감정을 자각했다.

이제 언제나 제프는 실제 감정보다 훨씬 서둘러 움직여야 했다. 그러면서도 제프는 늘 올바르고 강인한 감정을 지키는 방법을 알았다. 이제는 의아한 생각이 들 때마다, 제프가 의심하는 대상은 사랑을 나누고 있는 멜런사였다. 그는, 사랑을 나누는 그 순간 그녀가 지금 진심인지 자주 물어보곤 했다. 아직까지 결코 정말로 심각하게 의심하진 않았지만, 그는 마음속으로 그녀의 애정 행위에서 수상한 낌새를 느껴 자꾸 물어보곤 했고, 그럴 때마다 멜런사는 "그럼, 제프, 물론이지, 네가 언제나 알고 있잖아"라고 대꾸하곤 했는데, 이제 제프는 자기와 사랑을 나눌 때 그녀가 늘 의심스러웠다.

이제 언제나 제프는 마음속에서 심오한 사랑을 자각했다. 이제 언제나 그는, 멜런사와 사랑을 나눌 때 그녀가 진심인지, 정말로 감을 잡지 못했다.

이즈음 제프는 스스로를 믿지 못하고, 또 자칫 두 사람 모두 잘못되어 심각한 곤경에 빠지지 않게 하려면 어떤 식으로 처신해야 할지 불안해했다. 이제 언제나 그는, 지금 멜런사의 마음속에 있는 것이 자기가 찾으려는 진정한 애정 행위인지를 확인하기 위해서는 그녀의 깊은 내면까지 감지해야 할 것 같았는데, 이제 그는 그녀에게 심한 상처를 주는 게 늘 두려웠으므로, 그녀와 어울릴 때마다 자제하곤 하였다.

이제 그녀를 만나러 가야 할 때가 되면 언제나 그는 지체할 사정이 생기는 걸 더 좋아했다. 그녀와 항상 따로 있고 싶은 건 결코 아니었지만, 이제 언제나 그는 도무지 그녀와 어울리러 가고 싶지가 않았다. 이즈음 항상 그는 그녀와 어울리면 결코 편안한 마음이 들지 않았고, 서로 친밀한 친구로 함께 지내도 그랬다. 이제 언제나 그는, 그녀와 어울리면서 진정으로 솔직할 수 없음을 깨달았다. 제프는 모든 감정을 꼭 털어놓고 싶지 않을 때는 그녀와 어울려도 결코 행복할 수 없었다. 이제 언제나 그는, 그녀와 어울려 시간을 보내면서 그녀와 언쟁하지 않도록 감정을 자제하기가 날로 힘들어지고 있다고 생각했다.

그러던 어느 저녁, 늦게, 그가 그녀에게 가기로 약속한 날이었다. 그는 출발에 앞서 꽤 오래 지체했다. 오늘 밤에는 틀림없이 그녀에게 상처를 줄 것 같아 내심 두려웠다. 그녀와 언쟁할지도 모를 때 그는 결코 가고 싶지 않았다.

그가 방에 들어섰을 때, 멜런사는 몹시 화난 얼굴로 앉아 있었다. 제프는 모자와 외투를 벗은 다음 그녀가 있는 난롯가에 앉았다.

"더 늦게 왔더라면, 제프 캠벨, 아무리 머리 숙여 사과를 해도, 난 절대로 다시 널 상대하기는커녕 말도 걸지 않았을 거야." "사과라니 멜런사." 제프가 웃으며 말했는데 그녀를 경멸하는 눈초리였다. "사과라니, 멜런사, 나는 그런 방식을 자랑스러워하지 않아, 멜런사, 사과해도 상관없지만, 멜런사, 내가 정말 신경 쓰는 건 멜런사, 너한테 그릇된 행동을 하게 되는 거야." "그런 식으로 말하는 건 쉽지, 제프. 하지만 넌 내게 용감하게 굴면서 별로 자랑스러워하지는 않았어." "난 그런 거에 대해선 몰라, 멜런사. 나는 진심일 때는, 뭐든 네게 열심히 말할 용기가 생겨." "그래, 맞아, 제프, 내게 하는 말 모두 이해해.

하지만 내가 말하는 건 진정한 용기야, 바람피우고 다녀도 무슨 일이 일어날까 전혀 걱정하지 않고, 어떤 곤경에 빠져도 항상 투지만만한 거야. 그것이 내가 말하는, 나에 대한, 진정한 용기야, 제프, 그게 뭔지 네가 알고 싶다면." "아, 그래, 멜런사, 나도 그런 정도의 용기는 모두 알고 있어. 나는 그런 용기가 일부 유색인 남자들과 너 멜런사와 제인 하든 같은 일부 처녀들에게 항상 넘쳐나는 걸 알지. 내가 알기로 너는 너와 상관없는 일을 겪을 때면 별로 투덜대지 않는다고 늘 호들갑을 떨며 자랑하는데 그러다가 상처를 받지, 당연하게 말이야. 게다가, 너 같은 부류의 인간은, 확실히, 자기가 겪는 오만가지 고통에도 불구하고 무척 용감한데, 내가 여기저기 환자를 보고 다니며 느낀 바로는, 용기가 있어도 별로 고결하지 못한 사람에게는 그런 용기 때문에 온갖 문제가 생기고, 그들은 용기 때문에 늘 고통을 껴안고 다니다가, 끝내는 가장 심하게 상처를 받아. 마치 늘 바람피우고 다니면서 가진 돈을 용감하게 모조리 탕진하는 것과 같은데, 막상 배를 곯는 당사자는 부인과 자식들로, 그들은 용감하다고 칭찬받는 법도 없고, 또 전혀 원하지 않는 고통을 인내하면서도 입을 다물고 있어야 해. 나는 지금 일부 유색인들의 용기라는 것이 상당 부분 그렇다고 생각해. 그들은 불평하지 않을 만큼 자기들이 용감하다는 걸 과시하려고 항상 엄청난 소란을 피우는데, 자기와 아무 상관 없는 짓거리로 항상 자초하는 고통이 엄청날 때에 그래. 멜런사, 나는 그들에게 훌륭한 용기가 없어 불평하지 않는 거라고 말하는 게 절대 아니고, 다만 그들이 불평하지 않을 거라는 사실을 그저 과시하기 위해 그런 곤경을 찾아다니는 게 내게는 결코 대단하게 보이지 않았어. 그래 날마다 용감해도 괜찮아, 규칙적으로만 생활하고, 내가 어느 유색인에게서도 보고 싶지 않은 거지만, 단지 흥분하고 싶어서 늘 새로운 자극을 추구하지만 않는다면. 그래 멜런사, 아무 상관 없는 곳에서 그럴듯해 보이려고 용감한 건 대단한 게 아니야. 난 떳떳하게 멜런사, 바로 여기서 네게 말하는데, 난 그저 곤경을 찾아 돌아다니느라 용감하고 싶은 생각은 전혀 없다고 말해도 절대 부끄럽지 않아." "그래, 그게 평상시의 너 꼭 그대로야, 제프, 넌 상황을 제대로 이해하는 법이 없어, 네가 늘 마음속에서 느끼는 태도가 그래. 넌 결코 올바르게 이해하지 못해, 사람이 어떤 태도로 새로운 상황을 찾아 나서느냐에 따라 그 사람이 흥분을 좇는 게 얼마든지 정당화된다는 사실을." "그래 멜런사, 내가 충분히 이해한다는 말은 절대 못 하지만, 누구든 자기가 분명히 발견하리라 확신하는 장소에 가서 열심히 해답을 찾으면 이후 정말 극심한 곤경을 피할 수 있다고 생각할 권리는 있겠지. 맞아 멜런사, 위험과 투지만만함과 절대로 불평하지 않는다고 하는 이 모든 수다와 지껄이는 태도는 분명히 아주 그럴듯하게 들리지만, 두 남자가 마구 싸울 땐, 대체로 힘센 놈은 위에 올라타 아주 신나게 패고, 그 모든 타격을 맞는 놈은, 내가 이제껏 보아온 대로면 거의 그 상황을 절대 좋아하지 않는데, 내가 보기에 그들이 거기서 만나 싸울 아무런 이유가 없을 때 그들이 어떤 고결한 본성을 가졌는가는 별 차이가 없어. 확실히 그게 멜런사, 내가 목격할 수 있는 현장에 우연히 있을 때마다, 그런 싸움의 진행을 제대로 이해하는 유일한 길이야." "그건 누구에게나 그처럼 단순하지는 않은 사안을, 네가 늘 생각하는 그런 식으로는, 전혀 이해할 수 없기 때문이야, 제프. 누가 어떤 방식으로 투지만만하게 행동하게 되느냐에 따라 엄청난 차이가 생겨, 제프 캠벨." "그럴지도 몰라 멜런사, 절대로 네가 틀렸다는 말이 아니야, 멜런사. 나는 다만 늘 보아온 대로 멜런사, 네게 숨김없이 말하고 있어. 아마 네가 너랑 상관없는 곳에서 바람을 피운 다음 꼿꼿이 서서, 나는 아주 용감하니까 절대 어떤 것도 내게 상처를 주지 못해,라고 말한다면 그 당시엔 네가 아무 상처도 받지 않을 수도 있어, 멜런사. 근데 나는 끝까지 그러는 걸 본 적이 없어. 난 절대로 정말 조금이라도 달리 네게 말할 수가 없는데, 멜런사, 그렇지만 난 항상 네게서 배울 준비를 하고 있어, 멜런사. 그리고 아마 어떤 사람이 네게 벽돌까지 던지며 정말 심하게 끼어들 때면, 그땐 네가 아마 전혀 불평조차 못 할 거야, 멜런사. 네가 못 할 거라고 내가 확실하게 말하는 건 아니고, 멜런사, 다만 현장에서 내가 그런 일을 목격할 기회가 있었을 때 아직까지 내가 본 바로는 그런 식이 아니었다는 것만 말하는 거야."

그들은 함께 난롯가에 앉아 조용했는데, 서로 애틋한 애정을 느끼는 것 같진 않았다.

"난 정말 모르겠어." 마침내 멜런사가, 애정 없이 길게 이어지던 둘 사이의 침묵을 깨며 꿈꾸듯 말했다. "결코 존경할 생각이 들 만큼 충분히 친절하지도 않은 사람을, 왜 내가 항상 좋아하게 되는지 정말 모르겠어."

제프가 멜런사를 쳐다보았다. 그러곤 일어나 잠시 실내를 이리저리 거닐더니 제자리로 돌아왔는데, 얼굴 표정은 단호하고 어두웠지만 아무 말도 꺼내지 않았다.

"왜 그래 정말 제프, 지금 그렇게 엄숙한 표정을 짓는 이유가 뭐야? 제프 방금 한 그 말로 내 진심을 얘기하려 한 건 전혀 아냐. 내가 방금 제프 네게 뭘 말하고 있었지? 나는 확실하게 그저 어떻게 이 모든 일이 늘 내게 벌어지는가만 생각하고 있었어."

제프는 미동도 없이 어두운 표정으로 앉아, 아무 대꾸도 없었다.

"내 머리가 몹시 아픈 오늘 밤은 제프 네가 조금만 친절하면 좋을 것 같아, 이제껏 온갖 힘든 일을 처리하고 생각하느라 엄청 고단한 데다가, 도와줄 사람이 전혀 없듯이 살다 보니 언제나 골치 아픈 일이 수도 없이 생겨나거든. 제프 넌 오늘 밤 내게 친절할 수 있을 것 같아, 내가 늘 언급하는 사소한 것들에 대해서도 화내지 말고."

"분명히 나는 네가 이것저것 말한다는 이유만 가지고 멜런사 너에게 화를 내지는 않을 거야. 하지만 지금 난, 네가 방금 전 네 진심을 말했다고 확신하고 있어." "그렇지만 제프 네가 항상 말하잖아, 사랑을 나눌 때 절대 나를 만족시킬 수가 없다고, 네가 분명하게 언제나 말하잖아, 전혀 내게 잘해주지 못하거나 나에 대한 이해심이 없다고." "확실히 내가 늘 그렇게 말하지, 내가 항상 너 멜런사에게 느끼는 그대로이고, 또 나는 그렇게 말하는 게 옳은 태도라고 확신하고, 또 내 마음속으로 네 진심을 무척 뚜렷하게 깨닫고 또 항상 그걸 확실하게 믿을 이유가 생겼으니까, 근데 멜런사 너까지 그렇게 깨닫는 건 옳지 않아. 멜런사 너마저 그렇다고 깨닫는 순간, 틀림없이 우리가 나누는 사랑을 모조리 엉망으로 만들고 말아. 내가 정말 절대로 견딜 수 없는 그런 상황을 만들어."

두 사람은 그러고 나서 아주 조용히, 애정 없이, 사랑을 위한 눈길도 주고받지 않고, 긴 시간 난롯가에 앉아 있었다. 멜런사는 몸을 움직이고 움찔거리면서 이 상황에 신경을 곤두세웠다. 제프는 근심에 잠겨 시무룩한 채 표정이 어둡고 무척 심각했다.

"아 넌 지금 내가 한 말을 잊지 못하는구나, 한데 내가 지금 정말 몹시 고단하고, 머리와 온몸이 무너지는 것 같아."

제프가 움찔했다. "알았어, 멜런사, 지금 그걸 너무 심각하게 생각하면서 네 머릿속에서 역겨워지게 만들지 마." 그러면서 제프 자신이 직접 행동에 나서, 그녀가 그 생각으로 정말 두통에 시달린다고 깨달은 순간, 이제 다시 그는 멜런사를 보살피는 참을성 있는 의사가 되었다. "이제 괜찮아 사랑하는 멜런사, 지금은 정말 괜찮아, 날 믿어. 자기는 이제 그저 좀 누워, 난 여기 난롯가에 앉아 잠깐 책이나 읽고 널 지켜보면서, 네가 휴식하는 데 필요한 도움을 줄 수 있는 준비 상태로 여기서 대기할게." 이제 제프는 친절한 의사로 매우 다정하고 상냥했으며, 멜런사는 자기를 돌보기 위해 자리를 뜨지 않는 그를 사랑했고, 그러다가 잠시 잠이 들었으며, 제프는 그녀가 정말로 잠든 걸 확인할 때까지 옆에서 기다리다가 다시 난롯가로 돌아가 앉았다.

　제프는 아까 하던 생각으로 다시 돌아가 보려 했지만, 아무리 생각해도 모든 것이 선명하게 다가오질 않았으며, 지금 마음속에서는 매사가, 자기가 기울인 모든 힘든 노력과 사색에도 불구하고 제대로 이해할 수 없었던 매사가, 아무리 생각해도, 무척 혼잡하고 음울하고 불량하게 느껴졌다. 그러자 그는 상념에서 벗어나려고 몸을 약간 움직여 책 하나를 집어 들었고, 늘 그랬듯이, 읽어가는 동안 그 책을 좋아하게 되었고 곧이어 독서 삼매경에 빠져들었으며, 그래서 지금 잠깐 동안 자신이 결코 이해심이 깊은 사람으로 보일 수 없다는 사실을 망각했다.

　그렇게 제프는 독서를 하는 동안 잠깐 무아지경에 빠졌고 멜런사는 여전히 자고 있었다. 그러다가 멜런사가 잠에서 깨어나 비명을 질렀다. "아, 제프, 난 네가 날 놔두고 영영 가버린 줄 알았어. 아 제프, 제발 다신 날 두고 떠나지 마. 아, 제프, 제발, 제발, 언제나 내게 꼭 친절하게 대해줘."

　이때부터 제프 캠벨은 항상 일종의 중압감과 더불어 살았는데, 그는 편안하고 싶어도 결코 그 감정에서 벗어날 수가 없었다. 마음속에 담고 있지 않으려 늘 애썼고 또 옆에 있는 멜런사가 눈치채지 않도록 늘 노력했지만, 중압감은 항상 그의 내면에 머물렀다. 이제 제프 캠벨은 늘 심각하고 표정이 어둡고 음울하고 시무룩했으며, 움직임 없이 멜런사 옆에 긴 시간 앉아 있을 때가 많았다.

　"넌 그날 밤 내가 한 말을 분명히 용서하지 않았어, 제프, 지금은 용서한 거야?" 그와 함께 있던 어느 날 저녁 늦게, 길게 침묵하던 멜런사가 물었다. "용서 같은 건 전혀 묻지 않아도 돼, 멜런사, 용서는 내 본성이야. 내게 중요한 건, 네가 나를 어떤 감정으로 대하는가 하는 것뿐이야. 넌 이제 나를 더 이상 착하게 생각하지 않는다는 뜻으로 말했는데, 나는 그 이후 그 말이 진심이 아니라고 믿을 어떤 기미도 네게서 보지 못했으니까, 네가 날 사랑하려는 마음이 진정 크다면 넌 그 말부터 시정해야 해."

"정말 너 같은 남자는 처음 봐, 제프. 누구나 늘 깨닫고 있는 사실을 넌 언제나 꼭 구체적으로 뚜렷하게 얘기해달라고 해. 내가 지금 말하는 바를 왜 항상 너한테 설명해야 하는지 난 정말 이해가 안 돼. 그런데 내가 몹시 고단하던 그날 밤에도 내가 무슨 뜻으로 얘기했는지를 물어볼 정도로 넌 전혀 나를 배려하는 마음이 없어. 난 내가 했던 말 중에 제대로 아는 게 전혀 없어." "그렇지만 넌 요즘 아예 내게 말을 안 해, 멜런사, 그러니까 나는, 앞서 네가 말하던 그 방식 그대로, 그게 네 진심이 아니라고 말하는 걸 정말 들었으면 해." "아 제프, 언제나 넌 내게 아주 바보처럼 굴고, 끊임없이 물어보면서 언제나 날 괴롭혀. 나는 어쨌든 네게 했던 말을 전혀 기억하지 못하는 데다, 계속 두통이 있어서 거의 아파죽을 지경이고 심장도 너무 뛰어서, 때로 많이 아플 때는 이러다 죽는구나 하는 생각마저 들고, 또 항상 몹시 우울해서, 때로는 약을 먹고 그냥 죽어버릴까 하고 생각하는데, 나의 지속적인 생각과 행동을 방해하는 것들이 너무 즐비하고, 걱정할 것도 너무 많고, 그런 것들이 한가득인데, 그럴 때 네가 와서는 내가 방금 너한테 무슨 뜻으로 말했는지를 물어보는 거야. 네가 물을 때 제프, 난 정말로 아는 게 없어. 나는 제프 네가, 때때로 내게 조심하려는 올바른 감정을 어느 정도 지녔으면 하는 생각이 들어." "네겐 아무 자격이 없어, 멜런사 허버트." 제프가 어둡고 찡그린 얼굴로 벌컥 화를 냈다. "너는, 아프고 메스껍고 통증이 있는 상태를 항상 무기로 삼아, 널 위해 내게 절대로 온당치 않은 행동을 하도록 만들, 그런 자격은 없어. 내게 과시하기 위해 네 고통을 항상 끄집어낼 자격이 네게는 분명히 없어." "도대체 무슨 말을 하는 거야, 제프 캠벨." "정확하게 내가 말하는 꼭 그대로야, 멜런사. 너는 우리가 서로 사랑을 나눈 모든 책임이 오로지 나 혼자에게 있는 것처럼 늘 행동해. 또 어쨌거나 네가 어떤 일로 상처를 받으면, 너는 마치 나와의 모든 관계를 시작하게 만든 게 나였다는 것처럼 행동해. 난 겁쟁이가 아냐, 멜런사, 듣고 있어? 나는 내 골칫거리를 절대로 남에게 다시 떠넘기지 않아. 그들이 오늘의 나를 있게 했다고 생각하니까. 멜런사 너는 내가 스스로 모든 고민거리를 항상 확실하게 바로 견디려고 한다는 사실을 분명히 알았어야 해, 하지만 내가 생각하는 바를 지금 솔직하게 말하는데 멜런사, 네가 사랑을 나누길 원했고 그래서 나와 어울리며 지금 무척 고통스러워하게 된 이유가 마치 나 때문이었다는 듯 내가 뒤집어쏠 마음은 없어." "그렇지만, 정확하게 말하면, 넌 분명히 그렇게 느끼고 있어야 하는 거 아니야, 제프 캠벨? 네가 내게 원하는 걸 모두 그대로 하게 놔둔 것 말고 내가 뭘 했어? 네가 나와 사랑을 나누게 만들려고 내가 시도해본 적 있어? 나는 거기 앉아서 사랑을 나누려는 널 견딜 준비 말고는 아무것도 하지 않았어. 분명하게 절대로 나는, 제프 캠벨, 날 위해 너를 진정으로 소유하길 원하는 것 같은 행동은 일절 하지 않았어."

제프가 멜런사를 빤히 쳐다봤다. "그래, 그게 네가 모조리 옳다고 생각할 때 말하는 방식이야, 멜런사. 그러니 정말 한 마디도 네게 더 하고 싶지 않아, 멜런사, 지금은 그게 널 대하는 솔직한 태도 같아, 멜런사." 그러더니 제프는 그녀 바로 앞에서 거의 껄껄대며 웃은 다음, 몸을 돌려 모자와 외투를 챙겨 이제 영영 그녀와 헤어지려고 했다.

멜런사는 자기 팔에 머리를 묻고, 온몸은 물론 마음속까지 전율했다. 제프가 잠시 멈추어 서서 몹시 슬프게 그녀를 바라봤다. 혼자서 그 상황을 서둘러 마무리하고 떠나기에는 차마 발이 떨어지지 않았다.

"아, 난 지금 분명히 미칠 것 같아, 틀림없어, 내가 그걸 알아." 멜런사가 앉은 채로 신음했는데, 온몸이 무너져 내리고 동시에 비참하고 허약해 보였다.

제프가 다가와 포옹을 하면서 그녀를 붙잡았다. 그 순간 제프는 매우 친절했지만, 그들 중 아무도 내면으로는, 과거의 그들처럼, 함께 있는 게 괜찮다고 느끼지 않았다.

이때부터 제프는 마음속에서 진정한 고뇌에 시달렸다.

멜런사가 그날 밤 말한 게 진심이었을까? 그들에게 이 모든 문제를 야기한 장본인이 정말 나였을까? 마음속에 늘 잘못된 태도를 고집했던 유일한 사람이 정말 나였을까? 지금 제프는 자나 깨나 늘 내면에서 지속되는 이 고뇌에 시달렸다.

제프는 이제 더 이상 자기 안에서 뭘 깨달아야 할지 몰랐다. 지금 내면에서 늘 심각할 수밖에 없는 이 고민에 대해 해결의 실마리를 찾을 길이 막연했다. 그의 내면에서는 계속 혼란스러운 몸부림과 억울한 느낌이 교차했는데, 그날 밤 멜런사가 한 말은 옳지 않다고 부인하고서는, 또 어쩌면 자기가 항상 틀려 왔을지도 모른다는 감정이 스스로는 전혀 이해할 수 없는데도, 뒤따라왔다. 그다음에는 멜런사와 나누는 사랑의 깊고 감미로운 감각과 더불어, 내면의 상황을 늘 둔하고 더디게 감지하기 일쑤인 자신에 대한 혐오가 강렬하게 다가오곤 했다.

　제프는 그날 밤 멜런사가 한 말은 틀렸다고 계속 확신했지만, 멜런사는 그와 지내며 늘 깊은 감정을 품었던 반면에, 그는 어떤 감정이나마 느낄 줄 알게 되더라도 항상 빈약하고 더뎠다. 제프는 멜런사가 틀렸다는 건 알았지만, 그럼에도 불구하고 늘 자신이 매우 미덥지 않았다. 마음속에서 깨닫는 속도가 그처럼 느린 내가 뭘 알 수 있겠어? 단지 생각하는 것만으로 항상 방법을 찾아야 하는 내가 뭔가를 알 수나 있겠어? 진정 사랑을 나누는 게 뭔지를 배우느라 그토록 장시간 학습해야 했던 내가 뭘 알 수 있겠어? 지금 제프는 마음속에서 끊임없이 이와 같은 고뇌에 시달렸다.

　멜런사는 이제 늘 그와 어울릴 때마다 강력하게, 그녀의 방식을 깨닫게 만들었다. 단지 과시하려고 그렇게 계속 행동한 건지, 더 이상 사랑하지 않기 때문에 지금 그렇게 행동한 건지, 그것이 그가 진정 사랑에 빠지게 만드는 그녀의 방식이기 때문에 그렇게 행동한 건지, 제프는 그 모든 일이 어떻게 그런 식으로 자기에게 벌어졌는지 전혀 알지 못했다.

지금 멜런사는 둘 사이에서는 언제나 그랬다고 그녀가 얘기해온 그대로 행동했다. 이제 질문해야 하는 사람은 늘 제프였다. 다음엔 언제 그녀를 만나러 와야 하는지 물어봐야 하는 사람도 늘 제프였다. 그녀는 이제 늘 선량하게 인내하고, 그와 친절하게 사랑을 나누었는데, 제프가 예외 없이 감지한 것은, 그가 요구하거나 바라는 건 뭐든 줄 정도의 친절이긴 해도, 그것이 이제 더는 그의 마음속에서 행복을 누리고 싶은 그녀 자신의 목적에서 비롯되지는 않는다는 사실이었다. 이제 그녀의 모든 행동은 마치 당장 친절하게 대해주기를 바라는 애인 제프 캠벨을 그저 기쁘게 해주려는 의도 같았다. 이제 그들 관계에서 언제나 그는 보채는 쪽이었다. 이제 멜런사는 언제나, 스스로 필요해서가 아니라, 너그러움의 표시로 그에게 베풀곤 했다. 제프는 이런 현실이 점점 더 견디기 어려워졌다.

이따금 제프는 모든 것을 이전의 자기로부터 끊어내고 그래서 이제는 언제나 상황과 대결하고 또 화도 내고 싶었는데, 지금 멜런사는 항상 그를 잘 인내하고 있었다.

지금 제프의 마음속 깊은 곳에는 늘 멜런사의 애정 행위에 대한 의구심이 있었다. 아직 그가 실제로 의심을 하는 단계는 아니었던 것이, 만일 그랬다면 제프가 결코 진짜로 사랑을 나누지는 못했을 터인데, 그러나 지금 항상 그는 그들이 사랑을 나눌 때 뭔가가, 자기 마음은 아닌 뭔가가, 잘못되었다고 생각했다. 제프 캠벨은, 사랑을 나누는 멜런사의 마음속에 뭐가 있는지를 알아낼 적절한 방법을 찾지 못했으므로, 사랑을 나누는 그녀의 진심 여부를 확인하기 위해 그녀의 마음속에 도달할 수 단이 지금은 전혀 없었는데, 그러나 이제 왠지 두 사람 사이는 이미 틀어져 버렸고, 그래서 한때 그녀가 자기를 가르쳤던 방법, 비로소 자기가 정말로 이해하게 된 방법을 지금 그는 마음속으로는 전혀 확신하지 못했다.

멜런사는 그보다 한 수 위였다. 그는 그녀가 지금 자기를 정말로 어찌 생각하는지 파악할 도리가 없었다. 제프는 그녀에게 정말 자기를 사랑하냐고 자주 묻곤 했다. 대답은 한결같이 "그럼 제프, 그렇고말고, 너도 알잖아"였는데 그 말을 들으면 이제 제프는 달콤함으로 가득한 강렬한 사랑 대신에 끈질기고 친절한 인내심만 느껴졌다.

제프는 알 수가 없었다. 만일 자기가 느낀 감정이 맞는다면, 멜런사 허버트를 더 이상 곁에 두고 싶지가 않았다. 제프 캠벨은, 멜런사가 스스로 그와 어울리기를 원해서가 아니라 단지 그를 돕기 위해 사랑을 나누는 거라고 생각하는 것 자체가 끔찍스러웠다. 그런 식으로 사랑을 나누는 건 제프로서는 매우 참기 힘든 일이었다.

"제프 내게 그처럼 우습게 행동하는 이유가 뭐야. 지금 제프 넌 분명히 나를 의심하고 있어. 틀림없어 제프, 지금 내게 그렇게 보이게끔 바보처럼 구는 까닭을 도대체 모르겠어." "그래, 멜런사, 너는 나도 누군가를 질투할 수 있다고는 아예 생각하지 않아, 그게 바로 네가 날 전혀 이해하지 않는다는 증거야. 요즘 날 대하는 태도가 언제나 꼭 이런 식이야, 멜런사. 네가 날 사랑하면, 나는 네가 무얼 하든 또는 과거에 남들과 무슨 관계였든 상관하지 않아. 네가 날 사랑하지 않으면, 그러면 나는 더는 네가 무얼 하는지 네가 남들에게 어떤 존재인지에 대해 상관하지 않아. 하지만 네가 원해서 나누는 사랑이 아니라면, 내게 친절한 멜런사이기를 나는 절대로 바라지 않아. 나에 대한 너의 친절 같은 건 나는 정말 조금도 누리고 싶지 않아. 날 사랑하지 않는다면 그건 내가 참을 수 있어. 내가 결단코 사양하려는 건 호의에서 나오는 친절이야. 네가 날 사랑하지 않으면, 그러면 멜런사, 늘 서로 의지하며 살겠다는 모든 강렬한 감정을 지금 이 자리에서 너와 내가 확실하게 끊어버리면 돼. 내가 멜런사 너와 함께 있을 땐, 나는 결코 다른 사람을 떠올리지 않아. 그것이 내가 멜런사 너에게 언제나 말하는 진실한 태도야. 내가 늘 신경을 쓰는 건 나에 대한 너의 사랑뿐이니까, 네가 꼭 해야 하는 건, 만일 네가 날 정말 사랑하지 않는다면, 내게 그렇다고 그냥 확실하게 말하는 거야. 그러면 내가 최대한 자제할 수 있는 범위에서 널 성가시게 하지 않을 거야, 멜런사. 분명히 나에 대해서는 전혀 걱정할 필요 없어, 전혀, 멜런사. 정말, 네가 느끼는 대로, 솔직하게만 말해, 물론 난 문제없이 버틸 수 있어, 내 진심이야, 멜런사. 또 나는 결코 이유든 뭐든 아무것도 알려고 하지 않을 거야, 멜런사. 사랑한다는 건 내게는 그냥 살아가는 거고 멜런사, 그리고 만일 네가 지금 정말로 나에 대한 사랑을 느끼지 못하면 멜런사, 그러면 멜런사 우리 사이엔 정말 아무것도 존재하지 않아, 뭐가 있겠어? 그게 숨김없고 솔직하게 내가 늘 멜런사 지금의 너에게 깨닫는 바로 그 태도야. 아 멜런사, 자기는 날 사랑해? 아 멜런사, 제발, 제발, 솔직하게 말해줘, 내게 말해줘, 너는 나를 진정으로 사랑해?"

"맙소사 어쩜 그리 멍청하니, 제프, 물론 난 널 항상 사랑하지. 언제나 언제까지나 제프, 또 항상 네게 무척 친절하고. 아 어리석은 제프 나와 즐겁게 사랑을 나누면서도 넌 모르는구나. 아 사랑하는 제프, 오늘 밤은 내가 정말 너무 피곤하니까, 성가시게 좀 굴지 마. 그래 널 사랑해 제프, 도대체 나보고 몇 번을 말하라는 거니? 아 넌 너무 바보 같아 제프, 하지만 맞아, 난 널 사랑해. 마지막이야, 오늘 밤에는 이 말 더는 안 해, 알겠니? 요즘 네가 몹시 친절하기에 망정이지, 아니면 내가 틀림없이 네게 엄청 화를 낼 거야. 맞아, 네가 내 사랑을 누릴 자격은 전혀 없지만, 난 틀림없이 널 사랑해, 제프. 그래, 그래, 널 사랑해. 맞아 제프 잠이 쏟아지는데 내가 똑같은 말을 반복하고 있어. 그래 지금 내가 널 사랑하고 있으니 제프, 이젠 말해달라는 요구를 확실하게 그만 멈춰. 아 천하의 바보 제프 캠벨, 내가 분명하게 널 사랑해, 아 어리석고 멍청한, 내 사랑 제프 캠벨. 그래 난 널 사랑해, 이제 정말 오늘 밤 다시는 똑같은 말 안 해 제프, 알아들어!"

물론 제프 캠벨은 그녀의 말을 알아들었고 그녀를 믿고자 열심히 노력했다. 그가 그녀를 정말로 의심진 않았지만, 멜런사가 말하는 태도는 지금 왠지 잘못되었다. 요즘 제프는 줄곧 도저히 멜런사를 이해할 수 없다고 느꼈다. 그가 알기로는 지금 그녀의 마음속에는 뭔가 잘못된 게 있었다. 그녀 마음속의 뭔가가, 한때 그가 그녀와 어울리며 늘 향유하던 기쁨을 매 순간 찢어내는 괴로움을 지금 줄곧 가중하고 있었다.

이제 제프는 멜런사가 자기를 사랑하는지 계속 궁금했다. 이제 그는, 그들의 관계를 시작하게 만든 사람이 그였다고 멜런사가 말했을 때, 그녀가 옳았는지 늘 궁금했다. 멜런사가 그들 사이에서 겪어온, 지금도 겪고 있는 온갖 골칫거리에 대한 진짜 책임이 그에게 있다고 말했을 때 그녀가 옳았던가. 만일 그녀가 옳았다면, 자기는 늘 한 마리 짐승처럼 행동하고 있지는 않았던가. 만일 그녀가 옳았다면, 그녀는 그가 무척 빈번하게 아주 못되게 저지른 고통을 참느라 얼마나 선량했던가. 하지만 아니었다, 의심의 여지 없이 그녀는 자신을 위해 스스로 그걸 감당한 것이지 그를 기쁘게 해주려고 그런 게 아니었다. 긴 시간 동안 생각하면서 그의 마음이 비꼬이지 않은 건 분명했다. 확실히 그는 두 사람의 오랜 연애 기간 중 날마다 겪은 일을 정확하게 기억할 수 있었다. 확실히 그는 멜런사가 항상 생각하는 것처럼 그런 불쌍한 겁쟁이가 아니었다. 분명히, 분명히 그랬는데, 그러면서도 그의 고뇌는 매 순간 마음속에서 더욱 악화되곤 했다.

어느 날 밤 제프 캠벨은 생각에 빠진 채 침대에 누워 있었다. 이제 매일 밤 그는 상념이 많아 전혀 잠을 이루지 못했다. 이 밤에는 모든 것이 선명해져서, 그는 갑자기 침대에서 일어나 앉아 주먹으로 베개를 마구 두드리며 소리치듯 혼잣말을 했다. "나는 멜런사가 줄곧 말하는 것 같은 짐승이 아냐. 내가 걱정하며 생각했던 방식은 아주 틀렸어. 우린 바라던 바를, 각자 상대방을 위해서가 아니라 우리 스스로를 위해, 두 사람이 대등하게 시작했어. 멜런사 허버트도 나처럼 똑같이 그랬어, 왜냐면 그녀는 고통을 참고 싶을 만큼 몹시 그걸 좋아했으니까. 어쨌든 막상 실제로 해온 방식은 빼놓고 달리 생각한 내가 아주 잘못이야. 나는 요즘 그녀가 사랑을 나눌 때 진짜로 또 진심으로 그러는 건지 정말 모르겠어. 그녀가 요즘 언제나 나를 진짜로 또 진심으로 대하는지 확인할 도리가 없어. 다만 내가 사귀자고 그녀를 부추기지 않은 건 틀림없어. 내가 나의 고민을 해결해야 하듯 멜런사도 자신의 고민을 해결해야 해. 누구든 실제로 고민에 봉착하면 혼자 힘으로 해결해야 해. 멜런사가 내가 자기를 부추겼고 그래서 고민하게 만들었다고 말할 땐 틀림없이 그녀가 정확하게 기억을 못 하는 거야. 그래 맹세코, 나는 결코 그녀에게 겁쟁이도 아니고 짐승 같은 사람도 아냐. 나는 성실하게 그 점을 깨달으며 지내왔고, 그게 분명 지금 우리 관계의 있는 그대로이며, 누구나 늘 자기 고민은 스스로 해결해야 할 뿐이야. 이번에는 확실히 내가 보는 게 맞아." 이제 제프는 마침내 편안하게 누워 잠이 들었으며, 오래 끌어온 불신의 고뇌로부터 해방되었다.

"있잖아 멜런사." 다음번에 혼자 멜런사에게 길게 얘기할 기회가 오자 제프 캠벨이 말을 꺼냈다. "있잖아 멜런사, 너는 투지만만하고 절대 불평하지 않는다는 사실을 무척 즐겨 말하는데, 가끔 나는 네가 그러는 데 대해 퍽 많이 생각해. 확실히 나는 멜런사, 네가 불평하지 않는다고 말하는 뜻을 제대로 이해하지 못하는 것 같아. 내가 보기에는, 용감하게 참는 데 중요한 것은 타격을 받고 당장 나타나는 결과뿐만 아니라, 싸움 등에서 다친 충격에서 비롯되는 질환의 모든 후유증과, 그 이후 여러 해 동안의 모든 간호와, 또 가족의 고통도 있는 것 같고, 내가 이해하는 바대로 정말 진정으로 용감하려면, 너는 그 모든 걸 확실히 참고 불평하지 말아야 해." "도대체 무슨 말을 하려는 거야 제프." "무슨 말이냐면, 내가 보기에 정말 불평하지 않는다는 건, 상처받은 적이 있다는 걸 드러내지 않을 만큼 강인하다는 거야. 내가 보기에, 네가 골칫거리로 두통에 시달리며 그 사실을 드러내는 것이나, '아아 당신이 날 몹시 아프게 해요, 제발 상처 주지 마요 선생님' 하고 말하는 것이나 분명히 용감하지 않기는 마찬가지인 것 같아. 내가 보기에는 확실히, 우리 모두가 늘 참고 있어야 하는 걸 그저 참을 뿐인데도 많은 사람이 스스로 몹시 투지만만하다고 생각하는 것과 마찬가지인데, 모든 사람이 고통을 참고, 아무도 고통을 좋아하지 않는 게 분명하지만, 그래도 그걸 참아야 한다는 이유만으로 대부분의 사람들은 우리가 몹시 투지만만하다고 생각하지 않아."

"지금 네가 무슨 얘기를 하고 있는 건지 나도 알아, 제프 캠벨. 네가 늘 즐겨 저지르는 아주 잔인한 모든 짓을 방금 내가 확실하게 더 이상 참지 않았으니까, 지금 너는 내게 공연한 법석을 떨고 있어. 한데, 굳이 말하자면, 그게 항상 너 제프 캠벨의 몸에 밴 방식이야. 내가 계속 너를 용서해주었어도 네겐 전혀 올바른 감정이 없어." "전에는 재미 삼아 말했지만, 멜런사, 이번엔 분명 진심인데, 넌 네가 어디든 가도 된다고 생각하면서 '나는 아주 용감하니까 내게 상처 줄 수 있는 건 없어'라고 말하지만, 늘 그렇듯, 너는 상처를 받게 되고, 그러면 넌 항상 누구나 볼 수 있게 상처를 보여주면서 또 말하기를 '나는 아주 용감하니까, 그가 분명 아무 자격도 없고 내가 얼마나 심하게 아픈지 몰랐다는 것 말고는, 아무런 상처도 받지 않았어, 하지만 아무도 내가 불평하는 소리는 전혀 듣지 못할 거야. 내가 아파하는 걸 보고 걱정하는 마음이 생겨도 나를 잘 돌보려는 경우 말고는 분명히 내게 손대려 하지 않겠지만'이라고 하지. 때로 나는 정말 멜런사, 너처럼 하는 게 그냥 보통 투덜대고 마는 것보다 얼마나 더 투지만만한 건지 정확하게 모르겠어." "모를 거야, 제프 캠벨, 그리고 현재 네 태도를 보면, 틀림없이 네 이해심이 아주 좋아지진 못할 것 같아." "그래, 멜런사, 너도 모르긴 마찬가지야. 너는 정말 고통을 받으려고 뭐든 할 수 있는 유일한 사람이 너라고 항상 생각하잖아." "그게 사실이라면, 항상 고통을 참을 줄 아는 유일한 사람도 틀림없이 내가 아니었을까. 한데, 제프 캠벨, 나는 누가 됐든 진정으로 훌륭한 사람은 기꺼이 사랑하려고 하는데, 내가 생겨먹은 게 그런지, 이 세상에서는 그런 남자를 결코 못 만날 것 같아." "물론이지, 너 같은 사고방식으로는, 멜런사 분명히 넌 앞으로 절대 그런 남자를 만날 수 없어. 멜런사 넌, 네 사랑을 정말 오랫동안 붙잡아 함께할 수 있는 남자가 아무도 없는 이유를 전혀 이해하지 못하니? 확실히 멜런사, 넌 네 안에 진짜 있는, 깊고 충실한 감정까지 내려가지 못해, 그래서 바로 그 순간에 재빨리 감정적으로 대응하지 못하면, 넌 당장 그 자리에서 전혀 더는 보호를 받지 못해. 알잖아 멜런사, 넌 확실히 이런 식이야, 말하자면 너는 네가 해온 행동이나 너와 감정을 공유해온 타인을 전혀 제대로 기억하지 못해. 확실히 멜런사 너는, 네가 뭘 했는지 또 네게 무슨 일이 일어났는지를 생각하기에 이르면, 전혀 정확하게 기억하질 못해." "정말 제프 캠벨 너는 너무나 쉽게 수다를 떠는구나. 너는 귀가할 때까지 세상만사에 대해 생각하고 기억하지 않는 게 전혀 없으니까 정확하게 기억하지만, 나는 그런 식으로 정확하게 기억한다는 거에는 정말 별 관심이 없어, 제프 캠벨. 내가 정확하게 기억하는 행동이라고 분명히 말하는 것은 제프 캠벨, 어떤 일이 네게 일어난 즉시 제대로 기억해서, 네가 항상 나를 대하던 식으로 행동하지 않겠다는 올바른 감정을 갖고, 그런 다음 제프 캠벨 네가 귀가해서 생각하기 시작하는 것이고, 그러면 틀림없이 너는 그 기억이 있어서 친절하고 또 너그럽기가 몹시 쉬워져. 하지만 그 모습은 내가 기억하려는 제프 캠벨이 아닐뿐더러, 사람들이 늘 고통받지 않게 네가 꼭 만들어주었으면 하는 내 기대와도 달라. 나는 제프 캠벨, 한 남자가 퍽 침울하다고 그 남자를 경멸하고 싶은 마음은 전혀 갖지 못할 것 같아, 그 여름날 네가 단지 변덕스러운 하나의 기억에 휘둘려 나를 내팽개치던 것처럼 말이야. 그러니, 제프 캠벨, 기억이 필요해지는 매 순간의 실제 감정이 확실히 나는 진정으로 기억하는 것으로 보여. 그러니까 넌, 틀림없이, 무엇이 옳은가 따위에 대해 전혀 알지 못해 제프 캠벨. 넌 몰라 제프, 싫으나 좋으나 그런 널 항상 견뎌야 했던 사람이 나야. 네가 집에 가서 기억을 하는 동안에, 분명하게 고통받아야 했던 사람은 언제나 나였어. 맞아 분명히 넌 아직도 진정으로 깨닫기 위해 뭐가 필요한지 몰라. 그래, 언제나 우리 두 사람을 위해 항상 기억의 끈을 붙들고 있어야 하는 사람은 분명히 나야, 제프 캠벨. 그게 우리 사이의 진정한 모습이야, 제프 캠벨, 내가 늘 생각하는 게 뭔지 궁금하다면 알고 있으라고 말하는 거야." "넌 분명히 정말 겸손해 멜런사, 이런 식으로 잡담할 때 보면, 넌 정말로 그래 멜런사." 제프 캠벨이 웃으며 말했다. "멜런사 가끔 나는 나 자신이 분명 엄청나게 오만하다고 생각하는데, 그때는 이따금 내가 완전히 세상 속에 있다고 생각하고, 나 자신이 퍽 영리하며, 지금 나와 조금이라도 관계가 있는 거의 모든 사람보다 낫다고 확신할 땐데, 그러나 지금 네가 이런 식으로 떠드는 소릴 들으니 멜런사, 나는 정말 겸손한 부류에 속한다고 확신하게 되네." "겸손하다니!" 화가 난 멜런사가 말했다. "겸손하다니, 네가 웃으며 말하더라도 제프, 그건 네가 너 스스로를 규정하기에는 엄청나게 괴상한 말이야." "어휴 그거야 전적으로 네가 그 말로 뭘 생각하냐에 달려 있지." 제프 캠벨이 반박했다. "예전엔 내가 정말 겸손한 편이라고 생각한 적이 없었는데 멜런사, 지금 네가 떠드는 걸 들으면서 내가 정말 그렇다는 걸 확인했어. 나는 항상 많은 사람이, 나와 조금 다르긴 하지만, 그저 나만큼 선량하게 살고 있는 걸 봐. 근데 지금 너와 있으면서 멜런사, 네가 떠드는 말을 내가 제대로 이해하고 있다면, 너는 너와 알고 지내는 어느 누구의 사고방식과도 다르게 생각해." "분명히 나도 진짜 겸손할 수 있었어, 제프 캠벨." 멜런사가 말했다. "내가 그들과 잘 알고 교류하게 되었을 때, 내가 꾸준히 존경할 만한 사람을 바로 만날 수만 있었다면. 그런데 아직까진 그런 사람이 전혀 나타나지 않았어, 제프 캠벨, 네가 알고 싶어 할까 봐 말하는 거야." "어쩌지 멜런사, 네 사고방식으로는 확실히 그런 사람을 만날 수 있을 것 같지가 않은 것이, 너는 현장에서 당장 마음속으로 느끼는 것 말고는 전혀 기억하지 않고, 남들이 꼭 네가 하는 방식대로 불평을 하지 않으면, 그들이 늘 느끼는 것에 공감하지도 않잖아. 확실해 멜런사, 나는 네가 늘 생각하는 자신의 훌륭함과 견줄 좋은 사람을 만날 가능성은 전혀 없다고 생각해." "천만에 제프 캠벨, 내 경우엔 분명히 네가 말하는 그런 식으로 흘러가지는 않아. 왜냐면 나는 원하는 걸 얻을 때 항상 내가 뭘 원하는지 알고 있거든. 분명히 나는 그걸 가질 때까지 기다리고, 그런 다음 내 안에 들어온 걸 던져버리고는 다시 돌아와 내가 방금 실수를 저질렀고, 그건 내가 알던 바와 조금도 비슷하지 않으며, 나는 내가 원한다고 생각하지 않던 걸 간절하게 갖고 싶다고 말할 필요가 전혀 없어. 그것이 내가 원하는 바를 정확하게 이해하는 방식이자, 내가 상황을 의식하고 있을 땐, 아무도 당장 내 곁에 나타날 수 없음을 깨닫게 하거든, 제프 캠벨. 분명히 말하는데 제프 캠벨, 나는 확실히 네가 항상 생각하는 식으로는 거의 생각하지 않아, 너는 스스로 진정 뭘 원하는지도 모르고, 또 누구나 늘 고통을 받아야 한다는 사실도 전혀 모르잖아. 그러니 제프, 나는 우리 둘 중에서 누가 더 낫고 더 강한지는 거의 뻔하다고 생각해, 제프 캠벨."

"너 좋을 대로 생각해, 멜런사 허버트." 제프 캠벨이 소리치고는 벌떡 일어나 험악한 욕설을 마구 퍼부으며 영영 그녀와 헤어질 듯 사납게 굴더니, 그러면서 동시에 그녀를 두 팔로 껴안고 포옹했다.
"넌 참말로 멍청한 사내구나, 제프 캠벨." 멜런사가 사랑스럽게 속삭였다.
"글쎄 말이야." 제프가 몹시 침울하게 말했다. "난 어린 시절 장난치고 다닐 때에도 정말 누구에게나 계속 화를 내진 못했어. 남들은 쉽게 하는데, 나는 대개 가끔씩 소리만 지를 뿐 정말 화를 낼 수도 없었고 오랫동안 화난 상태를 유지할 수도 없었어. 내겐 정말 아무 소용이 없어 멜런사, 난 소중한 멜런사 네게 계속 화를 내고 있을 수가 없어, 그렇다고 방금 네가 한 말을 내가 옳다고 생각해서 그런다고는 절대 착각하지 마. 멜런사 나는 정말 너처럼 생각하진 않아, 진심이야, 내가 꼭 내야 할 화를 내지 못하는 건 분명하지만. 그래 멜런사, 귀여운 아가씨야, 정말 진짜로, 넌 네가 생각하듯 반듯하진 않아. 난 분명히 그걸 알아 멜런사, 진심이야. 확실히 너는 네가 생각하고 말하는 만큼 내게 바르게 행동하진 않아, 멜런사. 분명히 넌 언제나 귀여운 내 애인이지만, 오늘은 그만 갈게, 멜런사." 그러고 나서 잠시 두 사람은 몹시 다정하게 포옹했고, 그 저녁은 그렇게 제프가 그녀를 떠났다.
이즈음 멜런사는 또다시 돌아다니기 시작했다. 멜런사는 아직 쉬지 않고 돌아다니진 않았지만, 이제 조금씩 다른 사람들을 찾아 나서고 싶어 했다. 그래서 멜런사 허버트는 괜찮은 부류의 흑인 처녀들과 다시 어울리기 시작했고 때로는 그들과 함께 돌아다녔다. 아직은 멜런사가 다시 혼자 돌아다닐 필요까지는 없었다.

제프 캠벨은 멜런사가 다시 돌아다니기 시작한 줄은 몰랐다. 제프는 자기가 요즘 그녀와 자주 어울릴 수 없다는 사실만 의식하고 있었다.

제프는 어쩌다 이런 처지가 된 건지 전혀 이해할 수 없었지만, 요즘엔 자기와 함께할 시간을 낼 수 있는지 미리 물어보지 않고는 감히 멜런사 허버트를 만나러 갈 생각을 하지 않았다. 그럴 때 멜런사는 잠시 생각한 다음 말하곤 했다. "글쎄 제프, 내일은, 네가 그냥 말해본 거잖아. 알잖아 제프, 요즘은 내가 정말 엄청나게 바빠. 확실히 이번 주에는 제프, 어쨌든 시간 내기가 정말 힘들 것 같아. 나야 물론 널 빨리 만나고 싶지, 제프. 근데 확실히 제프 지금은 내가 좀더 일을 해야 돼, 내가 할 일이 없을 땐, 네가 요구하면 무척 많은 시간을 그저 너와 어울리는 데 썼어. 지금 짐작으론 제프, 확실히 이번 주에는 내가 일을 해야 하니까 널 다시 만날 순 없어." "알았어 멜런사." 이렇게 대답은 해도 제프는 화가 솟구치곤 했다. "앞으로는 멜런사, 지금처럼 네가 나를 꼭 확실하게 원할 때만 오고 싶어." "제프 너도 알다시피, 지금 내가 단지 널 만나려고 다른 사람들과 어울릴 기회를 늘 무시할 수 없는 건 확실해. 너는 다음 주 화요일에 날 만나러 와 제프, 알겠지? 화요일에는 제프, 분명히 내가 많이 바쁘진 않겠네." 그러면 제프 캠벨은 그녀를 두고 떠났지만 마음에 상처를 입고 울화가 치밀곤 했는데, 제프 캠벨같이 엄청나게 자부심이 강한 남자로서는 자기가 구걸하는 거지와 다를 바 없다는 생각이 들어 견디기가 힘들었다.

그럼에도 불구하고 그는 그녀가 말한 대로, 항상 지정해준 바로 그날에 왔는데, 여전히 늘 제프 캠벨은 멜런사가 뭘 원하는지를 자기가 진정으로 이해한다고는 확신하지 못했다. 항상 멜런사는 정말 그를 사랑하며 그도 그 사실을 확신하지 않냐고 말했다. 언제나 멜런사는 정말 그를 늘 변함없이 사랑한다고 말했는데, 지금 그가 확인할 수 있는 것은 그녀가 당장 꼭 해야 할 일이 많아 정말 몹시 바빠 보인다는 사실뿐이었다.

제프는 멜런사가 지금 해야 하는 게 뭔지, 그녀를 항상 그토록 바쁘게 만드는 게 뭔지 전혀 몰랐지만, 결코 멜런사에게 그런 질문을 하고 싶지가 않았다. 게다가 제프는, 그런 일에 대해서는, 멜런사 허버트가 진실을 대답해줄 리 없다는 것도 알았다. 제프는, 멜런사가 단순하게 대답하는 요령을 몰라서 그러는 건지의 여부도 몰랐다. 그렇다면 어떻게 그녀에게 중요한 것이 무언지를 알 수 있겠는가. 제프 캠벨은 항상 마음속에서 멜런사의 현실적 문제에 개입할 권리가 없음을 분명하게 깨달았다. 그들은 늘 서로 묻고 싶은 게 있어도 어떤 종류의 질문도 하지 않았다. 그들은 늘 각자의 마음속에서 서로를 보살필 어떤 권리도 없다고 생각했다. 그리고 지금 제프 캠벨은, 멜런사가 그녀의 생활에서 꼭 지켜야 할 게 뭐라고 생각하는지 알려고 하는 자기의 권리가 과거 어느 때보다도 위축되었다고 느꼈다. 제프가 내면에서부터 물어볼 자격이 있다고 느낀 것은 오로지 그녀의 연애 행위에 대한 것뿐이었다.

이제 제프는 날마다, 점점 더, 정말로 어느 정도까지 고통받을 수 있는지를 터득해갔다. 때로 혼자 있을 때면, 고통이 마음을 몹시 아프게 해서, 어쩔 수 없이 눈물이 천천히 흘러나오곤 했다. 그러나 고통이 어떻게 마음을 아프게 할 수 있는지 날마다 더 알게 되었으므로, 그가 지난날 멜런사의 감정에 대해 늘 품었던 깊은 경외심은 사라졌다. 제프 캠벨은, 자기조차 고통을 느낄 수 있고 그래서 고통에 상처를 입었다면 결국 고통을 받는다는 게 별로 대단한 건 아니라고 생각했다. 고통은 그가 알기로 과거 그가 멜런사에게 상처를 준 바로 그 방식대로 그의 마음을 몹시 아프게 하였지만, 그 역시 고통을 받으면서 동시에 어떤 종류의 시끄러운 불평을 내뱉을 수도 없었다.

천성적으로 마음결이 고운 사람들, 대체로 강렬한 격정을 전혀 느끼지 못하는 사람들은, 고통을 받으면 한층 힘들어하는 경우가 빈번하다. 고통을 받는다는 게 뭔지 실제로 모를 때는, 그들은 고통은 매우 끔찍스럽고, 그래서 고통을 받아야 하는 처지의 사람을 누가 됐든 힘껏 도우려 하며, 또 늘 시달리는 요령을 진짜로 터득한 사람을 깊이 존경한다. 그러나 본인이 고통을 받는 실제 상황에 직면할 때, 그들은 두려움과 너그러움과 놀라움을 금방 잃기 시작하며 생각한다. '나조차도 그걸 견딜 수 있는데, 고통받는다는 게 뭐 그리 대단하단 말인가. 항상 고통을 달고 살면서 그걸 견디는 게 퍽 유쾌하진 않지만, 그들이 고통을 견뎌낼 줄 안다는 이유만으로 모두 몹시 더 똑똑한 건 결코 아니다.'

항상 스스로 고통을 찾아 나서는, 천성이 격정적인 사람들, 그들은 돌풍과 같이 날카롭게 찾아오는 감성을 지닌 온갖 유형의 사람들인데, 그들은 고통을 받을 때 항상 더 마음결이 고와

지고, 고통을 받아야 늘 유익함을 느낀다. 다정하고, 차분하고, 편안한 천성의 사람들은 고통을 받을 때 예외 없이 더 힘들어하는데, 그들 스스로 고통을 겪음으로써 과거 그들이 고통을 피할 수 없는 모든 이에게 품었던 두려움과 존경심과 놀라움을 잃기 때문이고, 이제 고통받는 게 뭔지를 이해하면서 남들 모두와 똑같이 고통을 겪을 줄 알 때 고통은 더 이상 그들에게 끔찍하지 않기 때문이다.

이즈음 그런 식으로 제프 캠벨에게 고통이 찾아왔다. 제프는 이제 항상 마음속에서 정말로 고통받는다는 게 뭔지를 깨달았고, 그리고 날마다 고통을 겪으면서 멜런사를 더 잘 이해하게 되었다. 제프 캠벨은 아직도 멜런사 허버트를 사랑했고, 아직도 그녀를 진정으로 신뢰했으며, 아직도 언젠가는 재결합의 기회가 오리라는 일말의 희망을 간직했지만, 그러나 서서히, 하루하루, 이 마음속 희망은 계속 점점 연약해지고 있었다. 아직도 두 사람은 상당히 많은 시간을 어울렸으나, 이제 더 이상 서로를 진정으로 신뢰하고 있지는 않았다. 둘이서 자주 어울리던 지난날에는 멜런사가 무슨 생각을 하는지 별로 알지 못한다고 느끼면서도 제프는 항상 그녀에 대한 신뢰가 아주 공고하다는 확신이 있었는데, 그런데 지금 제프는 멜런사 허버트에 대해 더 잘 알면서도 그녀를 결코 깊이 신뢰하지는 않았다. 지금 제프는 결코 그녀에게 진정으로 솔직할 수가 없었다. 자기에게만 꾸준하다는 사실은 아직껏 전혀 의심하지 않았지만, 왠지 사랑을 나누는 멜런사의 행위에 대해서는 정말 별로 신뢰할 수가 없었다.

이제 멜런사 허버트는 제프가 물어보면 조금씩 화를 냈다.

"예전에는 내가 누구한테도 제프, 한 번 이상 나랑 어울릴 기회를 안 줬어, 그런데 분명 네게는 가장 많이 백 번이나 주고 있어, 알겠어?" "네가 날 정말 사랑한다면, 백만 번을 준들 뭐가 문제야!" 제프가 몹시 화를 내며 벌컥 소리쳤다. "네가 어쨌든 나와 그만큼 누릴 자격이 되는지 난 정말 모르겠어, 제프 캠벨." "내가 멜런사에게 계속 얘기하고 있는 건 누릴 자격에 대한 게 아니야. 난 사랑을 나누는 걸 얘기하고 있고, 네가 정말로 나와 사랑을 나누는 사이라면 너는 어떤 경우에도 그걸 절대로 기회라고 얘기하진 않을 거야." "정말 제프, 요즘 넌 확실히 나에 대해 엄청나게 똑똑해지고 있어, 안 그래?" "아냐, 그런 건 아니고 멜런사, 또 내가 너한테 질투하는 것도 아니야. 네가 늘 나를 대하는 태도를 보고 그저 의심이 생길 뿐이야." "아 맞아 제프, 누구나 분명히 줄곧 질투를 할 때, 그렇게 똑같은 방식으로 말하지. 네가 나와 어울리면서 질투할 이유는 없어 제프, 그런데 지금 난 이 모든 잡담이 지겨워죽겠어, 알겠어?"

제프 캠벨은 더 이상 멜런사에게 자기를 사랑하냐고 묻지 않았다. 이제 그들의 관계는 계속 악화일로였다. 제프는 멜런사와 있어도 늘 아무 말이 없었다. 이제 제프는 절대 그녀에게 솔직하고 싶지 않았고, 할 말도 별로 없었.

요즘 둘이 함께 있을 때는 늘 멜런사가 주로 떠들었다. 그녀는 이제 자주 그와 만난 자리에 다른 처녀들도 동석시켰다. 멜런사는 여전히 제프 캠벨에게 친절했지만 이제 그와 단둘이만 있을 마음은 전혀 없는 것 같았다. 그녀는 제프를 여전히 가장

친한 친구로 대했고 그에게도 늘 그렇게 얘기했지만, 이제 그를 빈번하게 만나고 싶은 눈치는 결코 아니었다.

날이 갈수록 제프 캠벨은 점점 더 힘들어졌다. 마치 그가 멜런사를 진정으로 사랑하게 된 지금, 막상 그녀는 더 이상 그를 소유할 필요가 없어진 것 같았다. 제프의 내면은 이러한 상황을 아주 잘 깨닫기 시작했다.

제프 캠벨은 멜런사가 다시 돌아다니기 시작한 걸 아직 모르고 있었다. 제프는 멜런사를 바로 의심하지는 않았다. 다만 제프에게 분명한 것은, 지금 그녀가 자기와 진정으로 사랑을 나누고 있음을 신뢰하지는 않는다는 사실이었다.

제프는 지금 자기의 속마음에 대해서는 전혀 의심하지 않았다. 그는 멜런사를 진심으로 사랑한다고 확신했다. 그녀가 더는 자기에게 진정으로 중요한 존재가 아니라는 사실도 잘 알았다. 제프 캠벨은 자기가 그녀를 열심히 사랑하며 또 지금은 고통받는다는 게 뭔지 정말로 이해하더라도, 더 이상 그녀를 신뢰할 수 없다면, 진정으로 멜런사를 원하지 않는다는 것도 내심 잘 이해했다.

날마다 멜런사 허버트는 점점 그에게서 멀어졌다. 그녀는 수다를 떨면서 또 그와 어울리면서 늘 쾌활하기 그지없었지만, 그래봐야 이제는 왠지 그에게 아무 위안도 되지 못했다.

지금 멜런사 허버트의 주위에는 항상 많은 친구가 모였다. 제프 캠벨은 전혀 그들과 어울리고 싶지 않았다. 멜런사는 그와 단둘이 보낼 기회를 만들기가 계속 더 어려워졌고, 그런 사정을 자주 설명했다. 간혹 그녀는 그를 기다리게 만들곤 했다.

그럴 때면 언제나 제프는 기다리면서 인내하려고 노력했는데, 제프 캠벨은 어떻게 기억할지*를 아주 잘 알았고, 지금 그녀의 이런 행동을 참는 게 지극히 당연하다고 이해했다.

그러다가 멜런사는 번번이 그를 만나지 않으려고 애를 쓰기 시작했고, 한번은 그를 만나기로 미리 약속한 장소에 나타나지 않고 멀리 가버렸다.

그 순간 제프 캠벨은 머리끝까지 분노가 치밀었다. 이제는 결코 자기가 정말로 그녀를 원할 수 없음을 자각했다. 결코 더는 그녀를 믿고 신뢰할 수 없음을 깨달았다.

제프는 멜런사가 왜 자기를 만나겠다는 약속을 어겼는지 이유를 전혀 몰랐다. 요즘 제프는 멜런사 허버트가 또다시 돌아다니기 시작했다는 소문을 듣고 있었다. 여전히 제프 캠벨은 이따금 제인 하든을 보았는데, 그녀에게는 늘 손쉽게 왕진을 올 의사가 필요했다. 제인 하든은 멜런사의 근황을 항상 잘 꿰차고 있었다. 제프 캠벨은 멜런사에 대해서는 제인 하든에게 어떤 언급도 하고 싶지 않았다. 제프는 멜런사에게는 항상 충실했다. 제프는 지금 자기가 멜런사를 사랑한다는 사실을 제인 하든이 전혀 모르게 하면서도, 제인 하든이 멜런사에 대해 많이 떠드는 건 결코 허용하지 않았다. 그럼에도 지금 그럭저럭 멜런사의 근황을 알았고, 멜런사가 로즈 존슨과 함께 빈번하게 만난다는 몇 명의 남자에 대해서도 알았다.

---

* 지난날 제프가 멜런사를 장시간 기다리게 만들었던 일에 대한 기억으로 보인다.

제프 캠벨은 멜런사를 정말로 의심할 생각은 없었지만, 이제 자기가 그녀를 원하지 않는다는 사실을 확실히 인정하게 되었다. 이제 제프는 멜런사 허버트가, 그의 예전 생각처럼, 그녀도 사랑을 감지하면서 그를 사랑하지는 않는다는 걸 알게 되었다. 일찍이 그에게 그녀는, 그가 감지할 수 있으리라고 생각했던 이상으로 위대했다. 이제 제프는 멜런사 허버트를 이해할 수 있는 지점에 도달했다. 제프는 그녀가 그를 진정으로 사랑할 수 없었으므로 억울한 건 없었지만, 자기가 마음속에 실제로 환상을 지니도록 만든 것만은 고통스러웠다. 또 그는 자기가 늘 이 세상에 실재한다고 느꼈던 것, 자기를 위해 늘 아름다움이 충만한 세상을 만들어주던 것이 이제 사라졌으며, 자기가 아직 이 새로운 종교를 진정으로 붙잡지 못했고, 또 무엇이 선하고 진정 아름다운가를 알기 위해 지난날 누렸던 것들을 상실했다는 사실도 조금은 비통했다.

제프 캠벨은 항상 솔직해달라고 멜런사에게 간청했었기 때문에, 지금 마음속으로는 몹시 화가 났다. 그녀가 마음속에서 자기를 사랑하지 않는 건 참을 수 있지만, 마음속에서 자기에게 정직하지 않은 건 참을 수 없었다.

제프는 멜런사에게 바람맞았던 장소에서 집으로 돌아왔는데, 기분이 참담했고 마음속에서는 분노가 끓어올랐다.

제프는 자기 내면을 제대로 수습하려면 뭘 해야 할지 자신이 없었다. 분명히 지금은 강한 마음을 먹고 이 사랑의 행위를 내동댕이쳐야 하는데, 그렇다 하더라도 지금 자기 마음속에 진정한 지혜가 있으리라는 확신이 없었다. 멜런사 허버트가 마음을 다해 정말로 깊은 사랑을 나눈 적이 결코 없었다는 확신도 없었다. 멜런사 허버트가 자기의 존경을 받을 가치가 결코 없었다는 확신도 없었다. 이런 고뇌들이 지금 계속 제프의 마음속을 스쳐 갔으나, 지금 줄곧 그는 멜런사가 결코 자기에게 진정으로 위대한 적이 없었음을 더욱 자각했다.

제프는 멜런사가 어떤 기별이라도 보내오는지 기다려보았다. 멜런사 허버트는 그에게 단 한 줄도 보내지 않았다.

마침내 제프가 멜런사에게 편지를 썼다. "사랑하는 멜런사, 네가 약속을 어겨 날 만나지도 않고, 또 분명 너 스스로 생각하기에도 나에 대해 옳지 않게 행동한 이유를 전혀 해명도 하지 않은 지난주에 네가 어쨌든 아프지 않았다는 사실은 내가 확실하게 알고 있어. 제인 하든이 네가 요즘 즐겨 어울리는 몇몇 사람과 산책을 나간 모습을 목격했다고 말해주더군. 멜런사, 이제 더는 날 오해하지 마. 내가 지금 널 사랑하는 건, 네가 그동안 가르쳐준 걸 내가 더디게 터득하기 때문인데, 하지만 지금 나는, 네겐 분명히 진실한 감정 같은 게 없었다는 걸 알게 되었어. 멜런사, 난 지금 너도 그저 우리 모두와 같은 피조물이라고 생각하기 때문에 이제 더 이상 널 진정한 종교처럼 사모하지 않아. 내가 생각하기에 지금 널 실제로 붙잡을 수 있는 사람은 없는데, 아무도 널 진정으로 신뢰할 수 없기 때문이고, 또 네 의도는 옳아도 네가 전혀 기억을 못 해서 정직을 입증할 방법이 결코 없기 때문이야. 그러니 이제는 제발 날 정확하게 이해해 멜런사, 내가 널 어떻게 사랑해야 하는지 모를 리가 없지. 난 지금 널 사랑하는 방법을 깨닫고 있어, 멜런사, 진심이야. 너도 내 마음속 진심을 분명하게 알 거야, 멜런사. 확실하게 너는 항상 날 신뢰해도 좋아. 그래서 지금 멜런사, 내가 네게 확실히 정말 정직하게 말할 수 있는데, 내 감정이 어떤 상태인가는 내가 너보다 잘 알아. 그래서 말인데 멜런사, 절대로 나는 네게 더 이상의 골칫거리가 되고 싶진 않아. 멜런사 분명히 너는, 내가 도저히 알 수 없는 세상사에 눈을 뜨게 만들어줬어. 내 감정이 분명히 너보다 한 수 아래로 정확하지 않았을 때, 넌 내게 무척 친절하고 잘 참아주었어. 난 어쨌거나 모든 면에서 멜런사, 결코 네 친절과 인내의 근처에 가본 적이 없어, 나도 그건 틀림없이 인정해, 멜런사. 하지만 멜런사, 두 사람이 정말 올바르게 사랑을 나눈다는 것은 멜런사, 내 생각으로는, 그건 항상 함께 친절한 것, 두 사람이 서로 상대방을 분명히 자기처럼 훌륭하게 생각하고 있어야만 한다는 게 확실해. 또 내가 보기에 멜런사, 사랑은 한쪽이 받기만 하고 한쪽이 단지 주기만 하는 그런 종류의 감정은 절대로 될 수가 없어. 지금은 네가 분명 나를 전혀 이해하지 못하겠지만, 그래도 괜찮아. 나는 진짜 멜런사 너에 대한 지금의 내 감정이 뭔지 확실히 알고 있어. 그러니 이제 영원히 헤어지자 멜런사. 나는 절대로 멜런사 너의 진짜 모습을 정말 신뢰할 수 없다고 말하는 건데, 그렇게 된 건 단순하고 확실하게도, 실제의 타인에 대해 결코 대등한 감정을 가지지 않으려 하는, 또 어떻게 기억할지를 전혀 제대로 이해하지 못하는 너의 태도에 기인하는 거야. 여러 면에서 나는 정말 너를 깊이 신뢰하고, 또 멜런사 네가 마음속에 확실하게 간직한 그 몹시 선량한 감미로움을 분명 깊이 깨닫고 있어. 문제는 나를 사랑하는 너의 태도야 멜런사. 너는 결코 나와 대등할 수 없다는 태도 말이야, 아무리 사랑이 탐나도 결단코 나는 그런 태도를 더는 참을 수 없어. 그러니 이제 멜런사, 네가 필요하다면 내가 항상 친구로는 지내겠지만, 이제 우리가 서로 얘기하기 위해 만나는 일은 더 이상 없을 거야."

다 쓰고 나서 제프 캠벨은 생각에 생각을 거듭했는데, 지금의 자기로서는 상황을 다르게 이해할 어떤 방법도 없었으므로, 마침내 그는 이 편지를 멜런사에게 보냈다.

그리고 이제 제프 캠벨의 마음은 모두 확실히 정리되었다. 분명히 이제 그는 더 이상은 멜런사에 대해 알 도리가 없었다. 그렇긴 하지만 멜런사는 어쩌면 그를 진정으로 사랑할 것이다. 그러면 멜런사는, 어쨌든 더 이상 그녀를 만나지 못하는 그가 얼마나 괴로운지 알 것이고, 어쩌면 그에게 몇 자 적어 보낼 것이다. 그러나 제프가 그렇게까지 상상하고 있는 건 바보 같은 짓이었다. 물론 멜런사는 그에게 단 한 글자도 쓰지 않을 것이다. 이제 그들의 모든 관계는 영원히 끝났고, 제프는 진정으로 해방되는 느낌을 받았다.

여러 날이 지났지만 지금도 제프 캠벨은 마음속으로 오로지 안도의 감정만 들었다. 제프는 외부 접촉을 완전히 끊고 지금 자기 안에 틀어박혀 조용했다. 모든 게 마음속에서 묵직하게 가라앉고 있었는데, 이처럼 깊이 내면으로 침잠하는 요즘, 그가 진짜로 마음속에서 유일하게 느낄 수 있었던 것은 갈등하지 않음으로 생기는 휴식과 고요함이었다. 제프 캠벨은 지금 생각을 할 수도 없고, 마음속에서 뭔가 다른 것을 느낄 수도 없었다. 그를 에워싼 어떤 아름다움도 선량함도 보이지 않았다. 지금 그의 내면에 보이는 것은 따분하면서도 유쾌한 듯한 고요함이었다. 제프는 이 따분한 고요함을 거의 사랑하기 시작했는데, 멜런사 허버트에게서 처음 감동을 받은 이후 자기 안에서 발견했던 어느 감정보다도 한층 자유로운 상태에 가깝기 때문이었다. 그는 아직 그것이 진정한 휴식임을 터득하지 못했고, 아주 오랫동안 마음속에서 작동하고 있던 것을 정말로 정복하지도 못했으며, 아직은 자기에게 벌어진 사건에 내재하는 아름다움과 진정한 선량함을 이해할 줄 몰랐지만, 그러나 지금 그가 온통 무기력하다 해도 휴식은 휴식이었다. 제프 캠벨은 자기 내면에서 늘 길항하던 갈등이 사라진 게 너무 좋았다.

이런 식으로 제프의 일상이 흘러갔고, 그는 조용히 지내면서 자신의 일에서 다시 신중하게 행동하기 시작했는데, 지금 주위에서는 어떤 아름다움도 보이지 않았고, 내면은 항상 따분하고 답답했지만, 그럼에도 불구하고 그는 결국 자기가 복귀할 올바른 태도로 알고 있던 그 길, 항상 자기 자신과 모든 유색인에게 원했던 그 길, 규칙적으로 살면서 온갖 조용한 생활 방식에서 아름다움을 발견하는 그 길을 꾸준히 지키는 가운데 자기가 그토록 멀리까지 가보았던 것에 만족했다. 그는 한때 온몸을 관통하던 환희의 감각이 사라졌음을 알았지만, 그래도 그는 일을 할 수 있고, 어쩌면 지금 더 이상 자기 주위에 보이지 않는 아름다움에 대하여도 내면에서 어떤 진정한 믿음을 복원할 것이었다.

그렇게 제프 캠벨은 하던 일을 계속했고, 매일 저녁 집에서 머물렀고, 다시 독서를 시작했고, 수다를 별로 떨지 않았고, 자기가 보기에 아무 감정도 없는 것 같았다.

그러던 어느 날 제프는 어쩌면 정말로 잊고 있다고 생각했고, 이제 머지않아 규칙적이고 조용하던 과거의 생활 방식으로 돌아가 행복할 수 있으리라 여겼다.

제프 캠벨은 자신의 내면에서 진행되는 변화에 대해 결코 아무에게도 입을 열지 않았다. 제프 캠벨은 수다 떨기를 좋아하고 솔직했지만, 진정으로 깨닫고 있는 내용은 절대 발설하지 않았고, 자기가 항상 뭘 생각하고 있는지에 대해서만 말했다. 제프 캠벨은 자기가 진정으로 깨닫고 있는 것을 감추는 게 늘 자랑스러웠다. 그는 깨달은 바를 생각할 때마다 얼굴이 붉어졌다. 만일 기회가 온다면, 멜런사 허버트에게만은 자기가 깨닫고 있는 게 뭔지 말할 텐데.

그런 식으로 제프 캠벨은 늘 이 따분하고 무기력하고 답답하고 조용한 자기만의 일상을 지속했으며, 결코 아무런 감정도 지닐 수가 없는 듯 보였다. 다만 때때로 한때 깨달았던 어떤 일들이 기억날 때면 부끄러움으로 얼굴이 붉어지고 몸이 떨렸다. 그렇게 지내던 어느 날 그의 마음속에서 모든 게 선명하게 깨어났다.

바로 그 무렵 의사 캠벨은 곧 숨을 거둘지 모르는 남자 환자의 곁에 오랜 시간 붙어 있었다. 어느 날 환자는 잠들어 있었다. 의사 캠벨은 기다리는 동안, 잠시 창으로 가서 바깥을 내다보았다. 지금 남부 지방은 아주 이른 봄을 맞았다. 나무 표면에는 지그재그의 잔주름들이 막 생기기 시작했는데, 어린 눈들이 계속 움트고 나오며 만드는 것들이었다. 나무를 에워싼 대기는 부드럽고 촉촉하고 상쾌했다. 흙은 축축하고 비옥하며 나무가 좋아하는 냄새를 풍겼다. 새들이 나무 주위에서 청명하고 산뜻하게 지저귀고 있었다. 몹시 부드럽지만 아직 나무들에게는 성가신 바람도 불어왔다. 꽃봉오리와 긴 지렁이와 흑인들과 온갖 다양한 아이들은, 새봄의 물기를 머금은 남부의 태양 속으로 점점 더 멀리까지 뻗어갔다.

제프 캠벨 또한 마음속에서 과거의 환희가 조금씩 감지되기 시작했다. 무기력한 정적이 내면에서 부서지기 시작했다. 그는 온갖 봄기운과 동화하려고 창문 바깥 멀리까지 몸을 내밀었다. 몸 안에서 심장이 격렬하게 뛰다가 거의 멈출 지경이 되었다. 방금 본, 곁으로 지나간 그 사람이 멜런사 허버트였나? 멜런사였나, 아니면 그냥 다른 처녀였는데, 그 처녀가 그의 마음속에 그처럼 절실한 감정을 불러일으켰나? 어쨌든 그게 문제는 아닌 게, 멜런사는 그의 주위에 엄연히 있고, 그 사실을 그는 확실히 마음속으로 늘 알고 있었다. 멜런사 허버트는 항상 자기와 같은 도시에 살고 있는데, 다만 더 이상 그녀가 자기와 가까이 있다고 전혀 느끼지 못할 뿐이었다. 그녀를 품에서 밀쳐내다니 나는 얼마나 바보였던가! 그녀가 날 진정으로 사랑하지 않는 것을 확인했던가? 멜런사가 지금 나로 인해 고통을 받고 있다고 생각해보자. 그녀가 정말 날 기꺼이 만나려 할 것이라고 생각해보자. 또 내가 한 다른 행동들이 지금 정말로 내게 의미가 있을까? 그녀를 물리치다니 내가 얼마나 바보였던가!

그럼에도 불구하고 멜런사 허버트가 날 원했고, 내게 솔직했고, 멜런사가 날 사랑했었으며, 그리고 이제 멜런사가 나 때문에 고통을 받았다면? 아! 아! 어떻게 하니! 또다시 참담한 눈물이 울컥 솟았다.

이른 봄의 따뜻하고 촉촉한 기운이 몸 안에서 꿈틀대던 그 긴 하루 동안, 제프 캠벨은 일하고, 생각하고, 가슴을 치고, 두리번거리고, 크게 소리치고, 침묵하고, 확신하고, 그런 다음 의심하고 그러다가 확실하게 깨닫기를 간절히 바라고, 그러면서 온몸이 흠뻑 젖었다. 그는 걸어도 보고, 때로는 급히 뛰면서 갑작스러운 생각에 잠기기도 하고, 아프고 피가 나게 손톱을 깨물기도 하고, 자기의 감정이 진짜임을 확인하려고 머리카락을 잡아 뜯기도 했지만, 지금 뭘 하고 있어야 올바른 건지 전혀 알 수가 없었다. 이윽고 그는 그날 밤늦게 멜런사 허버트에게 모든 사정을 솔직하게 쓴 다음, 자칫 자기가 내용을 고치지 못하도록, 곧바로 편지를 보냈다.

"오늘 내가 강하게 느낀 감정인데 멜런사, 어쩌면 지금 내가 잘못 생각하고 있는 건지도 모르겠어. 넌 어쩌면 내가 너와 어울리기를 몹시 원할지 몰라. 어쩌면 내가 예전에 하던 대로 네게 또다시 상처를 준 것 같아. 확실히 멜런사, 내가 정말 그 생각을 떠올리기만 하면, 이제 다시는 절대로 네게 잘못을 저지르지 않겠다는 게 정말 내 간절한 소망이야. 어쩌면 네가 그렇게 느끼고 있으리라고 오늘 내가 강하게 알게 된 감정에 만일 너도 공감한다면, 그러면 멜런사 내게 그렇다고 말해, 내가 다시 널 보러 갈게. 만일 아니라면, 더 이상 아무 말도 내게 하지

마. 난 너한테 결코 나쁜 사람이 되고 싶지 않아 멜런사, 진심이야. 절대로 네게 귀찮은 사람이 되고 싶지 않아. 난 내가 틀렸다는 생각, 그러니까 네가 내가 찾아오는 걸 바라지 않는다고 생각하는 건 정말 참을 수 없어. 말해봐 멜런사, 솔직하게 말해봐, 지금 다시 널 만나러 가야 할지." "응." 멜런사에게서 답장이 왔다. "오늘 밤 집에 있을게 제프, 보고 싶어."

제프 캠벨은 그날 밤늦게 멜런사 허버트를 만나러 갔다. 그녀에게 점점 가까워지는 동안, 제프는 정말 그녀와 어울리길 바라는 건지 의심이 생기면서, 자기가 지금 그녀에게 뭘 바라는지 모른다는 걸 깨달았다. 그들이 결코 서로의 고민을 솔직하게 털어놓을 수 없음을, 지금 제프 캠벨은 마음속 깊이 아주 잘 알고 있었다. 지금 제프가 멜런사 허버트에게 말하고 싶은 건 뭔가? 제프 캠벨이 지금 그녀에게 말할 수 있는 건 뭔가? 분명히 그는 절대로 그녀를 당장 신뢰하게 될 순 없었다. 분명히 제프는 멜런사가 늘 내면에 간직한 생각을 전부 잘 알고 있었다. 그럼에도 불구하고 그녀를 만나기가 이보다 더 무서운 적은 없었다.

제프는 실내에 들어와 멜런사에게 다가가 키스하고 포옹을 한 후 그녀의 품에서 벗어나더니 가만히 서서 그녀를 바라봤다. "자기 제프!" "그래 멜런사!" "제프, 내게 그렇게 행동한 이유가 뭐야?" "네가 아주 잘 알잖아 멜런사, 내가 늘 생각하는 건, 너는 날 사랑하지 않고, 내게 착하게 구는 건 친절에서 나오는 거고, 게다가 멜런사 내가 네 코빼기도 보지 못한 그날, 네가 날 만나러 온다고 틀림없이 약속해놓고도 전혀 나타나지 않은 이유에 대해 분명히 단 한 마디 말도 안 했다는 거야!" "제프 넌 정말 내 변함없는 사랑을 확신하지 못하는 거니?" "응 멜런사, 정말 마음속으로 그러질 못해. 정말 틀림없이 그래 멜런사, 마음속으로 확신만 한다면, 내가 정말 전혀 널 귀찮게 하지 않을 텐데." "제프, 내게는 항상 내가 틀림없이 널 더 사랑하는 것으로 보이거든, 너는 그 사실을 네 마음속에서 분명히 깨달아야 해." "틀림없어 멜런사?" "그렇고말고 제프 참, 네가 알잖아." "그러면 멜런사 왜 내게 그렇게 행동했어?" "아 제프 정말 계속 날 귀찮게 하는구나. 그날 난 멀리 갈 일이 생겼을 뿐이고 제프, 난 분명히 네게 감출 생각이 없었는데, 그런 와중에 네가 쓴 편지가 도착하고 그러자 내게 어떤 일이 벌어졌거든. 그게 뭐였는지 나도 정확하게는 모르고 제프, 그저 정신을 잃은 것 같은데, 내가 뭘 할 수가 있었겠어 제프, 네가 절대 더는 날 만나러 오고 싶지 않다는데!" "네가 알았더라도 상관없지만 멜런사, 나로선 네게 그런 식으로 행동하는 게 죽기보다 더 힘들었는데, 넌 내게 전혀 아무 말도 안 하려 했던 거야?" "그럼 물론이지. 네가 그런 식으로 써서 보냈는데 내가 어떻게 할 수 있겠어. 네가 내게 어떤 감정을 느꼈을지는 이해하지만 제프, 분명히 난 네게 아무 말도 할 수 없었어." "저런 멜런사, 나 역시 속으로 내가 정말 거만하다는 건 확실히 알지만, 네가 늘 날 진정으로 사랑했다는 걸 어떻게든 알았다면, 분명히 멜런사 너에게 결코 그런 식의 행동은 못 했을 거야. 그래 멜런사 자기, 너와 난 확실히 별로 같은 식으로 생각하는 법이 없어. 어쨌거나 멜런사, 난 분명히 너, 있는 그대로의 멜런사를 사랑해." "나도 사랑해 제프, 확실하게 네가 날 믿는 것 같지 않지만." "그래, 네가 그런 말을 하는 순간에도, 난 분명히 절대로 널 믿지 않아 멜런사. 어떻게 해야 믿을지 모르겠어 멜런사, 하지만 정말 난 틀림없이 널 신뢰하는데, 다만 네가 진정으로 날 계속 사랑하고 있는지는 지금 믿음이 안 가. 네가 계속 날 신뢰하는 건 나도 확신하지만 멜런사, 다만 왠지 그게 언제나 내게 괜찮은 건 아냐. 내가 그걸 네게 어떻게 말할지 멜런사, 정말 달리 표현할 방법이 없어." "내가 제프 너를 지금 계속 신뢰한다고 분명히 말하지만, 글쎄, 내가 널 더 이상 도울 길은 확실히 없어, 제프 캠벨. 내게 너는, 내가 알 수 있는 최고의 남자가 분명해. 난 그 사실이 달라질 수 있다고 생각해 본 적 없어." "음 그렇게 너는 날 신뢰하고 멜런사, 나는 널 분명히 사랑하고 멜런사, 그리고 나는 멜런사 너와 내가, 지금 우리가 함께 지내려고 확실히 하려는 행동보다, 약간은 더 잘했어야 했다는 생각이 드네. 내 짐작엔 너도 틀림없이 그렇게 생각하고 있어 멜런사. 하지만 아마 넌 정말로 날 사랑하고 있어. 말해줘, 제발, 지금 정말 솔직하게 멜런사 자기야, 말해봐, 내가 진정으로 항상 마음속에서 의식하게, 정말 진정으로 날 사랑해?" "아 너는 정말 어리석은 바보구나, 제프 캠벨. 물론 사랑하지, 내가 늘 널 용서하는 걸 보면 알 수 있잖아. 만일 내가 널 언제나 사랑하지 않았다면 제프, 분명히 나는 제프 네가 늘 내게 하는 대로 그렇게 언제나 날 귀찮게 만들도록 절대로 그냥 놔두지 않을 거야. 그러니까 다신 함부로 그런 말을 감히 내 앞에서 하지 마. 지금 잘 들어 제프, 아니면 내가 머지않아 정말로 나쁜 짓을 해서 네게 진짜 고통을 맛보게 할 거야. 앞으로 제프 넌 내게 그저 착하게 굴어. 알잖아 제프 그러길 내가 얼마나 간절히 바라는지, 앞으론 언제나 착하게 굴어!"

제프 캠벨은 멜런사에게 대꾸할 말이 없었다. 지금 그녀에게 해야 할 말이 뭔가? 자기가 무슨 말을 해야 그들의 기분이 좀 풀릴 수 있을까? 제프 캠벨은 자기가 깊이 사랑할 줄 알게 되었고, 그 사실을 지금도 항상 마음속에서 깊이 깨닫고 있으며, 멜런사가 늘 사람을 신뢰할 만큼 강인해지는 법을 알게 된 것 역시 지금 마음속에서 의식하고 있지만, 그러나 그는 멜런사가 자기를 진정으로 사랑하지 않는다는 사실을 언제나 몹시 강렬하게 느꼈다. 그 사실은 늘 그의 마음속에 자리를 잡은 채 두 사람 사이에 항상 강고하게 끼어들었다. 그래서 이번 대화로 그들의 관계가 정말로 나아지지는 못했다.

멜런사에게 제프 캠벨은 결코 더 이상 고민거리가 되지 않았고, 그는 그저 조용하게 지냈다. 제프는 자주 멜런사와 만나고 매우 친근하게 지냈지만 결코 더는 그녀를 귀찮게 하지 않았다. 제프는 이제 그녀와 사랑을 나눌 기회가 더 이상 많지 않았다. 이제 그가 그녀를 만날 때 멜런사 옆에는 꼭 누군가가 있었다.

멜런사 허버트는 제프 캠벨과의 갈등이 막 심각해지던 무렵, 처음 로즈를 만났던 그 교회를 방문했는데, 로즈는 훗날 샘 존슨과 정식으로 결혼했다. 로즈는 잘생기고, 괜찮은 부류에 속하는 흑인 처녀로, 백인 부부가 꼭 자기들 친자식처럼 양육했다. 지금 로즈는 유색인들 사이에서 살고 있었다. 바로 그때 로즈는 어떤 유색인 여자와 동거하고 있었는데, 그 여자는 이미 '미스' 허버트와 그녀의 흑인 남편과 또 바로 멜런사와 알고 지냈다.

로즈는 금방 멜런사 허버트를 좋아하게 되었고 멜런사도 이제 가능할 때면 언제나 로즈와 같이 있기를 원했다. 멜런사 허버트는 항상 로즈를 위해 그녀가 바란다고 생각할 수 있는 건 뭐든지 다 했다. 로즈는 감동을 주는 멋진 사람들과 어울리기를 항상 좋아했다. 로즈는 상식에는 강했지만 게을렀다. 로즈는 멜런사 허버트를 좋아했고, 내면에 어떤 섬세한 배려심도 있었다. 그래서 로즈는 속으로 멜런사 허버트를 안쓰러워했는데, 멜런사가 예민하고 상냥하고 순종적이고 지성적이지만, 이따금 몹시 우울해지는 상황이 계속되고 또 항상 너무나 고민이 많기 때문이었다. 그럴 때 역시 로즈는, 고민에서 전혀 벗어날 줄 모르는 멜런사 허버트를 책망할 수 있었는데, 로즈는 자기의 단순하고 이기적인 지혜를 동원하여 언제나 무척 직설적으로 말했다.

하지만 왜 예민하고 지적이고 매력적이고 절반이 백인인 처녀 멜런사 허버트가, 자신의 다정함과 능력과 지혜에도 불구하고, 이 게으르고 어리석고 평범하고 이기적인 흑인 처녀를 위해 자신을 비하하고 아첨하며 또 책망까지 듣는 걸까. 이는 멜런사가 보인 하나의 기이한 측면이었다.

하여간 지금 새로운 이 봄의 나날에, 멜런사가 다시 돌아다니기 시작하며 동반한 사람은 로즈였다. 원래부터 로즈는 나다닐 때의 올바른 태도가 뭔지 항상 숙지하고 있었다. 로즈는, 백인들 손에서 양육되었으므로, 자신이 여느 평범한 흑인 처녀가 아님을 깊이 의식했으며, 늘 동반해 다니는 한 남자가 있을 때는 항상 그 남자에게 집중하도록 주의했다. 로즈의 마음속에는 예의 바른 행동에 대한 강박이 항상 있었다. 로즈는 복잡하고 우유부단한 멜런사에게, 돌아다닐 때 지켜야 할 올바른 태도가 뭔지 항상 말하곤 했다.

로즈는 멜런사 허버트와 제프의 관계에 대해서는 별로 알지 못했다. 멜런사 허버트가 거의 모든 시간을 의사 캠벨과 어울리던 때는 로즈가 멜런사에 대해 알기 전이었다.

로즈가 멜런사와 어울리는 모습을 본 제프 캠벨은 로즈가 마음에 들지 않았다. 제프는, 가능하기만 하다면, 로즈와 절대로 안 만날 작정이었다. 로즈도 의사 캠벨에 대해 별로 신경 쓰지 않았다. 멜런사도 로즈에게 그에 관해 별로 언급하지 않았다. 지금 그는 멜런사에게 중요한 상대가 아니었다.

로즈는 멜런사의 옛 친구 제인 하든을 보고는 마음에 들어 하지 않았다. 제인은 로즈를 평범하고 어리석고 뚱한 흑인 처녀라고 경멸했다. 제인은 멜런사가 그 흑인 처녀 로즈를 견디며 그녀의 내면에서 발견해낸 가치를 이해하지 못했다. 그래서 제인은 멜런사를 보는 것도 역겨웠다. 그래도 멜런사의 마음은 착했지만 분명 그 착한 마음을 실제 사용하고 싶어 하진 않았다. 멜런사는 여전히 제인 하든에게 친절하려고 계속 노력했지만, 이제 제인 하든은 멜런사를 결코 더는 만나고 싶지 않았다. 그리고 로즈 그녀는, 저 거만하고 천박하게 떠들고 지저분하고 술만 마셔대는 제인 하든을 혐오했다. 로즈는 멜런사가 어떻게 참아가며 제인을 계속 만날 수 있는지 이해하지 못했지만, 멜런사는 언제나 누구에게나 몹시 친절했으며, 사람들 각자의 가치를 알아내어 그에 따라 상대방에 대한 자기의 행동을 달리하는 그런 사람이 절대 아니었다.

로즈는 멜런사와 제프 캠벨과 제인 하든에 대해 별로 아는 게 없었다. 로즈가 멜런사에 대해 아는 건 멜런사가 부모와 함께 지낸 과거의 생활이 전부였다. 로즈는 항상 기꺼이 친절한 마음으로 불쌍한 멜런사를 대했는데, 멜런사는 아버지 어머니와 무척 끔찍스러운 시간을 보낸 후 지금은 혼자 남아 도와줄 사람이 아무도 없는 처지였다. "멜런사 네 아버진 네게 지독한 흑인 남자였어, 난 그를 붙잡아 정신이 번쩍 들게 혼내주고 싶어. 정말 그러고 싶어 멜런사, 내 뜻이 그래."

어쩌면 로즈 본연의 이처럼 단순한 믿음과 단순한 분노와 단순한 도덕적 행동 습관이 지금의 멜런사에게는 상당한 위안이 되었을 것이다. 로즈는 이기적이고 멍청하고 게을렀지만 예의가 있었고, 자기가 어떻게 행동해야 올바르고 또 자신이 원하는 바가 뭔지를 항상 알고 있었으며, 친구 멜런사 허버트의 총명함에 확실하게 감탄하면서 멜런사가 늘 겪는 고통의 심각성을 분명하게 이해하여, 더는 곤경에 빠지지 않도록 멜런사를 책망하였고, 멜런사 허버트가 간혹 어쩔 수 없이 달리 행동하는 걸 보아도 결코 화를 내지 않았다.

그런 식으로 줄곧 로즈와 멜런사는 점점 더 붙어 지냈고, 이제 제프 캠벨은 더는 멜런사와 단둘이 어울릴 기회가 거의 없었다.

한번은 제프가 환자를 보러 멀리 다른 도시로 출장을 가게 되었다. "월요일 돌아오니까 멜런사, 그날 저녁에 보러 올게. 날 만날 거면 멜런사, 집에 혼자 있어." "물론 제프, 반갑게 맞이할게!"

제프 캠벨이 월요일 자기 집에 돌아왔을 때 멜런사가 보낸 쪽지가 와 있었다. 제프, 모레 수요일에 올 수 있을까? 멜런사는 그날 저녁 외출하게 되었다며 무척 안타까워했다. 엄청나게 미안해하면서 제프에게 화내지 말라고 당부했다.

제프는 화가 나서 욕을 조금 내뱉고는 껄껄 웃고 그러고 나서는 한숨을 쉬었다. "가련한 멜런사, 이 여잔 정말 정직할 줄을 몰라, 하지만 문제 될 거 없어, 나는 그녀를 분명히 사랑하고 그녀가 날 받아주기만 한다면 좋으니까."

수요일 밤 제프 캠벨이 멜런사를 보러 갔다. 제프 캠벨이 그녀를 포옹하며 키스했다. "월요일 만나기로 한 약속을 못 지켜서 너무너무 미안해 제프, 한데 나로선 어쩔 도리가 없었어 제프, 달리 조정할 방법이 없었어." 제프가 그녀를 쳐다보고는 살짝 비웃었다. "지금 나더러 정말 그걸 믿어달라는 거야, 멜런사. 좋아, 네가 믿어달라면 그렇게 하면 되지 멜런사. 오늘 밤은 네가 좋아하는 방식대로 네게 확실히 친절할게. 네가 날 만나고 싶었던 게 분명하고 멜런사, 또 네가 달리 조정할 방법이 없었다고 내가 믿을게." "아 제프 자기." 멜런사가 말했다. "너한테 그렇게 행동한 건 분명 내 잘못이었어. 너에 대한 내 행동이 잘못이었다고 시인한다는 게 나로선 몹시 힘들지만, 이번에는 내가 틀림없이 제프 너에게 나빴어. 말하기 여간 어려운 게 아니지만 제프, 내가 그런 식으로 널 피한 건 분명 내 잘못이야. 다만 네가 늘 매사를 아주 꼬이게 하면서 늘 몹시 못되고 성가시게 굴었으니까, 나도 때로는 똑같이 복수할 수 있는 방법이 확실하게 생긴 거야. 제프, 이 나쁜 남자야, 지금 내 말 듣고 있지, 내가 잘못했다고 누군가에게 시인한 건 제프 이번이 정말 처음이야 제프, 새겨들어!" "좋아 멜런사, 기꺼이 용서해줄게. 해서는 안 되는 뭔가를 해놓고 네가 잘못했다고 인정하는 건 정말 처음 들었으니까." 제프 캠벨이 껄껄 웃으며 그녀에게 키스했고, 멜런사도 웃으며 그를 껴안았으며, 지금 두 사람은 잠깐 동안 함께 진정으로 행복했다.

그리고 이제 그들은 서로의 품 안에서 무척 행복해하다가 조용해지더니 분위기가 조금 슬퍼졌고 그런 다음에는 다시 서로에게 아무 말도 하지 않았다.

"그래 내가 널 사랑하는 건 분명해 제프!" 멜런사가 말했는데 꿈결인 듯 느껴졌다. "틀림없어, 멜런사." "그래 제프 분명해, 하지만 네가 지금 생각하고 있음직한 그런 식으로는 아니야. 내가 보기엔 줄곧 내가 너를 점점 더 사랑하는 것 같고, 또 너를 이해할 때는 내가 점점 더 너를 신뢰하는 게 틀림없어. 제프 내가 널 사랑하는 건 틀림없어, 하지만 제프 지금 네가 나와 어울리며 생각하고 있음직한 그런 종류의 방식으로는 아니야. 분명히 지금 내 마음속엔 더 이상 뜨거운 열정이 없어. 확실히 네가 내 안에 있는 그런 종류의 감정을 모조리 죽여버렸어 제프. 요즘 너와 사랑을 나누는 동안 내가 줄곧 그랬다는 걸 너도 분명히 알고 있어 제프. 확실히 네가 그걸 깨닫고 있고 제프, 그리고 그게 지금 내 품에서 네가 확실하게 연애를 즐기는 태도야. 지금 내가 하는 말을 듣고도 넌 분명히 별로 개의치 않는구나."

제프 캠벨은 거의 숨이 끊어질 정도로 마음이 아팠다. 그렇다. 지금 그는 마음속에 진정 열렬한 사랑을 간직한다는 게 뭔지 확실하게 알고 있고, 여전히 멜런사는 어김없이 옳았으며, 그는 그녀가 뜨거운 사랑을 준다고 해도 받을 자격이 없었다. "좋아 멜런사 나는 땅을 치며 후회하진 않을 거야. 내 안에 있는 건, 언제나 틀림없이 늘 네가 원하는 대로 모두 줄 거야. 나도 지금 네가 주고 싶어 하는 건 뭐든 받고 있잖아. 멜런사, 그것이 내게 상처가 안 되는 건 절대 아니지만, 그렇다고 멜런사 난 그것이 어쨌든 나의 경우에는 달라야 한다고 전혀 생각하지 않아." 이 말을 하고 나자 제프 캠벨은 마음속에 사무쳤던 쓰라린 눈물이 솟아올라 말을 잇지 못했으며, 그는 무너지지 않도록 애써 자신을 지탱했다.

"잘 자, 멜런사." 제프가 몹시 예의 바르게 말했다. "밤길 조심해 제프, 상처 주고 싶은 마음은 정말 조금도 없었어. 사랑해, 분명히 제프 널 알고 지내는 동안 날마다 내 사랑이 점점 깊어져." "알아 멜런사, 나도 알아, 내겐 언제나 뜻깊어. 너로선 어쩔 수 없어, 누구든 각자 느끼는 방식이 있으니까. 지금은 다 괜찮아 멜런사, 날 믿어, 이제 그만 자 멜런사, 난 지금 떠나야 해, 잘 있어 멜런사, 제발 그렇게 근심스럽게 날 바라보지 말고, 멜런사 반드시 내가 머지않아 널 다시 보러 올게." 그러고 나서 제프는 비틀거리며 계단을 내려간 다음 그녀 곁을 서둘러 떠나갔다.

지금 제프 캠벨의 가슴에 통증이 강하게 밀려오고 점점 더 심해지자 그가 신음했는데, 너무 아파서 견디기 힘들 정도였다. 그러곤 눈물이 흐르고 심장이 두근거리며, 몸이 뜨거워지고 몹시 고단하고 비통했다.

이제 제프는 멜런사를 사랑한다는 게 뭔지를 잘 알았다. 이제 제프 캠벨은 자기 안에 진정한 공감의 능력이 생겼음을 깨달았다. 이제 제프는 멜런사에게 잘해준다는 게 뭔지 알았다. 이제 제프는 항상 그녀에게 친절했다.

제프는 그처럼 마음의 상처를 받고 또 멜런사에게 늘 잘해주는 게, 자기 마음속에 하나의 위안이 됨을 서서히 깨달았다. 지금 그가 겪은 마음보다 더 나쁜, 제프로부터 비롯되는 상황을 이제 멜런사가 반드시 참아내야 할 필요는 결코 없었다. 지금 제프의 내면은 튼튼했다. 지금 모든 고통에도 불구하고 그의 마음은 평온했다. 이제 그는 자기 안에 공감 능력이 있음을 깨닫고, 자기 마음에 존재하는 뜨거운 사랑을 깨달았으며, 그걸 가르쳐준 장본인인 멜런사 허버트에게 언제나 친절하였다. 지금 그는, 자기가 친절할 수 있으며, 그녀에게 뜨거운 사랑을 참는 법을 알려달라고 도움을 간청할 수 없다는 것도 깨달았다. 날마다 제프는 강한 남자라는 자의식이 깊어졌는데, 그것은 그가 한때 자기의 진정한 자아라고 생각했던, 그에게 익숙한 태도였다. 이제 제프 캠벨은 마음속에 진정한 지혜가 생겼고, 지혜로 인해 상처를 입을 때에도 비통해하지 않았는데, 이제 제프 자신이 지혜를 감당할 수 있을 만큼 정말로 강건하다는 것을 온몸으로 깨닫기 때문이었다.

그래서 지금 제프 캠벨은 멜런사를 자주 볼 수 있었고, 참을성을 발휘했고, 언제나 그녀에게 몹시 친절했고, 날마다 멜런사 허버트에 대한 이해가 깊어졌다. 그러면서도 항상 제프는, 자기가 멜런사에게 기대하는 방식대로 멜런사가 자기를 사랑할 수 없다는 걸 알았다. 멜런사 허버트는 어떻든 실제를 기억하지 못할 것이다.

그리고 지금 제프가 알기로는 멜런사가 무척 빈번하게 만나는 남자가 있었는데, 멜런사는 그를 자기에게 알맞게 만들고 싶을지도 몰랐다. 제프 캠벨은 어쩌면 멜런사 허버트가 지금 원하고 있는 그 남자를 전혀 보지 못했다. 제프 캠벨은 그런 사람이 있다는 것만 분명하게 감지했다. 그런데 지금 멜런사가 돌아다닐 때 항상 동반하는 사람은 로즈였다.

제프 캠벨은 멜런사에게 무척 말을 아꼈다. 그러던 그가 이제 더는 특별히 그녀를 만나러 오고 싶지 않다는 자기의 생각을 말했다. 우연히 마주치면 항상 반갑게 만나겠지만, 앞으로 더는 그녀를 만나러 어딘가로 가진 않을 생각이라고 했다. 그는 자기 마음속의 깊은 사랑은 항상 그녀의 자리임을 확신했다. 그녀도 그 사실을 잘 알았다. "좋아 제프, 난 언제나 널 믿어 제프, 네가 그렇다는 거 잘 알아." 제프 캠벨은, 그래 나는 네게 단 한 마디도 비난할 수 없어,라고 말했다. 그녀는 그가 끈질긴 노력으로 마침내 자기를 사랑하게 되었다는 사실을 항상 의식하고 있었다. "맞아, 제프, 내가 그건 분명히 알고 있어." 지금 그녀는 항상 그를 신뢰할 수 있다고 생각했다. 이제 더 이상 자기가 종교 같은 존재는 아니지만, 제프는 계속 그녀에게 충실할 것이며, 그녀 내면의 진정한 감미로움을 절대 잊지 못할 것이다. 제프는, 비록 지금 그녀가 어떤 남자와 진정한 사랑을 영원히 나누게 될 것이라고는 결코 믿을 수 없지만, 그녀가 어떻든 전혀 기억하지 못했다는 사실은 절대 잊지 말아야 한다. 만일 언제든 그녀가 친절히 대해줄 누군가를 원한다면, 제프 캠벨은 언제고 그녀를 돕기 위해 최선을 다할 것이다. 그는 자신이 진정으로 공감하는 사람이 되기까지 그녀에게서 배운 것들을 결코 잊을 수 없지만, 그러나 결코 더는 그녀를 만나고 싶진 않았다. 그녀가 원할 때마다 오빠처럼 지내고 또 계속 훌륭한 친구로 남을 것이다. 제프 캠벨은 그녀를 다시 못 만난다는 점은 분명 안타까웠지만, 지금 그들이 서로를 진정으로 이해한다는 점은 기뻤다. "잘 가, 제프, 넌 언제나 변함없이 내게 친절했어." "잘 있어 멜런사, 있잖아 너는 내게 항상 자신감을 느껴도 돼." "알아, 알고말고 제프, 진심이야." "이제 정말 헤어져야 해, 멜런사. 이번엔 진짜로 가, 멜런사." 그 말을 하며 제프 캠벨이 떠났는데, 이번에는 절대 뒤돌아보지 않았다. 이번에는 제프 캠벨이 정말 그녀와 헤어져 작별했다.

  제프 캠벨은 이제 자기가 다시 강인해져서 조용하게 규칙적으로 살며, 또 모든 일에서 스스로와 모든 유색인에게 바람직한 행동을 하고 있다고 생각하는 것을 좋아했다. 제프는 잠시 다른 도시로 출장을 떠나 열심히 일했지만, 마음이 몹시 슬프고 때로는 몸속에서 눈물이 솟아올랐으며, 그럴 때면 그는 더 열심히 일하면서 다시 자기를 둘러싼 세상의 소소한 아름다움에 눈을 돌리곤 했다. 제프는 올바르게 처신했고 그래서 마음속에 진정한 사랑을 소유하게 되었다. 그렇게 생각하면 그의 마음이 무척 기뻤다.

제프 캠벨은 멜런사 허버트의 천성인 감미로움을 절대 잊을 수 없었고, 계속 몹시 친절하게 그녀를 대했지만, 그들은 결코 더 이상 서로에게 가까워지지 않았다. 제프 캠벨과 멜런사는 서로 모든 걸 트고 지내던 관계에서 점차 멀어졌으나, 제프는 절대로 멜런사를 잊을 수 없었다. 제프는 그녀의 마음에 내재하는 진정한 감미로움은 결코 잊지 못했지만, 그녀를 종교처럼 중요하게 대하던 감각은 모두 지워졌다. 제프는 지난날 멜런사 허버트가 보여주었던 온갖 새로운 아름다움의 의미를 항상 마음속 깊이 간직했으며, 그것은 자신과 모든 유색인을 위해 그가 일하는 데 점점 더 도움이 되었다.

멜런사 허버트는, 제프 캠벨과의 관계를 완전히 정리했으므로, 로즈는 물론이고 최근 새롭게 만난 남자들과도 자유롭게 어울렸다.

로즈는 이제 항상 멜런사 허버트와 붙어 다녔다. 로즈는 절대로 흥분하는 법이 없었다. 로즈는, 멜런사 허버트가 늘 곤경에 빠져 있지 않도록, 항상 그녀에게 올바른 행동 방식을 주문했다. 그러나 멜런사 허버트는 그런 말을 견딜 수 없었고, 늘 기분이 좋아질 새로운 방법을 찾아내곤 했다.

지금 멜런사는 다시 곤경에 빠져들 가능성이 매우 농후했다. 그렇다고 멜런사 허버트가 옳은 행동을 기피한 것은 결코 아니었다. 멜런사 허버트는 언제나 평화와 고요를 원했지만, 늘상 흥분을 부추길 새로운 자극만 나타났다.

"멜런사." 로즈가 말하곤 했다. "멜런사, 분명히 네게 말해야 겠는데, 저런 부류의 친구들과 어울려 함부로 행동하면 안 돼. 지금 너는 흑인 남자들에게만 집중하는 게 좋아, 멜런사, 내 말 대로 해, 늘 네게 보이는 내 행동 방식을 따르면 좋겠어. 지금 멜런사 네게 솔직하게 말하는데 저들은 정말 질이 안 좋아, 내 말 귀담아듣는 게 좋아. 날 키워준 백인들은 정말 훌륭했어, 멜런사, 저들의 행동을 보자마자 아주 확실하게 구별이 되는데, 백인 남자가 무슨 이유로 네게 예의 바르게 행동하겠어, 저들은 유색인 처녀가 어쩌다 어울려도 전혀 유익할 게 없는 부류야. 지금 멜런사 너는 내가 얼마나 네게 항상 올바르고 친절하려고 하는지 정말 잘 알잖아, 그리고 넌, 백인들 손에서 자란 나와는 달리, 사내들과 어떻게 행동해야 옳은지 제대로 아는 게 전혀 없어. 난 지금 네가 아주 심각한 곤경에 빠지는 상황을 결코 보고 싶지 않으니까 멜런사, 그러니 너보다 잘 아는 내가 하는 말 지금 꼭 귀담아들어 멜런사. 나는 네가 백인 남자와는 절대로 어떤 관계도 맺으면 안 된다고 분명하게 못 박는 게 아니야, 멜런사, 내게는 그러는 게 유색인 처녀가 할 최선의 행동으로 보이지는 않지만 멜런사, 그래 난 멜런사 네가 백인 남자와 어울리지 말았어야 한다는 말이 아니야, 비록 그게 예의 바른 유색인 처녀가 계속 실천할, 진정으로 올바른 태도라고는 내가 결코 생각하지는 않지만, 그런데 그들은 절대 아니야 멜런사, 내 말 들어 멜런사, 요즘 널 볼 때 줄곧 너와 같이 다니는 그런 부류의 백인 남자들은 절대 아니야. 제발 귀담아들어, 넌 분명히 내 말을 새겨들어야 했어 멜런사, 내가 그들의 행동거지를 모조리 꿰차고 있는 거나 다름없으니까 말하는 거야, 멜런사, 어쩌다 자기들과 어울리게 된 예의 바른 처녀의 옆에서 어떤 게 올바른 행동인지 전혀 모르는 저런 부류의 백인 친구들과 네가 어울리는 태도를 보면 너는 어떻게 행동할지에 대해 나만큼도 몰라. 그러니 내가 하는 말 귀 기울여 들어, 멜런사."

그런 식으로 곤경에 빠져드는 새로운 방법을 찾아내는 사람은 언제나 멜런사 허버트였다. 그래도 이 곤경이 아주 나쁘지만은 않았던 것이, 막상 멜런사 본인은 로즈가 한사코 어울리지 말았으면 했던 이 백인 남자들에게 별 관심이 없었다. 멜런사는 단지 준마駿馬에 대해 모르는 게 없는 저들과 어울리길 좋아했을 뿐이고, 또 저들과 지금 잠깐 진짜 무모한 감정에 젖어 보는 것이 그냥 즐거웠다. 하지만 지금 멜런사 허버트와 늘 함께 돌아다니는 사람은 대부분의 경우 로즈와 괜찮은 부류의 유색인 처녀, 또 유색인 남자였다.

지금은 여름이었고 유색인들은 바깥으로 나와 꽃이 만개한 햇빛 속으로 합류했다. 그들은 길거리와 들판에서 열렬하게 기뻐하고 환하게 빛났으며, 검은 피부가 열기로 번들거리고, 폭넓게 허용되는 방종 속에서 고함치고 웃어대며 실컷 자유를 즐겼다.

어찌 보면 지금 멜런사 허버트가 로즈와 남들 여럿과 어울리며 이끌어가는 생활은 무척 쾌적했다. 로즈가 멜런사를 항상 책망할 필요도 없었다.

이처럼 많은 유색인 중 언제나 멜런사 허버트가 크게 의지하는 사람은 로즈가 유일했다. 하지만 모든 이가 멜런사를 좋아했고, 남자들은 예외 없이 그녀가 일하는 모습을 보는 것을 좋아했는데, 그녀는 사람이 할 수 있는 거라면 뭐든 할 만큼 항상 투지만만했고, 게다가 친절하고 상냥한 성품이라 누군가가 그녀에게 바라는 건 뭐든 해주었다.

뜨겁고 검붉은 남부 지방의 햇살 속에서 가벼운 농담이 계속 오가고 자유분방한 웃음소리가 그치지 않는 유쾌한 시절이었다. "저기 달려가는 저 멜런사 좀 봐. 뛰는 모양이 꼭 날아가는 새 같아. 이봐 거기 멜런사, 내가 널 잡아야겠어, 어이 멜런사, 내가 널 꼭 붙잡을 거야." 그러면서 그녀를 잡으려던 사내가 바닥에 벌렁 자빠지며 괴로움 속에 입을 떡 벌리고 소리쳐 웃곤 했다. 멜런사가 이런 식으로 그에게 몰두하고, 유색인 남자들과 착하고 따뜻한 교류의 시간을 보내며, 어쩌다 자기와 어울리게 된 예의 바른 처녀에 대해 전혀 올바르게 행동할 줄 모르는 그런 부류의 백인 사내와는 어울리지 않는 것, 그런 행동이 로즈가 항상 멜런사에게 바라는 바였다.

로즈는 시간이 흐르면서 멜런사 허버트가 더욱 좋아졌다. 로즈는 자주 멜런사 허버트를 질책해야 했지만 그럴수록 멜런사를 더 좋아하게 되었다. 그럴 때 멜런사는 항상 그녀의 말을 경청했고 늘 그녀를 기쁘게 해주려고 최선을 다했다. 때로 로즈는 멜런사가 너무 안쓰러웠는데, 그때는 간혹 멜런사가 몹시 우울해하면서 누군가가 와서 자기를 죽여주길 바라는 때였다.

멜런사 허버트는 로즈가 자기를 구해줄 수 있으리라 기대하며 그녀에게 매달렸다. 멜런사는 줄곧 로즈의 이기적이지만 예의 바른 천성의 능력을 의식했다. 무척 견고하고, 단순하며, 확실한 능력이었다. 멜런사는 로즈에게 집착하고, 로즈의 질책을 듣기 좋아했으며, 항상 로즈와 붙어 지내기를 원했다. 늘 로즈의 마음속을 견고한 피난처로 생각했고, 로즈는 언제나 그녀 나름으로 아주 친절하게, 멜런사가 자기를 사랑하도록 놔두었다. 멜런사는 로즈에게 전혀 진짜 고민거리가 될 수 없었다. 멜런사가 로즈의 내면 가까이 다가갈 진정한 능력을 지닐 방법은 전혀 없었다. 멜런사는 항상 로즈에게 몹시 겸손했다. 항상 멜런사는 로즈가 원하는 어떤 행동도 할 태세였다. 멜런사가 로즈에게 간절히 바라는 것은 멜런사가 그녀에게 매달리도록 늘 기꺼이 허용하는 것이었다. 로즈는 단순하고 시무룩하고 이기적인 흑인 처녀였지만, 마음속에 견고한 능력이 있었다. 로즈는 예의 바른 행실에 대한 감각이 뛰어났고, 제대로 된 위로에 대한 감각도 단단했다. 로즈는 자기가 바라는 게 뭔지 항상 잘 의식했고, 원하는 걸 모두 얻기 위한 올바른 방법이 뭔지도 잘 알았으며, 자기를 당혹스럽게 한 어떤 종류의 곤경도 경험한 적이 없었다. 그런 까닭에, 예리하고 똑똑하고 매력적이고 절반이 백인인 처녀 멜런사 허버트가, 이 예의는 바르지만 야하고 뚱하고 평범하고 까맣고 유치한 로즈를 사랑하고 그녀를 위해 일하고, 그녀를 도우며 자신을 비하하기까지 했다. 그리고 이제 도덕과는 무관하게 난잡하며 꿈도 야망도 없는 로즈는 흑인 중 괜찮은 한 남자와 결혼할 예정인 반면에, 백인 혈통에 매력도 있고 올바른 지위를 열망도 하는 멜런사 허버트는 어쩌면 결코 진짜로 결혼하지 못할 수도 있었다. 이따금 불행한 자기 처지를 생각할 때면, 심사가 복잡하고 욕구도 많은 멜런사는 절망에 빠져들었다. 몹시 우울할 때는 어찌 살아가야 할지 자주 막막했다. 가끔 멜런사는 그냥 목숨을 끊을 생각도 했는데, 가끔 이것이 진정 최선이라고 생각하기 때문이었다.

지금 로즈는 흑인 가운데 점잖고 선량한 한 남자와 결혼할 예정이었다. 그의 이름은 샘 존슨으로, 직업은 연안 증기선의 갑판원이며, 매우 침착한 성격에, 수입도 괜찮았다.

로즈는 샘 존슨을 교회에서 처음 만났는데, 그녀가 멜런사 허버트를 만난 바로 그 교회였다. 로즈는 만나자마자 샘을 좋아했고, 그가 착하고 근면하며 괜찮은 급여를 받는 남자인 걸 알았으며, 또 로즈는 진짜로 정식 결혼을 하는 것이 지금 자신의 처지에서 무척 멋지고 무척 유익할 것으로 생각했다.

샘 존슨은 로즈를 몹시 좋아했고, 그녀가 바라는 건 뭐든 해줄 준비가 항상 되어 있었다. 샘은 큰 키에 어깨가 떡 벌어지고 예의 바르고 진지하고 솔직하고 단순하고 친절한 유색인 노동자였다. 샘과 로즈는 매우 잘 어울리는 한 쌍으로 결혼했다. 로즈는 게을렀으나 지저분하지 않았고, 샘은 조심스러웠으나 까다롭지 않았다. 샘은 다정하고 단순하고 성실하고 꾸준한 노동자였고, 로즈는 규칙적으로 충동적이지 않은 생활을 하면서 자기가 원하는 건 언제나 가질 수 있도록 절약을 하는 퍽 평범하지만 적절한 요령을 알고 있었다.

로즈가 샘 존슨을 알고 얼마 되지 않아 두 사람은 정식으로 결혼했다. 이따금 샘은 젊은 교회 신자 모두와 시골에 갔는데,

그럴 때면 제법 오래 로즈와 또 함께 온 멜런사 허버트와 어울리곤 했다. 샘은 멜런사 허버트에게 별 신경을 쓰지 않았다. 언제나 그는 로즈 쪽을 더 좋아했다. 샘은 멜런사의 신비스러움에 전혀 매력을 느끼지 않았다. 샘은 일에 지쳤을 때 돌아올 멋지고 조그만 집과, 예뻐해 줄 수 있는 귀여운 자신의 아기를 원했다. 샘 존슨은 로즈가 원하기만 하면 곧바로 결혼할 준비가 되어 있었다. 그리하여 샘 존슨과 로즈는 어느 날 호화로운 진짜 결혼식을 올리고 부부가 되었다. 이어 그들은 조그만 빨간 벽돌집에 완벽하게 세간을 들여놓았고, 그런 다음 샘은 연안 증기선의 갑판원 일에 복귀했다.

로즈는 자주 샘에게 멜런사가 얼마나 착하며 또 항상 얼마나 심한 고통에 시달리는지에 대해 얘기했다. 샘 존슨은 멜런사에 대해 정말로 신경을 쓴 적은 없었지만, 어쨌든 그는 로즈가 바라는 건 거의 모두 따랐고 또 온화하고 다정한 사람이었으므로, 로즈의 친구인 멜런사에게도 무척 친절했다. 멜런사 허버트는 샘이 자기를 좋아하지 않는 걸 아주 잘 알았으므로, 그와는 전혀 말을 섞지 않았으며, 언제나 로즈가 자기에 대해 말하도록 했다. 그녀는 무척 친절하게 늘 로즈를 돕고 로즈가 원하는 건 뭐든 다 했으며, 샘이 하는 말은 매우 친절하게 경청했지만 별다른 말은 안 했다. 멜런사는 샘 존슨을 좋아했는데, 사실 평생 동안 멜런사는 착하고 친절하고 사려 깊은 사람을 사랑하고 원하고, 사람들이 부드럽게 대해주는 걸 항상 좋아하고 원했으며, 그리고 항상 규칙적으로 지내고 싶었고 마음속에 평화와 고요가 깃들기를 원했지만, 늘 멜런사는 새로운 경로로 곤경에 빠질 뿐이었다. 그래서 멜런사는 로즈가 있고, 로즈를 믿고, 로즈에게 매달리는 관계가 간절히 필요했다. 로즈는 꼭 매달려야 할 유일하고 변함없는 실체였으므로, 멜런사는 하녀처럼 몸을 낮추어 시중을 들면서, 이 평범하고 뚱하고 까맣고 멍청하고 유치한 여자에게 늘 질책을 받았다.

항상 로즈는 샘에게, 불쌍한 멜런사를 잘 대해줘야 한다고 말하곤 했다. "이봐 샘." 로즈가 빈번하게 당부했다. "당신은 확실하게 저 불쌍한 멜런사한테 아주 친절해야 해, 그녀는 항상 마음속에 몹시 고민이 많거든. 언젠가 샘 내가 말했잖아, 그녀는 아버지와 몹시 사이가 나빴는데, 저 끔찍한 흑인 아비는 늘 무척 인색해서 전혀 그녀를 돌보지 않은 건 물론이고, 제 아내가 아주 고생하며 돌아갈 때도 저 가련한 멜런사를 전혀 도와주지 않았어. 근데 샘, 멜런사의 엄마는 항상 정말 독실했어. 하루는, 멜런사가 정말 어렸을 적에, 엄마가 아빠에게 말하는 소릴 들었는데, 글쎄 하느님이 그들 내외에게서 앗아간 자식이 집에서 열병으로 죽은 어린 남동생 대신에 멜런사가 아니라는 게, 자기에겐 엄청 섭섭하다고 그러더래. 제 엄마가 하는 말을 들을 때 멜런사가 받은 상처는 끔찍했지. 그녀로선 전혀 납득할 수 없는 말이었고, 그래서 나는 샘, 그 후 멜런사가 항상 제 엄마에 대해 좋은 감정이 아니었던 걸 함부로 비난할 수가 없는데, 그러고 나서도 멜런사는, 몸에 밴 한결같은 태도로, 늘 엄마를 정말 착하게 보살폈고, 나중에 엄마가 병이 깊어져서 아주 고생스럽게 돌아갈 때는, 도와주는 사람이 아무도 없고, 오로지 멜런사 혼자서 전혀 아무런 도움 없이 매사를 감당해야 하는 상황에서, 소위 아비라는 작자, 저 추하고 끔찍한 흑인 사내는 끝내 코빼기조차 내밀지 않았어. 그런데 샘 그렇게 행동하는 게 내가 당신에게 얘기해온, 멜런사의 몸에 밴 처신이야. 그녀는 항상 누구에게나 그지없이 친절한데 아무도 그런 그녀를 고마워하지 않아. 정말 샘, 난 그렇게 운이 나쁘고 늘 불운이 계속되는, 저 가련한 멜런사 같은 사람은 처음 봤는데, 그녀는 운이 나빠도 늘 담담하고, 마음속으로도 투덜거리지 않고, 입 밖으로 전혀 불평하지도 않고, 불운에 대해 그저 아무 말이 없어. 당신이라도 정말 친절하게 대해줘야 해, 지금 이런 말은, 이제 당신과 내가 정식으로 결혼한 사이라 말하는 거야. 그 아비란 작자는 정말로 끔찍한 흑인 남자여서 샘, 늘 그녀에게 짐승이나 다름없이 행동했는데 그녀는 무척 담대해서 제 아비에게 받은 상처를 아무에게도 언급하지 않아. 그러면서도 그녀는 아주 다정하고 착해서 누군가가 바랄 만한 건 언제든지 알아서 해. 샘 난 그렇게 지독한 행동을 하는 남자들이 있다는 게 이해가 안 돼, 내가 말했잖아 샘, 한번은 멜런사가 심하게 팔을 베어서 무척 아프고 상처가 끔찍했는데 그 아비는 의사가 가까이 오지도 못하게 막고 직접 아주 터무니없는 처치를 하려고 했대. 그녀는 제 아비가 얼마나 심한 상처를 주었는지에 대해 아무한테도 말하려 하지 않아. 샘, 그게 멜런사의 몸에 밴 태도니까, 당신은 무엇이 얼마나 잘못인지, 그 때문에 그녀가 얼마나 상처를 받는지 알 도리가 없는 거야. 알겠지 샘, 언제나 그녀에게 진심으로 잘 대해줘, 이제 우리는 서로 결혼한 진짜 부부잖아."

그렇게 로즈와 샘은 정식으로 결혼했고, 로즈는 집에 죽치고 앉아서, 한 사람의 남편과 실제로 결혼 생활을 한다는 게 얼마나 근사한지 친구들 모두에게 폼을 쟀다.

로즈는 이제 남편이 생겼으므로 멜런사와 동거할 필요가 없었다. 멜런사는 종전처럼 가급적 로즈와 어울렸으나 지금 그녀와 함께 있는 느낌은 이전과는 약간 달랐다.

이제 남편이 생긴 로즈 존슨은 멜런사에게 그 집에서 같이 살자는 얘기를 전혀 꺼내지 않았다. 로즈는 언제나 멜런사가 자기를 도우러 오게 하고 또 거의 언제나 자기와 지내도록 하고는 싶지만, 그러나 로즈는 단순하고 이기적인 천성에 상황 판단이 빨라서, 멜런사에게 함께 살자고 부탁한다는 건 생각조차 하지 않았다.

로즈는 단호하고, 단정했으며, 자기가 뭘 바라는지 항상 알고 있었다. 로즈는 곁에 둘 멜런사가 필요했고, 멜런사가 자기를 돕게 만들어서, 빠르고 착한 멜런사가 느리고 게으르고 이기적인 흑인 여자를 위해 일하도록 하고는 싶었지만, 멜런사는 어디까지나 자기를 위한 일을 대신할 뿐, 함께 살기 위해 필요하진 않았다.

샘은 멜런사와 동거하지 않는 이유를 로즈에게 결코 물어보지 않았다. 샘은 로즈가 바라는 바대로 멜런사를 상대하는 게 자기의 올바른 태도라고 늘 생각했다.

멜런사가 로즈에게 자기를 받아달라고 요구할 수는 없는 일이었다. 로즈가 함께 살자는 부탁을 하리라고 전혀 기대할 수도 없었다. 설령 로즈가 부탁을 하더라도, 멜런사가 결코 바라선 안 되었지만, 그러나 멜런사는 로즈 가까이 있으면 언제나 느끼는 안전감 때문에 부탁을 받아들였을 것이다. 지금 멜런사 허버트는 안전하게 지내길 간절하게 바라는데, 로즈는 절대로 그녀와의 동거를 허락하지 않을 것이었다. 로즈는 강박적으로 온당하게 평안을 누리고, 적절하게 행동하고, 자기가 원하는 바를 항상 분명하게 밝히는 성향이었고, 자기에게 필요한 최상의 상황이 뭔지 항상 의식했으며, 그리고 언제나 자기가 원하는 바를 이루었다.

그래서 로즈는 늘 멜런사 허버트를 부릴 수 있는 위치에 두고, 자기는 앉아서 게으르게 떠벌리고 조금은 불평도 하면서, 멜런사에게는 로즈 자기가 항상 바라듯이 멜런사도 착해지려면 어떻게 해야 하는지 훈계했으며, 멜런사는 언제나 로즈가 원하는 온갖 일을 하고 있었다. "그거 하려고 너무 애쓰지 마 멜런사, 내가 하든지 샘이 귀가하면 날 도와줄 거야. 근데 괜찮으면 그거 들어 올릴래, 멜런사? 그래주니 정말 친절하구나 멜런사, 가는 길에는 멜런사, 가게에 들러 쌀을 좀 사서 내일 올 때 가져와. 절대 잊지 마 멜런사. 날 위해 너처럼 훌륭하게 매사를 꾸준히 챙겨준 사람은 없었어, 멜런사." 그런 말을 들으면 멜런사는 로즈를 위해 조금 더 일을 하고는, 매우 늦게야 지금 살고 있는 유색인 여자의 집에 돌아오곤 했다.

그렇게 멜런사는 아직도 꽤 많이 로즈 존슨과 어울렸지만, 그 집에 머물 수 없는 시간들도 있었다. 이제 정말 멜런사는 그 집에 매달릴 수만은 없었다. 로즈에게는 샘이 있었고, 그 집에서 차지했던 멜런사의 입지는 계속 줄어들었다.

멜런사 허버트는, 자기가 늘 뭘 원해왔는지 알아낼 수 있는 방법을 다시 살펴봐야겠다고 생각하기 시작했다. 이제 더 이상 로즈 존슨에게서 도움을 받을 순 없었다.

그리하여 멜런사 허버트는 다시 거리로 나섰고 또 로즈가 절대 어울리면 안 된다고 생각했던 남자들과도 어울리기 시작했다.

어느 날 멜런사는 여러 다양한 거리를 돌아다니느라 매우 바빴다. 긴 여름이 끝나는 무렵의 쾌적하고 늦은 오후였다. 멜런사는 길을 따라 쭉 걸으면서 자유롭고 신나는 기분이었다. 방금 멜런사는 한 백인 남자와 헤어졌고 그 남자가 건네준 꽃다발을 들고 있었다. 마침 그녀를 지나쳐 가던 젊은 물라토 총각이 꽃다발을 잡아챘다. "내게 예쁜 꽃다발을 주는 건, 분명 아가씨 마음이 정말 달콤하다는 겁니다." 그가 떠벌렸다.

"당신이 가진다고 그 꽃다발이 결코 더 달콤해지진 않을 텐데요." 멜런사가 응수했다. "누군가가 준 것은, 받은 사람에게 계속 가지고 있을 당연한 권리가 확실하게 있답니다." "그렇다면 그 헌 꽃다발 당신이 가져요, 난 사실 갖고 싶은 마음이 없어요." 멜런사 허버트가 그를 비웃으며 꽃다발을 받았다. "맞아요, 나도 당신이 정말 가지려 했다고는 조금도 생각하지 않았어요. 친절한 아저씨, 감사합니다. 남들에게 항상 진짜로 공손한 것 같은 남자를 볼 때마다 난 정말 감탄합니다." 그 남자가 웃음을 터뜨리며 말했다. "지금 보니, 영리한 사람은 아닌 것 같지만, 정말 무척 예쁜 처녀임에는 틀림이 없네요. 남자들이 당신에게 공손하길 바랍니까? 좋아요, 내가 당신을 사랑할 수 있어요, 그게 지금 진정으로 공손한 거죠, 내가 어떻게 사랑하려는지 보길 원합니까?" "오늘 저녁엔 당신한테 고맙다는 말을 남길 시간밖에 없어요. 지금은 정말 엄청나게 바쁘니까요, 하지만 확실히 난 당신을 만나면 늘 좋아할 거예요." 남자가 그녀를 붙잡아 멈추려 했지만 멜런사 허버트가 웃으며 재빨리 피하는 바람에 그의 손이 미치지 않았다. 멜런사가 가까운 옆길로 서둘러 내려갔고 그래서 그 순간 남자는 그녀를 놓쳤다.

며칠간 멜런사는 그 물라토를 다시 만나지 못했다. 하루는 멜런사가 백인 남자와 함께 있다가 그를 만났다. 백인 남자가 멈추어 그에게 말을 건넸다. 나중에 그 백인 남자와 헤어진 멜런사는 곧바로 그와 마주쳤다. 이번엔 멜런사가 멈추어 그와 대화했다. 곧바로 멜런사 허버트는 그를 좋아하게 되었다.

멜런사가 지금 막 알게 된 새로운 남자 젬 리차즈는, 저돌적인 성격의 친구로, 뛰어난 말들과 관련된 일과 함께 경마에 관계하고 있었다. 때때로 젬 리차즈는 내기를 하고 아주 운이 좋으면 큰돈을 벌기도 하였다. 때로는 서투른 내기로 빈털터리가 되기도 했지만.

젬 리차즈는 철저한 사람이었다. 젬 리차즈는 곧 다시 내기에서 이겨 빌린 돈을 갚을 것임을 항상 인지했고, 그런 식으로 젬은 대부분 다시 이겨서 늘 채무를 갚았다.

젬 리차즈는 늘 타인들이 신뢰하는 남자였다. 그가 가진 돈을 모두 잃으면 다들 돈을 꾸어주었는데, 그들 모두 젬 리차즈가 다시 이길 것이고, 그가 이기면 빚을 갚을 것을 알았기 때문이었으며, 그들의 판단은 옳았다.

멜런사 허버트는 평생 말들과 어울리는 인생을 계속 흠모해 왔다. 멜런사는 젬이 뛰어난 말들에 대해 소상한 지식이 있는 점이 좋았다. 그는 무모한 남자였지만 그게 젬 리차즈의 특징이었다. 그는 이기는 방법을 알았는데, 평생 동안 줄곧, 멜런사 허버트는 성공할 수 있는 능력을 사랑했다.

멜런사 허버트는 시간이 갈수록 젬 리차즈가 한층 좋아졌다. 머지않아 그들의 관계는 무척 단단해졌다.

멜런사도 그랬지만 젬은 그녀보다 더욱 투지만만했다. 젬은 진정한 지혜를 지닌다는 게 뭔지 늘 숙지하고 있었다. 젬은 평생에 걸쳐 항상 타인과 공감할 줄 알았다.

젬 리차즈는 신속하게 멜런사 허버트가 자기를 추앙하게 만들었다. 멜런사에게 기다릴 시간을 전혀 주지 않았다. 머지않아 멜런사는 항상 젬과 같이 있었다. 멜런사는 더 이상 바랄 게 없었다. 멜런사는 이제까지 스스로 만족하기 위해 원해왔던 모든 것을 지금 젬 리차즈 안에서 발견했다.

멜런사는 이제 로즈 존슨과 점차 어울리지 않았다. 로즈는 멜런사의 지금 처신을 별로 탐탁하게 여기지 않았다. 젬 리차즈는 괜찮은데, 다만 멜런사는 어떻게 행동해야 올바른 건지에 대한 감각이 전혀 없어 걱정이었다. 어느새 로즈는 자주 샘에게, 멜런사의 성급한 처신이 마음에 들지 않는다고 말하곤 했다. 로즈는 그런 말을 샘은 물론, 만나는 남녀 모두에게 떠들었다. 하지만 바로 그때 이미 멜런사에게 로즈는 전혀 중요하지 않은 존재였다. 지금 멜런사 허버트는 젬 리차즈만 곁에 있으면 되었다.

젬 리차즈와 멜런사 허버트의 사이는 날로 돈독해졌다. 이제 젬 리차즈는 마치 그녀와 결혼하고 싶은 듯 얘기하기 시작했다. 젬은 지금 그녀를 깊이 사랑하고 있었다. 멜런사에게도 지금 젬은 세상의 전부였다. 그리하여 젬이, 백인들이 하는 것처럼, 약혼의 징표로 그녀에게 반지를 주었고, 머지않아 결혼식을 올릴 생각이었다. 멜런사는 그처럼 잘해주는 젬을 차지하게 된 기쁨에 가슴이 터지는 것 같았다.

멜런사는 젬과 나란히 경마장에 가는 걸 늘 몹시 좋아했다. 최근 젬은 경마 도박에 행운이 따랐고, 자동차를 몰고 경마장에 멋지게 등장했으며, 그와 동행하는 멜런사 역시 퍽 우아해 보였다.

멜런사는 젬 리차즈가 자신을 소유하고 싶게 만드는 것이 몹시 자랑스러웠다. 멜런사는 젬이 할 줄 아는 방식 그대로 연애하기를 좋아했다. 멜런사는 젬을 사랑했고 그가 자기를 원한다는 사실을 사랑했다. 그가 자기와 결혼하고 싶어 한다는 사실도 사랑했다. 젬 리차즈는 솔직하고 예의 바른 남자로, 다른 남자들이 항상 존경하고 신뢰했다. 멜런사는 자기를 만족시켜줄 남자를 절실하게 원했다.

멜런사는 너무 기뻐하다가 멍청해졌다. 멜런사는, 온갖 준마를 소유하고 아무 두려움 없이 아주 당당한 저 멋진 남자 젬 리차즈가, 어떻게 자기와 결혼하기로 약속했는지에 대해, 그리고 그 반지가 바로 약혼반지임을 누구에게나 떠벌렸다.

멜런사는 자기의 기쁨을 로즈 존슨에게 무척 자주 털어놓았다. 요즘 멜런사는 다시 로즈의 집을 방문하던 터였다.

멜런사는 너무 젬을 사랑하다가 멍청해졌다. 요즘 멜런사는 자기 말을 들어줄 상대가 계속 필요했고 그래서 자주 로즈 존슨에게 갔다.

멜런사는 온몸으로 젬 리차즈에게 몰입했다. 그럼으로써 얻는 환희에 빠져 그녀는 정신을 놓고 멍청해졌다.

로즈가 그렇게 행동하는 멜런사의 태도를 좋아할 리 만무했다. "그럼 샘, 나는 멜런사가 늘 말하는 방식대로 그녀가 젬 리차즈와 약혼하면 안 된다고 말하는 게 절대 아니거든, 젬 그 사람도 지금 그런대로 그런 부류의 남자로 괜찮아, 자기를 아주 똑똑하다고 생각하고 그래서 온 세상과 모든 걸 가진 것처럼 생각하는 건 문제지만, 그래도 그가 멜런사에게 곧바로 결혼하겠다는 진심을 담아 분명히 반지를 주었잖아, 그런데 샘, 멜런사가 보여주는 처신은 도무지 내가 좋아할 수가 없어. 그 남자와 약혼하면서 샘, 그렇게까지 흥분해서 떠드는 건 잘못이야. 조금이라도 예의가 있는 처녀면 그런 식으로 행동하진 않아. 어떤 남자도 그런 행동은 참으려 하지 않아, 내가 남자들을 분명히 잘 아는데 샘, 그들 같으면 안 그래. 백인들이 날 키워서 나는 백인 남자도 알고 유색인 남자도 이해하는데, 그들 중 누구도 그렇게 행동하는 여자는 좋아하지 않아. 단지 연애만 할 때는 그래도 괜찮지만, 그와 약혼을 하고 그가 좋아, 정말 너와 정식으로 결혼한다고 말할 때까지 그렇게 행동하는 건 절대 옳지 않아. 샘, 늘 그렇듯 내가 옳다는 걸 당신도 알잖아, 그리고 난 알고 있어. 젬 리차즈, 그는 진짜 결혼하려고 끝까지 가진 않아, 멜런사가 지금 그에게 하는 행동을 내가 제대로 알고 있다면, 그는 결혼 안 해. 멜런사가 요즘 항상 그러듯, 여자가 어리석게 행동하고 다니면 반지고 뭐고 그들에겐 아무 의미도 없고 전혀 도움이 안 돼. 만일 지금 멜런사에게 정말 심각한 문제가 닥친다면, 물론 내 마음이 몹시 아프겠지만, 멜런사가 그에게 그런 식으로 행동하는 태도는 샘 정말 내가 도저히 좋아할 수 없어. 난 절대로 그녀에게 한 마디 말도 안 해 샘. 난 그녀가 계속 떠드는 걸 그저 듣기만 하면서, 내가 지금 샘 당신에게 말하는 그런 생각을 떠올리지만, 이제는 멜런사에게 더 이상 아무 말을 안 해. 멜런사는 젬 리차즈와 결론을 낸 상태처럼 될 때까지 내게 그에 대해 한 마디 언급도 안 했어. 나는 그녀가 처음 그 남자들과 마주치고 그를 만났을 때 이 집에 코빼기도 내밀지 않은 그런 태도가, 샘, 무척 탐탁하지 않았어. 그랬어도 난 그녀에게 그에 대한 마음을 일절 내색하지 않았고, 샘, 또 내겐 그런 게 별로 중요하지도 않은데, 다만 나는 더 이상 어떤 말도 하고 싶지 않으니까, 말하지 않고는 못 배기는 그녀의 말을 그녀가 원하는 대로 그냥 들어주는 거야. 그래 샘, 난 그녀에게 정말 아무 말도 하기 싫어. 멜런사는 그녀 자신의 길을 가야 할 뿐이고, 나도 그녀에게 힘들고 심각한 문제가 닥치는 걸 보고 싶진 않지만, 멜런사가 그런 행동을 한 후에는, 샘, 그녀에게 어떻게 행동해야 한다는 말을 하고 싶은 마음이 전혀 없을 뿐이야. 샘 당신도 내가 말한 것처럼, 젬 리차즈가 그녀에게 어떤 식으로 행동할지 지켜봐, 당신이 알잖아 샘, 내가 상황을 알고 있을 때면 언제나 그렇듯 내가 정말 정확한 걸."

멜런사 허버트는 자기가 다시 곤경에 빠질 수 있다는 생각은 전혀 하지 않았다. 멜런사는 너무 기뻐하다가 멍청해진 상태가 되었다.

그리고 이번에는 젬 리차즈가 경마 도박을 하다 일부 심각한 문제가 생겼다. 멜런사는 이제 그와 어울릴 때 가끔씩 그가 속으로 뭔가를 고민하고 있다는 느낌을 받았다. 멜런사는 그의 내기 도박에 문제가 생긴 걸 간파했지만 그로 인해 그들의 삶에 변화가 일어날 수 있다고는 전혀 상상하지 않았다.

멜런사는 언젠가 젬에게, 자기는 그가 감옥에 갇히거나 그저 거지처럼 되더라도 변함없이 그의 곁에서 그를 사랑할 것이니, 분명히 명심하고 있으라고 말했었다. 지금 멜런사가 그에게 말했다. "네가 어떤 곤경에 빠지더라도 그것 때문에 어떤 변화도 생길 수 없다는 걸 네가 분명히 아니까 젬, 그저 나만 고생시키고 젬, 용기를 가져, 그렇게 걱정스러운 표정 짓지 말고. 젬 분명히 나는 내가 항상 널 사랑하는 것처럼 너도 날 사랑하고 있는 걸 알고 있거든, 네가 늘 내가 곁에 있기를 바라기만 한다면 젬 나는 그게 네가 내게 해주길 원하는 전부야. 젬 네가 내게 말만 해주면, 난 네가 언제든 내 몸을 원할 수 있게 당장이라도 젬 너와 결혼할 거야. 돈이 있고 없고는 젬, 내게 전혀 중요하지 않아, 그렇게 근심스러운 표정 짓지 마."

멜런사 허버트의 사랑이 분명 그녀의 정신을 혼미하고 멍청하게 만들었다. 항상 그녀 쪽에서 젬 리차즈에게 깊은 사랑을 호소했고 게다가 내기 도박에서 문제가 생겼으므로, 젬이 늘 그녀의 사랑을 확인하고 싶었다고 할 리는 없었다. 젬 리차즈는 곤경을 겪는 와중에 상대가 누구든 결코 결혼을 원할 수는 없었다. 그런 행동은 젬 같은 남자라면 절대 하면 안 되었다. 멜런사의 사랑이 그녀의 정신을 혼미하고 멍청하게 만들었는데, 지금 그녀는 침묵하면서 그가 하는 대로 놔두어야 했다. 젬 리차즈는, 내기에서 곤경에 처했을 때, 자기를 강인하게 믿어주는 여자를 기대하는 그런 부류의 남자가 아니었다. 그때는 젬 같은 남자에게 사랑이 필요한 그런 시점이 아니었다.

멜런사는 자기가 계속 원해왔던 이 사랑을 차지하고 싶은 마음이 간절했지만, 이 사랑을 살려내기 위해 자기가 뭘 해야 하는지는 몰랐다. 지금 멜런사는 젬 리차즈가 속으로 잘못된 뭔가를 고민하고 있음을 알아차렸다. 멜런사는 감히 곧바로 물어보지도 못했다. 요즘 젬은 바빴는데, 물건들도 팔아야 하고 돈을 모으러 사람들도 만나야 하기 때문이었다. 젬은 요즘 멜런사를 자주 만날 수가 없었다.

멜런사 허버트는 지금 로즈 존슨이 아기를 낳으러 자기에게 와서 다행이었다. 이미 그들 사이에서는 당시 멜런사가 나이 든 유색인 여자와 살고 있는 집으로 로즈가 와서 지내기로 양해가 된 상태였는데, 그러면 로즈가 인근 병원의 의사로부터 도움을 받을 수 있고 또 멜런사도 집에서 늘 익숙하게 하던 대로 로즈를 보살필 수 있을 터였다.

요즘 멜런사는 로즈 존슨에게 무척 친절했다. 멜런사는 여자가 할 수 있는 모든 정성을 다해 로즈를 보살피고, 끈질기게 인내하고, 순종하고, 그녀를 진정시켰는데, 그러는 동안 저 뚱하고 유치하고 겁 많고 시커먼 로지는 툴툴대고, 호들갑 떨고, 울부짖으면서, 스스로 혐오스러운 하찮은 짐승처럼 굴었다.

지금까지 내내 멜런사는 가끔씩 젬 리차즈와 꾸준하게 어울리는 중이었다. 멜런사는 젬 리차즈와 어울리면서 한층 강한 사람이 되고 있었다. 심각한 곤경에 처했을 때 멜런사는 가장 강인하고 다정하고 천성에 충실했으며, 전심전력을 다해 열심히 싸우고 있을 때 그녀는 천성적으로 어떤 어리석은 짓도 할 수 없었다.

요즘 들어 멜런사 허버트는 다시 로즈 존슨과 더욱 가까워졌다. 이즈음 멜런사는 로즈 존슨에게 자기의 고민을 모두 얘기하려 했다. 로즈도 다시 멜런사에게 조금씩 충고하기 시작했다.

이제 멜런사는 항상 로즈에게 자기가 젬 리차즈와 나눈 대화들에 대해 얘기했는데, 그 대화들은 멜런사나 젬 리차즈나 한결같이 상대방의 발언을 별로 좋아하지 않는 내용이었다. 멜런사는 젬 리차즈가 뭘 바라는지 몰랐다. 멜런사는 그와 좋은 친구 사이가 되어 실제로 결혼하고 싶어 하지만 그는 그러고 싶어 하지 않는다는 것이 멜런사가 아는 전부였는데, 막상 멜런사가 "알았어 젬, 네게서 받은 반지 다신 안 껴, 언젠가 실제로 정식 결혼할 사이인 것처럼 우리가 더는 만나지도 않을 거야"라고 말하면, 젬은 그러는 것 역시 좋아하지 않았다. 도대체 젬 리차즈가 정말로 원하는 건 무엇이었나?

멜런사는 손가락에서 젬의 반지를 뺐다. 가련한 멜런사, 그녀는 항상 그 감촉을 느끼고 싶어서 반지를 줄에다 꿰고 그 줄을 목걸이처럼 둘렀지만, 지금은 멜런사가 젬 리차즈에게 딱딱하게 굴었으므로, 젬은 그 사실을 전혀 몰랐다. 젬은 때로는 반지가 없는 걸 무척 서운해하는 것 같다가, 때로는 반가워하는 듯 보이기도 했다. 멜런사는 젬 리차즈가 원하는 게 정말로 뭔지 전혀 종잡을 수 없었다.

아직까지 젬에게 다른 여자는 없었고, 그건 멜런사도 알았으므로 그녀는, 과거에 젬이 깊은 사랑으로, 그녀가 아무도 만들어내지 못할 것으로 생각했던 그런 세상을 만들어냈듯이, 이번에도 젬이 다시 자기를 깊이 사랑하며 돌아올 것을 계속 신뢰했다. 그러리라고 믿었다. 그러나 젬 리차즈는 멜런사 허버트보다 더욱 투지만만했다. 그는 어떻게 싸워야 이기는지를 더 잘 알았다. 멜런사는, 조용히 인내하면서 젬이 행동하도록 기다리지 못했다는 점에서, 사실상 이미 패배한 셈이었다.

아직도 젬 리차즈의 도박 운運은 호전되지 않고 있었다. 그가 내기를 하면서 조금의 행운도 없이 이렇게 오랜 시간을 보내기는 정말 처음이었다. 간혹 젬은 마치 어딘가 먼 곳으로 여행을 떠나 다른 장소에서 자기의 도박 운을 시험해보고 싶은 것처럼 말했다. 그러나 젬 리차즈는 결코 멜런사를 함께 데려가고 싶은 것처럼 말하진 않았다.

그래서 멜런사는 어떨 땐 그를 진정으로 신뢰했지만, 또 어떨 땐 의심이 생겨 속으로 몹시 짜증이 났다. 젬이 자기와 어울려 진짜 하고 싶은 건 뭔가? 그에게 다른 여자는 없고, 그 사실이야말로 멜런사가 정말로 계속 신뢰할 수 있으며, 그리고 지금 그가 자기를 소유하고 싶어 하지 않으므로 멜런사가 절대로 그에게 다가가지 않겠노라고 부정적으로 말했을 때, 젬은 정색을 하고 지금은 물론 언제까지나 그녀가 바로 여기 그

멜런사 277

의 곁에 머물러주기를 분명히 원한다고 다짐했는데, 그런데 지금 그는 결코 더는 곧바로 그녀와 결혼하고 싶다고 말하지 않았다. 그도 그럴 것이 젬 리차즈는 이런 종류의 곤경 속에서는 절대 결혼하지 않을 것이라고 무척 자주 말했고 지금 그에게는 곤경에서 벗어날 수 있는 방법이 전혀 보이지 않았다. 그러나 멜런사는 그가 준 반지를 끼고 다녀야 했는데 그가 과거에 어떤 여자도 자기만큼 사랑한 적이 없다는 사실을 확실하게 알기 때문이었다. 멜런사는 잠시 그 반지를 끼고 다닐 생각이었는데 그러다가 그들 사이의 갈등이 좀더 깊어졌으며, 그러자 그녀는 그가 자기에게 선사한 물건은 더 이상 아무것도 걸치지 않을 거라고 그에게 선언했고, 그런 다음에는 반지를 줄에 꿰어 목걸이처럼 두름으로써 아무에게도 보이진 않지만 자기는 늘 그 촉감을 느낄 수 있었다.

가여운 멜런사, 그녀의 사랑이 분명 그녀의 정신을 혼미하고 멍청하게 만들었다.

그래서 지금 멜런사는 계속 점점 더 로즈 존슨과 어울리고 싶어 했고, 로즈도 다시 그녀에게 충고하기 시작했지만, 로즈는 그녀를 도울 수가 없었다. 지금은 누구도 어떤 말로도 조언할 도리가 없었다. 멜런사가 젬 리차즈와의 관계를 바꿀 수 있었던 시간은 이미 모두 지나가 버렸다. 로즈는 그 사실을 알았고, 멜런사 역시 그 사실을 이해했지만, 그러나 스스로 그 사실을 인정하기는 죽는 것만큼 힘들었다.

지금 멜런사에겐 견디지 못할 정도로 지칠 때까지 로즈의 시중을 드는 게 유일한 위안이었다. 항상 멜런사는 로즈가 뭘 원하건 다 들어주었다. 샘 존슨도 이제 멜런사에게 퍽 부드럽고 약간은 다정하게 대하기 시작했다. 멜런사는 로즈에게 몹시 친절했으므로 샘의 입장에서는 로즈를 도와주고 매사를 처리하고 또 로즈에게 위안도 되는 멜런사가 옆에 있어 무척 고마웠다.

로즈는 아기를 출산하며 어려운 순간을 겪었는데, 멜런사는 여자가 할 수 있는 최선을 다했다.

아기는 건강하게 태어났지만 오래 살지를 못했다. 로즈 존슨은 부주의하고 게으르고 이기적이었으며 멜런사가 며칠 자리를 비워야 했을 때 아기가 죽었다. 로즈 존슨은 아기를 제법 좋아했는데 아마 잠깐 동안 아기의 존재를 그저 잊었던 것 같고, 어쨌든 아이가 죽어서 로즈와 샘은 몹시 상심했지만, 당시 브리지포인트의 흑인 사회에서는 이런 일이 비일비재했으므로, 부부 누구도 이 사건을 아주 오래 기억하지는 않았다. 로즈는 건강이 회복되자 샘과 함께 자기 집으로 돌아갔다. 그리고 지금 샘 존슨은 로즈가 극심한 어려움에 처했을 때 그녀를 몹시 친절하게 보살펴 준 멜런사에게 늘 매우 부드럽고 친절하고 착하게 대해주었다.

멜런사 허버트와 젬 리차즈 사이의 불화는 좀처럼 개선되지 않았다. 젬이 이제 그녀와 어울리는 시간은 계속해서 점점 줄어들었다. 지금도 멜런사와 함께 있을 때면 젬은 그녀에게 넘칠 정도로 잘해주었다. 젬 리차즈는 자기가 내기에 건 돈에 대해 노심초사했다. 젬이 생계를 꾸리기 시작한 이래, 내기에서 이처럼 오래 이토록 심하게 고생하기는 처음이었다. 지금도 젬 리차즈는 멜런사에게 충분히 친절했지만 그녀를 상대할 기운이 별로 없었다. 이제 멜런사는 더 이상 그를 언쟁에 끌어들일 수 없었다. 이제 멜런사는 자기를 상대하는 그의 태도에 대해 절대 불평할 수 없었는데, 왜냐면 그는 분명히 자신의 상태를 그녀를 대하는 행동으로 항상 표현했고, 그녀는 한 남자가 조금이라도 상황을 개선하느라 애쓰면서 마음이 괴로울 때 어떤 상태인지를 분명히 이해해야 하기 때문이었다.

때때로 젬과 멜런사는, 서로 상대방이 말하는 내용을 별로 좋아하지 않으면서도, 길게 대화를 나누었는데, 이제 대체로 멜런사는 젬 리차즈를 언쟁에 끌어들일 수 없었으며, 또 점점 더, 멜런사는 지금 자기에게서 떠나지 않는 내면의 고통이 어쨌든 젬 때문이라고 비난할 정당한 구실을 찾을 수 없었다. 젬은 그녀에게 친절했고, 또 그녀는 그가 직접 말해준 덕분에, 그가 요즘 내기 때문에 계속 괴로워하고 있음을 알았다. 멜런사로서는 젬 리차즈의 내면이 완전히 엉망이라는 사실을 분명히 확인했지만, 지금 멜런사가 진정으로 그의 마음에 도달할 길은 전무했다.

멜런사와 젬 리차즈의 관계는 지금 전혀 개선되지 않고 있었다. 이제 멜런사는 로즈 존슨과 함께 있을 이유가 점점 더 절실해졌다. 로즈는 여전히 멜런사가 자기 집에 와서 자기를 위해 일하는 걸 좋아했고, 또 멜런사에게 투덜거리고 질책하면서 멜런사가 늘 어떻게 행동해야 더 좋은 결과를 얻고 늘 허다한 곤경에 빠지지 않을 수 있는지에 대해 잔소리하는 걸 좋아했다. 요즘 샘 존슨은 항상 멜런사에게 퍽 친절하고 부드러웠다.

샘 존슨은 지금 그녀가 몹시 안쓰러워지기 시작했다.

젬 리차즈는 멜런사와의 관계를 전혀 호전시키지 못했다. 젬은 멜런사에게 거의 확신을 줄 작정으로 자기는 그녀를 결코 더 이상 소유하고 싶지 않다고 자주 말했다. 그럴 때 멜런사는 몹시 우울해졌고, 그러면 로즈에게, 지금은 그것이 분명 자기가 할 수 있는 최선이므로, 꼭 스스로 목숨을 끊겠다고 말하곤 했다.

로즈 존슨은 자살을 조금도 그런 식으로 받아들이지 않았다. "멜런사, 난 네가 단지 우울하다는 이유 때문에 자살할 것처럼 말하는 까닭을 이해할 수 없어. 난 내가 우울하다고 절대 자살하지 않아 멜런사. 어쩌면 내가 누군가 남을 죽일지는 모르지만 결코 자살은 안 할 거야. 만일 내가 자살을 하면, 멜런사, 그건 우연일 테고, 만일 내가 우연히 자살을 하면, 멜런사, 난 엄청나게 애석할 거야. 그것이 확실히 네가 자살에 대해 깨달아야 하는 태도야 멜런사, 지금 내 말 들어, 늘 그러듯이 그냥 바보같이 지껄이지 말고. 그저 늘 멍청한 상태로 지금처럼 계속 온갖 골칫거리를 자초하는 게 틀림없이 너의 유일한 태도야, 멜런사, 나는 네가 그렇다는 걸 확실히 아주 잘 알아. 널 제법 알게 되고 나서부터 네게 분명하게 말해온 것은, 내가 늘 어김없이 목격한 그런 방식대로 멜런사 네가 일상적 행동을 계속해서는 결코 올바른 행동과 표현을 할 수 없다는 사실이었는데, 그럼에도 불구하고 분명히 넌 전혀 배우질 못하고 있어, 멜런사. 멜런사 네가 보여야 할 태도에 관한 한 내가 확실히 옳아, 틀림없어. 그런데 정말 너는 무슨 수를 써도 올바르게 행동하는 걸 전혀 배우지 못해 멜런사, 정말 확실해, 분명히 나는 최선을 다해 멜런사 널 돕는데 문제는 네가 정말 올바르게 행동하지 않는 거야 멜런사, 누구에게도 제대로 행동하는 법이 없어, 내가 다 알 수 있어. 누구 옆에서도 안 그러듯이 멜런사, 내 옆에서도 전혀 올바르게 행동하지 않아. 네 행동이 그래도 난 전혀 아무 말도 안 하는데, 말을 해야 하는 바로 그 순간 확실히 그러고 싶지가 않기 때문이야, 한데 너는 정말 너와 몹시 결혼하기를 원한다고 네가 늘 말하던 그 젬 리차즈와 확실히 끝났잖아, 내가 샘에게 네가 틀림없이 그렇게 할 거라고 계속 얘기하던 꼭 그대로 말이야. 그래서 난 분명히 멜런사 네가 정말 안쓰럽긴 한데, 하지만 네가 처음 그와 결혼을 약속했을 때 꼭 날 만나러 와서 내가 네게 말하고 보여줄 수 있게 해야 했거든, 그리고 지금 네가 이 온갖 어려움을 뒤집어썼는데 내가 확신하듯 네가 늘 곤경을 붙잡는 형국이야. 네게 아주 힘든 곤경이 닥쳐오는 걸 보면서 멜런사, 내 마음이 정말로 안쓰러울 수밖에 없지만, 나는 멜런사, 올바른 행동을 아예 무시하는 태도가 네 마음속에 항상 잠재되어 있고, 바로 그 태도가 언제나 문제라는 사실을 확실하게 볼 수 있어. 그리고 지금 너는 네가 너무 우울하기 때문에 그냥 자살을 할 것처럼 계속 떠드는데, 그런 태도는 멜런사, 분명히 제대로 된 여자가 함부로 보여선 안 돼."

이제 로즈는 이미 멜런사를 엄하게 질책하고, 아주 빈번하게 그녀에게 짜증도 냈지만, 지금 로즈는 더 이상 멜런사에게 어떤 도움도 되지 못했다. 멜런사 허버트는 지금 자기가 해야 할 올바른 행동이 뭔지 전혀 알 수 없었다. 멜런사는 젬 리차즈가 자기와 어울리기를 항상 원했지만 지금 그는 전혀 자기를 원하는 것 같지 않으니, 멜런사가 뭘 할 수 있겠는가. 그냥 자살해 버리겠다고 말할 때 그녀는 분명 제정신이었는데, 그것이 지금 그녀에게 가능한 유일한 길이기 때문이었다.

샘 존슨은 항상, 점점 더, 멜런사에게 친절하고 부드러웠다. 불쌍한 멜런사, 그녀는 몹시 착하고 다정해서 누군가 원하면 무엇이든 해줬고, 자기가 평화롭고 고요할 수만 있다면 늘 그렇게 살기를 바랐으나, 그녀가 찾아내는 새로운 방법은 그녀를 어김없이 곤경에 빠뜨릴 뿐이었다. 샘은 로즈에게 멜런사의 이런 점을 요즘 들어 자주 언급했다.

"난 샘이 멜런사의 힘든 사정에 대해 말하는 게 정말 싫어, 왜냐면 그녀는 꼭 언제나 가장 끔찍하다고 할 어려움을 심하게 겪게 되는데, 난 멜런사가 항상 보여주는 그런 처신이 샘, 전혀 마음에 들지 않아. 지금 그녀가 저 젬 리차즈를 상대하는 태도도 마치 자기가 그래야만 하는 것같이 구는 게 아주 판박이야. 지금 그는 절대 그녀를 가지려 하지 않는데 멜런사는 전혀 제정신이 아냐. 그래 샘, 나는 멜런사가 그를 대하는 태도가 정말 너무 지겨워, 게다가 샘, 그녀는 절대 진짜 제대로 솔직하지가 않아, 늘 보여주는 태도가 말이야. 그녀는 확실히 샘, 자기가 어떤 식으로 일을 처리하는지 결코 정확하게 말해주는 스타일이 아냐. 그녀가 처신할 때 항상 명심해야 할 태도에 대해 샘, 정말 난 더는 아무 말도 하고 싶지 않아. 그녀는 늘 입으로는, 그래 좋아 로즈, 당신이 말하는 대로 할게, 그래놓고는 샘,

절대 그렇게 행동하질 않아. 그녀는 틀림없이 정말 다정하고 착해, 샘, 그런 여자가 멜런사야, 어쨌든 자기가 할 수 있다고만 생각하면 누구를 위해서나 항상 일할 태세이고, 결코 나는 그녀의 그런 면을 부인하지는 않는데, 다만 샘, 어찌 보면 그녀는 전혀 옳게 행동하는 법이 없고, 또 어찌 보면, 샘, 그녀는 자기의 그런 행동에 대해 정말 전혀 솔직하지가 않아. 그리고 샘, 나는 그녀가 저지르는 끔찍한 행동들에 대해 간혹 듣는데, 어떤 처녀들은 그녀의 행동 방식을 알고 있고, 때로는 그녀가 어떤 방법들로 그렇게 행동하는지 내게 말해주거든, 그러면 샘, 나는 점점 더 확실하게 보이는데, 멜런사에게 결코 좋은 결과가 오지 못할까 봐 정말 엄청나게 두려워. 게다가 샘, 간혹 샘도 듣다시피, 그녀는 심하게 우울할 때마다 항상 자살할 것처럼 말해, 그런데 샘 확실히 그건 제대로 된 처녀가 절대 저지르면 안 되는 행동이야. 알잖아 샘, 내가 상황을 알고 있을 땐 늘 내 판단이 옳아. 당신은 그저 조심하고만 있어, 샘, 지금 내 말대로, 분명하게 조심해 샘, 강조하는데, 멜런사를 보면 볼수록 나는 멜런사가 전혀 솔직하지 않다고 확신하게 돼. 내 말처럼 당신은 조심하고 있어, 지금 샘, 내가 사정을 아니까, 샘, 내가 하는 말 귀담아들어, 내가 상황을 알고 있을 때는 샘, 언제나 내가 틀림없이 옳으니까."

처음에 샘은 멜런사를 옹호하려고 약간 애를 쓰면서, 계속 그녀에게 친절하고 온화하게 대했고, 또 자기가 말할 때 동석한 자리에서도 전혀 끼어들지 않고 늘 학생처럼 경청하는 그녀의 태도를 좋아하면서, 항상 자기를 위해 매사를 몹시 정중하게 처리해주는 상냥한 면도 좋아했는데, 그러나 샘은 그 누구와도 전혀 언쟁하고 싶어 하지 않았고, 멜런사에 대해 가장 잘 아는 사람은 분명히 로즈였으며, 어쨌거나 샘이 정말 대단히 멜런사를 걱정하는 건 아니었다. 그녀의 불가사의한 측면도 전혀 그의 관심을 끌지 못했었다. 샘은 그녀가 자기에게 상냥하고, 로즈가 해주길 바라는 모든 일을 항상 군말 없이 처리하는 모습이 마음에 들었다. 그러나 멜런사가 그에게 결코 중요한 사람일 순 없었다. 샘의 한결같은 소망은, 작은 집 하나를 소유하고 규칙적으로 살고 열심히 일하고 일하느라 지쳤을 때 집에 돌아와 저녁 식사를 하는 게 전부였고, 머지않아 정을 쏟아부을 친자식을 낳기를 원했는데, 그래서 샘은 멜런사가 진정으로 안쓰러운 것이, 그녀는 언제나 자기 부부에게 매우 친절하고 다정했고, 젬 리차즈는 그녀에게 제멋대로 행동하는 못된 남자였으며, 그럼에도 여자가 그처럼 방탕한 친구를 좋아할 때면 항상 그런 식으로 당하기 때문이었다. 어쨌든 멜런사는 로즈의 친구일 뿐이고 샘은 여자들이, 자기 여자에게 착하고 충실하게 행동하는 방법을 전혀 알지 못하는 그런 남자를 욕심낼 때 항상 겪게 되는 그런 종류의 어려움에는 전혀 끼어들고 싶지 않았다.

  그래서 샘은 로즈에게 멜런사에 대해 별로 언급하지 않았다. 샘은 언제나 그녀에게 퍽 부드러웠지만, 그나마 그녀와 만날 기회가 이제 점점 줄어들기 시작했다. 머지않아 멜런사는 더 이상 로즈를 보러 그 집에 오지 않았고, 샘도 로즈에게 그녀에 대해 아무것도 묻지 않았다.

이제 멜런사 허버트가 로즈 존슨과 함께 지내려고 그 집에 오는 횟수가 점점 줄어들게 되었다. 로즈가 요즘 계속 그녀를 꺼리는 것처럼 보이는 데다가, 로즈는 자기 일을 더는 멜런사에게 시키지 않으려 했다. 멜런사는 늘 그녀에게 깍듯했으며 항상 최선을 다해 그녀를 위한 일을 하고 싶어 했다. 로즈는 거절했는데, 그녀는 자기가 일을 직접 하면 집안일이 더 잘 될 것처럼 생각했다. 자기를 도우려고 그렇게 오래 머물렀으니 멜런사는 정말 착하지만, 어쩌면 이제 멜런사는 제집으로 가면 좋겠고 지금은 자기를 도와줄 사람이 필요 없는데, 자기는 아기 때문에 온갖 어려움을 겪던 출산 직후와는 달리 정말 튼튼하다고 느끼고 있으며, 게다가 샘이 저녁을 먹으러 귀가했을 때 그는 저녁 식사를 차려줄 자기 혼자만 집에 있는 걸 좋아한다고 로즈는 생각했다. 샘은 요즘 마치 언제나 한여름 속에 있는 것처럼 늘 지쳐 보였는데, 증기선 승객은 늘 만원이고 그들이 야단법석을 떨어서 그가 요즘 정말로 피곤하며, 그래서 집에서는 그저 저녁 식사만 할 뿐 자기를 귀찮게 할 누구도 없는 걸 좋아한다고 생각했다.

날이 갈수록 멜런사를 대하는 로즈의 태도는 더 이상 자기를 보러 집에 오지 말았으면 하는 눈치였다. 멜런사는 왜 로즈가 그렇게 행동하는지 감히 묻지 못했다. 멜런사는 자기를 구해줄 사람으로 로즈가 늘 그 자리에 있기를 간절히 바랐다. 멜런사는 몹시 그녀에게 매달리고 싶었으며 이제껏 항상 로즈는 아주 든든한 존재였다. 멜런사는 로즈에게 이제 더는 자기가 보러 오길 원하지 않는 건지 감히 묻지 못했다.

요즘 멜런사는 자기에게 부드럽게 대해주는 샘과 결코 더 이상 마주치지 않았다. 로즈는 샘이 집에 돌아오는 시간이 되기 전에 예외 없이 멜런사를 먼저 돌려보냈다. 하루는 멜런사가 조금 오래 머물렀는데, 그날은 친절하게도 로즈가 멜런사에게 자기의 일을 돕도록 놔두었기 때문이다. 멜런사는 일을 마치고 나가다가 샘 존슨과 마주쳤는데 그가 잠깐 멈추어 친절하게 몇 마디를 건넸다.

다음 날 로즈 존슨은 멜런사를 자기 집에 들이려 하지 않았다. 로즈는 계단에 선 채로 멜런사에게 자기가 지금 그녀에 대해 생각하는 바를 말해주었다.

"내 짐작에 멜런사, 네가 단지 날 돌보겠다고 여기 계속 오는 건 분명히 정말 옳지 않은 일이야. 나는 멜런사 네게 추호도 부담 주고 싶지 않아. 내가 확신하는데 멜런사, 지금은 너같이 계속 옆에서 도와주는 사람이 없을 때 내가 더 잘 지내고, 게다가 요즘 샘 그 사람 일이 아주 잘 풀려서, 매일 날 도우러 오는 어린 소녀의 비용을 그가 대주고 있어. 확실한 내 생각인데 멜런사 네가 단지 나를 돌보겠다고 더 이상 이 집에 오지 않았으면 좋겠어." "왜 그래 로즈, 내가 무슨 짓을 했다고, 지금 그처럼 날 함부로 대하는 건 확실히 잘못하는 거야 로즈." "멜런사 허버트 너는, 내가 널 대하는 태도에 대해 불평할 어떤 자격도 없어, 내 생각에 너는 그럴 자격이 확실히 없어 멜런사 허버트, 내 말 잘 들어, 언제나 너 멜런사를 그저 좋아했던 나보다 더 너를 인내한 사람은 없어, 요즘 너에 대해 엄청 나쁜 얘기를 더 많이 듣고 있고, 사람들은 네가 빈번하게 어떤 식으로 행동하는가를 내게 늘 말해주고 있어, 내가 항상 네게 아주 친절하니까, 그런데 넌 내게 어떻게 해야 솔직한 건지 조차 전혀 모르고 있어. 그래 멜런사, 난 네게 행운이 오기를 마음속으로 늘 바라고 있어, 또 멜런사 네가 언젠가는 처녀에게 어울리는 예의 바르고 올바른 행동 방식을 배우면 정말 좋겠어, 하지만 지금 너에 대해 들려오는 그런 얘기는 어떤 경우에도 내가 좋아할 수 없어. 그래 멜런사, 나는 더 이상 널 절대로 신뢰하지 못해. 널 더 이상 안 보기로 한 게 정말 마음 아프지만, 내가 네게 해줄 수 있는 다른 대안이 없어. 지금 네게 할 수 있는 말은 이게 전부야, 멜런사." "그렇지만 로즈, 정말이야, 분명히 나는 이해할 수가 없어, 죽은 사람보다 나을 게 없어, 내가 무슨 짓을 해서 네가 그렇게 행동하게 된 건지. 누군가는 나에 관해 어떤 나쁜 말을 로즈, 네게 하겠지, 그들은 너한텐 단지 한 무리의 거짓말쟁이일 뿐이야, 분명히 그래 로즈, 정말이야. 나는 확실히 네게 말하기 부끄러운 행동은 전혀 하지 않았어. 근데 왜 내게 그렇게 함부로 행동해, 로즈? 샘 그 사람은 분명히 너처럼 생각하지는 않아, 그리고 로즈 내가 언제나 할 수 있는 건 다 하잖아, 네가 해줬으면 하는 거는." "그 자리에 서서 얘기해봐야 아무 소용 없어, 멜런사 허버트. 내가 더 이상 할 말은 없어, 그리고 샘 그 사람은 여자들 행동이 어떻게 될 수 있는지에 대해선 전혀 몰라. 지금 네게 이렇게 할 수밖에 없어서 정말 몹시 미안하지만, 네가 늘 아주 못되게 처신하고, 또 사람들이 네가 그렇다고 말하고 있으니, 확실히 나로선 네게 다르게 대할 방법이 없어. 네가 거기 서서 내게 아니라고 말해도 아무 소용이 없어, 멜런사. 내가 상황을 알면 늘 그래왔듯이, 확실히 너와의 관계에서는 내 판단이 항상 정확해. 그래 멜런사, 그냥 단순한 거야, 너는 예의 바른 처녀가 당연히 해야 하는, 그런 올바르게 행동하는 태도를 전혀 배울 수 없고, 나는 항상 최선을 다해 너 멜런사 허버트에게 그 태도에 관해 훈계해왔는데, 그러나 보잘것없는 사람들에게는 올바른 행동에 대해 말해봐야 전혀 소용이 없어. 올바른 행동을 깨달을 수 있는 올바른 감각이 없을 때 분명히 그들은 전혀 배울 수 없고, 그리고 너 멜런사는 솔직하겠다는 올바른 감각도 전혀 없고, 내가 너 멜런사 허버트에게 상처 주고 싶은 마음은 절대 없는데, 다만 나는 더는 네가 여기 오는 걸 절대로 보고 싶지 않아. 나는 지금 네게, 내가 늘 말해온 것처럼, 어느 예의 바른 소녀든지 당연하게 행동해야 할 올바른 태도를 네가 전혀 모른다고 강조할 뿐이고, 그래서 말인데 멜런사 허버트, 나와 샘, 우리 부부는 네가 더 이상 절대로 여기 내 집에 발을 들여놓지 않았으면 해, 멜런사 허버트, 분명하게 말하는 거야. 그러니 이제 그만 가, 멜런사 허버트, 내 말대로 해, 네게 아무런 피해도 안 생기면 좋겠어."

로즈 존슨이 안으로 들어가며 등 뒤로 문을 닫았다. 멜런사는 멍하니 서 있었다, 그녀는 자기를 죽을 지경으로 만든 이 충격을 어떻게 버텨야 할지 눈앞이 깜깜했다. 멜런사는 뒤도 돌아보지 않고 천천히 그곳을 벗어났다.

멜런사 허버트는 몹시 비통했고 가슴속에 깊은 멍이 들었다. 멜런사는 늘 로즈가 자기를 믿어주기를 원했고, 멜런사는 늘 로즈가 자기가 그녀에게 매달리도록 허용해주기를 원했으며, 멜런사는 내면에서 자기가 조금이라도 안전하다고 항상 느낄 수 있는 그런 존재와 함께하기를 간절하게 원했는데, 그런데 지금 로즈가 자기를 밀쳐내 버렸다. 멜런사는 과거에 원했던 그 누구보다도 더 로즈를 원했다. 멜런사가 보기에 로즈는 언제나 아주 단순하고, 견고하고, 품위가 있었다. 그런데 지금 로즈가 자기를 그녀에게서 내던져 버렸다. 멜런사는 자포자기했으며, 온 세상이 자기를 둘러싸고 미친 듯 지루하게 춤을 추며 빙빙 돌고 있었다.

멜런사 허버트의 내면에는 독자적으로 안전감을 느낄 수 있는 능력이 전혀 없었다. 그런데 지금 로즈 존슨이 멜런사를 내던져 버렸고, 멜런사는 더 이상 그녀 가까이 갈 수도 없었다. 멜런사 허버트는 이제, 마음속 깊이, 자기에겐 아무 가망이 없고 더 이상 아무 도움을 받을 수도 없음을 깨달았다.

그날 밤 멜런사는, 옛날에 만나던 장소에서 기다리기로 미리 약속했던, 젬 리차즈를 만나러 갔다. 그녀를 대하는 젬 리차즈의 태도는 정신이 나간 것 같았다. 곧바로 그는 자기가 조만간 떠나려고 하는 여행, 내기에서 일부 행운이라도 만회할 수 있을지 시험해보려는 그 여행에 대해 떠들기 시작했다. 멜런사는 지금 젬마저 자기를 떠나려는가 싶어 몸을 떨었다. 젬 리차즈는 지금 자기가 계속 겪고 있는 불운에 대해, 그리고 자기가 내기에서 더 좋은 운이 따를 수 있는지 확인하기 위해 얼마나 멀리 떠나보길 원하는지에 대해, 그녀에게 조금 더 설명했다.

그런 다음 젬이 말을 멈추더니, 멜런사를 똑바로 쳐다보았다.

"말해줘 멜런사 정확하고 솔직하게, 넌 지금 정말 내게 더 이상은 신경 쓰지 않지?" 그가 그녀에게 물었다.

"왜 그걸 묻는 건데, 젬 리차즈." 멜런사가 대꾸했다.

"왜 내가 그걸 네게 묻냐면, 오 하느님, 나는 지금 더는 네게 조금도 관심이 없으니까. 그게 내가 물어보는 이유야."

멜런사는 아무런 대답도 할 수 없었다. 젬 리차즈는 잠시 머뭇거리다가 가버렸다, 그녀를 남겨두고 떠나갔다.

멜런사는 두 번 다시 젬 리차즈를 보지 못했다. 멜런사는 로즈 존슨도 다시 보지 못했는데, 더 이상 그녀를 볼 수 없다는 사실이 멜런사에겐 가혹하기 짝이 없었다. 로즈 존슨은 멜런사의 온갖 감정 속에 이미 가장 심원한 존재로 박혀 있었다.

"아니, 이제 멜런사 허버트는 다신 안 만나." 로즈는 멜런사에 대해 묻는 사람이 있으면 누구에게나 이렇게 말하곤 했다. "그랬지, 멜런사 그녀가 그처럼 어울리기 좋아했던 그런 부류의 남자들과 아주 나쁘게 행동하는 바람에 우리가 엄청난 분란을 겪었잖아, 그 후로 이제 멜런사는 더 이상 여기 오지 않아. 그녀는 절대 끝이 좋지 못할 거야, 멜런사 허버트는 그럴 거야, 그리고 나와 샘 우리 부부는 그녀를 더 이상 보고 싶지 않아. 그녀는 내가 항상 말해줘도 올바르게 행동하지 않았어. 멜런사는 그냥 그럴 생각이 없었지만, 나는 늘 말해줬거든, 만일 그녀가 늘 조금 더 조심해서 행동하지 않으면 날 보러 여기 내 집에 오는 걸 내가 절대로 더는 바라지 않는다고. 나는 어느 처녀든 자기 원하는 대로 좋은 시간을 보내겠다고 어떤 태도를 보이건 간에 절대 반대하지 않지만, 그러나 멜런사가 늘 행동하는 그런 유의 태도는 달라. 내 생각엔 멜런사가 언젠가 자살을 할지도 몰라, 그녀가 언제나 그렇듯 아주 나쁘게 행동할 때, 그럴 때 그녀는 엄청 우울해지지. 멜런사는 스스로 목숨을 끊는 것이 자기가 쉽게 실행할 수 있다고 생각해볼 만한 유일한 길이라고 늘 얘기해. 그럼, 난 언제나 멜런사가 정말 안쓰럽지, 그녀는 그냥 평범한 유의 흑인이 절대 아니었지만, 내가 늘 그녀에게 오랫동안 말을 해줬음에도 불구하고, 내 말을 전혀 이해하지 못했어, 아니 무엇이 그녀에게 올바른 행동 방식인지를 전혀 배울 수가 없었어. 분명히 나는 멜런사에게 어떤 종류의 심각한 피해도 생기지 않기를 바라지만, 그녀가 늘 실행하기 쉬운 길이라고 말하던 대로, 언젠가는 자살할 게 거의 틀림없다고 봐. 내가 알기에 그렇게 끔찍하게 우울증에 빠질 수 있는 사람은 없어."

그러나 막상 멜런사 허버트는 몹시 우울하다고 해서 결코 실제 자살을 감행하지는 않았다. 자살이 정말 자신에게 최선의 방법이 될 것이라고 자주 생각하긴 했지만, 멜런사는 결코 자살하지 않았으며, 다만 열이 심하게 올라 병원에 입원했고, 병원에서는 그녀를 잘 보살피고 치료했다.

멜런사가 회복되었을 때, 그녀는 일자리를 찾아 노동하며 규칙적으로 생활하기 시작했다. 그러다가 멜런사는 다시 심하게 앓았다. 기침이 나오고 땀이 흐르고 온몸이 몹시 쇠약해져서 일하려고 일어설 수조차 없었다.

멜런사는 다시 병원에 입원했고, 의사는 그녀가 폐결핵에 걸려 얼마 살지 못할 것이라고 진단했다. 병원에서는 간호를 받을 수 있는 가난한 폐결핵 환자용 시설로 그녀를 이송했으며, 멜런사는 그곳에서 지내다 생을 마감했다.

온순한 리나

리나는 참을성 있고, 온순하고, 다정한 독일 사람이었다. 리나는 4년 동안 하녀로 일했는데 그 일을 무척 좋아했다.

일가친척이 독일에서 살던 리나를 브리지포인트로 데려온 후 같은 집에서 4년째 일하고 있었다.

리나는 이 가정이 상당히 괜찮은 집이라고 생각했다. 집안에는 상냥하면서 까다롭지 않은 여자 주인과 자녀들이 있었고 그들 모두 리나를 무척 좋아했다.

이 집에는 리나를 심하게 야단치는 요리사도 있었는데, 리나는 독일인 특유의 참을성으로 고통을 견뎠으며, 착하고 끈질긴 여자 요리사도 실은 리나가 잘되라고 엄하게 질책했다.

아침에 방문을 노크하며 식구를 불러대는 독일 억양을 띤 리나의 목소리는, 여름 한낮의 섬세하고 부드러운 미풍처럼, 일깨우고 위로하고 호소하는 것 같았다. 그녀는 매일 아침 오랜 시간 복도에 서서, 기대하지도 고통스러워하지도 않는 독일인 특유의 참을성으로, 어린아이들이 일어날 때까지 불러댔다. 불러대다가 오래 기다리고 그런 다음 다시 불러대곤 했는데, 늘 차분하고 온화하고 참아주는 목소리였으며, 그동안 어린아이들은 즐거운 활력을 북돋아 주는 저 소중하고 절박한 마지막 토막잠 속으로 자주 빠져들었고, 그사이 그 목소리는 일어날 채비를 하는 중년의 가족들에게까지 이르렀다.

리나는 아침 내내 제법 힘든 일을 많이 한 다음, 쾌적하고 화창한 오후가 되면 공원에 나가 앉아 이 가족의 두 살짜리 여자애가 노는 것을 지켜보았다.

화창한 오후에 공원에 나와 아이들이 노는 걸 지켜보는 유쾌하고 느긋한 다른 젊은 처녀 일행도 모두, 단순하고 온순한 독일 처녀 리나를 몹시 좋아했다. 또 그들은 너나없이 그녀에게 장난치는 걸 무척 좋아했는데, 다른 약삭빠른 처녀들이 떠드는 괴상한 이야기가 무슨 뜻인지 전혀 이해하지 못하는 그녀를 헷갈리고 불안하고 무력하게 만들기가 너무나도 쉽기 때문이었다.

이 처녀들 중 항상 리나와 같이 앉는 두세 명이 늘 작당하여 그녀를 혼란에 빠뜨렸다. 그럼에도 불구하고 리나는 이 모든 일상이 유쾌했다.

어린 여자애는 때때로 넘어지고 울었으며, 그럴 땐 리나가 아이를 달래야 했다. 아이가 모자를 바닥에 떨어뜨리면 리나는 그걸 주워 들고 있어야 했다. 아이가 버릇없이 장난감을 던져버리면, 리나는 아이에게 그걸 가질 수 없다고 말하며 빼앗고는 아이에게 꼭 필요해질 때까지 가지고 있었다.

리나에게는 쾌적한 여가에 버금할 정도로 평온한, 아주 평화로운 일상이었다. 물론 다른 소녀들이 장난을 쳤지만, 그래봐야 그녀의 내면에는 잔잔한 물결만 일 뿐이었다.

리나는 갈색 피부의 상냥한 사람인데, 그 갈색은 금발 인종에게는 흔한 갈색으로, 햇볕이 뜨거운 지역의 황갈색이나 적갈색, 초콜릿 브라운과는 달리 연하게 착색된 바탕 피부를 평평하게 덮은 선명한 색상의 갈색이자 평범하고 옅은 갈색으로, 담갈색의 눈뿐만 아니라 어린 시절에는 담황색이다가 나중에야 갈색으로 진해지는 독일인의 머리카락, 지나치게 풍성하지는 않으나 꼿꼿한 머리카락과 나무랄 데 없이 잘 어울렸다.

리나는 참을성 있고 끈질긴 여성 노동자 특유의 납작한 가슴과 곧은 척추와 앞쪽으로 처진 어깨를 가졌으나, 아직 그녀의 몸은 부드러운 소녀 시절에 머물러 있었고, 또 아직까지는 노동이 만들어내는 이들 윤곽이 아주 선명하지는 않았다.

리나가 풍기는 진기한 분위기는, 차분하고 태평스러운 모든 몸동작에서 드러났지만, 전체적으로는 느긋하고 미련한 무식함과, 흙으로 빚은 듯 납작하고 부드럽게 생긴 갈색 얼굴의 순수한 인상에서 가장 강렬하게 감지되었다. 리나의 눈썹은 놀랄 만큼 풍성했다. 진하고 까만 색깔에 두텁기도 해서 매우 근사하고 아름다웠으며, 눈썹 아래에는, 온화한 독일 여성 노동자로 세상사를 참아내는, 간결하고 인간적인 담갈색 눈이 있었다.

정말 리나에게는 아주 평화로운 일상이었다. 물론 다른 소녀들이 장난을 쳤지만, 그래봐야 그녀의 내면에는 잔잔한 물결만 일 뿐이었다.

"손가락에 뭐가 묻었어, 리나." 하루는 항상 같이 앉는 소녀 중 하나인 메리가 그녀에게 말했다. 메리는 아일랜드 출신으로 착한 성격에 민첩하고 총명했다.

리나는 어린 여자애가 자기 옆에 떨어뜨린 장난감 종이 아코디언을 막 주워서 튼튼한 갈색 손가락으로 서투르게 잡아당기다가 애석하게도 찍 하는 소리를 냈다.

"뭐, 뭐 말이야, 메리, 물감?" 리나가 지저분한 얼룩의 맛을 보려고 손가락을 입으로 가져가며 말했다.

"그거 무서운 독약이야, 리나, 몰랐어?" 메리가 말했다. "네가 방금 맛본 그 초록 물감 말이야."

리나는 손가락에 묻은 다량의 초록 물감을 이미 빨아 먹은 터였다. 그녀는 동작을 멈추고 손가락을 뚫어져라 쳐다보았다. 메리가 말한 게 얼마나 심각하다는 건지 바로 이해가 되지 않았다.

"독약이잖아, 넬리, 저 초록 물감, 리나가 방금 빨아 먹은 거." 메리가 말했다. "분명해 리나, 그거 진짜 독약이야, 아무튼 이번엔 놀리는 거 아니야."

리나도 조금 걱정되었다. 그녀는 물감이 묻었던 손가락을 뚫어지게 쳐다보면서, 자기가 진짜 그걸 빨아 먹었던가 생각해보았다.

그녀는 아직도 약간 젖어 있는 손가락 끝을 자기 드레스 안감으로 한참 비벼댔고, 그러는 사이에 의아하게 손가락을 쳐다보면서 방금 맛본 게 정말 독약이었는지 생각해보았다.

"너무나 안됐어, 넬리, 리나가 그걸 빨아 먹다니." 메리가 말했다.

넬리는 미소를 지으며 대꾸하지 않았다. 넬리는 가무잡잡하고 말랐으며 이탈리아 사람 같았다. 그녀는 검정 머리를 큰 다발로 묶어 높게 올렸고, 그 덕분에 얼굴이 퍽 건강해 보였다.

넬리는 계속 웃었지만 별로 말이 없었는데, 그러다가 리나가 당황할 정도로 빤히 바라보곤 했다.

그렇게 이 세 사람은 각각 조그만 흥분을 느끼면서 쾌적한 햇빛 아래 꽤 오래 앉아 있었다. 리나는 손가락을 자주 쳐다보고 막 빨아 먹은 게 정말 독약인지 의아해하면서 손가락을 드레스에 약간 더 세게 비벼대곤 했다.

메리는 그녀를 조롱하고 장난을 쳤고 넬리는 미소를 약간 머금으며 그녀를 얄궂은 눈초리로 바라보았다.

이제 기온이 내려가고 있었으므로, 떠돌기 시작한 어린애들을 그들이 함께 끌고 와서 각자의 엄마에게 데려다줄 시간이었다. 리나는 자기가 맛본 저 초록 물질이 정말 독약인지 결코 확인하지 못했다.

이렇게 4년을 일하면서, 리나는 외출하는 일요일이면 늘 고모네 집에 가서 보냈는데, 고모는 4년 전 그녀를 브리지포인트로 데려온 사람이었다.

4년 전 리나를 브리지포인트로 데려온 이 고모는 근면하고 의욕적이고 사람 좋은 독일 여자였다. 남편은 시내에서 식료품 가게를 운영했고 그들은 경제적으로 퍽 여유가 있었다. 헤이든 부인, 그러니까 리나의 고모에게는, 젊은 숙녀로 막 피어나기 시작하는 두 명의 딸과, 정직하지 않고 매우 다루기 힘든 아들이 하나 있었다.

헤이든 부인은 키가 작고 통통하지만 몸이 단단한 독일 여자였다. 그녀는 걸을 때면 항상 단호하고 다부지게 지면을 밟았다. 헤이든 부인은 몸 전체가 아담하지만 잘 단련된 하나의 덩어리 같았고, 얼굴까지도 그런 인상이어서, 일찍이 금발이던 머리카락은 불그스름하게 어두워졌고, 두 뺨은 따뜻하게 반짝거렸으며, 이중 턱은 짧고 네모진 목 위에 올라온 옷깃으로 철저하게 은폐되었다.

두 딸은 나이가 열네 살과 열다섯 살인데, 부인 곁에서는 마치 제대로 주물러지지 않고 형태도 갖추지 못한 고깃덩어리 같아 보였다.

큰딸 머틸다는 금발에 동작이 굼뜨고 단순한 데다가 몹시 뚱뚱했다. 동생 베르타는 키가 거의 언니만큼 크고, 피부가 검고, 동작이 언니보다 빨랐으며, 역시 몸무게가 나갔지만, 실제 비만은 아니었다.

어머니는 두 딸을 아주 엄격하게 키웠다. 그들은 제대로 지위에 걸맞은 교육을 받았다. 그들은 같은 종류의 모자와 드레스로 늘 단정하게 차려입었는데, 이 두 독일 자매라도 잘 어울리는 복장이었다. 어머니는 자매를 빨간색으로 입히길 좋아했다. 최고의 의상은 두꺼운 고급 천으로 만든 빨간 옷이었는데, 반짝이는 검은색 끈을 많이 장식한 옷단이 화려했다. 그들이 쓴 뻣뻣하고 빨간 펠트* 모자 역시 검정 비로드 리본과 새 한

---

* felt: 모직이나 털을 압축해서 만든 부드럽고 두꺼운 천.

마리가 가장자리를 장식했다. 어머니는 보닛*과 검정 옷을 당당하게 차려입고, 단호하게 지시하면서도 억제된 표정을 지으며, 늘 덩치 큰 두 딸 사이에 앉았다.

이 선량한 독일 여자의 행동에서 유일한 약점은 아들의 응석을 받아주는 태도였는데, 그 아이는 정직하지도 않고 다루기도 몹시 힘들었다.

이 집안의 아버지는 품위 있고, 조용하고, 진지하고, 일일이 간섭하지 않는 독일 남자였다. 그는 아들의 나쁜 버릇을 바로잡아 정직한 사람으로 만들려고 시도해보았으나, 어머니는 아버지가 아들을 다잡도록 눈감아주질 못했고, 그래서 소년은 아주 잘못 키워졌다.

헤이든 부인의 딸들은 이제 막 젊은 숙녀로 피어나기 시작했으므로, 이 시점에서 헤이든 부인의 가장 중요한 현안은 조카딸 리나를 결혼시키는 일이었다.

4년 전 헤이든 부인은 부모를 문안하러 독일에 가면서, 딸들을 함께 데리고 갔다. 아이들은 그다지 맘에 들어 하지 않았지만, 헤이든 부인에게는 몹시 성공적인 방문이었다.

헤이든 부인은 마음이 선량하고 넉넉한 여자여서, 부모를 성대하게 후원했을 뿐만 아니라, 자기를 보러 사방에서 모여든 일가친척을 모두 도와주었다. 헤이든 부인의 부모는 중간계급 농장주 출신이었다. 그들은 소작농이 아니었고, 사는 곳도 약

---

* bonnet: 예전에 여자들이나 아기가 주로 착용하던, 끈을 턱 밑에서 묶게 되어 있는 모자.

간은 허세를 부리는 동네였지만, 헤이든 부인의 미국 태생 딸들에게는 그 모든 게 지독한 빈곤과 악취로 느껴졌다.

그러나 헤이든 부인은 매사가 마음에 들었다. 모든 일이 친숙했고, 게다가 그녀는 현지에서 무척 부유하고 중요한 인물이었다. 그녀는 열심히 듣고 결정하고, 일가친척 모두에게 어떻게 하면 형편이 나아질 수 있는지 조언했다. 그들을 위해 그들의 현재와 미래를 정리해주고, 과거의 방식이 어떻게 모두 잘못되었던가를 보여주었다.

헤이든 부인이 유일하게 골머리를 앓은 것은 두 딸과의 관계였는데, 부인이 아무리 애를 써도 딸들은 조부모에게 버릇없게 행동했다. 두 소녀는 수많은 친척에게도 예외 없이 아주 고약하게 굴었다. 어머니는 딸들이 조부모에게 키스하게 만들 수 없었고, 딸들은 날마다 잔소리를 듣곤 했다. 그러나 당시 헤이든 부인은 무척 바빴으므로 고집 센 딸들을 제대로 바로잡을 시간을 내지 못했다.

그녀의 미국 태생 자식들에게, 근면하고 흙처럼 거친 이 독일 친척들은 추하고 더럽고, 이탈리아 출신이나 흑인 일꾼들처럼 자기들보다 저 아래 지위로 보였으므로, 딸들 입장에서는 어머니가 차마 어떻게 친척들과 가까이하고, 또 몹시 거칠고 색다른 장식의 괴상한 복장을 한 여자들과 접촉할 수 있는 건지 이해가 되지 않았다.

두 딸은 모든 친척에게 코를 세우고 거만을 떨면서, 자기들이 얼마나 이들을 모조리 싫어하고 또 어머니가 그런 식으로 행동하지 않기를 얼마나 소망하는지, 서로 항상 영어로 지껄였다. 소녀들은 약간의 독일어 회화가 가능했지만, 독일어를 사용할 마음이 눈곱만큼도 없었다.

헤이든 부인이 가장 관심이 가는 집은 큰오빠네 가정이었다. 그 집에는 자식이 여덟이나 되었는데 여덟 중 다섯이 딸이었다.

헤이든 부인은 브리지포인트로 돌아오는 길에 이 여자애들 중 하나를 데리고 와서 새 인생을 시작하게 하면 좋겠다고 생각했다. 누구나 그녀의 생각에 찬성했고 그들 모두가 기꺼이 리나를 추천했다.

리나는 대가족의 둘째 딸이었다. 그때 그녀의 나이는 겨우 열일곱이었다. 그 집안에서 중요한 딸은 아니었다. 그녀는 항상 꿈꾸는 듯 멍한 표정을 했다. 한눈팔지 않고 규칙적으로 매우 부지런히 일했지만, 일을 훌륭하게 한다고 그녀가 결코 현실적이 되는 것 같진 않았다.

리나의 나이는 헤이든 부인의 목적에 꼭 맞았다. 처음에는 하녀로 취업해서 일하는 법을 배울 수 있을 테고, 그러다가 나이를 좀더 먹으면, 좋은 남편을 구해줄 수 있을 것이다. 더욱이 리나는 무척 조용하고 고분고분하므로, 절대 자기 방식을 고집하지 않을 것이다. 게다가 헤이든 부인 역시 무척 완고함에도 불구하고 슬기로워서, 리나의 내면에 있는 몹시 진기한 긴장을 감지할 수 있었다.

리나는 흔쾌히 헤이든 부인과 동행했다. 리나는 독일에서의 생활을 별로 좋아하지 않았다. 그녀가 불안해했던 건 일이 힘들어서가 아니라 난폭함 때문이었다. 사람들은 예의가 없었고 남자들은 반가울 때 몹시 떠들썩해서 그녀를 붙들고 거칠게 지분거리곤 했다. 그들은 선량하기 그지없는 가까운 사람들이지만 그녀는 그들의 행동이 몹시 거슬리고 따분했다.

리나는 자기가 그런 행동을 싫어하는 걸 정말 모르고 있었다. 자기가 항상 꿈꾸는 듯 멍한 표정이라는 것도 몰랐다. 멀리 브리지포인트에 가면 자기의 상황이 달라질지 여부도 생각해보지 않았다. 헤이든 부인은 그녀를 데리고 나가 여러 종류의 옷을 사준 다음, 옷 가방을 든 그녀와 함께 증기선에 올랐다. 리나는 자기에게 무슨 일이 벌어졌는지 전혀 감이 없었다.

헤이든 부인과 두 딸과 리나는 증기선 이등실을 타고 여행했다. 딸들은 자기 어머니가 리나를 데려가는 게 못마땅했다. 그들이 보기에 검둥이보다 나을 게 없는 데다가 증기선 승객 모두가 알아보게 될 사촌이 있다는 게 싫었다. 헤이든 부인의 딸들은 이런 마음을 어머니에게 비쳤지만, 그녀는 결코 딸들의 말을 들으려 하지 않았고, 그들 역시 감히 그 의도를 명료하게 밝히지 않았다. 그러다 보니, 둘이 함께, 계속해서 리나를 심하게 미워할 수밖에 없었다. 그들이 브리지포인트로 귀향하는 여정에 리나가 동승하지 못하도록 막을 도리는 없었다.

리나는 항해 도중 멀미가 심했다. 그녀는 항해가 끝나기 전에 분명히 죽을 거라고 생각했다. 멀미가 몹시 심하다 보니 애초에 떠나지 말았어야 했다는 후회조차 할 수 없었다. 먹을 수도 신음할 수도 없고, 아무 생각도 안 나고 무섭기만 했으며, 자고 나면 꼭 죽을 것 같았다. 가만히 있을 수도 무언가를 해볼 수도 없었다. 창백하고, 겁먹고, 쇠약하고, 멀미에 시달리는 상태로, 분명히 죽을 거라고 확신하며, 그녀는 처음 자리 잡은 곳에서 그대로 꼼짝하지 못했다.

항해의 마지막 날까지, 머틸다 헤이든과 버사 헤이든이 리나를 사촌으로 두어 겪게 된 곤란은 전혀 없었으며, 그 무렵 그들은 이미 친구를 사귀었고 설명도 할 수 있었다.

헤이든 부인은 매일 리나의 좌석을 찾아가 회복에 도움이 될 물건을 주고, 필요하면 머리를 부축해주기도 하며, 대체로 친절하게 리나의 옆에서 자기의 역할을 다했다.

불쌍한 리나는 그와 같은 곤경을 버텨낼 힘이 없었다. 메스꺼움에 어떻게 굴복하는지도 어떻게 버티는지도 몰랐다. 고통을 겪다 보니 존재하고 있다는 작은 감각마저 모조리 상실했다. 참을성 있고 다정하고 조용한 한창때의 리나였지만, 너무 두렵다 보니 자제력도 적극적인 용기도 생기지 않았다.

불쌍한 리나는 몹시 겁을 먹고 쇠약해서, 매 순간 꼭 죽을 거라는 생각만 들 뿐이었다.

다시 육지를 밟고 조금 시간이 흐른 후, 리나는 자기가 겪은 온갖 고통을 마음에서 지웠다. 헤이든 부인이, 상냥하고 까다롭지 않은 여자 주인과 아이들이 있는 집의 좋은 하녀 자리를 구해주었고, 영어를 조금씩 배우기 시작했으며, 오래지 않아 무척 행복하고 만족스러워졌다.

외출하는 일요일마다 리나는 헤이든 부인의 집에 와서 시간을 보냈다. 일요일에도 리나는, 평소 늘 자기 옆에 앉는 소녀들, 자주 묻고 놀리고 마음속에 가벼운 동요를 일으키는 그 소녀들과 어울리는 걸 훨씬 더 좋아했을 테지만, 단지 더 선호한다는 이유만으로 남들의 기대와 다르게 행동하는 것은, 기대하지도 않고 고통스러워하지도 않는 독일인 리나의 천성으로는 생각조차 할 수 없었다. 헤이든 부인이 리나에게 격주 일요일마다 오라고 말했으므로 리나는 계속 그 집에 갔다.

헤이든 부인은 그녀의 가족 중 리나에게 작은 관심이라도 보이는 유일한 사람이었다. 남편 헤이든 씨는 리나에게 별로 신경 쓰지 않았다. 리나가 아내의 친척이라 친절하게는 대했지만, 그의 입장에서 보면 리나는 어리석고 약간 단순하고 몹시 따분했으며 틀림없이 언젠가는 도움을 청하고 어려움을 겪을 사람이었다. 독일에서 브리지포인트로 데려온 어리고 가난한 친척들은 모두 하나같이 머지않아 도움을 청하고 어려움을 겪었다.

어린 소년 헤이든은 항상 그녀에게 무척 심술궂었다. 그는 어느 누구도 다루기가 힘든 아이였는데, 어머니가 아이를 아주 버릇없게 망쳐놓았다. 헤이든 부인의 딸들은 나이가 들어가면서도 리나를 더 좋아하진 않았다. 리나 역시 자기가 그들을 좋아하지 않는다는 걸 전혀 몰랐다. 그녀는 공원에서 늘 나란히 앉아 자기를 비웃고 항상 놀려대는 퍽 약삭빠른 다른 소녀들과 있을 때에만 행복하다는 사실도 깨닫지 못했다.

머틸다 헤이든, 단순하고 뚱뚱하고 금발인 큰딸은, 깜둥이보다 나을 게 없다고 생각되는 이 리나를 자기 사촌 언니로 소개해야 하는 게 몹시 불쾌했다. 머틸다는 나이에 비해 키가 너무 크고, 행동이 굼뜨고, 무기력하고, 어리석고, 금발인 뚱뚱한 소녀로서 막 여자로 성숙하기 시작했는데, 말은 어눌하고, 마음은 무디고 단순하며, 온 가족과 다른 소녀 모두를 무척 시기하고, 자기가 좋은 드레스와 새 모자를 가질 수 있고 음악을 배울 수 있음을 자랑스러워한 반면, 평범한 하녀에 불과한 사촌이 있다는 걸 극도로 싫어했다. 게다가 머틸다는, 리나가 떠나온 저 더럽고 형편없는 곳, 자기가 몹시 경멸했던 곳, 어머니가 자기는 야단치면서도 촌스럽고 소 냄새를 풍기는 사람들은 모두 좋아해서 몹시 화가 났던 그곳을 무척 강렬하게 기억하고 있었다.

게다가 머틸다는, 어머니가 리나를 자기들 파티에 참석시킬 때와 또 일부 독일계 부인들에게 리나가 얼마나 착한지를 얘기할 때에도 엄청나게 부아가 치밀었는데, 헤이든 부인은 그들의 아들 중에서 리나의 마땅한 남편감을 구해보려는 속셈이었다. 이 모든 상황 때문에 따분하고 뚱뚱한 금발의 머틸다는 몹시 성을 내곤 했다. 이따금씩 그녀는 화를 이기지 못하고 어눌하고 느리게, 또 담청색 눈에 맹렬한 분노의 시샘을 담고서, 엄마가 어떻게 형편없는 리나를 좋아할 수 있는지 이해가 안 된다고 직설적으로 말하곤 했고, 그러면 어머니는 머틸다를 야단치면서, 사촌인 리나가 불쌍한 걸 알지 않느냐, 머틸다도 불쌍한 사람들에게 친절해야 한다고 얘기하곤 했다.

머틸다 헤이든은 친척들이 불쌍한 게 싫었다. 그녀는 리나에 대한 생각을 모든 여자 친구에게 말했고, 그래서 헤이든 부인의 파티에서 여자애들은 리나에게 전혀 말을 걸지 않았다. 하지만 고통스러워하지도 기대하지도 않는 참을성을 지닌 리나는 무시당한다는 사실조차 전혀 의식하지 못했다. 머틸다는 길거리나 공원에서 친구들과 있다가 리나를 만나면 매번 리나를 비웃고 아는 척도 하지 않았으며, 친구들에게는 자기 엄마가 저 리나 같은 사람을 돌보게 된 게 얼마나 웃기는 일인지, 또 리나의 고향 독일에서는 그 일가가 얼마나 꼭 돼지처럼 사는지 떠벌리곤 했다.

작은 딸, 피부가 검고 몸집이 크지만 뚱뚱하지는 않은 버사 헤이든은, 마음을 먹는 것도 또 행동하는 것도 무척 빠르고, 아버지의 총애도 받았는데, 역시 마찬가지로 리나를 싫어했다. 자기가 보기에 리나는 바보인 데다 아주 어리석었기 때문인데, 그래서 저 아일랜드나 이탈리아 소녀들이 리나를 비웃고 놀려도 그냥 놔두었고, 이들은 너나없이 늘 리나를 조롱했다. 그래도 리나는 절대 화를 내지 않을 뿐 아니라 그들 모두가 자기를 끔찍한 웃음거리로 만들고 있다는 사실조차 몰랐다.

버사 헤이든은 바보 같은 사람을 미워했다. 그녀의 아버지 역시 리나를 바보라고 생각했으므로, 아버지도 딸도, 비록 리나가 자기들 집에 격주 일요일마다 오더라도, 전혀 관심을 기울이지 않았다.

리나는 헤이든 가족 모두가 어떻게 느끼는지 몰랐다. 그녀는 헤이든 부인이 반드시 오라고 당부했기 때문에, 외출하는 일요일 오후마다 고모네 집에 왔다. 역시 고모가 당부한 그대로, 리나는 어김없이 월급을 저축했다. 월급을 쓰겠다는 생각을 전혀 하지 않았다. 독일인 요리사, 항상 리나를 야단치는 그 착한 여자가 매달 월급을 받는 즉시 은행에 입금하도록 도와주었다. 간혹 월급이 은행에 입금되기 전에 누군가가 리나에게 돈을 달라고 요구하곤 했다. 어린 헤이든 소년이 가끔 그래서 얻어 가기도 했고, 때로는 항상 리나와 나란히 앉는 처녀들 중 누군가에게 돈이 필요했는데, 리나를 항상 질책하는 독일인 요리사가 이런 일이 절대로 자주 생기지 않게 통제했다. 그런 일이 발생하면 그녀는 몹시 신랄하게 리나를 야단치고, 그 후 몇 달 동안은 리나가 월급에 손도 대지 못하게 하면서 리나를 대신해 월급날 당일 은행에 입금했다.

그렇게 리나는, 쓰겠다는 생각조차 없었으므로 항상 월급을 저축했고, 또 외출하는 일요일이면, 다르게 행동할 수 있다는 걸 몰랐으므로 항상 고모네 집에 갔다.

헤이든 부인은 해를 거듭할수록 점점 더 리나를 미국에 데리고 오길 정말 잘했다고 생각했는데, 기대했던 바가 모두 꼭 그대로 현실이 되고 있기 때문이었다. 리나는 착했고 결코 고집을 부리지 않았으며, 영어를 배우고, 월급을 모두 저축했으며, 머지않아 헤이든 부인이 좋은 남편을 찾아줄 터였다.

이 4년 동안 헤이든 부인은 자기가 아는 독일 사람 중 리나의 남편감으로 마땅한 사람을 찾아다니느라 바빴고, 이제 마침내 정말 결정적인 순간이 되었다.

헤이든 부인이 리나의 배우자로 점찍은 남자는 젊은 독일계 미국인 재단사로, 아버지와 함께 일했다. 사람이 선량하고 가족 모두가 무척 검소했으므로, 헤이든 부인은 리나에게 꼭 적합한 사람이라고 확신했으며, 게다가 이 젊은 재단사는 무엇이든 자기 아버지와 어머니가 원하는 대로 순종했다.

이 나이 든 독일인 재단사와 그의 아내, 그러니까 리나 마인츠의 결혼 상대인 허먼 크레더의 부모는 무척 검소하고 신중한 사람들이었다. 허먼은 그들에게 남은 유일한 자식으로 항상 부모가 바라는 모든 걸 다 했다. 허먼은 이미 나이가 스물여덟이었지만, 아버지와 어머니로부터 끊임없이 야단을 맞고 또 지시를 받았다. 그리고 지금 그들은 그가 결혼하기를 바랐다.

허먼 크레더는 별로 결혼하고 싶은 마음이 없었다. 그는 온화한 영혼의 소유자로 조금 소심했다. 뚱한 기질도 있었다. 아버지와 어머니에게 순종적이었다. 맡은 일에 항상 철저했다. 그는 토요일 밤과 일요일에 다른 남자들과 어울려 자주 외출했다. 그는 그렇게 그들과 어울리는 게 좋긴 했지만 그러나 정말로 즐거워진 적은 없었다. 그는 남자들과 어울리는 게 좋았지만, 거기에 여자들까지 함께 어울리는 건 질색이었다. 그는 어머니에게 순종했지만 별로 결혼하고 싶진 않았다.

헤이든 부인과 크레더 집안의 어른들은 자주 결혼에 대해 의논했다. 세 사람은 의기투합했다. 리나는 헤이든 부인이 원하는 건 뭐든 할 것이고, 허먼은 매사를 늘 아버지와 어머니의 뜻에 순종했다. 리나와 허먼은 둘 다 알뜰했고 훌륭한 일꾼이었으며 둘 다 자기 고집을 부린 적이 없었다.

누구나 알고 있듯, 크레더 집안의 어른들은 전 재산을 저축했으며, 근면하고 착한 독일 사람이었고, 그래서 헤이든 부인은 이 사람들과 함께라면 리나는 어떤 곤경도 결코 겪지 않을 것으로 확신했다. 헤이든 씨도 이 결혼에 대해 간여하려 하지 않았다. 그는 크레더 노인이 돈이 아주 많고 좋은 집도 몇 채 소유한 걸 알고 있었으므로, 리나가 결코 도움을 바라거나 어려움을 겪지 않을 게 분명한 이상, 저 단순하고 어리석은 리나와 관련해 아내가 뭘 하든지 신경 쓰지 않았다.

리나 역시 결혼이 별로 내키지 않았다. 그녀는 지금 일하고 있는 집에서의 생활을 무척 좋아했다. 허먼 크레더에 대해서는 별로 생각해보지 않았다. 그녀는 그가 착한 사람이라고 생각했고 늘 무척 말이 없다고 여겼다. 두 사람 누구도 상대방에게 말을 많이 건넨 적이 없었다. 바로 그때 리나는 결혼한다는 것에 대해 별생각이 없었다.

헤이든 부인은 리나에게 뻔질나게 그 결혼에 관해 말했다. 리나는 전혀 대꾸가 없었다. 헤이든 부인은 어쩌면 리나가 허먼 크레더를 싫어하나 보다고 생각했다. 헤이든 부인은 어느 처녀건 심지어 리나더라도, 결혼에 대해 정말 무감각하다곤 믿을 수 없었다.

헤이든 부인은 리나에게 빈번하게 허먼에 대해 언급했다. 가끔 헤이든 부인은 리나에게 몹시 부아가 났다. 이제 결혼하기로 모든 게 정해진 상황에서, 이번에는 당사자인 리나가 고집을 부릴까 봐 겁이 났다.

"왜 거기 멍청하게 서 있어, 대답 좀 해봐, 리나." 어느 일요일, 헤이든 부인이 리나에게 허먼 크레더에 대해, 또 그와의 결혼에 대해 길게 얘기하고 나서 말했다.

"알았어요 고모." 리나가 대답하자, 헤이든 부인이 이 어리석은 조카에게 격노했다. "내가 허먼 크레더가 싫으냐고 물으면, 리나, 좀 조리 있게 대답해야 하는 거 아니니? 내가 한 말을 한마디도 못 들은 것같이 너는 그냥 멀거니 서서 대답을 안 해.

난 너 같은 인간은 처음 봤어, 리나. 어쨌든 버럭 소리를 지르고 싶으면 당장 터뜨려, 그렇게 대답하지 않고 멍청하게 서 있지 말고. 나는 지금 아주 친절하게, 너 스스로 살아갈 곳이 생기게끔 훌륭한 남편감을 찾아주고 있잖아. 대답해, 리나, 허먼 크레더가 싫어? 네가 몹시 멍청하게 서서 아무 대답도 안 하고 있지만, 그는 뛰어난 젊은이고 어쩌면 네겐 과분한 총각이야, 리나. 가난한 처녀에게 지금 이런 결혼 기회는 별로 생기지 않아."

"저는요, 말씀하시는 건 뭐든 해요, 머틸다* 고모. 그래요, 그 사람 좋아해요. 내게 별로 말을 안 걸지만 전 그가 친절한 사람이라고 짐작하고요, 그리고 저는 고모가 제게 하라고 말씀하시는 건 뭐든 해요."

"그렇다면 리나, 왜 넌 줄곧 멍청하게 서서 내가 물을 때 대답을 안 해?"

"제가 고모께 뭔가 대답하기를 바란다는 말씀을 못 알아들었어요. 제가 뭔가 말하기를 원하시는 줄 몰랐어요. 저는 고모가 제게 올바른 행동이라고 말씀하시는 건 뭐든 해요. 고모가 제게 바라신다면, 허먼 크레더랑 결혼하겠어요."

그리하여 리나 마인츠의 결혼이 성사되었다.

나이 든 크레더 부인은 이 결혼을 아들 허먼과 상의하지 않았다. 그녀는 그런 일을 아들과 의논할 필요가 있다고는 결코

---

* 여기서 처음 등장하는 헤이든 부인의 이름인데, 머틸다로 그녀의 큰딸 이름과 같다.

생각하지 않았다. 그녀는 그저 허먼에게, 착한 일꾼이고 절약이 몸에 배었으며 절대로 자기 고집을 부리지 않는 리나 마인츠와 결혼하게 된다고 말했고, 허먼은 그에 대한 대답으로 여느 때처럼 조금 투덜댔을 뿐이었다.

크레더 부인과 헤이든 부인은 날짜를 잡고 결혼식을 위한 온갖 준비를 하면서 결혼식에 참석해야 할 사람 모두에게 청첩장을 보냈다.

석 달만 지나면 리나 마인츠와 허먼 크레더는 결혼할 예정이었다.

헤이든 부인은 리나가 빠짐없이 혼수를 준비하도록 정성을 들였다. 리나는 엄청난 바느질을 거들어야 했다. 리나는 바느질을 별로 잘하지 못했다. 헤이든 부인은 리나의 서툰 바느질을 꾸중했지만, 꾸중 후에는 무척 친절하게 대해주었고, 또 와서 리나를 도와줄 소녀 하나도 채용했다. 리나는 아직 상냥한 여자 주인집에서 지냈으나 매일 저녁때와 외출하는 일요일에는 빠짐없이 고모네로 와서 바느질을 계속했다.

헤이든 부인은 리나에게 멋진 드레스 몇 벌을 장만해주었다. 리나는 그 옷들을 무척 좋아했다. 리나는 새 모자를 더 기대했으므로, 헤이든 부인은 모자를 아주 예쁘게 만드는 진짜 여성용 모자 제작자에게 몇 개를 만들게 하여 리나에게 주었다.

요즘 리나는 초조했지만 결혼한다는 사실에 대해 깊이 생각하지는 않았다. 그녀는 계속 가까워지고 있는 결혼이 정말 어떤 의미인지 알지 못했다.

리나는 상냥한 여자 주인과, 늘 야단을 치기는 하지만 착한 요리사가 함께 있는 그 집을 좋아했고, 늘 나란히 앉아 어울리는 처녀들을 좋아했다. 자기가 결혼해서 사는 게 더 나을 건지에 대해선 생각해보지도 않았다. 뭐든 고모가 말하고 기대하는 건 늘 실천했지만, 아들 허먼과 함께 있는 크레더 부부를 볼 때마다 항상 불안감을 느꼈다. 마음이 들뜨고, 새로 생긴 모자가 좋고, 또 사람마다 놀려대는 가운데 결혼이 매일 다가오고 있었지만, 그녀는 아직도 막 생기려는 변화에 대해 정말 감을 잡지 못했다.

허먼 크레더는 결혼 생활이 의미하는 바를 더 잘 이해했으므로 결혼이 별로 반갑지 않았다. 그는 처녀들과 만나는 게 즐겁지 않았으며 그중 하나를 늘 근처에 두고 싶은 마음이 없었다. 허먼은 자기 아버지와 어머니가 원하는 거라면 뭐든 다 해왔는데, 지금 그들은 그가 결혼하기를 원하고 있었다.

허먼은 기질이 뚱해서, 온화하면서도 절대 말이 많지 않았다. 그는 외출하여 다른 남자들과 어울리길 좋아했지만, 그들과 함께 여자들까지 어울리는 건 질색이었다. 남자 친구들은 누구나 그의 결혼에 대해 놀려댔다. 허먼은 놀림을 받는 건 개의치 않았으나, 결혼을 하여 한 처녀를 늘 자기 곁에 둔다는 게 별로 탐탁지 않았다.

결혼이 사흘 후로 다가왔을 때, 허먼은 멀리 시골로 사라져 일요일이 지나도록 돌아오지 않았다. 그와 리나는 화요일 오후에 결혼할 예정이었다. 다음 날이 밝았을 때 허먼은 보이지도 않고 소식도 없었다.

늙은 크레더 부부는 상황이 이처럼 돌아가도 별로 걱정하지 않았다. 항상 허먼은 그들이 원하는 대로 모두 실행하니까 틀림없이 제시간에 맞춰 돌아와 결혼을 할 것으로 믿었다. 그러나 월요일 밤까지 허먼이 나타나지 않자, 그들은 헤이든 부인을 찾아가 자초지종을 설명했다.

헤이든 부인은 엄청나게 흥분했다. 모든 것을 빈틈없이 준비하는 게 보통 힘든 일이 아니었는데, 저 어리석은 허먼이 저런 식으로 사라지고, 그래서 아무도 앞으로 생길 일을 예상할 수 없게 되었다. 이 자리에 리나와 다른 모든 준비는 빈틈이 없으나, 허먼이 틀림없이 결혼식에 나타날지를 확인하기 위해, 지금은 결혼식을 연기해야 할 형편이었다.

헤이든 부인은 몹시 흥분했지만, 그렇다고 크레더 노부부에게 함부로 말할 순 없었다. 지금 그녀는 리나가 그들의 아들 허먼과 결혼하기를 몹시 간절하게 원하고 있으므로, 섣불리 그들의 화를 돋우고 싶지 않았다.

결국 결혼식을 일주일 연기하기로 결정되었다. 아버지 크레더 씨가 허먼을 찾으러 뉴욕에 갈 참이었다. 허먼은 그곳에 사는 결혼한 누나를 찾아갔을 가능성이 아주 컸다.

헤이든 부인은 청첩장을 보낸 모든 사람에게, 당초의 화요일부터 일주일 후까지 기다리자는 전갈을 보내고는, 화요일 아침 리나에게 사람을 보내 자기를 만나러 오라고 했다.

헤이든 부인은 불쌍한 리나를 보자 화가 머리끝까지 치밀었다. 그녀는 리나를 심하게 질책했는데, 리나가 너무 어리석은 데다가, 지금 허먼이 사라졌는데 어디로 갔는지 아는 사람이 아무도 없으니, 이 모든 게 항상 리나가 몹시 멍청하고 철이 없기 때문인 것 같았다. 헤이든 부인은 리나에게 꼭 엄마 같은 사람인데 리나는 늘 아주 멍하니 선 채 누가 뭘 물어도 대답하지 않았고, 허먼 역시 몹시 유치해서 지금 그의 아버지가 찾으러 떠날 수밖에 없었다. 헤이든 부인 생각에는 어떤 노인이든 제 자식들에게 친절할 필요가 없었다. 자식들은 언제나 전혀 감사할 줄을 모르고, 전혀 관심도 기울이지 않는데, 노인들은 언제나 자식들에게 유익한 행동을 하고 있었다. 리나를 행복하게 하고 좋은 남편을 얻어주려고 그처럼 열심히 일한 것이 헤이든 부인에게 소소한 기쁨을 느끼게 한 사실을 리나가 생각해보았을까, 그런데 리나는 전혀 감사할 줄도 모르고 누구나 원하는 행동을 결코 하지 않았다. 가련한 헤이든 부인에게 그것은, 누구를 위해서든 더는 아무 행동도 하지 말라는 하나의 교훈이었다. 각자가 스스로를 챙기도록 하고 절대로 골칫거리를 들고 오게 하지 마라, 이것이 지금 그녀가 남들을 행복하게 만들겠다고 참견하는 것보다 더 잘 이해하는 사실이었다. 남의 일에 끼어들어 봐야 문제만 일으켰고 남편도 그녀가 그러는 걸 싫어했다. 항상 남편이 말하기로는, 그녀가 지나치게 착하고, 아무도 그녀의 친절을 전혀 고마워하지 않으며, 더군다나 리나는 늘 멍청하게 서서 남이 원하는 어느 것에도 반응하지 않는다는 사실이었다. 리나는 자기가 퍽 좋아하고 늘 나란히 앉는 그 철부지 처녀들과 언제나 실컷 얘기할 수 있었지만, 그들이 하는 일이라곤 그녀의 돈을 가져가는 것밖에 없었는데, 리나는 막상 여기 있는 고모, 그토록 친절하고 친자식들과 똑같이 대해주는 고모에게는, 멀거니 서서 전혀 대답도 하지 않고, 고모를 기쁘게 해주거나 고모가 바라는 행동을 하려는 어떤 시도도 결코 하지 않았다. "아냐, 지금 거기 서서 울어봐야 아무 소용 없어, 리나. 이미 저 허먼에 대해 걱정하기에는 너무 늦었어. 진작 좀 조심했어야지, 그랬다면 네가 지금 서서 울지 않아도 되었을 테고, 날 실망시키지도 않았을 테고, 또 나 역시도 남편한테서 아무도 고마워하지 않는 남의 일을 챙긴다는 책망을 듣지 않았을 테지. 네가 지금이라도 미안한 감정이 생긴 걸 보니 다행이기는 하지만, 리나, 하여간 네가 곤경에서 벗어나도록 내가 도울 수 있는 건 해보고 있는데, 사실 넌 다른 사람이 널 위해 수고하도록 할 자격도 없어. 그래도 아마 다음엔 더 잘 이해할 거야. 자 이제 집에 돌아가, 옷과 새 모자가 더러워지지 않게 조심하고, 그리고 그 새 모자 말인데 오늘 아침엔 네가 그 모자를 쓸 일이 없었는데, 정말 넌 전혀 생각이 없구나, 리나. 내 평생 너처럼 우둔한 아이는 정말 처음 본다."

헤이든 부인이 말을 멈추자, 예쁜 꽃들로 가장자리가 장식된 모자를 쓰고 그 자리에 서 있던 불쌍한 리나의 눈에서 눈물이 흘러내렸는데, 자기가 결혼하지 않게 되었고 결혼하기로 한 바로 당일에 남자에게 버림받는 게 처녀에게 수치라는 건 알았지만, 리나는 자기가 뭘 잘못했는지는 깨닫지 못했다.

리나는 혼자 집으로 가면서 전차 안에서 흐느꼈다.

불쌍한 리나는 홀로 전차 속에서 몹시 심하게 흐느꼈다. 새 모자를 차창에 들이받으면서 흐느끼는 바람에 모자가 거의 엉망이 되어버렸다. 그제야 그녀는 그러면 안 된다는 기억을 떠올렸다.

전차의 차장은 친절한 남자여서 리나가 우는 걸 보면서 몹시 안타까운 마음이 들었다. "너무 낙담하지 마요, 다른 총각이 생길 거예요, 당신이 얼마나 예쁜데." 그가 그녀의 기분을 풀어주려고 말했다. "하지만 방금 머틸다 고모가 난 절대 결혼을 못 한다고 말했어요." 불쌍한 리나가 훌쩍거리며 대꾸했다. "뭐 하려고 진짜 그런 걱정을 해요?" 차장이 말했다. "방금 한 말은 당신을 놀리려는 거였어요. 난 당신이 정말 사내에게 채였다고는 전혀 생각하지 않았어요. 그는 바보 같은 녀석이 분명해요. 당신은 무척 멋져 보이는 처녀고 그런 당신을 놔두고 멀리 가버렸다면 그가 썩 괜찮은 사람은 아닌데, 그런 걱정은 안 해요? 고민하고 있는 거 전부 내게 말해요, 내가 도와줄 테니." 전차는 텅 비었고 차장은 옆에 앉아 팔을 두르며 그녀를 위로하려 했다. 리나는 갑작스레 자기의 지금 모습이 의식되었고, 그에게 호응하면 고모의 질책이 떨어질 것임을 깨달았다. 리나는 차장에게서 멀리 떨어진 구석으로 자리를 옮겼다. 그가 웃으며 "두려워하지 마요"라고 말하면서 덧붙였다. "당신을 해치려는 게 아니었어요. 그렇지만 꼭 용기를 내요. 당신은 정말 멋진 처녀니까 분명히 진짜 훌륭한 남편을 만날 거예요. 아무도 당신을 놀리게 놔두지 마요. 당신 이제 괜찮으니까 내게 겁먹지 않아도 돼요."

차장이 다른 승객이 전차에 타는 것을 도우려 승강구의 자기 자리로 돌아갔다. 그는 리나가 전차를 타고 가는 동안 자주 다가와, 그녀를 두고 멀리 도망갈 정도의 지각밖에 안 되는 남자 때문에 너무 감정 상할 게 없다고 안심시키려 했다. 그는 아직도 분명히 좋은 남자를 얻을 수 있으니 너무 염려할 필요가 없다며, 뻔질나게 그녀를 다독였다.

그는 막 전차에 오른 무척 잘 차려입은 노인 승객과, 다음번에 전차를 탄 성격 좋아 보이는 노동자 승객과, 또 전차에 오른 멋진 숙녀 승객과 잡담을 나누었는데, 그들에게 리나가 겪는 고통에 대해 전부 말하면서, 불쌍한 처녀에게 아주 못되게 구는 사내들이 있는 현실이 너무 잘못되었다고 덧붙였다. 그러자 전차 승객 모두가 불쌍한 리나를 안타까워하면서, 노동자는 용기를 주려 했고, 노인은 주의 깊게 바라보더니 착하게는 보이지만 좀더 조심해야 하고 너무 경솔하지 않아야 유사한 일이 반복되지 않을 거라고 말했으며, 멋진 숙녀는 가까이 다가와 옆에 앉았는데 리나는 그 분위기는 좋았지만 너무 붙지는 않으려고 몸을 움츠렸다.

그리하여 리나는 전차에서 내릴 즈음에는 기분이 조금 좋아졌는데, 차장이 하차를 도와주며 크게 소리쳤다. "지금부터 꼭 더 용기를 가져요. 그 녀석은 아무 쓸모도 없었고 당신이 그와 헤어진 게 천만다행이에요. 진정한 남자, 당신에게 훨씬 더 좋은 사람이 나타날 겁니다. 걱정하지 마요, 당신은 그런 어려움에 처한 여자치고는 내가 보기엔 정말 멋진 처녀입니다." 차장은 고개를 가로젓고 다시 전차에 올랐으며, 자기와 그녀 사이에 오간 얘기를 전차에 탄 다른 승객들과 나눴다.

늘 리나를 나무라던 독일인 요리사는 리나의 사연을 듣고 무척 화가 났다. 그녀는, 헤이든 부인이 남을 위해 무얼 할 수 있는지 늘 거창하게 떠들기는 해도, 막상 리나를 위하여 그렇게까지 애쓰리라고는 미처 생각하지 않았다. 이 착한 독일인 요리사는 늘 헤이든 부인을 조금 불신하기는 했다. 항상 스스로를 대단하다고 생각하는 사람들은 남을 위해 진짜로 올바른 행동을 절대 하지 않기 때문이었다. 헤이든 부인이 착한 여자가 아니기 때문은 아니었다. 헤이든 부인은 정말 친절한 독일 여자였고, 조카 리나의 옆에서 진정으로 훌륭하게 행동하려 했다. 요리사는 그 사실을 잘 알았고 또 늘 그렇게 말했으며, 또 자기에게 언제나 정말 예의 바르게 행동하는 헤이든 부인을 좋아하고 존경했는데, 문제는 리나가 대화할 남자가 있으면 몹시 수줍어하는 바람에, 헤이든 부인이 리나를 결혼시키려고 하는 과정에서 몹시 힘들었던 것이다. 헤이든 부인은 선량한 여성이지만, 한 가지, 이따금 너무 거창하게 떠벌리는 버릇이 흠이었다. 부인은 아마도 이번 분란을 계기로, 남들을 꼭 자기가 바라는 대로 움직이기가 항상 쉽지만은 않음을 깨달을 것이다. 지금 요리사는 헤이든 부인이 무척 안쓰러웠다. 부인은 리나에게 진심으로 몹시 친절하게 대해왔으니, 부인에게는 이 모든 정황이 큰 실망이고 큰 걱정임이 틀림없었다. 어쨌거나 리나는 가서 옷을 바꿔 입고 저 흐느낌을 멈추는 편이 좋을 것이다. 울어대는 건 지금 아무런 도움이 안 되며, 만일 리나가 착한 처녀로서 정말로 참기만 한다면, 아직도 고모는 그녀를 위해 매사를 바로잡아 나갈 것이다. "내가 올드리치 부인에게 말씀드리지, 리나, 당분간 네가 이 집에서 더 지낼 거라고. 너도 알다시피 부인은 네게 늘 친절하니까 그러라고 할 테고, 나도 부인에게 저 멍청한 허먼 크레더에 대해 모조리 얘기할게. 리나, 난 누구든 멍청하기 짝이 없는 인간은 도저히 못 참아. 이제 그만 좀 울어, 리나, 그리고 필요할 때 제대로 쓰게 좋은 옷은 벗어서 멀찌감치 보관하고, 이제 나 설거지하는 것 좀 도와줘, 널 위해 매사가 잘 풀려나갈 거니까. 내가 네게 하는 말은 틀린 적이 없잖아. 당장 울음을 멈춰, 리나, 기어이 혼이 날 테니?"

리나는 아직도 약간 목이 메고 마음속으로 몹시 비참했지만 요리사가 시키는 바를 그대로 따랐다.

리나와 늘 나란히 앉아 어울리던 처녀들은 괴로워하는 그녀의 슬픈 모습을 보기가 몹시 안타까웠다. 가끔 아일랜드 처녀 메리는 리나에게 몹시 화를 냈다. 메리는 리나의 고모 머틸다와 애기할 때마다 엄청 흥분했는데, 머틸다 고모가 퍽 오만해서 저렇게 멍청하고 거들먹거리는 딸들을 두었다고 생각했다. 메리는 누가 무엇으로 유혹하더라도, 저 성질 더러운 머틸다 헤이든처럼 뚱뚱한 바보는 되지 않겠다고 다짐했다. 리나가 늘 자기를 먼지에 불과하게 취급하는 고모네 가족을 어떻게 그렇게 계속 자주 방문할 수 있는지, 메리는 결코 이해할 수 없었다. 하지만 리나는 사람들의 지지를 받고 싶다는 감각이 아예 없었으며, 그것이 항상 그녀에게 생기는 모든 문제의 근원이었다. 게다가 가련한 리나 자신은, 스스로 뭘 원하는지 전혀 모르고 그저 제 엄마 아빠에게 아기처럼 "응"만 말하고, 처녀를 똑바로 바라보길 무서워하고, 마치 누군가 자기를 해치기라도 하는 것처럼 마지막 날 살짝 빠져나간 저 얼빠진 바보를 잃는 걸 애석해할 정도로 어리석었다. 수치야, 리나, 수치란 말이야! 그와 결혼하는 건 고사하고, 그런 부류의 사내와 어울려 눈에 띄는 것 자체가 처녀에게는 수치다. 그런데 저 가련한 리나, 그녀는 진정한 자기 모습이 뭔지를 아예 과시할 줄 몰랐다. 그가 자기를 두고 떠나며 남긴 수치. 메리라면 그에게 보여줄 기회를 꼭 찾을 것이다. 만일 리나가 허먼 크레더 같은 남자 열다섯 명보다 가치가 없다면 메리 스스로 손가락에 장을 지질 것이다. 허먼 크레더뿐 아니라 쩨쩨하고 지저분한 그의 부모로부터 벗어난 것은 리나로선 속 시원할 일인데, 리나가 계속 아쉬워하며 훌쩍거린다면, 메리는 아주 당연하게 리나를 경멸할 것이다.

불쌍한 리나는, 메리가 무슨 뜻으로 말하는지 전부 잘 이해한다고, 항상 메리에게 말했다. 그러나 리나의 속마음은 말할 수 없이 비참했다. 그녀는 사내가 자기를 버리고 떠나서 예의 바른 독일 처녀에게 저지른 치욕을 깨달았다. 고모는 허먼이 한 행동은 그녀를 아는 모든 사람의 체면에 먹칠을 했다고 말했는데, 리나는 그 말이 정확하다는 걸 잘 알았다. 늘 나란히 앉아 어울리는 메리와 넬리와 다른 소녀들은 여전히 퍽 친절했지만 그렇다고 리나의 괴로움이 가벼워지진 않았다. 리나가 버림받은 형태는 어떤 점잖은 집안이라도 망신스러운 일이었고, 그 사실만은 절대 달라질 수 없었다.

그런 식으로 며칠이 더디게 흐르고, 리나는 머틸다 고모를 전혀 보지 못했다. 마침내 일요일 날 심부름 소년을 통해 머틸다 고모를 만나러 오라는 전갈이 도착했다. 지금 리나는 자기에게 벌어진 이 모든 일로 신경이 곤두서 있던 상황이라 심장이 빠르게 뛰었다. 그녀는 머틸다 고모를 만나려고 최대한 서둘러 길을 나섰다.

　헤이든 부인은 리나를 보자마자 곧바로, 고모인 자기를 그렇게 오래 기다리게 만든 데 대해, 그 일주일 내내 고모인 자기가 리나를 필요로 하는지 여부를 확인하러 오지도 않은 데 대해, 그래서 자기가 리나에게 말해주려고 심부름 소년까지 보내야 했던 데 대해 리나를 야단치기 시작했다. 그러나 고모가 진짜로 화난 게 아니라는 사실은 아무리 리나라도 쉽게 알 수 있었다. 그건 리나의 잘못이 아니었지, 헤이든 부인이 계속 말했다. 리나에겐 매사가 제대로 진행될 예정이었어. 헤이든 부인은, 리나가 고모를 찾아와 말할 게 있는지 확인하는 수고조차 할 수 없을 때, 리나에게 닥친 이 모든 골칫거리를 감당하느라 기진맥진한 상태였다. 그러나 헤이든 부인은 누군가를 위해 나설 수 있을 때면 피곤한 것쯤은 정말 전혀 개의치 않았다. 그녀는 리나를 위해 상황을 바로잡으려고 온갖 수고를 아끼지 않았으므로 지금 지쳐 있지만, 그러나 아마 지금 그 말을 듣는 리나는 고모에게 감사하는 법을 조금은 배울 것이다. "화요일 날 결혼식 올릴 거니까 마음 단단히 먹어, 리나, 내 말 알겠지." 헤이든 부인이 말했다. "화요일 아침에 여기로 와, 모든 준비는 내가 해놓을 테니까. 내가 사준 새 드레스 입고, 꽃으로 장식한 모자도 쓰고, 오는 길에 그것들 더러워지지 않게 아주 조심해야 돼, 넌 언제나 몹시 부주의하고, 리나, 생각하지도 않고, 어떨 땐 아주 네 머리가 텅 빈 것처럼 행동하니까. 지금 집으로 가서, 네가 모시는 올드리치 부인에게 화요일이면 그녀 곁을 떠난다고 말씀드려. 내가 말한 건 전부 네가 신중하게 행동해야 할 일이니까, 리나, 지금 가면서 잊어버리면 안 돼. 이제 리나 넌 착한 처녀로 있다가 화요일에 허먼 크레더와 결혼하는 거야." 그 한 주간 허먼 크레더에게 생긴 일에 대해 리나가 알게 된 사실은 그게 전부였다. 리나는 자신이 알아야 할 게 있는지도 잊어버렸다. 그녀는 화요일에 정말 결혼할 예정이고, 고모 머틸다는 그녀를 착한 처녀라고 말했으므로, 이제 남겨진 치욕은 없었다.

지금 리나는 언제나처럼 꿈꾸듯 멍한 평소의 태도로 다시 돌아왔다. 결혼식이 예정된 바로 그날 남자에게 버림받아 심한 충격에 빠져 있던 며칠간을 제외하고는 그녀가 늘 보여온 모습 그대로였다. 리나는 지난 며칠 내내 약간 불안했지만, 결혼한다는 것이 무슨 의미인지에 대해서는 별로 생각하지 않았다.

허먼 크레더는 이 결혼이 그다지 탐탁하지 않았다. 그는 말없이 시무룩했지만 자기로서는 어쩔 도리가 없음을 알았다. 지금은 그저 결혼을 받아들일 수밖에 없다고 이해했다. 허먼이 리나 마인츠를 싫어해서가 아니었다. 그에게 리나는 여느 처녀와 다름없이 퍽 선량했다. 어쩌면 리나는 자기가 본 다른 여자들보다 좀더 선량하고 무척 조용했지만, 허먼은 자기 옆에 여자 하나를 항상 두어야 한다는 게 싫었다. 허먼은 어머니와 아버지가 원하는 건 모두 실천해왔다. 아버지는 그를 뉴욕에서 찾아냈는데, 허먼은 그곳에서 기혼의 누나와 함께 지낼 생각이었다.

허먼의 아버지는 그를 찾은 후 오랫동안 허먼을 구슬리고는, 퍽 거북했지만 부드럽게 또 아주 잘 참아가며, 그에게 여러 날 밤낮 없이 푸념을 늘어놓았는데, 아버지는 아들 허먼에게 어머니가 아들에게 바라는 건 뭐든지 항상 따라야 하는 것이 올바른 태도라며 줄곧 걱정을 했고, 허먼은 계속해서 아버지에게 아무 대꾸도 하지 않았다.

아버지 크레더 씨는 허먼에게, 네가 지금 어떻게 생각하고 있는지, 그런다고 뭐가 달라질 수 있는지 아버지로선 이해가 안 된다고 계속 말했다. 네가 계약을 체결하면 있는 그대로 계약을 이행해야 한다는 것이 늙은 아버지 크레더가 이해할 수 있는 유일한 방법이며, 네가 한 처녀와 결혼할 것이라 말하고 그녀가 이미 모든 걸 준비했다면, 그건 네가 사업상 체결하는 그것과 조금도 다를 바 없는 하나의 계약이며, 허먼 네가 그 계약을 맺었으니 이제 허먼 너는 그것을 실천할 뿐이고, 늙은 아버지 크레더가 보기에 내 아들 허먼과 같이 착한 청년에게는 다른 도리가 없다. 게다가 또 리나 마인츠는 아주 훌륭한 처녀니까, 너 허먼은 오로지 너를 찾겠다고 아버지가 뉴욕에 와서 그토록 수고하고, 두 사람 공히 그 모든 노동시간을 손해 보면서, 그 많은 비용을 지출하게 하진 말았어야 했는데, 사실 허먼 너는 한 시간 동안 단지 서 있기만 하면 됐고, 그러면 정식으로 결혼이 성립되어 모든 절차가 끝나며, 그런 다음 집 안에서 네게 달라지는 점은 전혀 없을 거다.

아버지는 또 계속 말하기를, 가엾은 네 어머니는 자기가 미처 원하기도 전에 아들인 허먼이 항상 먼저 모든 걸 알아서 행동한다고 늘 얘기하고 다니는데, 이제 네가 스스로 생각이 좀 생겼다고, 그리고 네가 얼마나 고집이 센지 세상에 알리고 싶다고, 어머니에게 이 온갖 괴로움을 끼치고, 부모에겐 그저 널 찾으러 돌아다니느라 엄청난 비용을 쓰게 만들고 있다고 채근했다. "네가 하고 다닌 꼬락서니를 엄마가 얼마나 한심하게 생각하는지 넌 전혀 몰라, 허먼." 아버지 크레더 씨가 강조했다. "엄마는 허먼 네가 어떻게 그처럼 감사를 모르는 인간일 수 있는지 도저히 이해할 수 없다고 한다. 엄마는 네가 몹시 고집 센 것이 마음 아파서, 언제나 정말 말없이 조용하고 항상 자기 월급을 모두 저축하고, 또 늘 제멋대로 튀는 처녀들과는 달리, 전혀 자기 고집을 부리지도 않는 리나 마인츠같이 착하디 착한 아이를 너를 위해 찾은 거고, 엄마는 허먼 네가 결혼해서 편안하기를 바라는 그 마음 하나로 열심히 애쓰는데 너는 그토록 고집을 부리는구나, 허먼. 너도 다른 젊은이들과 마찬가지로 너 자신과 네가 바라는 것에 대해서만 생각하지만, 엄마는 오로지 네가, 미래의 네가 무엇을 소유하는 게 좋은지에 대해서만 생각하고 있어. 너는 엄마가 자기 편하자고 주변에 성가신 처녀를 두려 한다고 생각하는 거니, 허먼. 엄마가 늘 생각하는 건 오로지 널 위해서고, 엄마는 아들 허먼이 훌륭한 처녀와 결혼하는 걸 보면 자기가 얼마나 행복할지에 대해 늘 말했고. 그런 다음 네가 좋아했으면 하는 꼭 그런 방식으로, 전혀 아무런 부담이 되지 않도록 매사를 네게 유리하게 절충했고, 그리고 너는 네 좋아요, 그러겠습니다,라고 말하고는 이렇게 사라져버리고 고집부리며 행동하고, 또 너 때문에 모든 사람에게 이 모든 분란을 부담시키고, 우리는 돈을 쓰고, 나는 널 찾으러 먼 길을 여행해야 했어. 이제 허먼 너는 나와 함께 집으로 돌아가서 결혼하자, 그리고 나는 네 엄마에게 내가 널 찾으러 먼 길을 오가느라 얼마나 많은 돈이 들었는지에 대해선 네게 아무 말 하지 말라고 당부하마. 자, 허먼." 아버지가 달래는 투로 말했다. "자, 이제 집에 가서 결혼해. 네가 해야 할 일은 허먼, 단지 한 시간 동안 서 있는 거야 허먼, 그 후엔 더 이상 결혼 때문에 성가실 게 전혀 없어. 이봐 허먼! 내일은 나와 함께 집으로 돌아가 결혼하는 거야. 알겠지 허먼."

기혼인 허먼의 누나는 남동생 허먼을 사랑했고, 자기가 알기에 동생이 바라는 일이 있을 때는 항상 동생을 도우려고 애썼다. 그녀는 동생이 무척 착하고 또 항상 뭐든지 부모가 원하는 대로 실행하는 게 마음에 들었지만, 그래도 동생이 스스로 바라는 바가 있다면, 아직은 그가 좀더 자기 방식대로 할 수 있기를 소망했다.

하지만 지금 신붓감을 대하는 허먼의 태도는 매우 기이하다고 생각했다. 그녀는 허먼이 결혼하기를 원했다. 결혼을 하면 허먼에게 매우 유익한 점이 많을 거라고 믿었다. 그녀는 결혼이 무산된 사연을 들었을 때 허먼을 비웃었다. 아버지가 그를 찾으러 오고 나서야 허먼이 바로 그때 자기를 만나러 뉴욕에 온 이유를 깨달았다. 그녀는 사연을 듣고 동생 허먼을 엄청나게 비웃었으며, 주변에 항상 여자를 두는 게 싫어서 도망쳤다는 그를 몹시 놀려댔다.

기혼인 누나는 동생 허먼을 사랑했지만, 그가 여자들과 어울리기를 싫어하는 건 바라지 않았다. 내 동생 허먼은 착하며, 결혼은 분명 그에게 유익할 것이다. 결혼은 그를 더욱 튼튼하게 자립시켜줄 것이다. 허먼의 누나는 계속 비웃으면서도 꾸준히 그를 안심시키려고 노력했다. "내 동생 허먼같이 근사한 남자가 마치 여자를 무서워하는 양 행동하다니. 네가 그들을 볼 때마다 도망치지 않았다면, 처녀 애들은 모두 너 허먼 같은 남자를 좋아하거든. 결혼은 정말 너한테 유리한 게, 허먼, 결혼을 한 뒤엔 네가 마음만 먹으면 이래라저래라 지시할 수 있는 사람이 생겨. 결혼은 허먼, 네게 유리해, 마음에 안 들더라도 정말 하고 나면 이해하게 돼. 이제 아빠 모시고 집에 돌아가서, 허먼, 그 처녀 리나와 결혼해. 결혼할 수 있는지 한번 시도해보기만 하면, 네가 그 생활의 즐거움을 얼마나 좋아할지 금방 알게 돼. 아무것도 걱정하지 마, 허먼. 넌 어떤 처녀와 결혼해도 될 만큼 착해, 허먼. 어떤 처녀라도 너 같은 남자를 항상 제 옆에 둘 수 있으면 기쁘지. 긴소리 말고 아빠 모시고 집으로 돌아가 내 말대로 해봐, 허먼. 너 정말 웃겼어 허먼, 가만히 앉아 있다가 결혼할 처녀를 놔두고 도망을 치다니. 허먼, 그녀가 너를 잃고 서럽게 울고 있는 게 뻔해. 그녀에게 못되게 굴지 마, 허먼. 지금 바로 아빠 모시고 집에 가서 결혼해 허먼. 한 처녀가 사내와 결혼하고 싶어 막 숨이 넘어갈 지경인데, 막상 당사자인 내 동생은 결혼할 만큼의 용기조차 없다면, 나는 끔찍하게 부끄러워하겠지, 허먼. 넌 네 옆에 늘 내가 있는 걸 좋아하잖아, 허먼. 그러면서 네가 주위에 항상 여자가 있는 게 싫다고 말하는 이유를 난 모르겠어. 넌 늘 내게 친절했고, 허먼, 또 나는 네가 그 리나에게도 늘 친절했다고 알고 있는데, 머지않아 너는 그녀가 언제나 거기 네 곁에 있었던 것처럼 느낄 거야. 네가 멋지고 건장한 남자가 아니었다는 듯 행동하지 마, 허먼. 사실 내가 널 비웃긴 하지만, 알잖아 나는 네가 진짜 행복한 걸 몹시 보고 싶어. 집에 돌아가 그 리나와 결혼해, 허먼. 그녀는 정말 예쁜 처녀로 정말 멋지고 착하고 조용하며 내 동생 허먼을 무척 행복하게 만들겠지. 아빠 이제 허먼과 그만 안달복달하세요. 쟤는 내일 아빠랑 같이 가요, 그리고 아시잖아요, 허먼은 결혼하게 된 걸 무척 기뻐하고, 자기가 무척 행복해하는 걸 보여주는 것만으로도 남들에게 즐거움을 줄 거예요. 정말 진심으로 말하는데, 그게 너 허먼에게 맞는 태도야. 그저 내가 하는 말만 귀 기울여 들어, 허먼." 그런 식으로 누나는 그를 놀리면서도 안심시켰고, 아버지는 줄곧 그의 어머니가 아들 허먼에 대해 늘 말하던 내용을 반복하면서 그를 달랬으며, 허먼은 결코 아무런 대꾸도 하지 않았는데, 누나는 그의 짐을 꾸리는 동안 그와 있으며 무척 쾌활해져서 그에게 키스하고, 크게 웃고, 다시 키스했으며, 아버지는 역에 가서 기차표를 샀고, 마침내 일요일 늦게 아버지는 허먼을 동반하고 다시 브리지포인트로 귀환했다.

크레더 부인이 생각하는 바를 아들 허먼에게 말하지 못하게 말리는 일은 항상 매우 힘들었지만, 딸이 그녀에게 허먼의 행적에 대해 아무 책망도 하지 말라는 경고의 편지를 보내왔고, 또 남편도 허먼과 함께 들어오면서, "여보 여기 우리 돌아왔어 허먼과 내가, 오는 길에 사람들이 너무 많다 보니 우리가 몹시 피곤하네"라고 말하고는 아내에게 살짝 귀띔했다. "당신이 허먼에게 친절하게 대해줘, 여보, 걔는 우리를 그처럼 힘들게 만들 의도는 없었어." 그래서 늙은 크레더 부인은 아들 허먼에게 꼭 말하겠다고 마음속에 힘껏 다짐했던 생각을 억눌렀다. 그녀는 매우 건조하게 다만 이렇게 말했다. "오늘 네가 집에 돌아온 걸 보니 기쁘구나, 허먼." 그런 다음 그녀는 헤이든 부인과 모든 문제를 조율하러 외출했다.

허먼은 이제 다시, 시무룩하고 몹시 착하고, 무척 조용하고, 그리고 언제나 어머니와 아버지가 원하는 대로 무엇이든 할 준비가 된, 예전과 똑같은 아들이 되었다. 화요일 아침이 밝았고, 허먼은 새 의복을 입고, 아버지와 어머니를 대동하여 한 시간 동안 서 있을 결혼식을 하러 갔다. 리나는 새 드레스와 어여쁜 꽃으로 장식한 모자 차림으로 기다렸는데, 이번에는 자기가 정말 곧바로 결혼한다는 것을 알고 있었기 때문에 신경이 곤두섰다. 헤이든 부인이 매사를 철저하게 준비해놓은 터였다. 와야 할 사람들은 빠짐없이 참석했고 꽤 신속하게 허먼 크레더와 리나 마인츠는 부부가 되었다.

모든 절차가 실제로 완료되었을 때, 그들 부부는 함께 크레더 가족의 주택으로 복귀했다. 이제 리나와 허먼과 늙은 아버지와 늙은 어머니로 구성된 이 가족은, 크레더 씨가 재단사로 꽤 오랜 기간 일했고 그를 보좌하는 아들 허먼이 늘 붙어 있는 그 집에서 모두 함께 살 계획이었다.

아일랜드 처녀 메리는 리나에게, 자기는 리나가 허먼 크레더와 그의 지저분하고 인색한 부모들과 관계를 맺고 싶어 한다는 게 정말 이해가 안 된다고 자주 말해왔다. 아일랜드 기질로 평가하면 연로한 크레더 내외는 인색하고 지저분한 부부였다. 아일랜드 처녀 메리가 이해하고 용서하고 사랑할 수 있는, 대범하고 무심하고 호전적이고 토탄土炭에 그을린 오두막의 너덜너덜한 진흙투성이 흙먼지 같은 기질이 보이지 않았다. 그들에게는 절약에서 비롯된 독일인 특유의 불결이 두드러졌는데, 의복 세탁과 목욕 횟수를 줄이느라 촌스럽고 헐렁하고 악취 나는 옷을 입고, 비누 사용과 건조의 부담을 아끼느라 머리카락을 기름투성이로 놔두고, 자유로워서가 아니라 그래야 돈이 덜 들기 때문에 더러운 옷을 입고, 그래야 난방비가 덜 들어가므로 집을 닫아걸어 냄새나게 방치하고, 돈을 모으려 할 뿐만이 아니라 돈이 있다는 사실조차 아예 의식하지 못하게 몹시 가난하게 살고, 그래야만 하는 게 천성이고 돈이 쌓이는 이유이기도 하지만 절대로 자기 돈을 쓸 상황이 되지 않도록 밤낮없이 노동을 한 결과로서의 불결이었다.

이 집이 이제부터 리나가 삶의 터전으로 살아갈 곳이었는데, 그녀는 아일랜드 처녀 메리가 느꼈을 인상과는 매우 다른 인상을 받았다. 그녀는 항상 꿈꾸듯 정신이 멍한 듯해도, 역시 독일 사람이고 검소했다. 리나는 항상 경제 상황에 주의했고 버는 돈을 어김없이 저축했는데, 그녀가 돈으로 할 줄 아는 유일한 방법이 그것이었다. 그녀는 버는 돈을 관리해본 적도, 어떻게 쓸까 생각해본 적도 전혀 없었다.

허먼 크레더 부인이 되기 전의 리나 마인츠는 입는 옷과 차림새가 항상 깔끔하고 단정했는데, 그녀가 복장에 대해 생각을 해봤다거나 꼭 그렇게 입어야 할 필요가 있어서가 아니라, 고향인 독일 시골에서 사람들이 으레 그렇게 하는 데다가, 고모 머틸다와 늘 자기를 꾸짖는 착한 독일 여자 요리사가 계속 잔소리를 하며, 청결을 유지하도록 항상 빈번하게 몸을 씻고 조심하는 버릇을 들이게 했기 때문이었다. 그러나 리나 스스로 청결에 대해 간절한 필요를 느끼진 않았고 그래서 리나는, 나이 든 시부모를 좋아하지 않고 또 그들의 상태를 전혀 몰랐음에도 불구하고, 시부모가 인색하고 지저분하다는 점에 대해서는 생각해보지 않았다.

허먼 크레더는 부모보다는 깨끗했고, 청결을 유지하는 게 바로 천성이기도 했지만, 그러나 자기 부모에게는 익숙한 상태여서, 그들이 매사에 더 청결해야 한다고는 전혀 생각하지 않았다. 허먼 역시 버는 돈은 항상 모두 저축했는데, 유일한 예외는 그가 평소에 좋아하는 대로 저녁때 외출하여 남자 친구들과 맥주를 조금 마시는 비용이었고, 그것 말고 다른 용도로 돈을 쓸 생각은 전혀 하지 않았다. 그의 아버지는 모든 돈을 항상 가족들을 위해 관리하고 늘 그 돈으로 사업을 하고 있었다. 그러다 보니 허먼 역시 정말로 가진 돈이 없었는데, 그가 항상 아버지를 위해 일을 해왔음에도 아버지가 월급을 주겠다는 생각을 전혀 안 했기 때문이었다.

그렇게 네 식구가 크레더 씨 집에서 함께 살게 되었고, 리나는 그 생활이 얼마 되기도 전에 부주의하고 약간 지저분해 보이고, 또 활기를 한층 잃어가기 시작했는데, 아무도 리나가 원하는 것에 별로 주목하지 않았고, 그녀도 자기가 뭘 바라는지 정말 전혀 감이 없었다.

네 식구가 모두 한집에 어울려 살면서 리나가 겪은 진짜 유일한 어려움은 시어머니 크레더 부인이 질책하는 방식이었다. 리나는 항상 익숙할 정도로 야단을 맞아왔으나, 나이 든 크레더 부인의 질책은 지난날 리나가 견뎌야 했던 방식과는 몹시 달랐다.

리나와 결혼을 하고 난 지금 허먼은 그녀를 진심으로 몹시 좋아했다. 그가 그녀에 대해 별 신경을 쓰지도 않았지만, 주변에 가까이 있더라도 전혀 그를 성가시게 하지 않았는데, 다만 리나가 퍽 조심성이 없고 가족들의 식사 관련 비용이나 또 돈이 들어가는 일체의 다른 상황에서 제대로 절약하는 방법을 몰라 노부인이 절약의 책임을 맡아야 했기 때문에, 그의 어머니는 걱정을 하면서 이 부부에게 심술을 부렸다.

허먼 크레더는 늘 어머니와 아버지가 바라는 대로 행동해왔지만, 정말로 부모를 아주 애틋하게 사랑하진 않았다. 허먼의 입장에서는 어쨌든 분란이 생기는 건 항상 싫었다. 그로서는 그냥 일상을 살아가며 날마다 직장에서 같은 일을 계속하고, 잔소리를 듣지 않고, 남들의 분노를 억지로 듣지 않을 수만 있다면, 다른 일은 어찌 되든 상관이 없었다. 그런데 지금 자기가 결혼해서 말썽이 생기고 있고, 앞으로도 그럴 거라고 막 깨닫게 되었다. 결혼을 하고 나니 어머니가 늘 질책 삼아 하는 말을 더 많이 듣게 되었다. 리나는 함께 있는 동안 어머니의 질책을 들을 때마다 몹시 겁을 먹고 기력을 잃었으므로 지금 그는 어머니의 말에 정말 귀를 기울여야 했다. 허먼은 어머니를 상대하는 요령을 아주 잘 알았는데, 누구든 아주 적게 먹고 하루 종일 열심히 일하면 그녀의 질책을 흘려들어도 아무 문제가 없었으며, 그것이 그들이 무척 어리석게도 자기를 결혼시켜 주변에 늘 머물 여자를 두려고 하기 전에 항상 허먼이 대응했던 방식이었으므로, 이제는 아내 역시도 자기 어머니가 질책할 때 흘려듣고, 너무 겁먹어 보이지 않게 하고, 또 많이 먹지도 않는 요령을 배우고, 또 항상 분명히 그 요령을 잊지 않도록 도와야 했다.

실제로 허먼은 리나가 그 요령을 이해하도록 돕기 위해 자기가 뭘 할 수 있을지 잘 몰랐다. 리나를 돕겠다고 결코 어머니에게 말대꾸를 할 수는 없었는데, 말대꾸는 리나의 상황을 전혀 개선하지 못할 게 뻔했고, 또 리나를 안심시킬 어떤 방법, 어머니가 질책할 때마다 온갖 끔찍한 방식을 동원하더라도 그런 질책을 흘려들을 만큼 리나를 담대하게 만들고 안심시킬 수단 역시 하나도 생각나지 않았다. 허먼은 꼭 자기를 둘러싸고 항상 그런 질책이 벌어지는 것 같아 걱정스러웠다. 허먼은 주로 엄마의 침묵을 끌어낼 목적으로 아들이 어머니에게 싸움을 거는 방법에 대해 별로 알지 못했고, 사실상 허먼은 뭔가를 필사적으로 가지려는 사람을 상대로 싸움을 거는 방법에 대해 거의 무지했다. 허먼은 이제까지 살아오면서 필사적으로 뭔가를 가지려 한 경험이 없어서, 그것을 얻으려고 누군가에 대항하여 실제로 싸움을 걸려고 하지 않았다. 허먼은 평생 규칙적으로 조용하게 살고, 말을 많이 하지 않으며, 자기 일을 하는 타인들처럼 날마다 변함없이 일하길 바랄 뿐이었다. 그런데 이제 어머니가 자기를 이 리나와 결혼하게 만들고 지금 저토록 심하게 질책을 해대는 바람에, 온갖 고민과 걱정이 늘 떠나질 않았다.

요즘 들어 헤이든 부인은 리나를 자주 보지 못했다. 조카 리나에 대한 관심이야 여전했지만, 이제 리나는 기혼 여성이므로 고모를 보러 자주 부인의 집에 올 수 없고, 그렇게 행동하는 게 옳지도 않았다. 게다가 헤이든 부인 역시 지금 두 딸 때문에 무척 바빴는데, 그녀는 딸들에게 훌륭한 남편감을 찾아줄 경우에 대비하게끔 가르치는 중이었으며, 더욱이 요즘엔 남편마저, 엄마가 아들을 항상 응석받이로 키워서 아들이 결국 독일인 가정에 아무 쓸모 없이 망신만 주는 자식이 될 게 틀림없다고 다그치며, 그녀가 아들을 계속 망치고 있다고 늘 조바심을 냈다. 요즘의 헤이든 부인에게는 이 모든 일이 몹시 근심스러웠으나, 아직도 그녀는, 비록 자주 보지는 못하더라도 리나에게 잘해주고 싶었다. 헤이든 부인이 리나를 만나는 것은 자기가 크레더 부인을 방문하거나 크레더 부인이 자기를 보러 올 때뿐이었는데 이런 경우는 결코 자주 있을 수가 없었다. 그리고 또 요즘에는 헤이든 부인이 리나를 질책할 수 없었는데, 항상 리나 옆에 크레더 부인이 있고, 지금 야단칠 수 있는 실질적 권리는 크레더 부인에게 있으므로, 그 자리에서 자기가 리나를 야단치는 건 옳지 않을 것이기 때문이었다. 그래서 이제 고모는 리나에게 항상 듣기 좋은 말만 했다. 헤이든 부인은 간혹 리나의 슬픈 표정과 부주의한 태도를 목격하면서 조금 걱정이 되었지만, 막상 그럴 땐 그 문제를 심각하게 걱정할 시간이 나지 않았다.

리나는 과거에 늘 같이 앉아 어울리던 처녀들을 이제 더는 만나지 못했다. 지금은 만날 방법이 전혀 없었고, 또 만날 방법을 모색하는 건 그녀의 천성에 맞지도 않았으며, 지금 그녀가 그들과 자주 만나던 시절을 몹시 그리워하는 것도 아니었다. 그들 중 크레더 씨 집으로 찾아온 친구는 아무도 없었다. 아일랜드 처녀 메리조차 그녀를 보러 올 생각은 전혀 하지 않았다. 그들은 금방 리나를 잊어버렸다. 그들은 곧바로 리나에게서 사라졌고, 이제 리나는 그들과 한때 알고 지냈다는 생각마저 더는 하지 않았다.

옛 지인 중에서 리나가 뭘 좋아하고 뭘 바라는지 알고자 애쓰고, 리나에게 늘 자기를 찾아오게 하는 유일한 사람은, 리나를 항상 야단치던 착한 독일 요리사였다. 그녀는 요즘 리나가 몹시 자제력을 잃고, 무척 헝클어진 모습으로 외출하는 것을 심하게 나무랐다. "아기를 가질 계획이라고 알고 있는데, 도대체 네 꼴이 그게 뭐니? 리나 네가 그처럼 너저분한 꼴로 아주 어색하게 여기 내 부엌에 앉아 있는 걸 보면 내가 몹시 망신스럽다. 난 너 같은 사람 처음 봐 리나. 네가 평소 말하는 대로라면, 허먼은 너한테 아주 친절하고, 또 네가 아무리 잘해주는 사람을 가질 자격조차 없더라도 그는 네게 못되게 굴지 않는데, 리나 너는 마치 아무도 네가 어떻게 보이는 게 옳은지를 전혀 깨우쳐주지 않는 것처럼, 자제하지 않고 언제나 너무 조심성이 없어. 그러면 안 돼, 리나, 나는 네가 스스로 그렇게 자제력을 잃고 아주 엉망인 모습으로 지내는 이유를 전혀 모르겠고, 그래서 리나 그처럼 추한 꼴로 거기 앉아 있는 널 보기가 부끄러워. 그건 아니야 리나, 내가 아는 바로는, 여자가 완전히 자제력을 잃고 정말 문제가 있는 것처럼 계속 흐느낀다고 해서 상황이 절대로 좋아진 적이 없어. 나는 네가 허먼 크레더와 결혼하는 거 절대로 보고 싶지 않았어, 리나, 네가 그 늙은 여자에게 늘 맞춰줘야 한다는 게 뭔지 나는 알고 있었고, 게다가 그 늙은이도 인색하기 짝이 없고, 드러내놓고 말하지 않는다 뿐이지 속에 품은 생각은 아주 못되게 구는 제 마누라보다 나을 게 없다는 것도 알아, 내가 알기로 리나, 그들은 네게 먹을 걸 충분하게 주는 법이 없어, 리나, 나는 네가 정말 불쌍해 리나, 내 마음 알지 리나, 하지만 네가 겪는 괴로움이 엄청나더라도 그렇게 헝클어진 모습으로 돌아다니면 안 돼 리나. 내가 지금 너처럼 하고 다닌 적은 전혀 없었잖아 리나, 나도 때로는 두통이 찾아와 서서 일을 못 할 정도로 앞이 보이지가 않고 그럴 땐 어떤 음식도 제대로 요리하질 못하지만, 그래도 나는 항상 리나, 내 모습의 품위는 지켜. 그래야만 어떤 독일 처녀든 상황이 제대로 풀려나가게 만들 수 있어 리나. 내가 하는 말 잘 들어 리나. 이제 좋은 음식 좀 먹어 리나, 모두 내가 너 먹으라고 준비했어, 그리고 좀 씻고 다니고 조심스럽게 행동해, 그러면 아기가 제대로 생길 거야, 그러고 나면 머지않아 네가 허먼과 아기와 함께 분가하여 따로 살고 네 모든 형편이 나아지는 걸 네 머틸다 고모가 보게 될 거다. 내가 뭘 말하는지 잘 들어 리나. 앞으로는 이 꼴로 오는 모습을 더는 내게 보이지 마 리나, 또 계속 질질 짜는 그 짓도 바로 멈춰. 지금 네가 거기 앉아서 그렇게 흐느낄 이유가 전혀 없을뿐더러, 어려움에 처한 사람이 너처럼 행동해서 조금이라도 도움을 받은 경우를 난 전혀 못 봤어, 리나. 내가 하라는 대로 해 리나. 너는 지금 집으로 돌아가서 내가 말하듯 착하게 지내고, 나는 나대로 뭘 할 수 있나 생각해보자. 네 머틸다 고모를 부추겨 네가 제대로 아기를 가질 때까지 늙은 크레더 부인이 널 건드리지 못하게 만드마. 자 겁먹지도 그렇게 멍청해지지도 마, 리나. 진짜로 좋은 남자를 얻었고, 어느 처녀가 됐든 정말로 감사해야 할 만큼 많은 물건을 얻은 네가 그런 식으로 행동하는 걸 나는 보고 싶지가 않다. 자 넌 오늘 집에 돌아가 내가 말한 대로 행동해, 나는 나대로 널 어찌 도울지 생각할 테니까."

"맞습니다 올드리치 부인." 나중에 착한 독일 요리사가 자기 여주인에게 말했다. "그래요 올드리치 부인, 처녀들이 결혼하고 싶어 안달일 때는 그렇게 되기 십상입니다. 그들이 결혼을 잘 쟁취했을 때는 모르지요, 올드리치 부인. 그들이 결혼할 때는 자기들이 진짜로 바라는 게 뭔지 전혀 모릅니다, 올드리치 부인. 저 불쌍한 리나의 처지가 그렇습니다, 방금 여기서 흐느끼다 갔는데요, 너무 경솔해 보여서 제가 나무랐습니다만, 불쌍한 리나에게 저 결혼은 쓸모가 없었습니다, 올드리치 부인. 지금 그 아이는 하도 창백하고 슬프게 보여서요 올드리치 부인, 저는 바라보기만 해도 가슴이 미어집니다. 착한 애였지요 리나는요, 올드리치 부인, 그 애와 저 사이에는 요즘 제가 수많은 또래 처녀들과 겪는 것 같은 갈등이 없었어요, 올드리치 부인, 저는 우리 리나보다 조금이라도 더 반듯하게 일 잘하는 처녀는 못 보았습니다만, 지금 그 애는 저 늙은 크레더 부인에게 항상 맞춰주며 살아야 합니다. 어쩌면 좋아! 올드리치 부인, 크레더 부인은 그 아이에겐 형편없는 노파입니다. 저는요 올드리치 부인, 늙은이들이 젊은 처녀들에게 어찌 그리 못되게 굴 수 있는지 또 왜 최소한의 인내심조차 발휘하지 못하는 건지 전혀 이해가 안 됩니다. 리나가 남편 허먼과 단둘이서만 살 수 있으면 얼마나 좋겠어요, 허먼은 다른 남자처럼 그렇게 나쁘지는 않습니다만, 올드리치 부인, 그는 늘 제 엄마가 해달라는 대로만 하고 스스로 결정이나 행동을 못 하는 사람이라, 제가 생각하기에 저 불쌍한 리나에게는 사실상 아무런 도움을 주지 못합니다. 제가 알기론 리나의 고모 헤이든 부인이 그런 사정을 리나에게 제대로 말하긴 했거든요, 올드리치 부인, 그런데 리나가 가엾지요, 허먼이 그 애를 버리고 떠났던 그곳 뉴욕에 그냥 있었더라면 리나에게는 더 잘된 일이었을 텐데요. 저는 지금 리나가 보여주는 모습이 마음에 들지 않아요, 올드리치 부인. 지금 그 애의 마음속에는 마치 삶에 대해 거의 미련이 없는 것처럼 보입니다, 올드리치 부인, 그저 터벅터벅 걸으며 돌아다니는데 외관이 아주 지저분해요, 제가 그 애를 가르치느라 또 그 애의 태도와 모습을 멋지게 지켜주느라 늘 엄청나게 수고한 게 아깝지요. 처녀들은 결혼을 해봐야 막상 자신들에게는 아무 도움이 되지 못하지요, 올드리치 부인, 결혼을 하면 좋은 장소에서 지내게 될 거라는 상상만 하면서, 일상을 규칙적으로 계속 이어나가는 편이 그들에겐 훨씬 낫습니다. 저는 지금 리나가 보여주는 모습이 싫습니다, 올드리치 부인, 내가 저 불쌍한 리나를 도울 수 있는 방법을 알고 싶어요, 올드리치 부인, 하지만 그 여자, 그 사람은 못된 노파입니다, 저 늙은 크레더 부인, 허먼의 어머니 말입니다. 저는 헤이든 부인에게 정말 곧 얘기할 작정입니다, 올드리치 부인, 저 불쌍한 리나를 돕기 위해 지금 우리가 무얼 할 수 있나 알아보려고요."

이즈음은 가엾은 리나에게 극도로 불행한 시기였다. 허먼은 언제나 그녀에게 참 친절했으며 이제 때로는 리나를 나무라는 어머니의 말을 끊으려고 하기까지 했다. "저 사람은 지금 몸이 안 좋아 엄마, 지금은 좀 그냥 놔두고 내 얘기를 들어. 저 사람에게 시킬 일 있으면 내게 말해, 내가 전달할게. 저 사람은 엄마가 원하는 꼭 그대로 일한다는 거 나도 알아. 지금 내가 말하잖아, 엄마, 늘 리나를 꾸짖지만 말고 제발 그대로 좀 놔둬, 가만히 좀 있어, 지금 내 말대로, 저 사람 회복될 때까지만 기다려줘." 허먼은 어머니와 대놓고 다툴 만큼 실제로 점점 더 강인해졌는데, 배 속에서 태아가 열심히 움직이고 있는 저 리나가 보였을 뿐 아니라, 더는 어머니도, 항상 질책만 하는 어머니의 끔찍스러운 태도도 정말 견딜 수 없었기 때문이었다.

지금 허먼의 마음속에 자리 잡은 새로운 감정이 스스로가 대놓고 다툴 만큼 강하다고 느끼게 만들었다. 허먼 크레더는 자기가 뭔가를 정말로 바라고 있다는 것이 생소했지만, 허먼은 지금 아빠가 되고 싶은 마음이 강렬했고, 또 아기가 아들이고 건강하게 태어나기를 간절히 소망했으며, 허먼은 평생에 걸쳐 늘 부모가 바라는 꼭 그대로 행동하긴 했어도, 아버지와 어머니에 대해 결코 정말로 각별하게 신경을 쓰지는 않았고, 아내 리나에 대해서도 늘 무척 친절하게 대하고 또 그녀를 항상 지독하게 질책해대는 어머니로부터 떼어놓으려고 늘 애쓰긴 했지만, 정말로 아내에게 마음을 많이 쓴 적은 전혀 없었는데, 그러나 어린 아기의 진짜 아버지가 된다는 그 감정만은 허먼을 완벽하게 장악하였다. 그는 아기를 어떤 곤경에서도 구해낼 준비, 만일 아버지가 어머니를 통제하려는 자기를 도우려 하지 않는다면, 어머니는 물론 아버지와도 정말 대놓고 강력하게 다툴 준비를 거의 다 마쳤다.

때때로 허먼은 이런 온갖 어려움에 대해 의논하려고 헤이든 부인을 찾아가기까지 했다. 그럴 때 두 사람이 함께 내린 결론은, 일단 아기가 나올 때까지는 그대로 네 식구가 함께 기다리면서 허먼이 크레더 부인의 질책을 잠시 멈추도록 할 수 있는 게 더 좋고, 그런 다음 리나의 몸이 좀더 튼튼해지면 허먼이 그녀를 위해 분가해 나와, 늙은 어머니가 그들 부부를 통제할 수도 없고 그들이 끔찍스러운 질책도 듣지 않을 수 있는 집에서 먹고 잘 수 있도록 하는데, 그 집은 아버지를 항상 도우러 갈 수 있게 본가 근처에 장만한다는 것이었다.

그런 식으로 아무 변화가 없는 상황이 좀더 오래 지속되었다. 가엾은 리나는 아기를 가진다는 게 조금도 기쁘지 않았다. 그녀는 항해 중 멀미가 아주 심했을 때 그랬던 것처럼 겁을 먹었다. 그녀는 지금 상처를 받을 것 같을 때마다 무서웠다. 겁을 먹은 채 말도 없고 활기도 없었으며, 매 순간 자기가 죽게 된다고 확신했다. 리나는 이 정도의 곤경을 이겨낼 힘이 없어서, 조용히 앉아 겁먹고 따분하고 무기력한 상태로 있을 수밖에 없었으며, 매 순간 자기가 죽을 거라고 굳게 믿었다.

이윽고 리나의 아기가 탄생했다. 아기는 예쁘고 건강한 사내아이였다. 허먼은 아기를 보살피느라 몹시 신경을 썼다. 리나의 몸이 조금 회복되었을 때 허먼은 자신과 자기 가족이 먹고 잠자고 마음대로 생활할 수 있도록 부모님 이웃에 집을 빌려 분가했다. 분가를 했다고 당장 리나에게 큰 변화가 있어 보이지는 않았다. 그녀는 출산을 기다리던 때와 조금도 달라지지 않았다. 그냥 느릿느릿 되는대로 입고 돌아다녔고, 기력이 하나도 없었으며, 꼭 아무 느낌이 없는 사람처럼 계속 행동하고 생활했다. 지난날 일을 하면 늘 그래야 했듯이 항상 어떤 일이든 꼬박꼬박 처리했지만, 그녀는 결코 원래의 정신력으로 돌아오지 못했다. 허먼은 계속 착하고 친절했으며 항상 그녀의 일을 도와주었다. 그는 그녀를 도우려고 자기가 아는 건 모두 다 했다. 새로운 집안일과 아기를 위한 일을 언제나 모조리 도맡아 처리했다. 리나도 평소 배웠던 대로 자기가 해야 할 노동을 맡았다. 지금 그녀는 변함없이 자기가 하던 노동을 계속할 뿐이었는데, 언제나 조심성이 없고 지저분하고 약간 멍하고 활기가 없었다. 리나는 결혼한 이래 그대로 지속된 이러한 존재 방식에서 조금도 나아진 게 없었다.

헤이든 부인은 조카 리나를 더는 보지 못했다. 지금 자기가 사는 집에도 문제가 무척 많았고, 딸들이 결혼 적령기에 이르렀으며, 성장하는 아들은 갈수록 점점 더 다룰 수 없을 만큼 나빠지고 있었다. 그녀는 이제껏 자기가 리나를 공정하게 대했다고 생각했다. 허먼 크레더는 착한 사내로, 가끔은 자기 딸들도 그처럼 괜찮은 남편을 얻으면 좋겠다고 생각할 정도였으며, 또 지금 그들 내외는 노인들로부터 분가하여 따로 사는 집이 있는데, 노인들은 자신들을 위해 젊은 부부를 괴롭힌 장본인이었다. 헤이든 부인은 자기가 조카딸 리나에게 아주 잘해주었다고 생각했으므로, 다시 리나를 찾아가 살펴볼 필요가 있다고는 전혀 생각하지 않았다. 고모가 더 이상 수고하지 않아도 이제 리나는 아주 잘할 것이라고 믿었다.

늘 질책을 하던 착한 독일 요리사는 불쌍한 리나에게 아직도 어머니 같은 본분을 지키려고 애썼다. 요즘에는 리나를 공정하게 대하기가 여간 힘든 게 아니었다. 이즈음 리나는 다른 사람이 하는 말을 전혀 듣는 것 같지 않았다. 허먼은 항상 그녀를 돕기 위해 최선을 다하고 있었다. 허먼은 집에 있을 때면 늘 아기를 잘 보살폈다. 허먼은 자기 아기를 돌보는 일을 사랑했다. 반면에 리나는 아기를 데리고 외출을 한다거나 자기가 안 해도 되는 일을 할 생각이 전혀 없었다.

착한 요리사는 가끔 리나에게 자기를 만나러 오게 했다. 리나는 아기와 함께 와서는 부엌에 앉아 그 착한 여자가 조리하는 것을 지켜보고, 그 착한 독일 여자가, 아무 문제가 없는 지금도 몹시 산만한 모습으로 돌아다니고, 거기 부엌에 아주 멍청하게 앉아 있고, 또 항상 전혀 감사할 줄 모른다고 질책을 하면, 리나는 평소에 하던 대로 이따금 그녀의 말에 조금은 귀를 기울이곤 했다. 때로는 리나가 잠깐 정신을 차리고 지난날의 온화하고 참을성 있고 티 없는 상냥한 얼굴로 돌아가기도 했지만, 대체로 착한 요리사가 야단을 칠 때면 리나는 별로 듣는 것 같지 않았다. 리나는 착한 여주인이었던 올드리치 부인이 자기에게 친절하게 말하던 시절을 항상 즐겁게 기억했고, 그럴 때면 스스로를 하녀로 일했던 때의 리나로 생각하는 듯 보였다. 그러나 대체로 리나는 그저 그럭저럭 살았고 아무렇게나 입고 뚱하고 활기가 없었다.

머지않아 그녀에게는 어린 아기 둘이 더 생겼다. 이제 리나는 아기를 가질 때 예전처럼 겁을 먹지는 않았다. 그녀는 아기들이 그녀의 마음을 아프게 할 때 별로 의식하는 것 같지 않았고, 이제는 자기에게 벌어진 어떤 일에 대해서도 결코 심각하게 생각하는 것 같지 않았다.

리나 소생의 아기 셋은 모두 아주 귀여웠으며, 항상 허먼이 그들 모두를 잘 보살폈다. 허먼은 결코 아내 리나에게 정말로 많이 신경을 쓰지는 않았다. 어쨌거나 허먼이 진심으로 좋아한 유일한 대상은 자기 아기들이었다. 허먼은 자식들에게 항상 무척 잘해주었다. 아이들을 안을 때는 항상 그만의 부드럽고 다정한 자세가 있었다. 그는 아이들을 무척 능숙하게 다룰 줄 알게 되었다. 일하지 않을 때면 늘 아이들과 시간을 보냈다. 머지않아 그는, 아이들이 언제나 자기와 함께 한 방에서 지낼 수 있도록, 하루 종일 집에서 일하기 시작했다.

리나는 계속해서 갈수록 더 활기를 잃었고, 이제 대체로 허먼은 그녀에게 전혀 관심을 기울이지 않았다. 그는 점점 더 세 아이를 보살피는 모든 일을 도맡았다. 아이들을 제대로 먹이고, 씻기고, 매일 아침 옷을 입히는 게 그의 일이었으며, 또 아이들에게 올바르게 행동하는 법을 가르치고, 그들을 잠자리에 눕혔으며, 요즘에는 매 순간 항상 그들 곁을 떠나지 않았다. 그리고 이제 그들의 네번째 아기가 나올 예정이었다. 리나가 아기를 낳으러 가까운 병원으로 갔다. 리나는 출산 과정에서 많이 고생할 것 같은 기분이 들었다. 아기가 마침내 세상에 나왔을 때, 아기는 제 엄마처럼 생명이 없었다. 아기가 나올 때, 리나는 매우 창백해지고 기력이 소진되어갔다. 모든 과정이 끝났을 때 리나의 생명 역시 멎었으며, 아무도 그런 일이 벌어진 경위를 알지 못했다.

리나를 항상 질책했고 마지막 날까지 계속 리나를 도우려고 애쓴 착한 독일 요리사만이 그나마 리나를 그리워하는 유일한 사람이었다. 그녀는 함께 일하는 동안 항상 리나가 얼마나 멋져 보였는지, 리나의 목소리가 얼마나 온화하고 감미롭게 들렸는지, 리나가 항상 얼마나 착한 소녀였는지, 자기를 도우러 그 집에 들어왔던 다른 모든 소녀와는 달리 얼마나 자기가 리나와는 아무런 갈등도 느낄 필요가 없었는지 기억하고 있었다. 착한 요리사는 올드리치 부인과 이야기를 나눌 시간이 생기면 때때로 리나에 관해 그렇게 말했고, 이것이 지금 그나마 리나에 대해 남은 기억의 전부였다.

요즘 허먼 크레더는 홀로 늘 아주 행복하게, 아주 온화하게, 아주 조용하게, 대단히 만족스럽게 세 아이와 함께 살았다. 그는 더 이상 자기 주변에 항상 머물 여자를 결코 두지 않았다. 매일 아버지를 위해 항상 하는 일을 마치면, 자신의 모든 작업은 늘 집에서 처리했다. 허먼은 항상 혼자 지냈고, 어린아이들이 충분히 커서 도와줄 때까지 계속 혼자서 일했다. 허먼 크레더는 지금 대단히 만족하며 지냈고, 이제는 줄곧 혼자서 세 명의 착하고 상냥한 자식들과 함께, 매일을 다가오는 다음 날과 똑같이, 언제나 매우 규칙적이고 평화롭게 살았다.

옮긴이 해설

불행의 울타리에 갇힌 사람들

작가와 작품 구성

거트루드 스타인Gertrude Stein(1874. 2~1946. 7)이 『세 인생 *Three Lives*』을 완성한 것은 1906년이다. 이에 앞서 1903년에 마무리한 『큐.이.디.*Q.E.D.*』와 습작 수준의 『펀허스트 *Fernhurst*』도 있었으나 그녀는 1909년에 『세 인생』을 자신의 첫 작품으로 자비自費 발간한다.

이 작품을 쓸 당시 거트루드 스타인은 이미 파리에 정착한 상태였다. 절친한 오빠 레오 스타인과 함께 다수의 미술 작품을 수집하면서 살롱을 열어 당대의 화가, 문인 등 파리에 모여든 다양한 예술가들과 교유交遊를 시작하고 있었다.

독일계 유대인인 그녀는, 미술 작품 수집과 살롱 운영 그리고 책의 자비 발간 등 사례에서 나타나듯이, 상당한 재력과 예술적 재능을 타고난 인물이었다. 부富와 재능은 그녀가 첫 작품에서 자유분방한 문학적 실험을 시도할 수 있는 원동력이었다. 『세 인생』의 출간을 맡기로 한 출판사는 처음 그녀의 독특한 문학적 형식과 언어를 보았을 때, 이 작품은 '모국어가 영어가 아닌' 작가가 쓴 게 틀림없으며, 출판을 해본들 실패할 게 분명하다고 예고했다. 그러나 출판사의 비관적 전망과 달리 이 작품은 성공하였을 뿐만 아니라 모더니스트 여성 문학의 고전으로 확실한 인정을 받으며 결국에는 미국 문학사에서 하나의 특별한 걸작으로 자리 잡게 된다.

이 작품은 장편소설(novel) 분량이지만, 기승전결의 플롯을 토대로 인과관계 중심의 스토리를 전개하는 장편소설의 전통적 골격을 탈피하고, 독립적인 두 개의 단편(short story)과 하나의 중편(novella)으로 구성된다. 전체 분량 기준으로, 단편인 처음의 「착한 애나The Good Anna」 및 마지막 「온순한 리나The Gentle Lena」가 각각 30퍼센트와 15퍼센트를, 중편에 해당하는 두번째 소설 「멜런사Melanctha」가 55퍼센트를 차지한다.

세 편의 소설은 외형상 '브리지포인트'라는 장소적 배경을 공유하지만 등장인물이나 사건 전개에서 서로의 연관성은 없다. 브리지포인트라는 도시도 사실 각 소설에서 그다지 중요한 역할을 하지는 않는다. 시간적 배경도 19세기 말 혹은 20세기 초로 추정되지만, 세 소설의 인물들이 같은 시점에 그 도시에 살았다는 암시조차 없다. 어쩌면 세 소설의 등장인물이 서로 스쳐 지나가며 무심결에 눈인사를 나눴을 수도 있지만, 작가는 구태여 그런 사실을 드러내려 하지 않는다.

세 편의 체제도 자유분방하다. 「착한 애나」는 '제1부' '제2부 착한 애나의 삶' '제3부 착한 애나의 죽음' 세 파트로 나누고 각 파트의 소제목도 친절하게 제시한다. 「온순한 리나」는 서사가 단순하고 길이도 짧아서인지 파트 구분이 없다. 그러나 「멜런사」는 다른 두 소설처럼 제목에 (작가가 규정하는) 주인공의 성향을 제시하지 않을 뿐만 아니라, 제법 긴 분량의 소설을 아무 파트 구분 없이 계속 이어감으로써 독자의 집중과 긴장을 끈질기게 유도한다. 다만 작가는 제목 다음에 '그녀 각자가 하고픈 대로Each One As She May'라는 다소 애매한 문구文句를 삽입한다. 그 문구는 「멜런사」에 등장하는 인물들의 행태를 대변하는 듯하지만, 작품 독해讀解의 재량이 독자에게 열려 있다는 뜻으로도 읽힌다. 어쨌든 「멜런사」는 『세 인생』에서 가장 주의 깊게 읽어야 할 소설이다.

서로 독립적임에도 불구하고 세 편의 소설은, 한 사람의 화가가 그려 나란히 걸어놓은 세 여자의 초상화처럼, 분명히 다르지만 완전히 다르지는 않다. 서사敍事의 측면에서는 주인공이 주체적으로 자기 인생을 꾸려가야 하는 여성이라는 점, 사회적 지위가 낮으면서도 신분 상승을 욕구하지 않는다는 점, 자기 나름의 개성과 가치관을 지키며 안정된 인생을 살고 싶어 한다는 점, 인생의 고비마다 다른 여성과의 관계가 결정적으로 작용한다는 점,* 결국 자신을 돌보지 못하고 고단하게 노동하다가 이른 나이에 외롭게 삶을 마감한다는 점 등 유사한 요소가 많다.

서술敍述의 측면에서는 세 소설 모두, 동일하거나 매우 흡사

---

* 「멜런사」에서 멜런사와 제프 사이의 길항拮抗 관계가 워낙 길게 이어지지만, 사실상 멜런사의 삶에 지대한 영향을 미치는 사람은 '미스' 허버트와 제인 하든과 로즈 존슨 등 세 사람의 여성이다.

한 단어와 구절과 문장과 문단을 계속 반복하는 독특한 산문 스타일을 사용한다. 비교적 짧은 「온순한 리나」에서는 상대적으로 반복이 적으나, 「착한 애나」와 「멜런사」에서는 상당한 빈도로 등장인물의 외모와 성격과 행동, 사건의 전개, 배경 및 분위기 등 모든 면에서 반복적 표현을 사용한다. 이러한 반복은 때로는 불필요하게 느껴져서 독자를 지루하고 불편하게 만든다. 그러나 반복되는 표현을 통하여 독자는 인물과 상황의 이미지를 반복적으로 떠올릴 수밖에 없고 잊을 뻔했던 사소한 부분을 지속적으로 기억하게 된다.

작품 구성構成의 측면에서는 「착한 애나」와 「멜런사」가 매우 유사하다. 소설의 첫머리에 주인공인 애나와 멜런사가 인생 종반기에 지대한 영향을 받게 되는 인간관계의 에피소드가 부분적으로 먼저 등장한다. 그 이후 시간의 흐름에 따라 주인공의 삶을 풀어나간 뒤 다시 모두冒頭의 인간관계로 돌아가 소설을 마무리한다.

애나와 리나

「착한 애나」의 애나와 「온순한 리나」의 리나는 독일 출신으로 스무 살 안팎의 처녀 시절 미국으로 건너와 하녀로 일한다. 두 사람은 하녀라는 사회적 지위에 불만이 없고 오히려 좋아하지만, 그 이유는 전혀 다르다. 애나는 하녀를 자신의 천직으로 생각하기 때문에 좋아한다. 그녀는 하녀의 역할과 자세에 대해 확고한 신념이 있으며, 하녀 생활에서 적극적으로 자아를 실현하려고 한다. 애나는 하녀를 둔 집에서는 주인이 시시콜콜하게 지시하지 말고 가사家事 운영의 권한을 전적으로 하녀에게 위임해야 하며, 그 대신 하녀는 항상 주인에게 유리하도록 행동할 책임이 있다고 믿는다. 그 반면 리나가 하녀 생활을 좋아하는 것은 순전히, 고용된 집의 가족과 분위기가 자신의 성향과 부합되어 평온하게 지낼 수 있기 때문이다. 그녀는 하녀의 역할이나 본분 따위에 대해서는 생각해본 적도 없고 관심도 없다. 그녀가 만일 까다로운 집안에 하녀로 들어갔다면 하녀 생활을 좋아하기는커녕 하루하루 버티기도 힘들었을 것이다.

애나와 리나의 또 다른 공통점은 이성과의 연애 경험이 없다는 사실이다. 두 사람이 미국에서 하녀 생활을 시작한 스무 살 전후는 젊은 남녀의 이성에 대한 호기심이 매우 클 나이지만, 애나와 리나는 남자와의 연애에 대해서는 관심이 없어 보인다. 이는 남자들과의 적극적 연애를 통해 지혜를 터득하고자 시도하는 「멜런사」의 멜런사와 극명하게 대비된다(물론 멜런사도 결국 남자에게서는 해답을 찾지 못한다). 그 대신 애나에게는 평생의 연인인 렌트먼 부인이 있다. '용모가 빼어나고, 육감적이며, 다른 여자의 사랑을 끌어당기는 눈부신 매력이 있는'(36쪽 및 64쪽) 그녀에게 애나는 자기의 돈과 정성을 계속 아낌없이 바친다. '로맨스는 한 사람의 인생을 지탱해주는 이상理想이어서 그것을 잃고 살아가기는 너무 쓸쓸'(68쪽)하므로, 애나는 렌트먼 부인과 계속 만나며 이용을 당하다가 뒤늦게 관계를 정리하는데, 그런 다음에도 애나는 렌트먼 부인이 선사한 개 베이비를 자기가 데리고 사는 세 마리 강아지 중 가장 신뢰하고 깊이 사랑한다. 아마 베이비는 렌트먼 부인처럼 배신하지 않고 애나가 부인에게 그랬듯 애나를 헌신적으로 사랑했을 것이다.

「착한 애나」에서 애나가 섬기는 세 명의 주인은, 하녀의 본분에 충실한 애나를 진심으로 신뢰하고 의지하지만 그렇다고 애나에게 대등한 지위를 인정하거나 하녀 '이상'으로 배려하지는 않는다. 하녀는 어디까지나 고용된 하녀일 뿐이다. 예를 들어 첫 주인 메리 워즈스미스는 애나와 꽤 오래 10년 정도를 함께 보냈지만 막상 애나가 (본심은 아니지만) 떠나겠다는 말을 던졌을 때 끝내 붙잡지 않으며, 마지막 주인 머틸다 역시 주인인 자기가 애나의 눈치까지 보아야 하는 상황을 자주 불편해한다. 하녀인 이상 애나의 인생은 종속적일 수밖에 없다. 그러나 하녀 생활을 천직으로 알 뿐 아니라, 타인의 고통에 쉽게 공감하여 자신이 모은 돈을 아낌없이 퍼주는 착한 애나가, 자신의 앞날을 준비하며 주체적 삶을 도모하는 상황은 거의 기대할 수 없다.

고달프게 살아가는 애나에게 그나마 위로가 되는 것은 메리 워즈스미스, 숀젠, 머틸다 등 세 사람의 주인과 이복 오빠가 베풀어주는 진정한 사랑과 존중이다. 그러나 마지막 순간까지 애나에게 마음을 열고 솔직하게 교감하고 애나의 임종을 지킨 유일한 사람은, 애나 못지않게 아프고 고단한 인생을 살아온 드레턴 부인이다. 슬프기 짝이 없는 소설 속 장면이지만, 사회적 약자가 또 다른 사회적 약자와 외롭게 소통하고 그들을 보듬어야 하는 인간 세상의 세태는 지금 21세기에도 크게 달라지지 않은 채 지속되고 있다.

「온순한 리나」의 리나는 자기를 미국에 데려온 고모가 정해주는 대로 순종한다. 하녀로 취직할 때도 결혼을 추진할 때도 리나는 후견인인 고모가 만든 시나리오에 따라 실행할 뿐, 감히 거부하거나 늦춰보거나 대안을 제시하려는 의지나 용기가 전혀 없다. 이러한 리나의 순종적 태도는, 고모의 판단을 절대적으로 신뢰하기 때문이기도 하지만, "꿈꾸듯 멍한" 태도 때문이다. 리나는 현실을 제대로 파악하는 감각이 전혀 없고, 상황에 따라 이기적으로 행동하는 요령 자체를 전혀 모른다. 「착한 애나」나 「멜런사」의 주인공과 달리 「온순한 리나」에서 주인공 리나의 발언은 거의 등장하지 않는다.

「온순한 리나」에서 리나의 삶에 지대한 영향을 미치는 사람은 고모 헤이든 부인, 남편 허먼 크레더, 시어머니 크레더 부인, 그리고 익명의 독일인 여자 요리사다. 열일곱 살의 리나를 독일에서 데려오면서 헤이든 고모가 구상한 것은, 일단 하녀 생활을 시킨 다음 좀더 나이가 들면 결혼을 시키겠다는 시간표였는데, 이 구상은 그녀가 전혀 사심 없이 고모로서 애정과 희망을 담아 준비한 것이었다. 그러나 4년이 지난 후에까지 당초의 구상을 그대로 실행하려고 한 무모한 집착 때문에 리나의 인생은 비극적 재앙으로 치닫는다. 리나에 대해 진심 어린 관심과 애정이 있었다면, 그녀는 리나의 천성과 희망을 더 정확하게 파악하고, 자신의 당초 구상을 리나의 현재 입장에 맞추어 수정해야 했을 것이다. 그녀는 당초의 구상대로 리나의 결혼만 성사시키면 리나에게 좋을뿐더러, 자신도 후견의 부담에서 벗어날 수 있으리라고 확신하면서 서둘러 리나의 남편감을 구하러 나서는데, 기본적으로는 선의善意에서 출발한 조급함이지만, 그녀의 행동은 안정적으로 만족스럽게 하녀 생활을 하던 리나의 인생을 결정적으로 파괴한다.

리나가 시집간 집은 그릇된 가부장제의 전형을 보여준다. 외아들 허먼 크레더는 부모에게 소극적 저항도 해보지만 곧바로 투항하는 나약한 남자다. 그에게 아내의 몸은 출산 도구이며, 아내는 자식들의 엄마로서만 의미가 있다. 허먼의 모친 크레더 부인 역시 며느리를 괴롭히고 착취한다. 가부장제는 남편으로부터 아들(장남)로 이어지는 남성 중심 가족 관계의 끈질긴 사회적 관행이지만, 막상 집안에서 이 관행을 지탱하는 권력의 승계와 행사는 대개 이기적이고 영악한 여자들이 주도한다. 크레더 부인은, 아무 죄의식도 거리낌도 없이, 리나를 가족의 일원이 아닌 하녀처럼 부리면서 리나의 심신을 소진시킨다.

「착한 애나」의 드레턴 부인처럼 「온순한 리나」에서도 이름조차 밝혀지지 않은 독일인 여자 요리사가 시종일관 따뜻한 마음으로 리나와 소통한다. 그녀는 꾸준히 리나를 관찰하고 걱정하고 질책하며, 진정한 사랑으로 리나를 위로하고 격려한다. 신분은 하녀처럼 남의 집에서 일하는 요리사에 불과하지만, 그녀는 타인의 아픔에 공감하는 착하고 훌륭한 사람이다. 세상의 수많은 어려운 사람들이 힘든 삶을 버텨내는 것은 그나마 이처럼 익명의 착한 사람들이 곳곳에 있기 때문이다.

그녀에게는 뛰어난 혜안도 있다. 그녀는 리나의 불행한 결혼 생활을 언급하면서 다음과 같이 말한다. "처녀들은 결혼을 해봐야 막상 자신들에게는 아무 도움이 되지 못하지요, 올드리치 부인, 결혼을 하면 좋은 장소에서 지내게 될 거라는 상상만 하면서, 일상을 규칙적으로 계속 이어나가는 편이 그들에겐 훨씬 낫습니다."(341쪽) 이 발언은 지금 수많은 한국 젊은 여성들의 상황에 대입하여도 전혀 어색하지 않을 것이다.

그러나 세상에는, 선의든 무의식이든, 타인의 인생에 함부로 개입하려는 사람이 몹시 흔하다. 그들은 혈연 또는 다른 사정으로 긴밀한 관계일수록 상대방에 대한 개입의 욕망을 계속 확장하기 일쑤다. 특히 상대방이 리나처럼 순종적일 경우, 그들은 선의의 개입이 아니라 상대방의 인생 전체를 통제하고 싶어 한다. 애초에 헤이든 부인이 리나를 독일에서 데려오지 않았더라면 리나는 어떤 인생을 살았을까.

멜런사

애나 및 리나와 달리 「멜런사」의 주인공 멜런사는 외국에서 온 이주민은 아니지만 유색인으로 비주류이긴 마찬가지다. 21세기에 접어들었어도 유색인에 대한 차별이 끊임없는 사회니까, 그 당시 유색인들의 사회적 지위는 말할 수 없이 열악했을 것이다. 하지만 「멜런사」는 스토리의 전개나 인종차별 등의 사회적 문제를 제기하기보다는 인간의 심리 상태와 의식의 흐름에 주목하는 소설이다.

멜런사는 흑인 아버지와 혼혈 어머니 사이에 태어나 절반이 백인인 유색인이다. 브리지포인트에서는 그런대로 형편이 괜찮은 유색인이어서, 유색인이라는 정체성이 그녀의 행동을 별로 제약하지는 않는다. 오히려 성장 과정에서 부모 때문에 생긴 트라우마가 계속 그녀의 생각과 행동을 지배한다. 어린 시절 그녀는 자기의 존재 자체를 멸시하는 어머니의 말을 우연히 듣고는 평생 어머니를 혐오하게 된다. 훗날 어머니가 사경을 헤맬 때 마지막 순간까지 홀로 간병하지만 그것은 어디까지나 자식의 도리를 다한 것일 뿐 끝내 그녀는 어머니와 화해하지 않는다. 아버지에 대한 감정도 비정한 그의 모습을 목격한 후에는 증오와 무시로 일관하는데, 아버지와는 멜런사의 성장기 이후 아예 교류가 끊긴다.

일찍부터 부모와 심리적으로 분리된 멜런사는 조숙하다. 그녀는 학생 시절인 사춘기부터 세상의 진정한 지혜와 이치를 터득하겠다고 철도역 구내, 하역 부두, 건물 신축 현장 등을 돌아다니며 일꾼들의 생생한 육체노동을 관찰하고, 그들과 대화하며 세상의 현실을 체험한다.

그녀는 사춘기를 벗어나면서 대담하게 교류의 범위를 넓히는데, 이제 자신의 인생에 지대한 영향을 미치게 될 제인 하든, 제프 캠벨, 로즈 존슨 등 세 사람과의 인간관계가 시작된다. 소설 「멜런사」의 부제副題인 '그녀 각자가 하고픈 대로'에서 암시하는 여성은 멜런사와 제인 하든과 로즈 존슨 정도로 짐작된다.

멜런사는 열여섯 살에 스물세 살의 제인 하든을 만난다. 고독한 사춘기를 보낸 멜런사에게, 노련하고 경험이 많은 일곱 살 위의 제인 하든은 완벽한 인생의 스승이다. 멜런사는 제인이 가르쳐준 것을 잊지 않고 기억하며 세상에 대한 지혜를 깨우친다. 의기투합한 두 사람은 처음에는 바깥으로 돌아다니지만, 오래지 않아 외출하지 않고 집 안에 틀어박혀 서로에게만 집중한다. 이 시절 멜런사는 성性에 대해 눈을 뜨고 세상을 한층 현실적으로 이해하는 지혜가 생겼을 것이다. 그러나 급히 달아오르는 여느 사랑과 마찬가지로, 두 사람의 관계는 머지않아 냉각되기 시작한다. 제인은 멜런사에게 완벽하고 신비한 사람으로 나타났으나, 1년쯤 지나자 멜런사의 눈에는 더 이상 배울 게 없는 사람, 거친 성격에 음주벽을 버리지 못하는 난처한 사람으로 자꾸 보인다. 두 사람의 권력은 서서히 역전되어 멜런사가 주도권을 갖게 되고, 결국 그들의 관계는 끝을 향한다.

제인 하든과 헤어진 열여덟 살의 멜런사는 자신이 이제 진정한 인생의 출발점에 서 있다고 생각한다. 집도 없고 안정된 직업도 없지만 성숙한 처녀의 젊음이 있으며, 세상의 지혜도 터득했다는 자신감이 넘친다. 그녀는 진실한 남자, 심오한 감동을 주는 남자, 완벽한 충만감을 안겨주는 남자를 간절하게 찾아다니는데, 마침 사경을 헤매는 어머니를 보살피는 젊은 물라토 의사 제프 캠벨이 그녀 앞에 등장한다. 제프는 그녀가 이제까지 본 남자들과는 달리 선량하고 점잖고 교양이 넘친다. 멜런사는 자신이 찾던 사람이 제프라고 확신하며 그를 사랑하게 된다.

멜런사와 제프의 관계는 「멜런사」 전체 분량의 절반을 차지할 정도로 이 소설의 핵심적 부분이다. 두 사람은 사랑이 시작되고, 진전되고, 절정에 이르렀다가, 끝내 파국으로 치닫는 매 단계마다 무척 장황한 대화를 주고받는데, 그들이 나누는 대화의 대부분은 동문서답처럼 늘 평행선을 달린다. 제프는 늘 자기의 고정관념을 반복해서 떠들고, 멜런사는 그런 그의 허점을 파고들면서 제프가 자기 본래의 감정에 보다 솔직해지기를 기대한다. 멜런사의 눈에는, 제프가 전혀 주체적이지 못하고 즉흥적이고 판단력도 취약하며, 규범과 윤리와 원칙만 지나치게 강조하고 세상에 대한 공감 능력이 몹시 부족한 사람으로 비친다. 물론 그녀는 그의 취약점과 부족함에도 불구하고 그를 사랑하는 것이지만, 그렇다고 상처를 받지 않는 건 아니므로, 그녀는 제프의 나이브한 언행을 마주할 때마다 번번이 절망에 빠진다. 그러나 남성성이 강한 제프는 멜런사가 지적하고 반박하면 오히려 자기 말에 더욱 집착하기 때문에, 두 사람 사이에는 좀처럼 접점이 찾아지지 않는다. 그럴 때 멜런사는 설득을 포기하고 키스나 애무로 사랑을 표현하며 상황을 넘기곤 하지만, 전혀 변하지 않는 제프의 태도에 계속 좌절이 깊어진다.

항상 자유분방하게 경계를 넘나드는 주체적 인간 멜런사와, 나이브한 고정관념의 울타리에 갇혀 사는 규범적 인간 제프는 진정한 파트너로 발전하기가 힘든 관계다. 제프는 결코 멜런사가 찾던 남자도, 그녀의 탐구를 끝내줄 마지막 남자도 아니다.

제프와의 이별은 멜런사의 인생에 깊은 좌절과 고독을 남긴다. 다시 중대한 인생의 기로에 서게 된 이 무렵 멜런사는 예전에 만났던 로즈 존슨과 재회한다. 멜런사는 이번에는 로즈를 공허한 자신이 매달릴 유일한 피난처라고 간주하고 그녀에게 집착한다. 제인 하든을 만났을 때나 제프를 만났을 때와 똑같이, 멜런사는 로즈에게 급속하게 몰입한다. 그런 몰입이 불행한 종말로 이어진 경험이 있으면서도 그녀는 똑같은 패턴을 반복한다.

두 사람의 관계는 급속하게 가까워지지만 멜런사의 평화는 일시적일 수밖에 없다. 두 사람은 결코 대등하게 사랑을 주고받는 파트너가 아니다. 멜런사에 대한 로즈의 호의는 순전히 이기적 동기에서 비롯되었으므로 변덕의 가능성은 항상 열려 있다. 로즈는 멜런사와의 관계를 단계적으로 차단해나가고, 로즈를 유일한 피난처로 믿었던 멜런사에게는 청천벽력과 같은 일방적 결별이지만 그녀에게는 저항할 수단이 전혀 없다.

멜런사는 로즈의 집에서 나온 다음 저돌적이고 투지만만한 물라토 총각 젬 리차즈와 조우하고 또다시 이번에도 젬이 자신이 원하던 모든 걸 구비한 사람이라고 믿으며 열렬히 사랑한다. 새로운 사람을 발견하면 조급하게 빠져들고 그러면서 정신이 혼미해지고 판단력이 흐려지는 똑같은 패턴을 반복할 뿐만 아니라, 이번에는 그녀가 여기저기 결혼 계획을 앞질러 떠벌리기까지 한다. 그만큼 그녀는 몹시 외롭고 지쳤으며 이제는 그만 방황을 끝내고 싶다. 그러나 그럴수록 그녀의 운명은 그녀의 소망을 외면한다.

다시 멜런사는 사춘기 때처럼 완벽하게 독자적인 존재로 돌아오지만, 이제는 인생의 출발선에 서 있던 그때와는 다르다. 지금은 새로운 사람, 새로운 관계, 새로운 일자리를 찾아 나설 의지도, 용기도, 기력도 없다. 평생 동안 평화와 고요와 휴식을 추구했지만 항상 그녀에게 돌아오는 것은 새로운 어려움, 새로운 고통뿐이었다. 애나에게는 드레턴 부인이, 리나에게는 독일인 여자 요리사라도 있었으나 멜런사에게는 아무도 없었다.

타인의 불행에 대한 이해와 공감

거트루드 스타인은 이 작품을 시작하기에 앞서, 쥘 라포르그의 "그러므로 나는 불행하다, 그리고 그건 내 잘못도 인생의 잘못도 아니다"라는 시 구절을 먼저 삽입함으로써 이 작품이 '불행'에 대해 말할 것임을 예고한다. 이 시구는 두 개의 문장으로 구성된다. 앞에서는 스스로의 불행을 시인是認하고, 뒤에서는 그 불행의 원인에서 스스로를 면책免責시킨다.

불행은 지극히 주관적이며 상대적인 감정이다. 객관적 정황이 몹시 고달파 보여도 막상 당사자는 그다지 불행을 느끼지 않을 수 있다. 또 자신의 불행을 계속 의식하며 살고 싶은 사람은 없을 것이다. 이 작품에서 애나와 리나는 애초부터 주인을 섬기는 고달픈 하녀 생활을 숙명으로 받아들이므로 새삼 불행을 확인하며 살 이유가 없다. 애나는 오히려 제한된 범위에서나마 자아를 실현하며 나름의 행복을 느끼고 있고, 리나는 주어진 상황에 순종하고 체념하는 태도가 몸에 배어 행복과 불행에 대한 실존적 고민과는 거리가 멀게 살아간다.

그러나 멜런사는 자신의 불행을 분명하게 확인한다. 그녀는 제프와 헤어질 무렵부터 우울증에 빠져 스스로 목숨을 끊는 대안을 심각하게 고민하는데, 자살은 어쩌면 자기 인생의 불행을 확신한 사람만이 생각할 수 있는 주체적 선택이다. 애나나 리나와는 달리, 멜런사는 사춘기 시절부터 세상의 지혜를 터득하기 위해 적극적으로 인간관계를 찾아 돌아다닌다. 그러나 자신의 의도와는 달리 그녀의 인간관계는 실패와 좌절이 계속되고, 기댈 사람이 아무도 없이 철저하게 고립된 상태에 이른 그녀는 자신의 불행을 뚜렷하게 확인한다.

세 주인공의 불행은 어쩌면 예정된 것이다. 대부분의 사람은 출생할 때의 생물적, 사회적 정체성에 따라 앞으로 살아갈 인생의 범위와 경계가 확정된다. 일단 불리한 조건으로 태어난 사람은 아무리 초인적 의지를 발휘해도 그 경계를 벗어나기 힘들다. 한때 인류는 그 경계를 허물 수 있으리라 기대하며 평등사상을 다듬었고, 때로는 급진적으로 때로는 점진적으로 온갖 변화를 시도했으며, 지금도 희망의 끈을 붙잡고 다양한 연대적連帶的 시도를 거듭하고 있지만, 오히려 시간이 흐를수록 그 경계는 점점 더 선명해지고 있다. 나아가 최근에는 소수의 지배층이 부富와 권력과 지식과 능력을 독점하고 세습하는 새로운 신분 사회가 부각되면서, 경계에 갇힌 대다수의 사람은 불리한 조건을 극복할 기회마저 원천적으로 사라지고 있다. 그러니 태생적으로 불리한 조건 때문에 벗어날 수 없는 불행한 인생이라면, 불행의 원인에서 스스로를 면책시키는 것은 당연하며 공정하다. 과거는 물론이고 지금은 더욱 그렇다. 이 작품의 공간적 배경인 미국은 (예나 지금이나) 수많은 외국인에게는 '기회의 땅'으로 선망의 대상이다. 애나와 리나가 그랬듯이, 많은 이가 더 나은 인생에 대한 기대와 희망을 품고 미국으로 건너가려 한다. 그러나 그 땅에서 그들을 기다리고 있는 것은, 역시 애나와 리나가 그랬듯이, 또다시 고단한 삶이기 일쑤다. 한국인의 미국 이민사가 증명하듯, 몇 대代에 걸쳐 끈질긴 신분 상승 노력과 재산의 축적이 있어야 비로소 그들의 꿈은 실현되거나, 실현되는 듯 보인다.

미국은 본디 이주민의 나라, 디아스포라*의 나라다. 그럼에도 불구하고 일찍이 유럽의 모국을 떠나 신대륙으로 이주한 디아스포라들은 (원주민을 밀어내 그들을 오히려 디아스포라로 만들고) 주인 행세를 하면서 자기들만의 배타적 정체성을 형성하고, 계속 밀려드는 여타 디아스포라들을 비주류로 철저하게 배제한다. 그러므로 낙후된 독일에서 벗어나 미국으로 건너온 애나와 리나, 그리고 흑인 혼혈로 태어난 멜런사는 계속 디아스포라로 살아야 했다. 지금도 미국 사회에서 주류가 되려면 기본적으로 (유럽 출신의) 백인이고, (남성성이 투철한) 남성이고, (중산층이거나 최소한 중산층을 동경하는) 시장주의자여야 한다. 미국에서 중산층 백인 남성들은 미국의 가치 체계와 사회 시스템을 떠받치는 핵심 세력으로, 그들의 지위는 인구 구조가 다양하게 변해도 전혀 흔들림이 없다.

거트루드 스타인은, 여성이라는 점을 빼면, 미국 사회의 확실한 백인 주류다. 그녀는 일찌감치 미국에 정착하여 성공한 독일계 유대인 집안 출신인 데다가, 여성을 차별하지 않는 진보적 가풍 속에서 스스로의 선택과 판단에 따라 자유로운 인생을 산다. 그럼에도 불구하고 그녀는 자신보다 훨씬 열악한 조

---

* diaspora: 원래는 추방된 유대인을 지칭하는 좁은 의미였으나, 여기서는 넓은 의미의 디아스포라, 즉 본토를 떠나 항구적으로 나라 밖에 자리 잡은 집단을 지칭한다.

건 아래 살아가는 대다수 여성의 불행을 연민과 애정의 시선으로 바라보며 안타까워한다. 그런 시선의 분명한 증거가 그녀의 첫 작품 『세 인생』이다. 그녀는 이 작품에서 자신의 사회적, 경제적 지위와 극단적 대척점에 있는 가난하고 신분이 낮은 세 사람의 여성 즉 애나와 멜런사와 리나를 주인공으로 설정한다. 그중 애나와 리나는 자기와 뿌리가 같은 독일계 이주자 여성이고 멜런사는 자기처럼 미국에서 태어난 여성이다. 그녀는 주인공들의 삶을 건조하게 서술해나가면서, 풍족한 인생을 살아가는 자기 자신과 불행한 인생을 살아가는 주인공 세 사람을 구분하는 저 모호한 사회적 공간의 실체는 무엇이고 왜 생겼으며 또 우리는 이 공간의 의미를 어떻게 이해하고 성찰해야 하는지에 대해 끊임없이 질문한다.

문학의 기능 중 하나는 독자로 하여금 타인의 불행을 이해하도록 유도하고 또 공감하도록 촉구하는 것이다. 이 작품이 20세기 초 미국 주류 사회의 관심 밖에 있던 가난한 하류층 여성들을 주인공으로 설정하고 그들의 불행에 대한 관심을 유도할 수 있게 되기까지에는, 거트루드 스타인이 보유한 (자비 출간을 할 정도의) 튼튼한 경제적 배경도 물론 있으나, 그보다는 가련한 여성의 불행에 대한 여성으로서의 순수한 문제의식이 우선했을 것이다. 그녀는 소외 계층 여성이 결코 타자他者가 아니고, 그들의 삶이 결코 다른 계층의 삶과 다르지 않으며, 결국 사람이 살아가는 방식은 누구에게나 별로 다르지 않다는 사실을 일깨워준다. 타인과 나의 경계를 허물고 자기와 다를 바 없음을 확인할 때 나는 한층 절실하게 타인의 불행에 공감할 수 있다.

　이 작품은, 주인공과 줄거리의 특수성에서 당연히 비롯되는 것이긴 하지만, 인종차별·신분 계급·가부장 문화·동성애 등 다양한 진보적 이슈를 제기하면서 독자의 성찰을 유도하고 있다는 점에서도 문학적 가치가 크다. 다만, 작가의 표현이 명시적이거나 정리된 형태가 아니고* 때로는 인종차별적으로 보이는 대목**이 옮긴이에게 아쉬움을 남기기도 했다. 인종차별적으로 보이는 표현은, 등장인물의 외모나 성품을 선명하게 부각하기 위한 작가의 숨은 의도일 수도 있겠으나, 혹시라도 거트루드 스타인 자신의 사회적 계급의식이나 인종적 우월감이 등장인물의 타자화他者化에 무의식적으로 작용했을지 모른다는 느낌이 들기도 했기 때문이다. 그러나 발표 후 한 세기도 더 지난 작품을 지금의 시각과 잣대로 평가하려는 것은 지나치고 부질없다는 생각이 앞선다.

---

* 일례로 자기 자신이 동성애자였던 거트루드 스타인은 애나와 렌트먼 부인을 동성애 관계로 묶으면서도 관계의 내용이나 발전 정도를 구체적으로 묘사하지는 않으며, 멜런사와 제인 하든 간의 경우에도 동성애 관계를 암시만 할 뿐 더 이상은 확인해주지 않는다.

** 이 작품에서는 등장인물의 외모나 성격을 사실적으로 묘사하는 부분이 많다. 특히 「멜런사」에서는 유난히 피부색의 차이를 강조하는데 인종차별적 표현으로 보이는 대목이 적지 않다. "예리하고 똑똑하고 매력적이며 절반이 백인인 처녀 멜런사 허버트가, 예의는 바르지만 야하고 뚱하고 평범하고 유치한 이 흑인 처녀 로즈를, 무슨 연유로 사랑하고 도와주며 또 돌봐주는 동안에는 자신을 비하하기까지 하는지"(109쪽) "제인은 흑인 여자였으나 피부가 매우 하얘서 아무도 흑인이라고 생각하지 못했다"(129쪽) 등이 그렇게 보이는 부분이다.

작가 연보

1874   2월 3일 미국 펜실베이니아주의 앨러게니(추후 피츠버그로 편입)에서, 교육 수준이 높고 재력이 상당한 독일계 유대인 부모의 3남 2녀 중 막내로 출생.

1874~78   생후 6개월경 부친의 사업차 온 가족이 유럽으로 이주했다가 부친은 곧 귀국하고 가족들만 빈에서 3년, 파리에서 1년 거주.

1878   귀국 후 캘리포니아주 오클랜드에 정착하여 1892년까지 거주. 재력가인 부친은 부동산업을 바탕으로 전차 사업, 주식 등에 간여함. 거트루드 스타인은 오클랜드의 유대인 학교에 입학했으나 학교생활보다 독서에 몰입하여 아홉 살 때부터 윌리엄 셰익스피어에 심취하고 10대 전반기에 윌리엄 워즈워스, 월터 스콧 등 대가의 작품을 상당 부분 섭렵. 어린 시절부터 두 살 위 오빠 레오와 몹시 가깝게 지냈으며 평생 친밀한 남매 관계를 지속.

1888   모친 사망. 거트루드 스타인은 모친을 작고 착하고 사려 깊은 여자로 기억함.

1891   부친 사망. 부친의 채무가 막대했으나 장남 마이클이

	부친이 남긴 부동산으로 재산 증식에 성공해 향후 동기들은 평생 동안 경제적 여유를 향유.
1892	언니 버사와 함께 외가가 있는 메릴랜드주 볼티모어로 이주. 오빠 레오가 하버드 대학교에 진학.
1893~97	하버드 대학교 부속 래드클리프 대학에 입학하여 이후 4년간 매사추세츠주 케임브리지에 거주. 1학년 때 철학, 역사, 독일어, 경제학 등에서 발군의 실력을 발휘함. 2학년 때 문학 교수(시인 겸 극작가)로부터 글쓰기 방식에 대해 신랄한 지적을 받았으나 자기 스타일을 고수하기로 결심. 지도교수로 윌리엄 제임스(작가 헨리 제임스의 형)를 만나면서 평생에 걸친 사제관계가 시작됨.
1896	윌리엄 제임스 교수의 지도로 심리학 논문「정상적 운동신경의 기계적 행위Normal Motor Automatism」를 발표.
1898	윌리엄 제임스 교수의 지도로 심리학 논문「양육된 운동신경의 기계적 행위Cultivated Motor Automatism」를 발표.
1897~1901	윌리엄 제임스 교수의 권유로 볼티모어 소재 존스홉킨스 메디컬 스쿨에 진학. 전반기 2년은 순조롭게 지나갔으나 이후 사정이 악화되어 결국 졸업을 앞두고 1901년에 자퇴.* 자퇴의 원인으로는 의학에 대한 흥미

---

* 거트루드 스타인의 메디컬 스쿨 재학 시기는 그녀의 첫 작품 『세 인생』에 다양한 소재를 제공한 것으로 알려졌다. 예를 들어 그녀가 볼티모어로 이주하며 동행한 하녀를 「착한 애나」의 주인공 애나에 투사하고, 의대생으로 출산 과

저하, 교수와의 불화, 남성 중심적 의사 사회와 문화에 대한 좌절감, 동료 여학생들의 자유분방한 동성애를 알게 된 충격, 자신의 성욕에 대한 자각과 동성연애 시도의 실패 등이 복합적으로 작용함. 자퇴 후에는 소설 습작 등으로 소일을 함.

1902 레오의 런던 여행에 동행했다가 일단 미국으로 귀국.
1903 런던 여행 후 파리에 정착한 레오에게 합류하여, '아메리카의 무미건조함(joylessness of America)'과 결별하고 파리 생활을 시작. 레오와 함께 미술 작품을 수집하면서 동시에 파리 플뢰뤼가(街) 27번지의 이층집과 스튜디오에서 살롱 운영을 시작. 파블로 피카소, 앙리 마티스, 어니스트 헤밍웨이, 스콧 피츠제럴드, 싱클레어 루이스, 에즈라 파운드, 셔우드 앤더슨 등 이 살롱에 드나들던 당대 미술 및 문학 분야의 모더니즘 및 아방가르드 대가들과 교유. 10월 24일 최초의 커밍아웃(coming out) 스토리 중 하나인 『큐.이.디.*Q.E.D.*(Quod Erat Demonstrandum, 위의 것이 내가 증명한 내용이었음)』를 완성하였으나 출간은 하지 않음. 이 작품은 거트루드의 사후 1950년에 『있는 그대로의 상황 *Things As They are*』이라는 제목으로 출간됨. 거트루드 스타인이 쓴 가장 전통적인 스타일의 픽션으로 평가되며, 메디컬 스쿨

정 실습에 참여하면서 관찰한 흑인 및 흑인 사회는 「멜런사」의 주요 배경으로, 자신의 동성애 실패 경험은 멜런사와 제프의 갈등 묘사에 활용하였다고 한다.

	에 다니던 시절 그녀와 동성(同性) 친구들 사이에 있었던 연애 사건이 소재가 됨.
1904	대학 학장과 교수와 하버드대 졸업생 간의 수치스러운 삼각관계를 다룬 소설 『펀허스트 *Fernhurst*』 집필 시작.
1906	1905년 봄부터 쓰기 시작한 『세 인생 *Three Lives*』 완성.
1906~08	『미국인의 형성 *The Making of Americans*』 완성.
1907	9월 8일 큰오빠 마이클 부부의 파리 아파트에서 평생의 파트너인 앨리스 B. 토클러스를 최초로 만남. 두 사람은 1908년 이탈리아 피에솔레로 함께 피서 여행을 다녀오고 마침내 1910년 앨리스가 거트루드와 레오의 거처인 플뢰뤼가 27번지에 합류.*
1909	『세 인생』 발간.
1911	밀드러드 올드리치의 소개로, 재력이 풍부한 미국인 예술 애호가 메이블 닷지 루한을 만남.
1912	『부드러운 단추 *Tender Buttons*』 완성. 레즈비언의 성적 취향(sexuality)을 다루는 이 작품은 3개 부문(음식-물건-방)으로 구성된 작은 책으로 1914년 발간됨.
1914	거트루드와 앨리스가 『세 인생』의 출간 계약 체결을 위해 영국을 방문하던 중 제1차 세계대전 발발. 당초

---

* 거트루드 스타인은 오토 바이닝거의 '성과 성격(Sex and Chracter)'(1906)이라는 인식의 틀로 자신의 의사(擬似) 남성성을 시인하고 정의했는데, 천재성과 남성성을 동일시함에 따라 여성이자 지성인이라는 그녀의 지위가 통합되기 어려워지고 그녀의 작품에 대한 여성 중심적 해석에도 의문이 제기되었다. 그녀의 성적 취향(sexuality)은 토클러스와의 관계에서 긍정적으로 확인되기 시작했다.

	3주 계획이던 영국 방문이 3개월로 길어짐.
1915	5월부터 1916년 봄까지 에스파냐에서 휴가를 보냄. 밀드러드 올드리치로부터 계속 전쟁 상황을 듣다가 결국 1916년 6월 프랑스로 돌아와 병원에 물자를 공급하는 자원봉사 활동에 참여.
1917	『분석의 연습An Exercise in Analysis』 발표.
1922	『지리와 연극Geography and Plays』 발표.
1925	『미국인의 형성The Making of Americans』 발표.
1926	『설명으로서의 작문Composition as Explanation』 발표. 거트루드 스타인 작품의 프랑스어 번역을 대부분 맡게 될 베르나르 페이*와 만남.
1929	오페라 「3막으로 된 네 명의 성자 이야기Four Saints in Three Acts」의 대본 발표. 오페라는 버질 톰슨 작곡으로 1934년 발표됨.
1930	『초상화The Portraits』 발표. 『루시 처치, 상냥하게Lucy Church Amiably』 발간(파리, 미국에서는 1969년 발간).
1931	『쓰기의 방법How to Write』 발표.
1932	『오페라와 연극Opera and Plays』 발표.
1933	『마티스, 피카소, 거트루드 스타인과 두 개의 단편

---

* 앨리스에 의하면 거트루드 스타인은 그를 "평생 친애하는 친구"로 불렀다. 그는 거트루드 스타인이 미국에서 진행한 1934~35년의 성공적인 책 투어를 기획하였으며, 스타인 남매가 수집하여 파리 크리스틴가(街) 아파트의 안전장치에 보관하던 역사적, 경제적 명작 미술품들을 나치가 몰수하지 못하도록 막는 데 결정적으로 기여했다.

Matisse, Picasso, and Gertrude Stein with Two Shorter Stories』 발표. 『앨리스 B. 토클러스 자서전 *The Autobiography of Alice B. Toklas*』 발표. 이 책으로 스타인과 토클러스 두 사람이 함께 유명해지며 미국 강연 여행을 떠나게 됨. 프랑스 동부 론알프 지역의 시골집에서 여름을 보냄.

1934 30년 만에 처음으로 미국 방문. 10월에 정기선을 타고 뉴욕에 도착하여 1935년 5월까지 191일 동안 23개 주 37개 도시를 여행. 부정적인 반응도 있었으나 거트루드 스타인의 설득력과 매력적인 개성이 청중을 압도했다는 평가가 많았으며, 거트루드 스타인이 확고하게 유명 인사의 반열에 오름.

1936 『미국의 지리적 역사: 또는 인간의 마음에 대한 인간의 본성의 관계 *The Geographical History of America: or, The relation of Human Nature to the Human Mind*』 발표.

1937 7월 7일 일본의 만주 침략으로 (아시아에서의) 제2차 세계대전 시작. 『모두의 자서전 *Everybody's Autobiography*』 발표.

1939 『세계는 둥글다 *The World Is Round*』 발표. 9월 1일 독일의 폴란드 침공으로 (유럽에서의) 제2차 세계대전 시작. 거트루드 스타인과 토클러스는 여름 휴가를 자주 보냈던 프랑스 동부 론알프 지역의 시골집으로 이사.*

---

* 유대인인 두 사람이 박해를 피하고자 프랑스 비시(Vichy) 정부의 협력자였던 베르나르 페이의 도움을 받아 이사한 것으로 추정된다.

1940	『걸작이란 무엇인가 What Are Masterpieces』 발표.
1941	12월 7일 일본의 진주만 공습으로 세계대전이 확전됨. 베르나르 페이의 제안으로 비시 정권의 지도자 필리프 페탱 원수의 연설문을 영역하기로 했다가 중단.
1944	필리프 페탱의 정책을 "정말로 훌륭하고 매우 자연스럽고 매우 놀랍고 매우 비범하다"고 옹호함.*
1945	『내가 목격한 전쟁 Wars I Have Seen』 발표.
1946	희곡 「사보이에서 '네'는 매우 어린 남자를 위한 것이다 In Savoy Yes Is for a Very Young Man」, 장편 『브루지와 윌리 Brewsie and Willie』 발표. 마지막 주요작인 여성주의 오페라 대본 「우리 모두의 엄마 Mother of Us All」 발표. 진보적인 여성 참정권 운동에 관한 작품으로 오페라는 버질 톰슨 작곡으로 1947년에 발표됨. 7월 27일 파리 교외 뇌이 소재 아메리칸 병원에서 위암 수술을 받은 후 사망.** 페르 라셰즈 공동묘지에 안장됨. 앨리스 B. 토클

---

* 거트루드 스타인이 지내던 마을에서 유대인 아이들이 아우슈비츠로 송환되던 해에 한 발언이므로, 그녀가 전시(戰時) 비시 정권에 분명히 협력한 사실을 입증한다. 유대인인 그녀가 7만 5천 명 이상의 유대인(이 중 3%만 홀로코스트에서 생존)을 나치 강제수용소로 이송한 비시 정권에 협력하고, 한편으로는 파리 주재 미국 대사관, 친구, 가족 들로부터 프랑스를 벗어나라는 권고를 계속 받으면서도 비시 정권의 실력자 베르나르 페이의 보호에 의지해 생명을 보전한 것은, 개인적으로 불가피한 선택이었는지는 모르지만, 석연치 않은 처신으로 많은 비난을 자초하였다. 그녀는 전후 프랑스 법정에서 페탱이 반역으로 사형선고를 받은 시점에도 페탱에 대한 지지 입장을 계속 견지하였다.

** 그녀의 죽음과 관련해서 다음과 같은 일화가 유명하다. "수술을 받으러 가기에 앞서 스타인이 토클러스에게 물었다. '답이 뭐야?' 토클러스가 답이 없다고

	러스도 1967년 사망 후 그녀 옆에 안장됨.
1948	『식당 바닥의 피 *Blood on the Dining Room Floor*』 발간됨.
1950	『있는 그대로의 상황』 발간됨(『큐.이.디.』의 사후 발간).
1971	『펀허스트』『큐.이.디.』 등 초기작이 발간됨.
1980년대	예일 대학교 베인키 도서관의 한 캐비닛에서 거트루드 스타인과 토클러스 사이에 오간 300여 통의 연애편지가 발견되어, 두 사람의 은밀한 관계가 더 상세하게 밝혀짐.

말하자 스타인은 침대에 몸을 깊이 묻으며 중얼거렸다. '그럼, 문제도 없는 거네'라고 했다." 토클러스는 이 일화와 다른 다음 두 개의 버전을 언급했다고 한다. 버전1: "1946년 7월 27일, 스타인은 수술을 받다가 치료가 불가능한 위암으로 판명되었고 마취 상태에서 깨어나기 전에 사망했다. 토클러스는 '괴롭고, 혼란스럽고, 몹시 불확실했던' 오후에 대해 회고한다. '나는 그녀 곁에 앉아 있었고 그녀는 이른 오후 내게 말했다, 답이 뭐야? 나는 침묵했다. 그렇다면, 그녀가 말했다, 질문은 뭐야?'" 버전2: "베이비(스타인)의 마지막 발언에 대해. 그녀는 잠에서 깨자마자 말했다. 질문이 뭐야. 나는 그녀가 완전히 깨지 않았다고 생각하며 대답하지 않았다. 그러자 그녀가 다시 말했다. 질문이 뭐야. 그리고 내가 말을 할 수 있기 전에 그녀가 말을 계속했다. 질문이 없으면 답도 없어."

기획의 말

세계문학과 한국문학 간에 혈맥이 뚫려, 세계-한국문학의 공진화가 개시되기를

21세기 한국에서 '세계문학'을 읽는다는 것은 무엇을 뜻하는가? 자국문학 따로 있고 그 울타리 바깥에 세계문학이 따로 있다는 말인가? 이제 한국문학은 주변문학이 아니며 개별문학만도 아니다. 김윤식·김현의 『한국문학사』(1973)가 두 개의 서문을 통해서 "한국문학은 주변문학을 벗어나야 한다"와 "한국문학은 개별문학이다"라는 두 개의 명제를 내세웠을 때, 한국문학은 아직 주변문학이었다. 한데 그 이후에도 여전히 한국문학은 주변문학이었다. 왜냐하면 "한국문학은 이식문학이다"라는 옛 평론가의 망령이 여전히 우리의 의식을 장악하고 있었기 때문이다. 그렇게 생각하고 그렇게 읽고, 써온 것이었다. 그리고 얼마간 그런 생각에 진실이 포함되어 있는 것도 사실이었다. 그러나 천천히, 그것도 아주 천천히, 경제성장이나 한류보다는 훨씬 느리게, 한국문학은 자신의 '자주성'을 세계에 알리며 그 존재를 세계지도의 표면 위에 부조시키고 있었다. 그런 와중에 반대 방향에서 전혀 다른 기운이 일어나 막 세계의 대양에 돛을 띄운 한국문학에 위협적인 격랑을 밀어붙이고 있었다. 20세기 말부터 본격화된 '세계화'의 바람은 이제 경제적 재화뿐만이 아니라 어떤 나라의 문화물도 국가 단위로만 존재할 수 없게 하였던 것이니, 한국문학 역시 세계문학의 한 단위라는 위상을 요구받게 되었던 것이다.

그러니 21세기 한국에서 세계문학을 읽는다는 것은 진정 무엇을 뜻하는가? 무엇보다도 세계문학이라는 개념을 돌이켜 볼 때가 되었다. 그동안 세계문학은 '보편문학'의 지위를 누려왔다. 즉 세계문학은 따라야 할 모범이고 존중해야 할 권위이며 자국 문학이 복종해야 할 상급 문학이었다. 그리고 보편문학으로서의 세계문학의 반열에 올라간 작품들은 18세기 이래 강대국의 지위를 누려온 국가의 범위 안에서 설정되기가 일쑤였다. 이렇게 해서 세계 각국의 저마다의 문학은 몇몇 소수의 힘 있는 문학들의 영향 속에서 후자들을 추종하는 자세로 모가지를 드리워왔던 것이다. 이제 세계문학에게 본래의 이름을 돌려줄 때가 되었다. 즉 세계문학은 보편문학이 아니라 세계인 모두가 향유할 수 있도록 전 세계 방방곡곡에서 씌어져서 지구적 규모의 연락망을 통해 배달되는 지구상의 모든 문학이라고 재정의할 때가 되었다. 이러한 재정의에는 오로지 질적 의미의 삭제와 수량적 중성화만 있는 게 아니다. 모든 현상학적 환원에는 그 안에 진정한 가치를 향해 나아가고자 하는 지향성이 움직이고 있다. 20세기 막바지에 불어닥친 세계화 토네이도가 애초에는 신자유주의적 탐욕 속에서 소수의 대국 기업에 의해 주도되었으나 격심한 우여곡절을 겪으며 국가 간 위계질서를 무너뜨리는 평등한 교류로서의 대안-세계화의 청사진을 세계인의 마음속에 심게 하였듯이, 오늘날 모든 자국문학이 세계문학의 단위로 재편되는 추세가 보편문학의 성채도 덩달아 허물게 되어, 지구상의 모든 문학들이 공평의 체 위에서 토닥거리는 게 마땅하다는 인식이 일상화까지는 아니더라도 최소한 정당화되고 잠재적으로 전망되는 여건을 만들어내게 되었던 것이다.

또한 종래 세계문학의 보편문학적 지위는 공간적 한계만을 야기했던 게 아니다. 그 보편문학이 말 그대로 보편성을 확보했다기보다는 실상 협소한 문학적 기준에 근거한 한정된 작품 집합에 머무르기 일쑤였다. 게다가, 문학의 진정한 교류가 마음의 감동에서 움트는 것일진대, 언어의 상이성은 그런 꿈을 자주 흐려왔으니, 조급한 마음은 그런 어둠 사이에 상업성과 말초적 자극성이라는 아편을 주입하여 교류를 인공적으로 촉진시키곤 하였다. 이제 우리는 그런 편법과 왜곡을 막기 위해서, 활짝 개방된 문학적 관점을 도입하여, 지금까지 외면당하거나 이런저런 이유로 파묻혀 있던 숨은 걸작들을 발굴하여 널리 알리고 저마다의 문학을 저마다의 방식으로 감상할 수 있는 음미의 물관을 제공해야 할 것이다. 실로 그런 취지에서 보자면 우리는 한국에 미만한 수많은 세계문학전집 시리즈들이 과거의 세계문학장을 너무나 큰 어둠으로 가려오고 있었다는 것을 절감한다.

이와 같은 인식하에 '대산세계문학총서'의 방향은 다음으로 모인다. 첫째, '대산세계문학총서'의 기준은 작품의 고전적 가치이다. 그러나 설명이 필요하다. 이 고전은 지금까지 고전으로 인정된 것들에 갇히지 않는다. 우리가 생각하는 고전성은 추상적으로는 '높은 문학성'을 가리킬 터이지만, 이 문학성이란 이미 확정된 규칙들에 근거한 문학성(그런 문학성은 실상 존재하지 않거니와)이 아니라, 오로지 저만의 고유한 구조를 통해 조직되는데 희한하게도 독자들의 저마다의 수용 기관과 연결되는 소통로의 접속 단자가 풍요롭고, 그 전류가 진해서, 세계의 가장 많은 인구의 감성을 열고 지성을 드높일 잠재적 역능이 알차게 채워진 작품의 성질을 가리킨다. 이러한 기준은 결국 작품의 문학성이 작품이나 작가에 의해 혹은 독자에 의해 일방적으로 결정되는 것이 아니라, 세 주체의 협력에 의해 형성되며 동시에 그 형성을 통해서 작품을 개방하고 작가의 다음 운동을 북돋거나 작가를 재인식시키며, 독자의 감수성을 일깨워 그의 내부에 읽기로부터 쓰기로의 순환이 유장하도록 자극하는 운동을 낳는다는 점을 환기시키고 또한 그런 작품에 대한 분별을 요구한다.

이 첫번째 기준으로부터 두 가지 기준이 덧붙여 결정된다.

둘째, '대산세계문학총서'는 발굴하고 발견한다. 모르거나 잊힌 것을 발굴하여 문학의 두께를 두텁게 하고, 당대의 유행을 따라가기보다는 또한 단순히 미래를 예측하기보다는 차라리 인류의 미래를 공진화적으로 개방할 수 있는 작품을 발견하여 문학의 영역을 확장할 것을 목표로 한다. 이는 또한 공동선의 실현과 심미안의 집단적 수준의 진화에 맞추어 작품을 선별한다는 것을 뜻한다.

셋째, '대산세계문학총서'가 지구상의 그리고 고금의 모든 문학작품들에게 열려 있다면, 그리고 이 열림이 지금까지의 기술 그대로 그 고유성을 제대로 활성화시키는 방식으로 진행되는 것이라면, 이는 궁극적으로 '가장 지역적인 문학이 가장 세계적인 문학'이라는 이상적 호환성을 추구한다는 것을 가리킨다. 이는 또한 '대산세계문학총서'의 피드백에도 그대로 적용될 것이다. 즉 '대산세계문학총서'의 개개 작품들은 한국의 독자들에게 가장 고유한 방식으로 향유될 터이고, 그럴 때에 그 작품의 세계성이 가장 활발하게 현상되고 작용할 것이다.

이러한 기준들을 열린 자세와 꼼꼼한 태도로 섬세히 원용함으로써 우리는 '대산세계문학총서'가 그 발굴과 발견을 통해 세계문학의 영역을 두텁고 넓게 하는 과정 그 자체로서 한국 독자들의 문학적 안목과 감수성을 신장시키는 데 기여할 것을 기대하며, 재차 그러한 과정이 한국문학의 체내에 수혈되어 한국문학의 도약이 곧바로 세계문학의 진화로 이어지게끔 하기를 희망한다. 이는 우리가 '대산세계문학총서'를 21세기의 한국사회에서 수행하는 근본적인 소이이다. 독자들의 뜨거운 호응을 바라마지않는다.

'대산세계문학총서' 기획위원회

대산세계문학총서

001-002 소설 　트리스트럼 샌디(전 2권) 로렌스 스턴 지음 | 홍경숙 옮김
003 시 　노래의 책 하인리히 하이네 지음 | 김재혁 옮김
004-005 소설 　페리키요 사르니엔토(전 2권)
　　　　　　호세 호아킨 페르난데스 데 리사르디 지음 | 김현철 옮김
006 시 　알코올 기욤 아폴리네르 지음 | 이규현 옮김
007 소설 　그들의 눈은 신을 보고 있었다 조라 닐 허스턴 지음 | 이시영 옮김
008 소설 　행인 나쓰메 소세키 지음 | 유숙자 옮김
009 희곡 　타오르는 어둠 속에서/어느 계단의 이야기
　　　　　　안토니오 부에로 바예호 지음 | 김보영 옮김
010-011 소설 　오블로모프(전 2권) I. A. 곤차로프 지음 | 최윤락 옮김
012-013 소설 　코린나: 이탈리아 이야기(전 2권) 마담 드 스탈 지음 | 권유현 옮김
014 희곡 　탬벌레인 대왕/몰타의 유대인/파우스투스 박사
　　　　　　크리스토퍼 말로 지음 | 강석주 옮김
015 소설 　러시아 인형 아돌포 비오이 까사레스 지음 | 안영옥 옮김
016 소설 　문장 요코미쓰 리이치 지음 | 이양 옮김
017 소설 　안톤 라이저 칼 필립 모리츠 지음 | 장희권 옮김
018 시 　악의 꽃 샤를 보들레르 지음 | 윤영애 옮김
019 시 　로만체로 하인리히 하이네 지음 | 김재혁 옮김
020 소설 　사랑과 교육 미겔 데 우나무노 지음 | 남진희 옮김
021-030 소설 　서유기(전 10권) 오승은 지음 | 임홍빈 옮김
031 소설 　변경 미셸 뷔토르 지음 | 권은미 옮김
032-033 소설 　약혼자들(전 2권) 알레산드로 만초니 지음 | 김효정 옮김
034 소설 　보헤미아의 숲/숲 속의 오솔길 아달베르트 슈티프터 지음 | 권영경 옮김
035 소설 　가르강튀아/팡타그뤼엘 프랑수아 라블레 지음 | 유석호 옮김
036 소설 　사탄의 태양 아래 조르주 베르나노스 지음 | 윤진 옮김

037	시	시집 스테판 말라르메 지음	황현산 옮김
038	시	도연명 전집 도연명 지음	이치수 역주
039	소설	드리나 강의 다리 이보 안드리치 지음	김지향 옮김
040	시	한밤의 가수 베이다오 지음	배도임 옮김
041	소설	독사를 죽였어야 했는데 야샤르 케말 지음	오은경 옮김
042	희곡	볼포네, 또는 여우 벤 존슨 지음	임이연 옮김
043	소설	백마의 기사 테오도어 슈토름 지음	박경희 옮김
044	소설	경성지련 장아이링 지음	김순진 옮김
045	소설	첫번째 향로 장아이링 지음	김순진 옮김
046	소설	끄르일로프 우화집 이반 끄르일로프 지음	정막래 옮김
047	시	이백 오칠언절구 이백 지음	황선재 역주
048	소설	페테르부르크 안드레이 벨리 지음	이현숙 옮김
049	소설	발칸의 전설 요르단 욥코프 지음	신윤곤 옮김
050	소설	블라이드데일 로맨스 나사니엘 호손 지음	김지원·한혜경 옮김
051	희곡	보헤미아의 빛 라몬 델 바예-인클란 지음	김선욱 옮김
052	시	서동 시집 요한 볼프강 폰 괴테 지음	안문영 외 옮김
053	소설	비밀요원 조지프 콘래드 지음	왕은철 옮김
054-055	소설	헤이케 이야기(전 2권) 지은이 미상	오찬욱 옮김
056	소설	몽골의 설화 데. 체렌소드놈 편저	이안나 옮김
057	소설	암초 이디스 워튼 지음	손영미 옮김
058	소설	수전노 알 자히드 지음	김정아 옮김
059	소설	거꾸로 조리스-카를 위스망스 지음	유진현 옮김
060	소설	페피타 히메네스 후안 발레라 지음	박종욱 옮김
061	시	납 제오르제 바코비아 지음	김정환 옮김
062	시	끝과 시작 비스와바 쉼보르스카 지음	최성은 옮김
063	소설	과학의 나무 피오 바로하 지음	조구호 옮김
064	소설	밀회의 집 알랭 로브-그리예 지음	임혜숙 옮김
065	소설	붉은 수수밭 모옌 지음	심혜영 옮김
066	소설	아서의 섬 엘사 모란테 지음	천지은 옮김
067	시	소동파사선 소동파 지음	조규백 역주
068	소설	위험한 관계 쇼데를로 드 라클로 지음	윤진 옮김

069	소설	거장과 마르가리타	미하일 불가코프 지음	김혜란 옮김
070	소설	우게쓰 이야기	우에다 아키나리 지음	이한창 옮김
071	소설	별과 사랑	엘레나 포니아토프스카 지음	추인숙 옮김
072-073	소설	불의 산(전 2권)	쓰시마 유코 지음	이송희 옮김
074	소설	인생의 첫출발	오노레 드 발자크 지음	선영아 옮김
075	소설	몰로이	사뮈엘 베케트 지음	김경의 옮김
076	시	미오 시드의 노래	지은이 미상	정동섭 옮김
077	희곡	셰익스피어 로맨스 희곡 전집	윌리엄 셰익스피어 지음	이상섭 옮김
078	희곡	돈 카를로스	프리드리히 폰 실러 지음	장상용 옮김
079-080	소설	파멜라(전 2권)	새뮤얼 리처드슨 지음	장은명 옮김
081	시	이십억 광년의 고독	다니카와 슌타로 지음	김응교 옮김
082	소설	잔지바르 또는 마지막 이유	알프레트 안더쉬 지음	강여규 옮김
083	소설	에피 브리스트	테오도르 폰타네 지음	김영주 옮김
084	소설	악에 관한 세 편의 대화	블라디미르 솔로비요프 지음	박종소 옮김
085-086	소설	새로운 인생(전 2권)	잉고 슐체 지음	노선정 옮김
087	소설	그것이 어떻게 빛나는지	토마스 브루시히 지음	문항심 옮김
088-089	산문	한유문집—창려문초(전 2권)	한유 지음	이주해 옮김
090	시	서곡	윌리엄 워즈워스 지음	김숭희 옮김
091	소설	어떤 여자	아리시마 다케오 지음	김옥희 옮김
092	시	가윈 경과 녹색기사	지은이 미상	이동일 옮김
093	산문	어린 시절	나탈리 사로트 지음	권수경 옮김
094	소설	골로블료프가의 사람들	미하일 살티코프 셰드린 지음	김원한 옮김
095	소설	결투	알렉산드르 쿠프린 지음	이기주 옮김
096	소설	결혼식 전날 생긴 일	네우송 호드리게스 지음	오진영 옮김
097	소설	장벽을 뛰어넘는 사람	페터 슈나이더 지음	김연신 옮김
098	소설	에두아르트의 귀향	페터 슈나이더 지음	김연신 옮김
099	소설	옛날 옛적에 한 나라가 있었지	두샨 코바체비치 지음	김상헌 옮김
100	소설	나는 고故 마티아 파스칼이오	루이지 피란델로 지음	이윤희 옮김
101	소설	따니아오 호수 이야기	왕정치 지음	박정원 옮김
102	시	송사삼백수	주조모 엮음	이동향 역주
103	시	문턱 너머 저편	에이드리언 리치 지음	한지희 옮김

104	소설	**충효공원** 천잉전 지음	주재희 옮김
105	희곡	**유디트/헤롯과 마리암네** 프리드리히 헤벨 지음	김영목 옮김
106	시	**이스탄불을 듣는다** 오르한 웰리 카늑 지음	술탄 훼라 아크프나르 여·이현석 옮김
107	소설	**화산 아래서** 맬컴 라우리 지음	권수미 옮김
108-109	소설	**경화연(전 2권)** 이여진 지음	문현선 옮김
110	소설	**예피판의 갑문** 안드레이 플라토노프 지음	김철균 옮김
111	희곡	**가장 중요한 것** 니콜라이 예브레이노프 지음	안지영 옮김
112	소설	**파울리나 1880** 피에르 장 주브 지음	윤 진 옮김
113	소설	**위폐범들** 앙드레 지드 지음	권은미 옮김
114-115	소설	**업둥이 톰 존스 이야기(전 2권)** 헨리 필딩 지음	김일영 옮김
116	소설	**초조한 마음** 슈테판 츠바이크 지음	이유정 옮김
117	소설	**악마 같은 여인들** 쥘 바르베 도르비이 지음	고봉만 옮김
118	소설	**경본통속소설** 지은이 미상	문성재 옮김
119	소설	**번역사** 레일라 아부렐라 지음	이윤재 옮김
120	소설	**남과 북** 엘리자베스 개스켈 지음	이미경 옮김
121	소설	**대리석 절벽 위에서** 에른스트 윙거 지음	노선정 옮김
122	소설	**죽은 자들의 백과전서** 다닐로 키슈 지음	조준래 옮김
123	시	**나의 방랑—랭보 시집** 아르튀르 랭보 지음	한대균 옮김
124	소설	**슈톨츠** 파울 니종 지음	황승환 옮김
125	소설	**휴식의 정원** 바진 지음	차현경 옮김
126	소설	**굶주린 길** 벤 오크리 지음	장재영 옮김
127-128	소설	**비스와스 씨를 위한 집(전 2권)** V. S. 나이폴 지음	손나경 옮김
129	소설	**새하얀 마음** 하비에르 마리아스 지음	김상유 옮김
130	산문	**루테치아** 하인리히 하이네 지음	김수용 옮김
131	소설	**열병** 르 클레지오 지음	임미경 옮김
132	소설	**조선소** 후안 카를로스 오네티 지음	조구호 옮김
133-135	소설	**저항의 미학(전 3권)** 페터 바이스 지음	탁선미·남덕현·홍승용 옮김
136	소설	**신생** 시마자키 도손 지음	송태욱 옮김
137	소설	**캐스터브리지의 시장** 토머스 하디 지음	이윤재 옮김
138	소설	**죄수 마차를 탄 기사** 크레티앵 드 트루아 지음	유희수 옮김

139	자서전	2번가에서 에스키아 음파렐레 지음	배미영 옮김
140	소설	묵동기담/스미다 강 나가이 가후 지음	강윤화 옮김
141	소설	개척자들 제임스 페니모어 쿠퍼 지음	장은명 옮김
142	소설	반짝이끼 다케다 다이준 지음	박은정 옮김
143	소설	제노의 의식 이탈로 스베보 지음	한리나 옮김
144	소설	흥분이란 무엇인가 장웨이 지음	임명신 옮김
145	소설	그랜드 호텔 비키 바움 지음	박광자 옮김
146	소설	무고한 존재 가브리엘레 단눈치오 지음	윤병언 옮김
147	소설	고야, 혹은 인식의 혹독한 길 리온 포이히트방거 지음	문광훈 옮김
148	시	두보 오칠언절구 두보 지음	강민호 옮김
149	소설	병사 이반 촌킨의 삶과 이상한 모험 블라디미르 보이노비치 지음	양장선 옮김
150	시	내가 얼마나 많은 영혼을 가졌는지 페르난두 페소아 지음	김한민 옮김
151	소설	파노라마섬 기담/인간 의자 에도가와 란포 지음	김단비 옮김
152-153	소설	파우스트 박사(전 2권) 토마스 만 지음	김륜옥 옮김
154	시,희곡	사중주 네 편 T. S. 엘리엇의 장시와 한 편의 희곡 T. S. 엘리엇 지음	윤혜준 옮김
155	시	귈뤼스탄의 시 배흐티야르 와합자데 지음	오은경 옮김
156	소설	찬란한 길 마거릿 드래블 지음	가주연 옮김
157	전집	사랑스러운 푸른 잿빛 밤 볼프강 보르헤르트 지음	박규호 옮김
158	소설	포옹가족 고지마 노부오 지음	김상은 옮김
159	소설	바보 엔도 슈사쿠 지음	김승철 옮김
160	소설	아산 블라디미르 마카닌 지음	안지영 옮김
161	소설	신사 배리 린든의 회고록 윌리엄 메이크피스 새커리 지음	신윤진 옮김
162	시	천가시 사방득, 왕상 엮음	주기평 역해
163	소설	모험적 독일인 짐플리치시무스 그리멜스하우젠 지음	김홍진 옮김
164	소설	맹인 악사 블라디미르 코롤렌코 지음	오원교 옮김
165-166	소설	전차를 모는 기수들(전 2권) 패트릭 화이트 지음	송기철 옮김
167	소설	스너프 빅토르 펠레빈 지음	윤서현 옮김
168	소설	순응주의자 알베르토 모라비아 지음	정란기 옮김

169	소설	오렌지주를 증류하는 사람들 오라시오 키로가 지음	임도울 옮김
170	소설	프라하 여행길의 모차르트/슈투트가르트의 도깨비 에두아르트 뫼리케 지음	윤도중 옮김
171	소설	이혼 라오서 지음	김의진 옮김
172	소설	가족이 아닌 사람 샤오훙 지음	이현정 옮김
173	소설	황사를 벗어나서 캐런 헤스 지음	서영승 옮김
174	소설	들짐승들의 투표를 기다리며 아마두 쿠루마 지음	이규현 옮김
175	소설	소용돌이 호세 에우스타시오 리베라 지음	조구호 옮김
176	소설	사기꾼―그의 변장 놀이 허먼 멜빌 지음	손나경 옮김
177	소설	에리옌 항타고드 오손보독 지음	한유수 옮김
178	소설	캄캄한 낮, 환한 밤―나와 생활의 비허구 한 단락 옌롄커 지음	김태성 옮김
179	소설	타인들의 나라―전쟁, 전쟁, 전쟁 레일라 슬리마니 지음	황선진 옮김
180	자서전	자유를 찾은 혀―어느 청춘의 이야기 엘리아스 카네티 지음	김진숙 옮김
181	소설	어느 페르시아인의 편지 몽테스키외 지음	이자호 옮김
182	소설	오후의 예항/짐승들의 유희 미시마 유키오 지음	박영미 옮김
183	소설	왕은 없다 응우옌후이티엡 지음	김주영 옮김
184	소설	죽음의 가시 시마오 도시오 지음	이종은 옮김
185	소설	세레나데 쥘퓌 리바넬리 지음	오진혁 옮김
186	소설	트리스탄 고트프리트 폰 슈트라스부르크 지음	차윤석 옮김
187	소설	루친데 프리드리히 슐레겔 지음	박상화 옮김
188	시	서 있는 여성의 누드/황홀 캐럴 앤 더피 지음	심지아 옮김
189	소설	연기 이반 투르게네프 지음	이항재 옮김
190	소설	세 인생 거트루드 스타인 지음	이윤재 옮김